W0207627

NORA ROBERTS

La Llave de la Luz

punto de lectura

A. VELASCO

Título: La Llave de la Luz
Título original: *Key of Light*
© 2003, Nora Roberts
Traducción: Begoña Hernández Sala
© De esta edición: noviembre 2007, Punto de Lectura, S.L.
Torrelaguna, 60. 28043 Madrid (España) www.puntodelectura.com

ISBN: 978-84-663-2033-7
Depósito legal: M-43.222-2007
Impreso en España – Printed in Spain

Diseño de portada: Pdl
Fotografía de portada: © Kim M. Koza / Corbis / Cover
Diseño de colección: Más!grafica

Impreso por Mateu Cromo, S.A.

Todos los derechos reservados. Esta publicación no puede ser reproducida, ni en todo ni en parte, ni registrada en o transmitida por, un sistema de recuperación de información, en ninguna forma ni por ningún medio, sea mecánico, fotoquímico, electrónico, magnético, electroóptico, por fotocopia, o cualquier otro, sin el permiso previo por escrito de la editorial.

78 / 8

NORA ROBERTS

La Llave de la Luz

Traducción de Begoña Hernández Sala

— A. VELASCO —

Para Kathy Onorato,
por ser mi guardiana

Es para crear, y al crear vivir
una existencia más intensa, para lo que lo enriquecemos todo
con nuestros deseos, y mientras damos
conquistamos
la vida que imaginamos.

Lord Byron

1

La tormenta rasgaba el cielo sobre las montañas, derramando con excesivo ímpetu torrentes de lluvia que chocaban contra el suelo con un sonido tan agudo como el del metal sobre la piedra. Furibundos relámpagos arrojaban un violento fuego de artillería que se estrellaba contra el rugido de los cañonazos de los truenos.

Había una especie de jubilosa maldad en el aire, un chisporroteo de genio y resentimiento que bullía de poder.

Aquello encajaba a la perfección con el estado de ánimo de Malory.

¿No se había preguntado qué más podía ir mal? Ahora, en respuesta a esa pregunta cansada y completamente retórica, la naturaleza —con toda su cólera maternal— estaba mostrándole cómo de mal podían ir aún las cosas.

Había un ruidito que no presagiaba nada bueno en algún lugar del salpicadero de su adorado y pequeño Mazda, del que todavía le quedaban diecinueve letras por pagar. Para cumplir con esos pagos, necesitaba conservar su puesto de trabajo.

Odiaba su trabajo.

Eso no formaba parte del plan vital de Malory Price, que ella había comenzado a redactar a los ocho años de edad. Veinte años después, ese borrador se había convertido en una lista de control con títulos, subtítulos y referencias cruzadas. La revisaba de forma meticulosa todos los primeros de año.

Se suponía que tenía que adorar su trabajo. Eso decía, clarísimamente, debajo del encabezado «Profesión».

Llevaba trabajando en La Galería siete años, los tres últimos como directora, lo cual cumplía lo previsto. Y le encantaba estar rodeada de arte y tener casi carta blanca en las exposiciones, las adquisiciones, la promoción y la organización de muestras y actos.

Lo cierto es que había empezado a pensar en La Galería como si fuese suya, y sabía bien que al resto del personal, los clientes, los artistas y los artesanos les sucedía lo mismo.

James P. Horace podía ser el propietario de la pequeña y elegante galería de arte, pero nunca ponía en tela de juicio las decisiones de Malory, y en sus visitas —cada vez más escasas— la felicitaba siempre por las compras, el ambiente y las ventas.

Era perfecto, es decir, exactamente lo que Malory pretendía que fuese su vida. Después de todo, si no era perfecto, ¿qué gracia tenía?

Todo había cambiado después de que James lanzara por la borda cincuenta y tres años de cómoda soltería y se agenciase una esposa joven y sexy. «Una esposa —pensó Malory entrecerrando resentida sus ojos azul acero— que ha decidido convertir La Galería en su mascota personal.»

Daba igual que la nueva señora de Horace supiese menos que cero de arte, negocios, relaciones públicas o trato con los empleados. James veneraba a su Pamela, y el puesto de ensueño de Malory se había transformado en una pesadilla diaria.

«Pero he estado manejándolo lo mejor posible», pensó mientras miraba con el entrecejo fruncido a través del chorreante y oscuro parabrisas. Había planeado su estrategia: se limitaría a esperar a que Pamela se diese por vencida. Permanecería tranquila y centrada hasta que aquel pequeño y desagradable bache hubiese pasado y la carretera estuviese lisa de nuevo.

Ahora esa estrategia se había esfumado. Malory había perdido la calma después de que Pamela revocase las órdenes que ella había dado para una exposición de vidrio artístico y pusiera patas arriba su bellamente organizada galería llenándola de cachivaches y unos tapices espantosos.

Malory se dijo que había cosas que podía tolerar, pero que le diesen una bofetada de mal gusto en su propio espacio no era una de ellas.

Por otro lado, estallar ante la esposa del propietario no era el mejor camino para mantener la seguridad laboral. Sobre todo después de haber utilizado las palabras «miope y ordinaria guapita descerebrada».

Un rayo dividió en dos el cielo sobre la cumbre que se alzaba delante de ella y Malory se estremeció, tanto por el recuerdo de su mal humor como por aquel estallido de luz. Había sido un movimiento pésimo por su parte, lo que sólo demostraba qué ocurría cuando te dejas vencer por las emociones y los impulsos.

Para rematarlo, había salpicado de café con leche el traje de Escada de Pamela. Pero eso había sido un accidente.

Más o menos.

Por mucho que la apreciara James, Malory sabía que su medio de vida estaba pendiente de un hilo muy fino. Y cuando el hilo se rompiera, ella se hundiría en la miseria. Las galerías de arte no abundaban en un pueblo bonito y pintoresco como Pleasant Valley. Debería buscar otra área de trabajo de forma provisional o trasladarse.

Ninguna de las dos opciones le dibujó una sonrisa en la cara.

Le encantaba Pleasant Valley, le encantaba estar rodeada por las montañas del oeste de Pensilvania. Adoraba el ambiente de pueblo pequeño, esa combinación entre lo pintoresco y lo sofisticado que atraía a los turistas y a las multitudes que llegaban del cercano Pittsburgh en impulsivas escapadas de fin de semana.

Incluso cuando era una niña que crecía en las afueras de Pittsburgh, Pleasant Valley era exactamente la clase de lugar en que se imaginaba viviendo. Anhelaba las montañas, con sus sombras y texturas, y las aseadas calles de los municipios del valle, la sencillez del ritmo de vida, los amigables vecinos.

La decisión de arroparse con el manto de Pleasant Valley la tomó cuando, a los catorce años, pasó allí un largo fin de semana con sus padres.

Igualmente decidió, mientras deambulaba por La Galería aquel otoño de tanto tiempo atrás, que algún día formaría parte de ese recinto.

Claro que entonces pensaba que allí se exhibirían sus cuadros, pero ése era uno de los puntos de su lista que se había visto obligada a eliminar sin que se hubiese cumplido.

Nunca sería una artista. Pero tenía que estar, necesitaba estarlo, involucrada con el arte, y rodeada por él.

Además, no deseaba regresar a la ciudad. Quería conservar su magnífico y espacioso apartamento, a dos manzanas de La Galería, con sus vistas sobre los Apalaches, los crujidos de su viejo suelo y las paredes cubiertas de obras artísticas cuidadosamente seleccionadas.

Pero esa esperanza parecía tan desdibujada como el cielo tormentoso.

Tampoco había sido inteligente con el dinero; Malory tuvo que admitirlo con un hondo suspiro. Le parecía absurdo dejarlo descansar en un banco cuando podía convertirse en algo encantador para mirar o para ponerse. Hasta que lo utilizabas, el dinero no era más que papel. Malory era propensa a emplear montones de papel.

Tenía un descubierto en el banco. Otra vez. Había sobrepasado el límite de sus tarjetas de crédito. También otra vez. Pero se recordó que poseía un fabuloso vestuario. Y el inicio de una impresionante colección de arte que le tocaría vender, pieza tras pieza y probablemente con pérdidas, para mantener un techo sobre su cabeza si Pamela dejaba caer el hacha.

Pero a lo mejor esa noche lograba algo de tiempo y buena voluntad. No le apetecía asistir a aquel cóctel de recepción en el Risco del Guerrero. «Un nombre extravagante para un lugar terrorífico», pensó. En otros tiempos se habría sentido entusiasmada ante la oportunidad de ver el interior de la enorme y antigua mansión situada en lo alto de la cresta montañosa. Y por codearse con gente que podría ser mecenas de las artes.

Sin embargo, la invitación era extraña; estaba escrita con una elegante letra en un papel grueso de color piedra, con el dibujo de una llave de oro decorada en lugar de membrete. Aunque la llevaba metida en su bolso de noche junto con la polvera, el teléfono móvil, el pintalabios, las gafas, un bolígrafo nuevo, tarjetas de visita profesionales y diez dólares, Malory recordaba el texto.

> Solicitamos el placer de contar con tu compañía para tomar un cóctel y conversar el 4 de septiembre a las 20.00 en el Risco del Guerrero. Tú eres la llave. La cerradura te aguarda.

«La verdad es que suena muy raro», se dijo Malory, y apretó los dientes cuando el coche se estremeció debido a una fuerte racha de viento. Con la suerte que estaba teniendo, lo más probable es que fuese una encerrona para algún plan de venta piramidal.

La casa había permanecido vacía durante años. Sabía que la habían comprado hacía poco, pero los detalles eran escasos. «Un equipo llamado Tríada», recordó. Supuso que era una especie de corporación que buscaba transformar el lugar en hotel o en minicentro turístico.

Eso no explicaba por qué habían invitado a la directora de La Galería pero no a su propietario ni a su entrometida esposa. Pamela se había mostrado bastante molesta por el desaire..., y eso ya era algo.

De todos modos, Malory habría prescindido de esa velada. No acudía a una cita con un hombre (otro aspecto más de su vida que estaba hecho unos zorros en esos momentos), y conducir sola por las montañas hasta una casa sacada de una película de terror de Hollywood debido a una invitación que la incomodaba no estaba en su lista de actividades divertidas en mitad de una semana laboral.

La invitación ni siquiera proporcionaba un número de contacto ni solicitaba confirmación, y eso, según ella, resultaba arrogante y grosero. Su intención de hacer caso omiso a la tarjeta habría sido igual de arrogante y grosera, pero el problema era que James había reparado en el sobre que descansaba sobre la mesa de su directora.

Se sintió entusiasmado y muy complacido ante la idea de que ella acudiese a la recepción, y la incitó a fijarse en todos los detalles del interior de la mansión para que luego pudiera exponérselos minuciosamente. Y le recordó que si, de vez en cuando, podía sacar a relucir el nombre de La Galería en la conversación, eso sería muy bueno para el negocio.

Si Malory consiguiese unos cuantos clientes, podría compensar el percance del traje de Escada y el comentario de «guapita descerebrada».

Su coche ascendía en medio de resoplidos por la cada vez más estrecha carretera que atravesaba el frondoso y oscuro bosque. Siempre había pensado en aquellas colinas y arboledas como algo que cercaba su bonito valle con un efecto similar al de *La leyenda de Sleepy Hollow*.

Si lo que producía aquel traqueteo en el salpicadero era algo serio, podría acabar quedándose tirada en la cuneta, acurrucada en el coche oyendo los aullidos y el azote de la tormenta e imaginando jinetes sin cabeza mientras aguardaba la llegada de una grúa que no podía permitirse pagar.

Obviamente, la solución era no quedarse tirada.

Le dio la impresión de vislumbrar destellos luminosos a través de la lluvia y los árboles, pero sus limpiaparabrisas se movían a la máxima velocidad y aun así apenas podían retirar con eficacia aquel diluvio interminable.

Cuando un nuevo relámpago alumbró el cielo, Malory agarró con más fuerza el volante. Como a cualquiera, le gustaba una buena tempestad, pero deseaba disfrutar de ella en un lugar cubierto, el que fuese, mientras se tomaba una reconfortante copa de vino.

Debía de estar cerca. ¿Hasta dónde podía ascender una única carretera antes de que tuviese que comenzar a bajar por el otro lado de la montaña? Sabía que el Risco del Guerrero se hallaba en la cima de la sierra, guardando el valle que se extendía a sus pies; o dominando ese mismo valle, según el punto de vista que se adoptara. No se había cruzado con ningún otro coche desde hacía varios kilómetros.

«Eso demuestra que nadie con un mínimo de cerebro ha cogido el coche con este tiempo», pensó.

La carretera se bifurcaba, y la curva de la derecha era un torrente de agua enmarcado por enormes pilares de piedra. Malory redujo la velocidad y miró embobada los guerreros de tamaño natural que se erguían en lo alto de los pilares. Quizá fuera la tormenta, la noche o su ánimo alterado, pero se le antojaron más humanos que pétreos, con el pelo que se les agitaba ante el rostro y las manos que aferraban la empuñadura de la espada. Con los destellos de los relámpagos, casi podía ver cómo se les tensaban los músculos de los brazos y del pecho, amplio y descubierto.

Hubo de resistirse a la tentación de salir del coche para observarlos más de cerca. Pero el escalofrío que le recorrió la columna vertebral mientras atravesaba las verjas de hierro abiertas la impulsó a girarse de nuevo hacia los guerreros, con tanto recelo como admiración por la habilidad del escultor.

Luego pisó el freno y derrapó en la gravilla de la calzada. El corazón se le subió a la garganta mientras contemplaba boquiabierta el asombroso ciervo que se erguía arrogantemente a unos pasos del parachoques, con la extensa silueta de la casa detrás de él.

Durante unos segundos, Malory tomó al ciervo por una estatua más, aunque no alcanzase a comprender por qué alguien con dos dedos de frente instalaría una escultura en medio del camino. De todas formas, tampoco nadie con dos dedos de frente elegiría vivir en aquella casa del promontorio.

Entonces los ojos del animal brillaron con un penetrante azul zafiro ante el resplandor de los faros del coche, y su cabeza coronada por una impresionante cornamenta se giró levemente. «Fastuoso», concluyó Malory cautivada. La lluvia se deslizaba por su pelaje, que a la luz del siguiente relámpago pareció tan blanco como la luna.

El ciervo la observó, pero en sus relucientes ojos no se reflejaba nada de miedo, ni de sorpresa. Había en ellos, si eso fuera posible, una especie de divertido desdén. Luego se alejó sin más a través de la cortina de lluvia y los ríos de niebla, y se desvaneció.

—¡Guau! —Malory soltó un largo suspiro y se estremeció en el interior de su coche—. ¡Y otra vez guau! —murmuró, y miró hacia la mansión.

La había visto en fotos y en cuadros. Había visto su silueta encorvada sobre el valle, allá arriba. Pero era bien distinto verla de cerca y en medio de una furiosa tormenta.

Se dijo que era un combinado de castillo, fortaleza y casa de los horrores. Estaba hecha de piedra tan negra como la obsidiana, con salientes, torres, aristas y almenas amontonadas y dispuestas como si un niño muy listo y malvado las hubiese colocado a su antojo. Contra aquella negrura por la que chorreaba la lluvia, unas ventanas estrechas y largas que podrían contarse por cientos resplandecían con luz dorada.

Había alguien a quien no le preocupaba lo más mínimo el recibo de la luz.

La niebla flotaba alrededor de la base del edificio, como un foso de bruma.

En un nuevo estallido eléctrico, Malory pudo entrever un estandarte blanco con una llave dorada ondeando violentamente en una de las agujas más altas.

Se acercó más con el coche. Había gárgolas agazapadas a lo largo de las paredes y gateando por el alero. El agua de lluvia salía a borbotones de sus burlonas bocas y resbalaba por sus garras mientras miraban a Malory con una mueca.

La joven se detuvo ante el borde de un amplio pórtico y consideró muy seriamente volver a enfrentarse a la tormenta y alejarse de allí.

Se llamó cobarde e idiota infantil. Luego se preguntó a sí misma cuándo había perdido su sentido de la aventura y la diversión.

Los insultos surtieron tal efecto que pronto estuvo tamborileando con los dedos en la manija de la puerta.

Pero al oír un veloz golpeteo en su ventanilla lanzó un fuerte grito.

El grito se transformó en una especie de lamento agudo cuando un huesudo rostro rodeado por una capucha negra se pegó al cristal para mirar al interior.

«Las gárgolas no cobran vida», se aseguró Malory, y se repitió esas palabras mentalmente mientras bajaba el cristal un precavido centímetro.

—Bienvenida al Risco del Guerrero. —La voz del hombre tronó por encima de la lluvia, y su cordial sonrisa dejó al descubierto un gran número de magníficos dientes—. Si deja las llaves puestas en el coche, señorita, yo me encargaré de él por usted.

Antes de que ella pudiese pensar en bajar los seguros de un manotazo, él le había abierto la puerta. Bloqueó el embate del viento y de la lluvia con su propio cuerpo y con el paraguas más grande que Malory había visto jamás.

—La dejaré sana y salva en la entrada.

¿Qué acento era aquél? ¿Inglés? ¿Irlandés? ¿Escocés?

—Gracias.

Cuando se disponía a salir del coche, notó que una fuerza extraña la mantenía clavada en su sitio. El pánico inicial se convirtió en vergüenza al advertir que no se había desabrochado el cinturón de seguridad.

Una vez libre, se cobijó debajo del paraguas, esforzándose en regularizar su respiración mientras se encaminaba a la entrada. La puerta era doble, lo bastante amplia para dar cabida a un tráiler, y exhibía unas aldabas de plata mate, grandes como unas bandejas para asar pavo, que representaban cabezas de dragones.

«Menuda bienvenida», pensó Malory un instante antes de que las puertas se abrieran a una luz y una calidez desbordantes.

Apareció una mujer con una magnífica cascada de cabello liso y rojo como el fuego que enmarcaba un rostro blanco como el alabastro y de ángulos y curvas perfectos. Sus ojos verdes parecían regocijados por un chiste que sólo ella conocía. Era alta y delgada e iba vestida con un largo y vaporoso traje negro. Entre sus pechos colgaba un amuleto de plata que albergaba una gruesa piedra de color claro.

Sus labios, tan rojos como el pelo, sonrieron mientras alargaba una mano resplandeciente de anillos.

—Señorita Price, bienvenida. Una tormenta emocionante, aunque estoy segura de que también angustiosa si uno ha de salir de casa. Pase.

Su mano era cálida y fuerte y permaneció cogida a la de Malory mientras la guiaba al vestíbulo principal.

La luz se derramaba desde un candelabro de cristal tan delicado que semejaba caramelo hilado que chispeara sobre las espirales y volutas de plata. El suelo era de mosaico, y mostraba a los guerreros de la verja y lo que parecía un número indeterminado de figuras mitológicas. Malory no podía arrodillarse para examinarlo como le habría gustado, y pronto hubo de controlarse para no soltar un gemido orgásmico ante los cuadros que abarrotaban las paredes, pintadas con un color como el de la mantequilla fundida.

—Me alegro muchísimo de que haya podido unirse a nosotros hoy —afirmó la mujer—. Yo soy Rowena. Por favor, permítame acompañarla al salón; allí hay encendido un fuego delicioso. Estamos en una época temprana del año para eso, pero yo creo que la tormenta lo requería. ¿Ha sido difícil llegar hasta aquí?

—Más bien un desafío, señorita…

—Rowena, sólo Rowena.

—… Rowena. Me pregunto si podría disponer de un momento para refrescarme antes de reunirme con el resto de los invitados.

—Por supuesto. El tocador de señoras —dijo señalando una puerta situada debajo de la larga curva de la escalera principal—. El salón se encuentra en el primer piso, a la derecha. Tómese su tiempo.

—Gracias.

En cuanto Malory entró en aquella habitación, decidió que la palabra «tocador» se quedaba muy corta para definir un recinto tan exquisito y espacioso.

La media docena de velas que había sobre la repisa de mármol desprendían oleadas de luz y aroma. Junto a la pila, de generoso tamaño, había dispuestas toallas de color borgoña ribeteadas con encaje de tono crudo. El grifo dorado relucía bajo la extravagante forma de un cisne.

Allí, el suelo de mosaico mostraba una sirena sentada en una roca que sonreía hacia el mar azul mientras se peinaba su cabello rojizo.

En esta ocasión, después de comprobar dos veces que había cerrado con llave, Malory se puso de rodillas para estudiar el dibujo con detalle.

«Espléndido —pensó mientras deslizaba el dedo por las baldosas—. Antiguo, sin duda, y realizado de manera brillante.»

¿Había algo más emocionante que la capacidad de crear belleza?

Se incorporó y se lavó las manos con un jabón que olía ligeramente a romero. Se tomó un momento para admirar la colección de ninfas y sirenas de Waterhouse enmarcadas en las paredes antes de sacar el neceser del bolso.

Poco podía hacer por el pelo. Aunque se lo había peinado hacia atrás y recogido en la nuca con un pasador de *strass*, el mal tiempo le había desbaratado sus rizos rubio oscuro. Mientras se empolvaba la nariz, se dijo que también eso era un peinado; algo del tipo bohemio y descuidado. No resultaba sofisticado como el de la pelirroja, pero a ella le sentaba bastante bien. Volvió a aplicarse pintalabios, satisfecha al comprobar que aquel rosa pálido había sido una buena inversión. Lo sutil le sentaba mucho mejor a su tez lechosa.

Había pagado demasiado por el traje de cóctel, por supuesto. Pero, mientras se alisaba las estrechas solapas de satén, se recordó que a una mujer se le permitía tener algunas debilidades. Además, el azul pizarra iba de maravilla con sus ojos, y aquel modelo entallado tenía a la vez un estilo profesional y elegante. Cerró el bolso y alzó la barbilla.

«De acuerdo, Mal, vamos a ver si cerramos algún negocio.»

Salió del tocador y se obligó a no retroceder hasta el vestíbulo para contemplar los cuadros a sus anchas.

Sus tacones repiquetearon enérgicamente. Siempre disfrutaba con aquel sonido. Era poderoso, femenino.

Cuando atravesó el primer arco de la derecha, se le escapó un jadeo de emoción antes de que pudiese contenerlo. Nunca había visto nada igual, ni dentro ni fuera de un museo. Antigüedades tan bien conservadas que sus superficies destellaban como espejos; los colores vivos y profundos que reflejaban el talento de un artista; alfombras, cojines y colgaduras que eran tan obras de arte como las pinturas y las esculturas. En la pared más lejana había una chimenea en cuyo interior Malory podría ponerse de pie con los brazos extendidos al máximo. Estaba ribeteada en malaquita y en ella ardían enormes troncos de los que brotaban lenguas de fuego rojas y doradas.

Aquél era el escenario ideal para una mujer con el aspecto de haber salido de un cuento de hadas.

Malory anhelaba quedarse horas allí deleitándose con aquella maravilla de luz y color. Hacía mucho que se había olvidado de la joven inquieta que había conducido encogida en el coche bajo la lluvia.

—Después de entrar aquí, he tardado cinco minutos en conseguir que los ojos no se me salieran más de las órbitas.

Malory se sobresaltó; luego se giró y se quedó mirando a la mujer que se hallaba enmarcada en la ventana lateral.

Era morena, con un espeso cabello castaño que le rozaba la mandíbula y los hombros con un elegante balanceo. Debía de medir unos quince centímetros más que Malory, la cual no llegaba al metro sesenta y cinco, y tenía unas exuberantes curvas que encajaban a la perfección con su altura. El conjunto estaba realzado por unos pantalones y una chaqueta hasta la rodilla de color negro y exquisita factura y un ajustado top blanco.

Sujetaba una copa de champán en una mano y alargó la otra mientras cruzaba la habitación. Malory vio que sus ojos eran de un marrón oscuro, penetrantes y directos. Tenía la nariz fina y recta, la boca ancha y sin pintar. Cuando sonrió, en sus mejillas aparecieron unos leves hoyuelos.

—Soy Dana, Dana Steele.

—Malory Price. Encantada de conocerte. Una chaqueta preciosa.

—Gracias. He sentido un gran alivio al ver llegar tu coche. Éste es un sitio increíble, pero estaba empezando a asustarme la idea de deambular por aquí a solas. Han pasado casi quince minutos de la hora prevista. —Dio unos golpecitos a la esfera de su reloj—. Es de suponer que deberían haber aparecido algunos invitados más.

—¿Dónde está la mujer que me ha recibido en la puerta? Rowena.

Dana frunció los labios mientras miraba hacia el arco de la entrada.

—Se desliza de acá para allá con ese aspecto magnífico y misterioso. Me ha dicho que nuestro anfitrión se reunirá con los presentes dentro de muy poco.

—¿Quién es nuestro anfitrión?

—Tu duda es la misma que la mía. ¿No te he visto antes? —añadió—. ¿En el valle?

—Es posible. Soy la directora de La Galería. —«De momento», pensó.

—Claro. He ido allí a ver un par de exposiciones. Y a veces entro a dar una vuelta y mirarlo todo con avaricia. Yo trabajo en la biblioteca. Soy bibliotecaria de consulta.

Ambas se volvieron al oír entrar a Rowena. «Aunque lo de que se desliza es una forma mejor de expresarlo», pensó Malory.

—Veo que ya se han presentado ustedes mismas. Encantador. ¿Le apetece algo de beber, señorita Price?

—Tomaré lo mismo que ella.

—Perfecto. —Antes de que acabara de pronunciar esa palabra, una doncella uniformada entró con dos copas de champán en una bandeja de plata—. Ahí están los canapés. Por favor, sírvanse lo que deseen y siéntanse como en casa.

—Espero que el tiempo no haya disuadido al resto de los invitados de venir —apuntó Dana.

Rowena se limitó a sonreír.

—Estoy segura de que todos los que esperamos estarán aquí pronto —dijo al fin—. Si me disculpan un momento...

Y salió.

—Vale, esto es muy raro. —Dana cogió un canapé al azar y descubrió que era un hojaldre de langosta—. Delicioso, pero raro.

—Fascinante. —Malory bebió un sorbo de champán y recorrió con los dedos una estatuilla de bronce de un hada yacente.

—Aún estoy intentando averiguar por qué me han enviado una invitación. —Ya que los canapés estaban allí y ella también, Dana cogió otro—. Nadie más de la biblioteca ha sido invitado. En realidad, nadie de toda la gente que conozco. Empiezo a lamentar no haberle pedido a mi hermano que me acompañase. Él tiene un buen olfato para las cagadas.

Malory no pudo evitar sonreír con ganas.

—No te expresas como ninguna de las bibliotecarias que he conocido. Tampoco tienes pinta de serlo.

—Quemé todos mis modelitos estampados de Laura Ashley hace diez años. —Se encogió levemente de hombros. Impaciente, y comenzando a sentirse también irritada, tamborileó con los dedos sobre la copa de champán—. Voy a concederle diez minutos más a esta historia, y luego me largo.

—Si tú te vas, yo me marcho también. Me sentiré mejor metiéndome otra vez de lleno en esa tormenta si conduzco detrás de otro coche.

—Sigue igual. —Dana dirigió un gesto ceñudo a la ventana y observó la lluvia que golpeaba el cristal—. Vaya mierda de noche. Y también ha sido una mierda de día al cien por cien. Tener que conducir hasta aquí y luego de vuelta a casa en medio de este temporal sólo por dos copas de vino y unos canapés es el remate del remate.

—Lo mismo digo. —Malory se acercó a un maravilloso cuadro de un baile de máscaras. Le recordó a París, aunque no había estado allí más que en sueños—. Yo sólo he venido hasta aquí con la esperanza de establecer contactos para La Galería. Un seguro de trabajo —añadió, alzando su copa en un brindis burlesco—. En estos precisos momentos, mi puesto se halla en un estado precario.

—El mío también. Entre los recortes de presupuesto y el nepotismo, mi posición ha sido «modificada» y han reducido mi número de horas a veinte por semana. ¿Cómo coño se supone que voy a vivir con eso?

Y mi casero acaba de anunciarme que mi alquiler va a subir a principios del próximo mes.

—Hay un ruidito extraño en mi coche... y empleé todo mi presupuesto de manutención en estos zapatos.

Dana miró hacia abajo y frunció los labios.

—Son cojonudos. Mi ordenador se ha estropeado esta mañana.

Divirtiéndose con aquello, Malory se apartó de los cuadros y se giró hacia Dana enarcando una ceja.

—Yo llamé a la nueva esposa de mi jefe «guapita descerebrada» y derramé café con leche sobre su traje de marca.

—De acuerdo, tú ganas. —Impulsada por el espíritu de la camaradería, Dana dio unos pasos y entrechocó su copa con la de Malory—. ¿Te parece que vayamos en busca de la diosa galesa para que nos explique qué ocurre aquí?

—¿Así que ese acento es galés?

—Es divino, ¿no crees? Pero sea de donde sea, pienso...

Enmudeció cuando se oyó el inconfundible sonido de unos tacones sobre las baldosas.

Lo primero en que reparó Malory fue en el cabello. Era negro y corto, con un denso flequillo tan recto como si lo hubiesen perfilado con la ayuda de una regla. Debajo había unos ojos leonados, grandes y alargados, que la impulsaron a pensar de nuevo en las hadas de Waterhouse. La joven tenía un rostro triangular que resplandecía, quizá debido a la emoción, los nervios o un excelente maquillaje.

Al percibir el modo en que sus dedos estrujaban el bolsito negro que sostenían, Malory apostó por los nervios.

Iba de rojo, un rojo luminoso, con un minúsculo vestido que se ceñía a su curvilíneo cuerpo y dejaba al descubierto unas piernas espléndidas. Los tacones que habían resonado por el corredor medían sus buenos diez centímetros y eran afilados como estiletes.

—Hola. —La joven saludó con voz entrecortada y parpadeó al pasear la vista por la estancia—. ¡Hum! La mujer que estaba en la puerta me ha dicho que entrara sin más.

—Únete a la fiesta. O lo que sea. Yo soy Dana Steele y ésta es mi igualmente confundida compañera de velada, Malory Price.

—Yo soy Zoe McCourt. —Dio otro paso con cautela hacia el interior del salón, como si esperase que alguien le dijera que había habido un error y la echase de allí—. Dios bendito. Este sitio es como de película. Es, hum, precioso y todo eso, pero no dejo de pensar que ese espeluznante tipo del esmoquin puede entrar en cualquier momento.

—¿Vincent Price? No es pariente mío —repuso Malory con una sonrisa—. Ya veo que tú no sabes mejor que nosotras de qué va esto.

—No. Creo que me han invitado por equivocación, pero... —Se interrumpió, con los ojos desorbitados, cuando un sirviente entró para ofrecerle una copa en bandeja de plata—. Ah..., gracias. —La tomó con mucho cuidado y luego sonrió mirando el vino espumoso—. ¡Champán! Desde luego, esto tiene que ser una equivocación. Pero no podía perderme la oportunidad de venir. ¿Dónde están los demás?

—Buena pregunta. —Dana ladeó la cabeza fascinada y divertida, mientras Zoe bebía un sorbito de champán para probarlo—. ¿Eres del valle?

—Sí. Bueno, desde los dos últimos años.

—Tres de tres —murmuró Malory—. ¿Conoces a alguien más que haya recibido una invitación para esta noche?

—No. De hecho me he dedicado a preguntarlo, lo que quizá sea la razón de que hoy me hayan despedido. ¿Esa comida de ahí está a nuestra disposición?

—¡Que te han despedido! —Malory intercambió una mirada con Dana—. Tres de tres.

—Carly..., ésa es la propietaria del salón de belleza en que trabajo. Trabajaba. —Después de corregirse, Zoe se dirigió hacia una bandeja de canapés—. Me ha oído comentar lo de esta noche con una de las clientas, y eso la ha sacado de quicio. ¡Vaya, esto está buenísimo!

Ya no hablaba de forma entrecortada y parecía haberse relajado. Malory detectó en su voz un leve acento que no supo identificar.

—De todas maneras, Carly me la tenía jurada desde hacía meses. Imagino que ver que ella no recibía la misma invitación que yo habrá sido la gota que ha colmado el vaso. Lo siguiente que recuerdo es que me decía que en la caja faltaban veinte dólares. Jamás en mi vida he robado nada. Mala pécora. —Dio otro trago de champán, esta vez con más entusiasmo—. Y después, ¡zas!, me pone de patitas en la calle. No importa. No va a importarme. Encontraré otro empleo. Además, no soportaba trabajar allí. Dios...

Malory pensó que sí le importaba. Lo vio en el fulgor de los ojos de Zoe, donde se mezclaban el miedo y la rabia.

—Eres peluquera —dijo.

—Sí. Especialista en cabello y piel, si prefieres la versión pretenciosa. No soy de la clase de personas a las que invitan a fiestas fantásticas en lugares fantásticos, por eso di por hecho que habían cometido un error.

Malory sacudió la cabeza mientras reflexionaba sobre eso.

—Yo no creo que Rowena sea capaz de cometer errores. Bajo ningún concepto.

—Bueno, no lo sé. Yo no tenía intención de venir hasta que se me ha ocurrido que podría animarme. Pero luego a mi coche le ha costado arrancar, otra vez. Y encima he tenido que buscar una niñera.

—¿Tienes un bebé? —preguntó Dana.

—Ya no es un bebé. Simon tiene nueve años, y es estupendo. Lo del trabajo no me preocuparía si no tuviese un hijo que mantener. Y no he robado esos malditos veinte dólares..., ni siquiera veinte centavos. Yo no soy una ladrona. —Se mordió un labio, ruborizada—. Perdón. Lo siento mucho. Supongo que las burbujas me aflojan la lengua.

—No te preocupes por eso. —Dana frotó uno de los brazos de Zoe con afecto—. ¿Quieres oír una cosa muy extraña? Mi trabajo y mi salario han quedado reducidos a la mínima expresión. No sé qué cojones voy a hacer. Y Malory cree que su jefe está a punto de darle la patada.

—¿En serio? —Zoe miró a las otras dos jóvenes—. La verdad es que es rarísimo.

—Y tampoco conocemos a nadie más a quien hayan invitado a venir hoy aquí. —Malory echó una ojeada cautelosa hacia la entrada y bajó la voz—: Por lo que parece, nosotras tres somos las únicas privilegiadas.

—Yo soy bibliotecaria, tú eres peluquera y ella dirige una galería de arte. ¿Qué tenemos en común?

—Que estamos sin trabajo. —Malory frunció el entrecejo—. O poco nos falta. Ya sólo eso es bastante raro si consideramos que el valle tiene una población de unos cinco mil habitantes. ¿Qué probabilidades hay de que tres mujeres se estrellen contra un muro profesional el mismo día y en el mismo pueblecito? Además, las tres somos del valle. Y somos mujeres… ¿de la misma edad? Yo tengo veintiocho años.

—Yo, veintisiete —dijo Dana.

—Yo, veintiséis…, veintisiete en diciembre. —Zoe se estremeció—. Todo esto es demasiado raro. —Se le abrieron mucho los ojos mientras observaba su copa a medias, y la soltó inmediatamente—. No pensaréis que nos han puesto algo en la bebida, ¿verdad?

—No creo que vayan a drogarnos para vendernos en el mercado de trata de blancas. —El tono de Dana era mordaz, pero ella también dejó su copa—. La gente sabe que estamos aquí, ¿no? Mi hermano lo sabe, y también mis compañeros de trabajo.

—Mi jefe, su esposa, tu ex jefa —le dijo Malory a Zoe—, tu niñera. Además, esto es Pensilvania, por el amor de Dios, no…, yo qué sé, Zimbabue.

—Yo digo que vayamos en busca de la misteriosa Rowena y de algunas respuestas. Estamos juntas en esto, ¿verdad? —Dana señaló con la cabeza a Malory y después a Zoe.

Zoe tragó saliva.

—Chicas, soy vuestra nueva mejor amiga. —Para sellar sus palabras, tomó a Dana de la mano y luego a Malory.

—¡Qué delicioso verlas!

Las manos de las tres siguieron unidas mientras se giraban para mirar al hombre que se alzaba bajo el arco de entrada. Él sonrió y entró en la estancia.

—Bienvenidas al Risco del Guerrero.

2

Durante unos segundos, Malory pensó que uno de los guerreros de la verja había cobrado vida. El semblante del hombre tenía la misma belleza fiera y masculina; su constitución era igual de impactante. Su cabello, negro como la tormenta, formaba ondas como alas que enmarcaban su fuerte rostro de escultura.

Sus ojos eran de un azul medianoche. Malory percibió su poder y un latigazo ardiente en la piel cuando su mirada se encontró con la de ella.

No era una mujer fantasiosa. Nada en absoluto. Pero con la tempestad, la mansión, la genuina fiereza de aquella mirada, sintió como si él pudiese leerle la mente y saber todo lo que había pasado por ella.

Luego el hombre apartó la vista, y el momento cesó.

—Soy Pitte. Les agradezco mucho que adornen con su presencia lo que, por ahora, es nuestro hogar.

Cogió la mano libre de Malory y se la llevó a los labios. Su contacto era frío; el gesto, digno y señorial a la vez.

—Señorita Price.

Malory notó que los dedos de Zoe se aflojaban entre los suyos mientras Pitte se le acercaba para tomarle también la mano.

—Señorita McCourt.

Y por último a Dana.

—Señorita Steele.

Ante el estallido de un trueno, Malory dio un salto y volvió a aferrar la mano de Zoe. Para tranquilizarse, se dijo que Pitte no era más que un hombre. Y aquello no era más que una casa. Y alguien tenía que encargarse de restablecer el equilibrio.

—Es muy interesante su hogar, señor Pitte —logró decir.

—Sí. ¿Por qué no nos sentamos? Ah, Rowena, ya has conocido a mis invitadas. —La cogió del brazo cuando ella llegó a su lado.

«Encajan a la perfección —pensó Malory—. Como las dos mitades de una moneda.»

—Creo que estaremos mejor junto al fuego —opinó Rowena señalando hacia la chimenea—. Hace una noche tempestuosa. Pongámonos cómodos.

—Creo que nosotras estaríamos más cómodas si comprendiésemos qué está pasando. —Dana plantó en el suelo los altos tacones de sus botas y no se movió de donde estaba—. Y por qué nos han pedido que acudiéramos aquí.

—Por supuesto, pero el fuego resulta tan agradable… No hay nada como un buen champán, buena compañía y un delicioso fuego en una noche de tormenta. Dígame, señorita Price, ¿qué opina de lo que ha visto de nuestra colección de arte?

—Que es impresionante. Y ecléctica. —Mientras giraba la cabeza para mirar a Dana, Malory dejó que Rowena la guiara hasta una silla cercana a la chimenea—.

Deben de haberle dedicado una cantidad de tiempo considerable.

La risa de Rowena brotó como la niebla sobre el agua.

—Oh, considerable. Pitte y yo apreciamos la belleza en todas sus formas. De hecho, podría decirse que la veneramos. Imagino que como usted, si tenemos en cuenta la profesión que ha elegido.

—El arte se justifica por sí solo.

—Sí, es la luz de cada sombra. Pitte, debemos asegurarnos de que la señorita Steele vea nuestra biblioteca antes de que finalice la velada. Espero que sea de su agrado. —Hizo un gesto ausente a uno de los criados, que entró con una botella de champán en una cubitera de cristal—. ¿Qué sería el mundo sin los libros?

—Los libros son el mundo. —Llena de curiosidad y cautela, Dana se sentó.

—Creo que ha habido una equivocación. —Zoe se quedó atrás, mirando a unos y otros—. Yo no sé nada de arte, de verdadero arte. Y de libros... Bueno, yo leo, pero...

—Por favor, tome asiento. —Pitte le dio un empujoncito cortés para que se acomodara en una silla—. Siéntase como en su casa. Confío en que su hijo esté bien.

Ella se puso rígida y sus ojos destellaron como los de un tigre.

—Simon está bien.

—La maternidad es una clase de arte, ¿no le parece, señorita McCourt? Un trabajo continuo del tipo más esencial y vital. Algo que requiere valor y corazón.

—¿Usted tiene hijos?

—No, no he sido bendecido con ese regalo. —Acarició la mano de Rowena mientras pronunciaba aquellas palabras; luego alzó su copa—. Por la vida. Y por todos sus misterios. —Sus ojos brillaron por encima del borde de cristal—. No hay nada que temer. Nadie les desea nada que no sea felicidad, salud y éxito.

—¿Por qué? —preguntó Dana—. Usted no nos conoce, aunque parece saber sobre nosotras mucho más que nosotras de usted.

—Usted es una persona inquisitiva. Una mujer decidida e inteligente que busca respuestas.

—Pues no estoy obteniendo ninguna.

Pitte sonrió.

—Espero de corazón que las halle todas. Para empezar, me gustaría contarles una historia. Creo que es una noche ideal para eso.

Se recostó en su asiento. Como la de Rowena, su voz era musical y potente, y algo exótica. «La clase de voz perfecta para narrar historias en noches tormentosas», pensó Malory.

Con ese pensamiento se relajó un poco. Después de todo, ¿qué más tenía que hacer, aparte de estar en una casa fantástica junto a un fuego que ardía furioso y escuchar a un hombre extraño y atractivo que pretendía tejer un relato mientras ella tomaba sorbos de champán?

También contaba la oportunidad de poder comer exquisiteces mientras cuadraba su economía.

Y si pudiese ganarse la confianza de Pitte y empujarlo hacia La Galería como si fuese un vehículo para que aumentara su colección de arte, tal vez podría conservar su empleo.

De manera que también se recostó y se dispuso a disfrutar.

—Hace mucho tiempo, en una tierra de grandes montañas y frondosos bosques, vivía un joven dios. Era el único vástago de sus padres y muy querido por ellos. Había sido agraciado con un bello rostro y fuerza espiritual y física. Estaba destinado a gobernar algún día, como su padre antes que él, de modo que lo habían educado para convertirse en un dios rey, imperturbable en el juicio y veloz en la acción.

»Había paz en aquel mundo desde que llegaran los dioses. Por todas partes había belleza, música, relatos, arte y danza. Hasta donde alcanzaba la memoria, y la memoria de un dios es infinita, había habido armonía y equilibrio en aquel lugar.

Hizo una pausa para beber un sorbo de vino y recorrió lentamente con la mirada todas las caras que lo rodeaban.

—Desde detrás de la Cortina del Poder y a través del velo de la Cortina de los Sueños, observaban el mundo de los mortales. A muy pocos dioses se les permitía mezclarse con los humanos y unirse a ellos a su antojo; de esos emparejamientos salían las hadas, los duendecillos, los silfos y otras criaturas mágicas. Algunos encontraron el mundo humano más acorde a su gusto y lo poblaron. Otros, por supuesto, se vieron corrompidos por los poderes del universo de los mortales y tomaron caminos más tenebrosos. Así es como funciona la naturaleza, incluso la de los dioses.

Pitte se inclinó hacia delante para coger un delgado biscote con caviar.

—Ustedes habrán oído relatos de magia y brujería, cuentos de hadas y leyendas. Señorita Steele, como una de las guardianas de historias y libros, ¿tiene en cuenta de qué modo tales narraciones forman parte de la cultura? ¿Cree que hunden sus raíces en la verdad?

—Con esas historias le damos a alguien, o a algo, un poder mayor del que poseemos. Así alimentamos nuestra necesidad de héroes y villanos, y de romance. —Dana se encogió de hombros, aunque ya se sentía fascinada—. Por ejemplo, si el rey Arturo existió como un rey guerrero, según creen muchos estudiosos y científicos, su imagen nos resulta mucho más apasionante y potente si la visualizamos en Camelot, con Merlín, si nos lo representamos como un ser concebido con la ayuda de la brujería que fue coronado rey de adolescente tras haber sacado una espada mágica de una roca.

—Me encanta esa historia —intervino Zoe—. Bueno, excepto el final. Me parece muy injusto. Pero creo... —Enmudeció.

—Por favor —dijo Pitte—, continúe.

—Bueno, yo creo que a lo mejor la magia existió alguna vez, antes de que la educación la sacara de nuestras vidas. No pretendo decir que la educación sea mala —añadió rápidamente, avergonzada al ver que todos le prestaban atención—. Sólo me refiero a que, hum, quizá la dejamos a un lado porque empezamos a precisar respuestas lógicas y científicas para todo.

—Bien dicho. —Rowena asintió—. A menudo los niños meten sus juguetes en el fondo del armario y olvidan lo prodigiosos que son mientras se hacen adultos. ¿Usted cree en los prodigios, señorita McCourt?

—Tengo un hijo de nueve años —respondió ella—. Me basta con mirarlo para creer en ellos. Y, por favor, llámeme Zoe.

El rostro de Rowena se iluminó, rebosante de calidez.

—Gracias. ¿Pitte?

—Ah, sí, continúo con la historia. Como mandaba la tradición, al alcanzar la mayoría de edad el joven dios fue enviado al otro lado de la Cortina durante una semana, para pasear entre los mortales, estudiar sus puntos débiles y fuertes, sus virtudes y defectos. Y sucedió que vio a una joven mujer, una doncella de gran belleza y virtud. Y al verla la amó, y al amarla la deseó. Y, aunque las leyes de su mundo se la negaban, él se consumió pensando en ella. Se volvió apático, insomne, desgraciado. No comía ni bebía, ni encontraba ningún atractivo en las jóvenes diosas que le ofrecían. Sus padres, angustiados al ver a su hijo tan infeliz, cedieron. No entregarían a su heredero al mundo mortal, pero llevarían a la doncella al suyo.

—¿La secuestraron? —interrumpió Malory.

—Podrían haberlo hecho. —Rowena llenó las copas de nuevo—. Pero el amor no se puede robar. Es una elección. Y el joven dios anhelaba el amor.

—¿Y lo consiguió? —preguntó Zoe.

—La muchacha mortal eligió, amó y renunció a su mundo por el del dios. —Pitte se colocó las manos sobre las rodillas—. Hubo indignación en el mundo de los dioses, en el de los hombres y en el semimundo místico de las hadas y los duendes. Ningún mortal debía atravesar la Cortina; ésa era la norma fundamental, y acababa de quebrantarse. Una mujer mortal había pasado de su propio mundo al de ellos para casarse con su futuro rey sin ninguna razón más importante que el amor.

—¿Qué hay más importante que el amor? —preguntó Malory, y recibió de Pitte una mirada morosa y calmada.

—Algunos dirían que nada; otros dirían que el honor, la verdad, la lealtad. Eso dijeron algunos, y por primera vez en la memoria de los dioses hubo disensión y rebelión. El equilibrio se había roto. El joven dios, ya coronado rey, era fuerte y resistió todo aquello. Y la joven mortal era bella y fiel. Algunos se inclinaron a aceptarla; otros conspiraron en secreto.

En la voz de Pitte hubo un destello de ultraje y una repentina y fría fiereza que llevó a Malory a pensar de nuevo en los guerreros de piedra.

—Los enfrentamientos que se producían abiertamente podían sofocarse, pero lo que se maquinaba en cámaras secretas consumía los cimientos de aquel mundo.

»Ocurrió que la esposa del dios rey dio a luz a tres niñas, tres semidiosas con alma mortal. Al nacer, su padre entregó como protección a cada una un amuleto adornado con piedras preciosas. Las niñas aprendieron las costumbres del mundo de su padre y las del de su madre. Su hermosura e inocencia ablandó muchos corazones y cambió las ideas de muchos. Durante algunos años hubo paz de nuevo. Y las pequeñas crecieron hasta convertirse en jóvenes que se querían con auténtica devoción, cada una con un talento que realzaba y complementaba los de sus hermanas. —Pitte volvió a hacer una pausa, como para recobrar fuerzas—. Ellas no suponían un daño para nadie. Sólo repartían luz y belleza a ambos lados de la Cortina. Pero aún quedaban sombras, y una codiciaba lo que ellas poseían y ningún dios podía reclamar. A través de la brujería y la envidia, y a pesar de todas las precauciones, las muchachas fueron arrastradas al semimundo. El hechizo realizado las sumió en un sueño eterno, una muerte viviente. Y, dormidas, las devolvieron a través de la Cortina; sus almas mortales se hallaban encerradas en una urna que tenía tres llaves. Ni siquiera el poder de su padre logró romper las cerraduras. Hasta que se giren las tres llaves en su cerradura correspondiente, una detrás de otra, sus hijas seguirán atrapadas en un sueño encantado y sus almas llorarán en su prisión de cristal.

—¿Dónde están las llaves? —preguntó Malory—. ¿Y por qué no se puede abrir la urna con un encantamiento si ésa fue la forma de cerrarla?

—Dónde están es un enigma. Se han realizado numerosos hechizos y conjuros para abrir las cerraduras, y todos han fracasado..., pero hay pistas. Las almas son mortales, y sólo almas mortales pueden manejar las llaves.

—Mi invitación decía que yo era la llave. —Malory miró a Dana y a Zoe, y ambas asintieron con la cabeza—. ¿Qué tenemos que ver nosotras con esa leyenda mitológica?

—Hay algo que debo mostrarles. —Pitte se puso en pie y señaló hacia la entrada—. Espero que les interese.

—La tormenta está empeorando. —Confusa, Zoe lanzó una ojeada hacia las ventanas—. He de pensar en irme a casa.

—Les ruego que me concedan este gusto.

—Nos marcharemos todas juntas. —Malory dio un apretón tranquilizador al brazo de Zoe—. Veamos primero qué desea enseñarnos. Espero que vuelva a invitarme en otra ocasión —continuó mientras se dirigía hacia la puerta, donde aguardaban Pitte y Rowena—. Me encantaría ver algo más de su colección de arte, y quizá pueda devolverle el favor dándole un paseo privado por La Galería.

—Será bienvenida en nuestra casa, por supuesto. —Pitte la cogió del brazo con suavidad y la guió hasta el amplio vestíbulo—. Para Rowena y para mí sería un auténtico placer hablar de nuestra colección con alguien que la entiende y la valora. —Giró y pasó por debajo de otra arcada—. Espero que entienda y valore esta pieza en particular.

Sobre otra chimenea en la que crepitaba el fuego, había un cuadro que se elevaba hasta el techo. Los colores eran tan vivos e intensos y el estilo tan audaz y vigoroso que el corazón de Malory, gran amante del arte, dio un brinco.

Retrataba a tres mujeres, jóvenes, hermosas, con vaporosos trajes de color zafiro, rubí y esmeralda. La de azul, con unos rizos dorados y rebeldes que le llegaban a la cintura, estaba sentada en un banco semicircular que bordeaba un estanque. Sujetaba una pequeña arpa de oro.

A sus pies, sobre las baldosas plateadas, la chica de rojo tenía un rollo de pergamino y una pluma en el regazo, y la mano sobre la rodilla de su hermana —pues sin duda eran hermanas—. La joven de verde se hallaba de pie junto a ellas sosteniendo en un brazo un perrito negro y regordete, y llevaba una pequeña espada de plata en la cadera. Una enorme cantidad de flores se derramaba a su alrededor.

Había árboles de cuyas ramas caían magníficos frutos, y en el firmamento cerúleo volaban pájaros y hadas.

Embelesada, Malory había recorrido la mitad de la distancia que la separaba del cuadro para examinarlo de cerca cuando el corazón le dio un vuelco aún más fuerte: la chica de azul tenía su misma cara.

Mientras se detenía de golpe, pensó que era más joven, y más hermosa, desde luego. El cutis era luminoso; los ojos, más azules y profundos; el cabello, más abundante y romántico. Pero el gran parecido era indudable, y también, como observó mientras se recobraba de la impresión, la semejanza entre las otras dos retratadas y las demás invitadas al Risco del Guerrero.

—Un trabajo magnífico. La obra de un maestro —dijo, y se sorprendió de lo calmada que sonaba su voz pese al zumbido de sus oídos.

—Se parecen a nosotras. —En las palabras de Zoe había admiración mientras se aproximaba a Malory—. ¿Cómo es posible?

—Buena pregunta. —En la voz de Dana lo que había era recelo—. ¿Cómo nos han utilizado a nosotras tres como modelos para lo que es, obviamente, un retrato de las tres hermanas de la historia que acabamos de escuchar?

—Se pintó antes de que vosotras nacierais. Antes de que nacieran vuestros padres, vuestros abuelos y quienes los engendraron. —Rowena se aproximó al cuadro y se quedó frente a él con las manos entrelazadas ante la cintura—. Se puede comprobar su antigüedad realizando ciertas pruebas, ¿no es así, Malory?

—Sí. Se puede verificar su edad aproximada; pero, sea cual sea, no has respondido a la pregunta de Zoe.

La sonrisa que mostraba el rostro de Rowena dejaba traslucir una mezcla de aprobación y regocijo.

—No, no he respondido. ¿Qué más ves en el cuadro?

Malory hurgó en su bolso y sacó unas gafas de montura negra y rectangular. Se las puso e hizo un examen más minucioso de la obra.

—Una llave, en la esquina derecha del cielo. Parece un pájaro hasta que lo miras más de cerca. Hay una segunda llave ahí, en una rama de ese árbol, casi oculta por las hojas y la fruta. Y la tercera es sólo visible bajo la superficie del estanque. Hay una sombra entre los árboles con la forma de un hombre, o quizá de una mujer. Es una insinuación de algo oscuro que vigila a las jóvenes. Otra sombra se desliza por el borde de las baldosas plateadas. ¡Ah! Y ahí, lejos, al fondo —absorta en la pintura, olvidó la prudencia y se subió al reborde de la chimenea—, hay una pareja... Un hombre y una mujer... abrazados. Ella va ataviada suntuosamente, con el púrpura, que indica que es una mujer de alta posición. Y él va vestido como un soldado; un guerrero. Hay un cuervo en un árbol justo encima de ellos: un símbolo de perdición inminente; al igual que el cielo, que en esta parte está más oscuro..., tormentoso, con rayos y relámpagos. Una amenaza. Amenaza de la que no son conscientes las tres hermanas. Ellas miran hacia delante, unidas, mientras la corona de su rango destella a la luz del sol que baña esta área del primer plano. Entre ellas hay un sentimiento de compañerismo y afecto, y la paloma blanca de aquí, en el borde del estanque, es su pureza. Cada una lleva un amuleto de igual forma y tamaño, cuya piedra preciosa coincide con el color de su indumentaria. Conforman una unidad, aun siendo individuales. Es una obra espléndida. Casi puedes verlas respirar.

—Tiene un ojo muy perspicaz. —Pitte rozó el brazo de Rowena mientras asentía aprobatoriamente mirando a Malory—. Es la pieza más valiosa de la colección.

—De todos modos —intervino Dana—, eso no contesta la pregunta.

—Los poderes mágicos no pudieron deshacer el conjuro que mantenía encerradas en una urna de cristal las almas de las hijas del rey. Se convocó a hechiceros, magos y brujas de todos los mundos. Pero ningún tipo de magia pudo romper el maleficio. De modo que se lanzó otro conjuro: en este mundo, en cada generación nacerán tres mujeres que coincidirán en un mismo lugar al mismo tiempo. No son hermanas ni diosas, sino mortales. Y son las únicas que pueden liberar a las inocentes.

—¿Y usted pretende que nosotras nos creamos que somos esas mujeres? —Dana arqueó las cejas. Notaba un cosquilleo en la garganta, pero no le apetecía reírse—. ¿Es que resulta que nos parecemos a las chicas de este cuadro por casualidad?

—Nada es por casualidad. Y que lo crean o no cambia poco las cosas. —Pitte extendió las manos hacia ellas—. Ustedes son las elegidas, y yo soy el encargado de comunicárselo…

—Bueno, pues ya nos lo ha comunicado, así que ahora…

—… y de hacerles esta propuesta —continuó él antes de que Dana terminase—: cada una de ustedes tendrá, por turnos, un ciclo de la luna para encontrar una de las llaves. Si dentro de veintiocho días la primera falla, el asunto habrá concluido. Pero si la primera tiene éxito, empezará el tiempo de la segunda. Si ésta falla, todo habrá acabado. Si las tres llaves llegan hasta aquí antes del final de la tercera luna, ustedes recibirán una bonificación.

—¿De qué clase? —preguntó Zoe.

—Un millón de dólares. Cada una.

—¡Anda ya! —soltó Dana con un bufido, y luego miró a sus compañeras—. ¡Oh, vamos, señoras! Este tío está chalado. Para él es muy fácil arrojar dinero como si fuera confeti mientras nosotras nos dedicamos a perder el tiempo buscando un trío de llaves que, para empezar, ni siquiera existen.

—¿Y si existieran…? —Zoe se volvió hacia Dana con los ojos brillantes—. En ese caso, ¿no querrías tener la oportunidad de encontrarlas?, ¿la oportunidad de conseguir esa cantidad de dinero?

—¿Qué oportunidad? Ahí fuera hay un mundo inmenso, ¿cómo esperas localizar una llavecita de oro?

—Cada una contará, en su turno, con una guía. —Rowena señaló un pequeño arcón—. Podemos hacerlo si estamos todos de acuerdo. Vosotras podréis trabajar juntas. De hecho, eso es lo que esperamos. Debéis aceptar las tres; si una rechaza el desafío, se acabó. Si todas aceptáis el reto y sus términos, cada una recibirá veinticinco mil dólares, que seguirán siendo vuestros tanto si triunfáis como si fracasáis.

—Espera un minuto, espera un minuto. —Malory levantó una mano y después se quitó las gafas—. Espera un minuto —repitió—. ¿Estás diciendo que si decidimos buscar las llaves, sólo buscarlas, nos daréis veinticinco mil dólares? ¿Limpios de polvo y paja?

—Depositaremos esa cantidad en la cuenta bancaria que ustedes elijan. Inmediatamente —aseguró Pitte.

—¡Oh, Dios mío! —Zoe entrelazó las manos—. ¡Oh, Dios mío! —repitió, y se dejó caer en una silla—. Esto tiene que ser un sueño.

—Un timo, más bien. ¿Dónde está la trampa? —inquirió Dana—. ¿Cuál es la letra pequeña?

—Si fracasáis, cualquiera de las tres, la penalización para todas será de un año de vuestras vidas.

—¿Qué? ¿Como en la cárcel? —preguntó Malory.

—No. —Rowena indicó a una criada que entrara con un carrito de café—. Un año de vuestras vidas no existirá.

—¡Paf! —Dana chasqueó los dedos—. Como un truco de magia.

—La llave existe. No en esta casa —musitó Rowena—, pero sí en este mundo, en este lugar. Eso podemos revelarlo, pero no estamos autorizados a decir nada más, aunque podemos brindaros cierta orientación. La búsqueda no es sencilla, por eso recompensamos el intento. En caso de tener éxito, el premio es mayor; y por fallar hay una penalización. Por favor, tomaos un tiempo para discutirlo entre vosotras. Pitte y yo os dejaremos un rato a solas.

Ambos salieron de la estancia y Rowena se giró para cerrar las enormes puertas correderas.

—Esto es una casa de locos —dijo Dana mientras cogía un pastelito de la bandeja de postres—. Si alguna de vosotras está considerando seriamente seguir el juego a esos dos pirados, es que forma parte de este manicomio.

—Déjame decir sólo una cosa. —Malory se sirvió una taza de café y le echó dos terrones de azúcar—. Veinticinco mil dólares cada una.

—No es posible que te creas que van a apoquinar de verdad ese montón de pasta porque les digamos: «Oh, por supuesto que buscaremos las llaves». Unas llaves que abren una caja que contiene las almas de tres semidiosas.

—Sólo hay un modo de averiguarlo —repuso Malory mientras se debatía entre coger o no un pastelillo de crema.

—Se parecen a nosotras. —Sin hacer caso del café ni de los dulces, Zoe permanecía ante el cuadro, contemplándolo—. Muchísimo.

—Sí, desde luego, y eso resulta escalofriante. —Dana asintió cuando Malory alzó la cafetera ofreciéndole—. ¿Por qué nos habrán pintado juntas de esa manera? No nos conocíamos antes de esta noche. Y me horripila la idea de alguien espiándonos, tomando fotografías, apuntes o lo que fuese para poder retratarnos conjuntamente.

—Esto no es algo pintado por capricho o con prisas. —Malory le tendió una taza de café—. Es una obra maestra. La destreza, la aplicación, el detalle... Alguien se volcó en esta pieza, alguien con un talento increíble.

Y le supuso una increíble cantidad de trabajo. Si esto es un timo, está muy elaborado. Además, ¿cuál es el problema? Yo estoy sin blanca. ¿Y vosotras?

Dana hinchó los carrillos.

—Más o menos igual.

—Yo tengo algo ahorrado —dijo Zoe—. Pero se me acabará enseguida si no consigo otro empleo pronto. No sé nada al respecto, pero no me da la impresión de que estas personas vayan tras el poco dinero que tenemos.

—Estoy de acuerdo. ¿Quieres café?

—Gracias. —Se giró hacia ellas y extendió las manos—. Mirad, vosotras no me conocéis, y no hay ninguna razón para que os importe, pero a mí ese dinero me iría muy bien. —Avanzó unos pasos—. Veinticinco mil dólares serían como un milagro. Seguridad para mi hijo, y quizá una oportunidad para hacer lo que siempre he querido: abrir mi propio salón de belleza. Sólo hemos de decirles que sí. Y buscar unas llaves. No es nada ilegal.

—No hay ninguna llave —insistió Dana.

—¿Y si resulta que sí que las hay? —Zoe bajó su taza antes de llegar a beber—. Debo decir que veinticinco mil dólares me ayudan mucho a abrir la mente a nuevas posibilidades. ¿Y un millón? —Soltó una carcajada breve y perpleja—. Ni siquiera puedo pensarlo. Me da dolor de estómago.

—Sería como una búsqueda del tesoro —murmuró Malory—. Podría resultar divertido. Quién sabe, hasta podría ser provechoso. Veinticinco mil dólares rellenarían un vacío, y justo ahora eso es una prioridad práctica para mí. Y quizá yo también podría tener mi propio negocio. No como La Galería, sino un local pequeño que se centrara en artistas y artesanos. —Faltaban diez años para que eso ocupara el primer lugar en la lista de objetivos de su plan vital, pero podía ser flexible.

—Nada es tan sencillo. Nadie entrega dinero porque tú le digas que vas a hacer algo. —Dana sacudió la cabeza—. Tiene que haber mucho más debajo de todo esto.

—A lo mejor ellos creen en la historia —objetó Malory—. Si tú también la creyeras, veinticinco mil dólares te parecerían una miseria. Aquí estamos hablando de almas. —Incapaz de evitarlo, se giró para mirar el cuadro—. Un alma vale más que veinticinco mil dólares. —En su interior, el entusiasmo empezó a saltar como una brillante pelota roja. Ella nunca había vivido una aventura, y mucho menos una aventura pagada—. Ellos son ricos y excéntricos, y se lo creen. Lo cierto es que si seguimos con esto casi es como si fuésemos nosotras quienes los timamos. Pero eso lo voy a pasar por alto.

—¿En serio? —Zoe la agarró del brazo—. ¿Vas a aceptar?

—No ocurre todos los días que te paguen por trabajar para los dioses. Vamos, Dana, suéltate el pelo.

Dana frunció el entrecejo de tal modo que en su frente se dibujó una profunda y tozuda línea vertical.

—Esto nos causará problemas. No sé dónde ni cómo, pero me huele a problemas.

—¿Qué harías tú con veinticinco mil dólares? —le preguntó Malory, arrulladora; luego le ofreció otro pastelillo.

—Invertir lo que pudiese para poder tener mi propia librería. —Suspiró, soñadora; empezaba a flaquear—.

Serviría té por las tardes y vino en las veladas. Habría lecturas… Oh, cielos.

—¿No es extraño que las tres atravesemos una crisis laboral y que lo que queramos todas sea abrir nuestro propio local? —Zoe volvió a mirar el cuadro de forma precavida—. ¿No os parece raro?

—No más que el hecho de estar en esta fortaleza hablando de ir a la caza de un tesoro. Bueno, estoy en un aprieto —musitó Dana—: si digo que no, os fastidio a las dos; si digo que sí, me sentiré como una idiota. Supongo que soy una idiota.

—¿Sí? —Con una carcajada, Zoe le lanzó los brazos al cuello—. ¡Es estupendo! ¡Es fantástico!

—Relájate, Zoe. —Riendo entre dientes, Dana le dio unas palmaditas en la espalda—. Imagino que éste es el momento de sacar a colación la cita oportuna: «Todas para una y una para todas».

—Yo tengo una mejor —Malory cogió de nuevo su taza y la alzó a modo de brindis—: «Muéstrame el dinero».

Como si les hubieran avisado, se abrieron las puertas. Rowena entró primero y dijo:

—¿Nos sentamos?

—Hemos decidido aceptar el… —Zoe se interrumpió y miró a Dana.

—… el desafío.

—Sí. —Rowena cruzó las piernas—. Querréis ver los contratos…

—¿Contratos? —repitió Malory.

—Por supuesto. El nombre tiene poder. Escribir el propio nombre como promesa es necesario para todos.

En cuanto estéis satisfechas, escogeremos la primera llave.

Pitte sacó unos documentos de un escritorio y entregó una copia a cada una de las tres mujeres.

—Son sencillos, creo yo, e incluyen las condiciones de las que hemos hablado antes. Si anotan aquí dónde quieren que se les ingrese el dinero, ya estará todo listo.

—¿No os importa que no creamos en ellas? —Malory levantó una mano en dirección al cuadro.

—Dadnos vuestra palabra de que aceptáis los términos del contrato. Eso basta por ahora —respondió Rowena.

—Mucha franqueza para un negocio tan extraño —señaló Dana. Y se prometió a sí misma llevar el contrato a un abogado al día siguiente para ver si era vinculante.

Pitte le alargó un bolígrafo.

—Tanta franqueza como muestra usted. Cuando llegue su turno, sé que hará todo lo que pueda.

Un relámpago chisporroteó tras el cristal de la ventana mientras los contratos se firmaban y se refrendaban.

—Vosotras sois las elegidas —dijo Rowena poniéndose en pie—. Ahora todo está en vuestras manos. ¿Pitte?

Él volvió al escritorio y cogió una caja tallada.

—Dentro hay tres discos. Uno tiene la imagen de una llave. La que saque ese disco empezará la búsqueda.

—Espero no ser yo. —Con una carcajada temblorosa, Zoe se secó en la falda las humedecidas palmas de las manos—. Lo siento, es que estoy muy nerviosa. —Cerró los ojos y metió la mano en la caja. Apretando el disco dentro del puño, se dirigió a Dana y Malory—: Los miramos todas a la vez, ¿de acuerdo?

—Muy bien. Allá voy. —Dana tomó otro disco y lo mantuvo pegado al cuerpo hasta que Malory recogió el que quedaba.

—Vale.

Permanecieron en círculo, cara a cara. Luego mostraron los discos.

—¡Guau! —Malory carraspeó—. Qué suerte la mía —susurró mientras observaba la llave de oro grabada en su disco.

—Usted es la primera, señorita Price. Su tiempo comienza mañana a la salida del sol y termina veintiocho días después a medianoche.

—Pero tendré una guía, ¿no? Un mapa o algo.

Rowena abrió el pequeño arcón y sacó un papel que entregó a Malory. Después recitó las palabras que había escritas en él:

—«Debes buscar la belleza, la sabiduría y el valor. Una sola no tiene ningún valor. Dos sin la tercera es algo incompleto. Indaga en el interior y conoce lo que ya conoces. Averigua qué esconde la oscuridad principalmente. Indaga en el exterior, donde la luz vence a las sombras, como el amor vence a la pesadumbre. Lágrimas de plata caen de la canción que ella crea, pues brota de las almas. Mira más allá y en medio, para ver dónde florece la belleza y canta la diosa. Puede haber miedo, puede haber dolor, pero el corazón sincero los derrota a ambos. Cuando halles lo que buscas, el amor romperá el encantamiento y el corazón forjará la llave y la devolverá a la luz.»

Malory aguardó un segundo.

—¿Ya está? ¿Y se supone que eso es una pista?

—Me alegro de no tener que ser la primera —dijo Zoe.

—Espera… ¿No puedes decirme nada más? Tú y Pitte ya sabéis dónde están las llaves, ¿verdad?

—Eso es todo lo que nos permiten darte, pero tú ya tienes todo lo que necesitas tener. —Rowena posó las manos en los hombros de Malory, luego la besó en las mejillas—. Bendita seas.

Algo más tarde, Rowena se hallaba ante la chimenea dejando que el fuego le calentara las manos mientras contemplaba el cuadro. Notó que Pitte entraba y se detenía detrás de ella, y volvió el rostro cuando él le tocó la mejilla.

—Tenía más esperanzas antes de que vinieran —confesó Pitte.

—Son mujeres inteligentes y con recursos. No se escoge a ninguna que no sea capaz.

—Y aun así continuamos en este lugar, año tras año, siglo tras siglo y milenio tras milenio.

—No, por favor. —Se dio la vuelta, le rodeó la cintura con los brazos y se apretó contra él—. No desesperes, mi amor, antes de que haya empezado siquiera.

—¡Tantos comienzos y nunca un final! —Inclinó la cabeza y deslizó sus labios por la frente de Rowena—. ¡Cómo me agobia este sitio!

—Hemos hecho todo lo que está en nuestras manos. —Apoyó la mejilla en el pecho de Pitte, reconfortada por el sonido regular de su corazón—. Ten un poco de fe. Me gustan esas chicas —añadió, y lo cogió de la mano mientras se encaminaban hacia la puerta.

—Son bastante interesantes. Para ser mortales —replicó él.

Cuando cruzaron el arco de entrada, el crepitante fuego se desvaneció y las luces se apagaron de golpe dejando una estela dorada en la oscuridad.

3

No podía decir que no se lo hubiera imaginado. Y James fue absolutamente educado, incluso paternal. Pero fuese cual fuese el modo de administrarla, aquello no dejaba de ser una patada.

El hecho de estar preparada, incluso con el colchón que suponían los veinticinco mil dólares que ya engrosaban su cuenta corriente —lo había comprobado esa misma mañana—, no sirvió para que el despido resultara menos horrible y humillante.

—Las cosas cambian. —James P. Horace, impecable como siempre con su pajarita y sus gafas montadas al aire, hablaba en tonos modulados.

En todos los años que Malory lo conocía, nunca lo había oído alzar la voz. James podía ser despistado, a veces negligente en cosas prácticas relativas al mundo de los negocios, pero era infaliblemente amable.

Incluso en ese instante, su rostro mostraba una expresión paciente y serena. «Un poco como un querubín entrado en años», pensó Malory.

Aunque la puerta del despacho estaba cerrada, el resto del personal de La Galería conocería en poco tiempo el resultado de la reunión.

—Me gusta pensar en mí mismo como en una especie de padre suplente, y como tal sólo deseo lo mejor para ti.

—Sí, James, pero…

—Si no nos movemos en alguna dirección, nos quedamos estancados. Malory, pienso que, aunque esto pueda ser difícil para ti al principio, pronto verás que es lo mejor que podía ocurrir.

Malory se preguntó cuántos tópicos podría emplear un hombre cuando estaba a punto de soltar una bomba.

—James, sé que Pamela y yo no hemos estado de acuerdo en algunas cosas. —«Veo tu tópico, y me he adelantado»—. Como recién llegada al lugar, es lógico que se ponga a la defensiva, mientras que yo tiendo a ser territorial. Lamento muchísimo haber perdido los nervios. Lo de derramarle el café por encima fue un accidente. Sabes que yo nunca…

—Bueno, bueno. —Agitó las manos en el aire—. Estoy seguro de eso. No quiero que le des más vueltas al asunto. Es agua pasada. Pero, Malory, el caso es que Pamela desea tener un papel más activo en el negocio, para infundirle nueva energía.

La desesperación le llegó al estómago.

—James, Pamela cambió de lugar todas las cosas de la sala principal y las mezcló con piezas del salón. Trajo una tela de… lamé dorado, James, y envolvió con ella el desnudo art déco como si fuera un pareo. No sólo interrumpió el flujo ambiental por los traslados, sino que, además, el efecto era…, bueno, vulgar. Ella no entiende de arte ni de espacio, y…

—Sí, sí. —Su voz no varió ni un punto, en su rostro no se alteró la expresión de placidez—. Pero aprenderá.

Y creo que enseñar a Pamela será todo un placer. Aprecio muchísimo su interés en mi negocio, y su entusiasmo..., tanto como he apreciado siempre los tuyos, Malory. Pero el hecho es que de verdad pienso que, para ti, nos hemos quedado atrás. Es hora de que intentes superarte. Amplía tus horizontes, exígete al máximo, arriésgate.

Malory sintió un nudo en la garganta, y su voz sonó ronca cuando logró hablar.

—Adoro La Galería, James.

—Ya lo sé. Y aquí siempre serás bienvenida. Siento que es hora de que te dé un empujoncito para que abandones el nido. Naturalmente, quiero que estés cómoda mientras decides qué te gustaría hacer después de esto. —Se sacó un cheque del bolsillo delantero de la camisa—. Una compensación equivalente al salario de un mes debería ayudarte a mantener alejadas las preocupaciones.

«¿Qué voy a hacer? ¿Adónde voy a ir?» Preguntas frenéticas revoloteaban en su cerebro como pájaros asustados.

—Éste es el único sitio en que he trabajado.

—Pues eso respalda mi decisión. —Dejó el cheque sobre la mesa—. Espero que sepas que te tengo un gran afecto y que puedes acudir a mí en cualquier momento en busca de consejo. Aunque creo que sería mejor si eso quedara entre nosotros. Pamela está algo molesta contigo ahora mismo.

Le dio un besito paternal y amistoso en la mejilla, una palmadita en la cabeza, y salió.

Podía ser paciente y plácido, pero James también era débil. Débil y, aunque Malory odiaba admitirlo —odiaba darse cuenta después de todos aquellos años—, egoísta. Se necesitaba ser débil y egoísta para despedir a una empleada eficiente, creativa y leal por el simple capricho de su esposa.

Sabía que era inútil llorar, pero, aun así, dejó escapar algunas lágrimas mientras recogía sus efectos personales en el pequeño despacho que ella misma había decorado. Todo lo que se relacionaba con la carrera profesional de su vida cabía en una sola caja de cartón.

Eso resultaba, de nuevo, eficiente y práctico. «Y patético», se dijo Malory a sí misma.

Todo iba a ser diferente a partir de ese instante, y ella no estaba preparada. No tenía ningún plan, ningún esquema, ninguna lista para el próximo paso a dar. A la mañana siguiente no se levantaría para tomar un desayuno equilibrado y ligero antes de vestirse para ir al trabajo con el modelo seleccionado cuidadosamente la noche anterior.

Una sucesión de días sin propósito alguno, sin planes, se extendía, ante ella como un precipicio sin fondo. Y el valioso orden de su vida estaba esparcido en el vacío que se abría a sus pies.

Eso la aterrorizaba, pero junto al miedo caminaba el orgullo, de modo que se retocó el maquillaje y mantuvo la barbilla bien alta y los hombros hacia atrás mientras salía del despacho con la caja y bajaba las escaleras. Hizo lo que pudo para esbozar una sonrisa cuando Tod Grist apareció corriendo al pie de la escalera.

Era menudo y elegante, e iba vestido de negro, con camisa y pantalones de diseño. Dos diminutos aros de oro relucían en el lóbulo de su oreja izquierda. El cabello le llegaba a los hombros y no era de un rubio uniforme —algo que Malory le había envidiado siempre—, y enmarcaba un rostro angelical que atraía a las señoras maduras y ancianas como un canto de sirenas. Había entrado en La Galería un año después de la llegada de Malory, y desde entonces ella había sido su amiga, confidente y compañera de cotilleos.

—No te vayas. Mataremos a la guapita descerebrada. Un poco de arsénico en su café con leche de la mañana, y será historia. —Se aferró a la caja de cartón—. Mal, amor de mi vida, no puedes dejarme aquí.

—Me han dado la patada. El salario de un mes como compensación por el despido, una palmadita en la cabeza y una colección de sermones. —Se esforzó en contener las lágrimas que le empañaron la visión cuando miró a su alrededor: el amplio y encantador vestíbulo, los torrentes de luz filtrada que se derramaban sobre el suelo de roble—. Dios, ¿qué voy a hacer mañana cuando no pueda venir aquí?

—Ay, tesoro. Venga, dame eso. —Le cogió la caja y le dio un empujoncito con ella—. Vayamos fuera, donde podamos lloriquear.

—Ya no voy a lloriquear más. —Pero tuvo que morderse el labio cuando éste empezó a temblar.

—Pues yo sí —prometió él, y siguió empujándola hasta que hubieron atravesado la puerta. Depositó la caja en una de las mesas de hierro del precioso porche cubierto y rodeó a Malory con sus brazos—. No lo soporto.

Aquí, nada será igual sin ti. ¿Con quién cotillearé? ¿Quién aliviará mi corazón cuando algún cabrón me lo rompa? Ya habrás notado que todo esto me duele sólo por mí.

Tod consiguió que riera.

—Tú seguirás siendo mi mejor amigo, ¿verdad?

—Por supuesto que sí. No estarás pensando en algo descabellado, como trasladarte a la ciudad, ¿verdad? —Se echó hacia atrás para estudiar el rostro de Malory—. Ni en juntarte con malas compañías y trabajar en una tienda de regalos de un centro comercial.

Sintió que un peso de plomo aterrizaba en su estómago (¡plaf!). Ésas eran las dos únicas opciones razonables que tenía para ganarse la vida. Pero, como parecía que Tod estaba a punto de echarse a llorar, las desdeñó para animarlo.

—¡Dios me libre! No sé qué voy a hacer exactamente. Pero hay una cosa… —Recordó la extraña velada del día anterior, y la llave—. Te lo contaré más adelante. Tengo algo que me mantendrá ocupada durante un tiempo, y luego… ni idea, Tod. Todo se ha desbaratado. —Quizá sí que iba a sollozar, después de todo—. Nada es como se suponía que tenía que ser, así que no veo cómo será. Que me despidieran no formaba parte del plan vital de Malory Price.

—No es más que un problema pasajero —aseguró Tod—. James está bajo los efectos de algún tipo de hechizo sexual. Aún puede recuperar la cordura. Podrías acostarte con él —añadió inspirado—. Yo podría acostarme con él.

—Sólo tengo una cosa que decir a esas dos propuestas: puaj.

—Profundo, y cierto. ¿Qué tal si voy a tu casa esta noche con comida china y una botella de vino?

—Eres un amigo.

—Tramaremos la desaparición de Pamela «la Pútrida» y planearemos tu futuro. ¿Quieres que te acompañe a casa, cielo?

—Gracias, pero estaré bien. Dame tiempo para que se me despeje la cabeza. Despídeme de… todo el mundo. No puedo dar la cara en este momento.

—No te preocupes.

Malory intentó no preocuparse mientras se dirigía a su casa. Intentó no hacer caso del pánico que la acosaba con cada paso que la alejaba de la rutina y la aproximaba a un enorme y profundo precipicio.

Era joven, instruida, trabajadora. Tenía dinero en el banco. Toda su vida se extendía ante ella como un lienzo en blanco. Lo único que tenía que hacer era escoger los colores y ponerse manos a la obra.

Pero en ese preciso instante necesitaba pensar en otra cosa, en cualquier otra cosa. Tenía un mes para tomar una decisión, y una intrigante tarea que llevar a cabo mientras tanto. Todos los días no te pedían que buscases una misteriosa llave y tomaras parte en la salvación de unas almas.

Tendría que ocuparse de eso hasta que resolviese qué hacer con el resto de su vida. Después de todo, había dado su palabra, así que debía mantenerla y emprender de inmediato la misión. Bueno, en cuanto hubiese ido a casa y enterrado sus pesares en una tarrina de helado Ben and Jerry's.

Al llegar a la esquina volvió la cabeza, con los ojos empañados y sintiéndose muy desgraciada, hacia La

Galería. ¿A quién pretendía engañar? Aquél había sido su hogar.

Exhalando un hondo suspiro, dio un paso adelante. Y se cayó de culo bruscamente.

Fuera lo que fuese lo que había chocado contra ella, mandó su caja por los aires y se le echó encima. Malory oyó un gruñido y algo que sonaba como un aullido. Sin poder respirar y con lo que semejaba una pequeña montaña aplastándole el pecho, miró hacia arriba y se encontró con una cara negra y peluda.

Mientras luchaba por tomar aire y poder chillar, una enorme lengua se desenrolló y le lamió el rostro.

—*¡Moe!* ¡Detente! ¡Ven aquí! ¡Apártate! Ay, Dios, lo lamento.

Malory oyó la voz, que reflejaba cierto pánico, mientras apretaba la boca y giraba la cabeza para esquivar la lengua. De repente, a la mole negra que la tenía inmovilizada en el suelo le crecieron brazos, y luego una segunda cabeza.

Esa otra era humana, bastante más atractiva que la primera, a pesar de las gafas de sol que se habían deslizado por la nariz, afilada y recta, y la mueca de la boca.

—¿Estás bien? ¿Te has hecho daño? —El hombre apartó el inmenso bulto negro y luego colocó su propio cuerpo en medio, a modo de muro defensivo—. ¿Puedes sentarte?

Era una pregunta retórica, pues ya estaba tirando de Malory, que se hallaba en una postura desgarbada, para que se incorporara. El perro intentó meter la nariz, pero él lo mantuvo a raya de un codazo.

—¡Túmbate, pedazo de idiota, torpe! No va por ti —aclaró, con una repentina y encantadora sonrisa mientras le apartaba el pelo de la cara a Malory—. Lo siento. Es inofensivo, pero un poco patoso y tonto.

—¿Qué…, qué es?

—*Moe* es un perro, o eso se rumorea. Pensamos que es un cruce entre un cocker spaniel y un mamut lanudo. Lo lamento, de verdad. Es culpa mía. No estaba atento y no me he dado cuenta de que se alejaba de mí.

Malory miró a la derecha, donde estaba agachado el perro, si es que aquello era un perro, moviendo una cola tan gruesa como su brazo con un aspecto tan inocente como hogareño.

—No te has golpeado en la cabeza, ¿verdad?

—Creo que no. —Notó que el dueño de *Moe* la observaba con tal intensidad que la recorrió una oleada de calor—. ¿Qué?

Ella era tan linda como una tarta de pastelería. Todo aquel pelo rubio y revuelto, la piel cremosa, la sonrosada y carnosa boca fruncida en un mohín sexy. Los ojos eran grandes, azules y hermosos, a pesar de que echaban chispas de furia.

Él casi se humedeció los labios cuando Malory alzó la mano para meterla en aquella magnífica maraña de cabello y le preguntó con el entrecejo fruncido:

—¿Qué estás mirando?

—Sólo quiero comprobar que no tienes rayos X en los ojos. Te has caído de forma muy brusca. Unos ojos preciosos, por cierto. Yo soy Flynn.

—Y yo soy una persona harta de estar sentada en la acera. ¿Te importa?

—Oh, claro.

Se irguió, la cogió de las manos y la ayudó a ponerse en pie. Era más alto de lo que le había parecido, por lo que Malory retrocedió automáticamente para no tener que alzar el rostro al mirarlo a los ojos. El sol se reflejaba en el cabello de Flynn, un cabello marrón, ondulado y con matices castaños. Seguía sujetándola de las manos, tan firmemente que ella sintió sus durezas.

—¿Seguro que estás bien? Ha sido una caída muy dura.

—Soy consciente de eso.

Dolorosamente consciente en la parte de su anatomía que había chocado antes contra la acera. Se puso en cuclillas y empezó a recoger el contenido de la caja.

—Yo me encargaré de eso. —Flynn se agachó a su lado, y después apuntó con un dedo a *Moe*, que intentaba acercarse a ellos con el mismo sigilo que un elefante al atravesar la sabana africana—. Quédate ahí o no habrá recompensa.

—Tú ocúpate de tu perro. No necesito ninguna ayuda. —Recuperó su neceser de maquillaje de emergencia y lo metió en la caja. Cuando vio que se le había roto una uña, sintió deseos de encogerse, llena de autocompasión, y gemir. Pero en vez de eso apretó el botón del mal genio—. No deberías ir por una calle pública con un perro de ese tamaño si eres incapaz de controlarlo. Él no es más que un animal, no sabe hacerlo mejor; pero se supone que tú sí.

—Tienes razón, tienes toda la razón del mundo. Eh..., esto debe de ser tuyo. —Alzó un sujetador negro sin tirantes.

Mortificada, Malory se lo quitó de las manos y lo guardó en la caja.

—Vete ya. Vete muy, pero que muy lejos.

—Escucha: ¿por qué no me dejas llevarte esa…?

—Llévate a tu estúpido perro —soltó ella mientras levantaba la caja y se alejaba con toda la dignidad que pudo reunir.

Flynn observó cómo se iba mientras *Moe* avanzaba torpemente y apoyaba su considerable peso contra el costado de su dueño. Absorto, Flynn le dio unas palmaditas en la cabezota y disfrutó del indignado balanceo de aquellas caderas femeninas enfundadas en una falda corta. No creía que la carrera en las medias estuviese ahí antes de su encontronazo con *Moe*, pero, desde su perspectiva, aquello no le quitaba ningún mérito a un par de espléndidas piernas.

—Deliciosa —dijo en voz alta mientras ella entraba en un edificio situado en medio de la manzana—. Y enfadada, más. —Miró hacia *Moe*, que exhibía una expresión esperanzada—. Buen trabajo, cabroncete.

Tras una ducha caliente, haberse cambiado de ropa y haberse tomado un terapéutico cuenco de helado de vainilla con *cookies*, Malory se dirigió a la biblioteca. La noche anterior no había quedado en nada con Dana, pues suponía que todas eran compañeras. Por ser la primera, a Malory le correspondería tomar la iniciativa.

Necesitaban celebrar algún tipo de reunión para descifrar la pista y trazar un plan de acción. Malory no tenía auténticas esperanzas de ganar un millón de dólares, pero no por eso iba a desentenderse del asunto ni a regresar a su propio mundo.

No recordaba cuál era la última vez que había estado en la biblioteca. Por alguna razón, entrar allí hacía que se sintiera de nuevo como una estudiante, llena de inocencia, expectativas y ansias de aprender.

La zona principal no era muy grande, y la mayoría de las mesas se hallaban desocupadas. Malory vio a un hombre mayor leyendo el periódico, unas cuantas personas deambulando entre las estanterías y una mujer con un chiquitín pegado a sus talones en el mostrador de préstamos.

El lugar era tan silencioso que el timbre del teléfono sonó como un aullido. Al oír ese sonido, Malory se giró hacia el mostrador central. Allí estaba Dana con el auricular pegado a la oreja mientras sus dedos se movían sobre un teclado.

Contenta de no tener que buscar por todo el edificio para encontrarla, Malory se acercó. La saludó con la mano mientras Dana le dirigía un gesto con la cabeza y acababa con la llamada.

—Esperaba que vinieras por aquí, aunque no te esperaba tan pronto.

—Ahora soy una mujer ociosa.

—Oh. —El rostro de Dana se suavizó, solidario—. ¿Te han despedido?

—Me han despedido, pateado y echado, y luego me han tirado de culo al suelo un imbécil y su perro de camino a casa. Lo mires por donde lo mires, ha sido un día cochambroso, incluso con el aumento de mi cuenta corriente.

—Debo decir que no me lo creía. Esos dos de allá arriba están para que los encierren de verdad.

—Por suerte para nosotras. Pero aún tenemos que ganárnoslo. Yo soy la primera, así que supongo que debo empezar ya, por donde sea.

—Me he adelantado a ti. Jan, ¿puedes ocupar mi sitio un momento? —Dana se levantó y recogió un montón de libros de debajo del mostrador—. Ven conmigo —le dijo a Malory—. Hay una bonita mesa junto a la ventana en la que podrás trabajar a gusto.

—¿Trabajar en qué?

—En investigación. Tengo muchos libros sobre mitología celta, dioses y diosas, tradiciones y leyendas. Me he inclinado por los celtas porque Rowena es de Gales y Pitte, irlandés.

—¿Cómo sabes que es irlandés?

—No lo sé. Pero su acento sonaba a irlandés. La verdad es que yo conozco poco o nada sobre los mitos celtas, y me imagino que a ti y a Zoe os ocurrirá lo mismo.

—Sí, no tengo ni idea.

Dana dejó los libros con un ruido apagado.

—Pues entonces hemos de ponernos al día. Yo acabaré dentro de dos horas, y entonces podré echarte una mano. Y puedo llamar a Zoe, si te parece bien.

Malory se quedó mirando la pila de libros.

—Quizá sea una buena idea. No sé por dónde empezar.

—Elige uno cualquiera. Te traeré un cuaderno.

Una hora más tarde, Malory necesitaba una aspirina. Cuando Zoe llegó corriendo y se sentó enfrente, ella se quitó las gafas y se frotó los ojos doloridos.

—Bien. Refuerzos. —Deslizó un libro por la mesa.

—Siento haber tardado tanto. Estaba haciendo unos recados. Le he comprado a Simon un videojuego que se moría por tener. Sé que quizá no debiera haberme gastado ese dinero, pero quería regalarle algo sólo por gusto. No había tenido tanto dinero en toda mi vida —susurró—. Soy consciente de que debería ser cuidadosa con él, pero si no puedes hacer algo divertido, ¿qué gracia tiene?

—No has de convencerme de eso. Y en cuanto lleves un rato con esto, te darás cuenta de que te lo has ganado. Bienvenida al absurdo universo de los celtas. Seguramente Dana tendrá otro cuaderno.

—He traído uno. —De un enorme bolso, Zoe sacó un bloc nuevo y grueso como un ladrillo y una caja de lápices con la punta tan afilada como un sable—. Es casi como volver a la escuela.

El exaltado optimismo de Zoe chocó con el humor de perros de Malory.

—¿Quieres que nos pasemos notitas y hablemos de chicos?

Zoe se limitó a sonreír ampliamente y abrió un libro.

—Vamos a encontrar esa llave. Lo sé.

Para cuando Dana se reunió con ellas, Malory había llenado páginas y páginas de notas con la taquigrafía modificada que había desarrollado en sus años universitarios, había acabado un bolígrafo y había empleado dos de los lápices de Zoe.

—¿Por qué no vamos a casa de mi hermano? —sugirió Dana—. Está a la vuelta de la esquina. Él ahora está trabajando, así que no nos lo encontraremos. Podremos ponernos un poco cómodas y vosotras podríais resumirme lo más interesante.

—Por mí, bien. —Agarrotada tras tanto tiempo en la silla, Malory se puso en pie.

—Yo sólo podré quedarme una hora más. Cuando tengo la ocasión, me gusta estar en casa a la hora en que Simon vuelve de la escuela.

—En marcha, entonces. Estos libros son responsabilidad mía —dijo Dana mientras empezaba a recogerlos—. Si os lleváis alguno a casa para continuar la investigación por vuestra cuenta, tenéis que devolvérmelo en un plazo razonable y en el mismo estado en que os lo hayáis llevado.

—Eres una auténtica bibliotecaria. —Malory se puso algunos ejemplares debajo del brazo.

—¿Qué coño creías? —Dana se encaminó a la salida—. Veré qué puedo sacar de Internet y a través del préstamo interbibliotecario.

—Yo no sé cuánto vamos a poder obtener de los libros.

Dana se puso las gafas de sol, luego se las bajó un poco y miró a Malory por encima de la montura.

—Cualquier cosa que valga algo se puede hallar en los libros.

—Bien, ahora estamos ante la Terrorífica Dama de la Biblioteca. Lo que necesitamos es descifrar la pista que nos han dado.

—Sin información sobre la historia y sus personajes no tenemos ninguna base.

—Contamos con cuatro semanas enteras —señaló Zoe mientras sacaba unas gafas de sol de su bolso—. Es tiempo suficiente para encontrar mucho material y mirar en muchos lugares. Pitte dijo que las llaves estaban por aquí, así que no hemos de preocuparnos por tener que buscar en todo el mundo.

—«Por aquí» puede significar en el valle o en las montañas, incluso en el estado de Pensilvania. —Malory sacudió la cabeza ante la magnitud y lo confuso del asunto—. Pitte y compañía lo han dejado bastante abierto. Incluso aunque esté cerca, la llave podría hallarse en un cajón polvoriento o en el fondo del río, en la cámara acorazada de un banco o enterrada bajo una roca.

—Si fuese fácil, ya la habría encontrado alguien —apuntó Zoe—, y el primer premio no serían tres millones de dólares.

—No seas juiciosa mientras yo refunfuño.

—Perdón, pero hay otro aspecto sobre el que tengo dudas. Anoche no pude dormir dándole vueltas y más vueltas a la velada. Es todo muy irreal. Pero incluso dejando todo eso aparte un momento, incluso si somos optimistas y decimos que localizarás la llave, ¿cómo sabremos que es la tuya y no una de las dos restantes?

—Interesante. —Malory cambió de brazo el montón de libros mientras doblaban la esquina—. ¿Cómo es que los Gemelos Estrafalarios no han pensado en eso?

—Imagino que sí lo hicieron. Mira, primero has de decir que todo es real.

Dana se encogió de hombros.

—Todas tenemos dinero en el banco y vamos cargadas con libros sobre mitología celta. Eso es bastante real para mí.

—Si todo es real, entonces Malory puede dar con la primera llave. Incluso si las otras dos estuvieran delante de sus narices, no las encontraría. Y nosotras tampoco, no antes de que nos llegue el turno.

Dana se detuvo, ladeó la cabeza y se quedó mirando a Zoe.

—¿De verdad crees en todo esto?

Zoe se ruborizó, pero se encogió de hombros de forma despreocupada.

—Me gustaría. Es fantástico e importante. Yo nunca he hecho nada fantástico ni importante. —Miró hacia la estrecha casa victoriana de dos pisos pintada con un suave azul pizarra y con molduras beis—. ¿Ésta es la casa de tu hermano? Me parecepreciosa.

—La está arreglando poco a poco. Como un pasatiempo.

Avanzaron por el sendero enladrillado. El césped estaba verde y cuidado, pero, en opinión de Malory, le faltaban flores. Color, forma y textura. Y un viejo banco en el porche, al lado de un gran cubo de cobre lleno de interesantes hierbas y plantas.

«La casa parece solitaria sin eso —pensó Malory—, como una mujer de lo más atractiva a la que hubieran dado plantón en una cita.»

Dana sacó una llave y abrió la puerta.

—Lo mejor que puedo decir del interior es que será tranquilo. —Entró y su voz se oyó con eco—. Y discreto.

El vestíbulo estaba vacío, a excepción de unas cuantas cajas apiladas en un rincón. La escalinata que llevaba a la parte de arriba era una bonita y fantástica curva con una cabeza de grifo como poste de arranque.

El vestíbulo desembocaba en un salón donde las paredes estaban pintadas con un sugerente verde río que iba muy bien con el cálido color miel del suelo de pino. Pero las paredes, al igual que el jardín, estaban desnudas.

Había un enorme sofá en medio de la estancia, de esos que le decían a Malory: «¡Me ha comprado un hombre!». Pese a que el verde del tapizado hacía juego con las paredes, era de espantosos cuadros escoceses, de estilo anticuado y demasiado grande para el encanto potencial de la habitación.

Una especie de cajón de embalaje servía como mesita de centro. Había más cajas, una de las cuales se hallaba dentro de una encantadora chimenea con una repisa profusamente tallada que ella podía imaginar engalanada con un fabuloso cuadro.

—Bueno... —dijo Zoe mientras giraba sobre sí misma—, supongo que acaba de mudarse.

—Oh, sí. Sólo hace un año y medio. —Dana dejó los libros sobre el cajón.

—¿Vive aquí desde hace un año y medio? —El corazón de Malory se dolió, muchísimo—. ¿Y su único mobiliario es este sofá tan horroroso?

—Pues deberías haber visto su cuarto en casa de nuestros padres. Al menos éste está aseado. De todos modos tiene algunas cosas decentes arriba, que es donde vive en realidad. Lo más probable es que no haya nada de comer, pero tendrá café, cerveza y Coca-Cola. ¿Alguien quiere?

—¿Y Coca-Cola light? —preguntó Malory.

Dana hizo un gesto burlón.

—¡Es un chico!

—De acuerdo. Viviré peligrosamente y tomaré lo auténtico.

—Una Coca-Cola estará bien —coincidió Zoe.

—Marchando. Adelante, sentaos. Ese sofá será un adefesio, pero es cómodo.

—Todo este maravilloso espacio, desperdiciado —se lamentó Malory— por un hombre que tiene el dinero suficiente para comprar una casa como ésta. —Se dejó caer en el sofá—. De acuerdo, es cómodo, pero sigue siendo feísimo.

—¿Te imaginas viviendo en un lugar así? —Zoe dio una vuelta rápida—. Es como una casita de muñecas. Bueno, una casa de muñecas inmensa, pero igual de deliciosa. Yo emplearía todo mi tiempo libre jugando con ella, buscando tesoros con que adornarla, entretenida con pinturas y telas.

—Yo también.

Malory inclinó la cabeza. Pensó que, esforzándose al máximo, nunca tendría un aspecto tan exótico como el que exhibía Zoe con unos sencillos vaqueros y una camiseta de algodón. Y había hecho cuentas para calcular la edad de Zoe cuando tuvo a su hijo. A esa misma edad, Malory estaba comprándose el vestido perfecto para el baile de graduación y preparándose para ingresar en la universidad.

Y aun así, allí estaban las dos, juntas en una amplia estancia de una casa desconocida, teniendo pensamientos casi idénticos.

—Es extraño cuánto tenemos en común. Y también es extraño que vivamos en un pueblo relativamente pequeño y no nos hayamos conocido hasta anoche.

Zoe se sentó en el extremo opuesto del sofá.

—¿Dónde te arreglas el pelo?

—En Carmine, en el centro comercial de las afueras.

—Es un buen establecimiento. A Peinado Actual, aquí en el pueblo, donde yo trabajaba, acudían mayoritariamente mujeres que querían lo mismo semana tras semana. —Puso en blanco sus grandes y leonados ojos—. No te culpo por irte fuera. Tienes un cabello estupendo. ¿Tu estilista te ha sugerido alguna vez cortártelo unos dedos?

—¿Cortarlo? —Instintivamente, Malory se llevó la mano al pelo—. ¿Cortarlo?

—Sólo un par de dedos, para aligerarlo un poco. Tiene un color magnífico.

—Es mío. Bueno, le ponen algo para darle un poco de dinamismo. —Se rió y bajó la mano—. Creo que tú me miras el pelo del mismo modo que yo miro esta habitación, preguntándome qué podría hacer con ella si tuviera carta blanca.

—Coca-Cola… y galletas. —Dana apareció con tres latas y una bolsa de galletas de chocolate industriales—. Y bien, ¿qué tenemos hasta el momento?

—Yo no he encontrado nada donde se mencione a tres hijas de un joven dios y una mujer mortal. —Malory tiró de la anilla y tomó un sorbo, aunque habría preferido beber en un vaso con hielo—. Dios, esto sabe muy dulce cuando no estás acostumbrada. Tampoco he visto nada sobre almas atrapadas ni llaves. Muchos nombres raros, como Lug, Rhiannon, Anu, Danu. Historias de batallas…, victorias y muerte.

Sacó su cuaderno y lo abrió por la primera y perfectamente organizada página. Con sólo echar una mirada, Dana esbozó una gran sonrisa.

—Apuesto a que eras una alumna de primera en todos tus años de estudiante. Cuadro de honor. Licenciada con matrícula. Jodiendo la media académica del resto de la clase.

—¿Por qué?

—Porque eres demasiado organizada para no haberlo sido. Has hecho un esquema y todo. —Le quitó la libreta de las manos y pasó las páginas—. ¡Tablas cronológicas! ¡Hasta gráficos!

—Cállate. —Riéndose de sí misma, Malory recuperó el cuaderno—. Como estaba diciendo antes de que me interrumpieran por mi organizado estilo de investigación, los dioses celtas mueren..., parece que son capaces de regresar a la vida, pero el caso es que es posible matarlos. Y al contrario de lo que sé de las divinidades griegas y romanas, no habitan en la cumbre de ninguna montaña mágica. Viven en la tierra, entre la gente, con muchas normas y protocolo.

Dana se sentó en el suelo.

—¿Algo que pueda ser una metáfora de las llaves?

—Si lo había, se me ha pasado.

—Los artistas eran dioses, y guerreros —añadió Zoe—. O al contrario. Quiero decir que el arte..., la música, la narración de historias, todo eso..., era importante. Y había diosas madres. La maternidad también era importante. Y el número tres. Así que Malory es la artista...

El corazón de Malory se retorció de forma dolorosa.

—No; yo vendo arte.

—Tú sabes de arte —dijo Zoe—, al igual que Dana sabe de libros y yo de ser madre.

—Eso está bien. —Dana le dedicó una brillante sonrisa—. Eso nos da a cada una nuestro papel en este asunto. Pitte dijo belleza, sabiduría y valor. En el cuadro, Malory…, simplifiquémoslo llamándolas por nuestros nombres, Malory estaba tocando un instrumento: música-arte-belleza. Yo sujetaba un rollo de pergamino y una pluma: libro-conocimiento-sabiduría. Y Zoe tenía una espada y un perrito: inocencia-protección-valor.

—¿Y eso qué significa? —preguntó Malory.

—Podríamos decir que la primera llave, la tuya, está en algún lugar relacionado con el arte o la belleza. Eso coincide con la pista.

—Genial. La recogeré de camino a casa. —Malory empujó un libro con el pie descalzo—. ¿Y qué pasa si toda la historia es un invento?

—Me niego a suponer que se lo hayan inventado todo sólo para tenernos dando vueltas por ahí en busca de las llaves. —Pensativa, Dana mordió una galleta—. Da igual lo que creamos nosotras, el caso es que ellos creen que es verdad. De modo que ha de haber algún origen, alguna base para esa leyenda, mito o relato que nos contaron anoche. Si hay un origen, estará en un libro. En algún lugar.

—Bueno… —Zoe dudó, y luego continuó—: El libro que he estado leyendo hablaba de toda la mitología celta que no ha sido escrita. La transmitían oralmente.

—Malditos cabrones —dijo Dana entre dientes—. Mira, Pitte y Rowena la oyeron en algún sitio, y quienquiera que se la contase la habría escuchado de otra persona. La información está ahí fuera, y la información es mi dios.

—Quizá lo que hemos de hacer es conseguir información sobre Pitte y Rowena. ¿Quiénes son? —Malory extendió las manos—. ¿De dónde han venido? ¿De dónde sacan tal cantidad de dinero que les permite repartirlo como si fuesen magdalenas?

—Tienes razón. —Enfadada consigo misma, Dana resopló—. Tienes toda la razón, y yo debería haberlo pensado antes. Resulta que conozco a alguien que puede ayudarnos con eso mientras nosotras nos ocupamos del mito. —Miró hacia la entrada al oír que abrían la puerta principal—. Y aquí está ese alguien.

Oyeron un ruido sordo, un portazo, un barullo y un juramento.

Era lo bastante familiar como para que Malory se apretara las sienes con los dedos.

—Santa madre de Dios.

Mientras pronunciaba esas palabras, el enorme perro negro irrumpió en la habitación. Su cola se movía como una bola de demoliciones, y la lengua le colgaba fuera de la boca. Y los ojos se le iluminaron en cuanto vio a Malory.

Soltó una serie de estruendosos ladridos y se abalanzó hacia su regazo.

4

Cuando entró en la habitación en pos de su perro, Flynn vio tres cosas: a su hermana, sentada en el suelo y riéndose como una loca; a una morena de facciones angulosas que, en un extremo del sofá, intentaba heroicamente desplazar a *Moe*, y, para su sorpresa y deleite, a la mujer en la que había estado pensando la mayor parte del día, casi enterrada bajo la mole y el malsano afecto de *Moe*.

—Vale, *Moe*, baja. Hablo en serio: ¡ya basta!

No esperaba que el perro lo escuchara. Él siempre lo intentaba, y *Moe* jamás escuchaba. Pero se le antojó que era lo correcto mientras lo agarraba por el tonel que tenía por barriga.

Para intentar apartar a *Moe* tenía que inclinarse sobre ella, aunque quizá lo hizo con cierta precipitación; sin embargo, ella seguía teniendo los ojos azules más bonitos, a pesar de que le lanzaban cuchillos.

—Hola. Me alegro de verte de nuevo.

A Malory se le tensaron los músculos de la mandíbula al apretar la boca.

—Quítamelo de encima.

—Lo estoy intentando.

—Eh, *Moe* —gritó Dana—. ¡Galleta!

Eso funcionó. *Moe* saltó por encima del cajón, atrapó la galleta que Dana sujetaba en alto y aterrizó. Habría sido un elegante aterrizaje si no hubiese resbalado unos palmos sobre el suelo desnudo.

—Es como un conjuro. —Dana alzó el brazo, *Moe* regresó al trote y la galleta se esfumó.

—¡Guau! Es un perro grandísimo. —Zoe se inclinó hacia delante, alargó una mano y sonrió cuando *Moe* se la lamió profusamente—. Y amistoso.

—Patológicamente amistoso. —Malory se sacudió el pelo de perro que se le había adherido a su antes impecable falda de lino—. Ésta es la segunda vez en un mismo día que se me tira encima.

—Le gustan las chicas. —Flynn se quitó las gafas de sol y las lanzó sobre el cajón—. No me has dicho cómo te llamas.

—Oh, así que tú eres el idiota del perro. Debería haberlo supuesto. Ésta es Malory Price —dijo Dana—. Y Zoe McCourt. Mi hermano, Flynn.

—¿Tú eres Michael Flynn Hennessy? —Zoe se agachó para acariciar la oreja de *Moe* y miró hacia Flynn por debajo del flequillo—. ¿M. F. Hennessy, de *El Correo del Valle*?

—Culpable.

—He leído muchos de tus artículos y nunca me salto tu columna. Me gustó la de la semana pasada sobre el telesquí propuesto para Lone Ridge y el impacto medioambiental que conllevaría.

—Gracias. —Cogió una galleta—. ¿Esto es una reunión de un club de lectura? Entonces, ¿habrá tarta y todo eso?

—No. Pero si tienes un minuto, podrías sentarte. —Dana dio unas palmadas en el suelo—. Te contaremos de qué va esto.

—Claro. —Pero se sentó en el sofá—. ¿Malory Price? De La Galería, ¿verdad?

—Ya no —respondió con una mueca.

—He estado allí un par de veces, pero no te he visto. Yo no me encargo de cubrir la sección de arte y entretenimiento. Ahora caigo en mi error.

Malory advirtió que los ojos de Flynn eran del mismo color que las paredes: verdes como un río indolente.

—Dudo que allí puedan ofrecerte algo que se complemente con tu decoración.

—Odias este sofá, ¿no es cierto?

—«Odiar» es una palabra demasiado suave.

—Es muy cómodo.

Al oír el comentario de Zoe, Flynn se volvió hacia ella y sonrió.

—Es un sofá para echarse la siesta. Cuando duermes, tienes los ojos cerrados, así que no te importa su aspecto. *Mitología celta* —leyó, ladeando la cabeza para ver bien los títulos de los libros esparcidos sobre el cajón—. *Mitos y leyendas de los celtas*. —Cogió uno y le dio vueltas entre las manos mientras observaba a su hermana—. ¿Qué es esto?

—¿Recuerdas que te dije que iba a acudir a ese cóctel que daban en el Risco del Guerrero?

El rostro de Flynn se endureció en cuanto se le borró la afable sonrisa.

—Pensaba que no ibas a ir porque te había dicho que debía de haber algo raro, ya que ninguno de aquellos a quienes pregunté había recibido la invitación.

Dana tomó su lata de Coca-Cola y lanzó a su hermano una mirada llena de interés.

—¿De verdad crees que te escucho?

—No.

—Ah, vale. Esto es lo que ocurrió.

Apenas había empezado a hablar cuando Flynn se giró y clavó sus ojos verdes en Malory.

—¿Tú recibiste una invitación?

—Sí.

—Y tú —añadió él señalando a Zoe con la cabeza—. ¿A qué te dedicas, Zoe?

—Ahora mismo soy peluquera sin trabajo, pero…

—¿Casada?

—No.

—Tú tampoco —dijo mirando a Malory de nuevo—. No llevas alianza. Ni emites vibraciones de «estoy casada». ¿Desde cuándo os conocéis?

—Flynn, para ya de joder con tus entrevistas y deja que te explique lo que sucedió.

Dana volvió a empezar, y esta vez Flynn alzó una cadera para sacarse una libreta del bolsillo trasero del pantalón. Fingiendo que no le importaba lo más mínimo lo que él hacía, Malory deslizó la vista hacia la izquierda y hacia abajo.

Descubrió que Flynn utilizaba taquigrafía, taquigrafía auténtica, y no esa versión adulterada que ella había desarrollado. Trató de descifrarla mientras Dana continuaba hablando, pero acabó sintiéndose un poco mareada.

—*Las Hijas de Cristal* —musitó Flynn sin dejar de garabatear.

—¿Qué? —Sin pensar, Malory alargó la mano y agarró la muñeca de Flynn—. ¿Conoces esa historia?

—Una versión al menos. —Como contaba con su atención, se inclinó un poco hacia ella—. Mi abuela irlandesa me contaba muchas historias.

—¿Y cómo es que tú no la sabías? —preguntó Malory volviéndose hacia Dana.

—Porque ella no tuvo una abuela irlandesa.

—En realidad somos hermanastros —aclaró Dana—. Mi padre se casó con su madre cuando yo tenía ocho años.

—O mi madre se casó con su padre cuando yo tenía once. Es una cuestión de punto de vista. —Alzó una mano para juguetear con las puntas del pelo de Malory, y sonrió encantado cuando ella se la apartó de una palmada—. Lo siento. Es que hay tanto que resulta irresistible... El caso es que a mi abuela le gustaban los relatos, y por eso yo oí montones. Éste suena como el de *Las Hijas de Cristal*, lo cual no explica por qué os invitaron a vosotras tres a ir al Risco del Guerrero para escuchar un cuento de hadas.

—Se supone que nosotras hemos de encontrar las llaves —intervino Zoe, mientras miraba con disimulo su reloj de pulsera.

—¿Que vosotras tenéis que encontrar las llaves que liberan las almas encerradas? Alucinante. —Se estiró para poner los pies sobre el cajón y cruzar los tobillos—. Ahora mi obligación es preguntar cómo, cuándo y por qué.

—Si cerraras el pico durante cinco minutos, te lo contaría. —Dana cogió la lata de Coca-Cola y la vació—. Malory es la primera. Tiene veintiocho días, a partir de hoy mismo, para hallar la primera llave. Cuando la consiga, será el turno de Zoe o el mío. El mismo ejercicio. Y luego le tocará a la última.

—¿Dónde está la urna? La Urna de las Almas.

Mientras *Moe* se separaba de ella para olfatear los dedos del pie de Malory, Dana frunció el entrecejo.

—No lo sé. Deben de tenerla ellos, Pitte y Rowena. Si no es así, las llaves les servirán de poco.

—¿Me estás diciendo que os habéis tragado toda esa historia? ¿Tú también, señorita Empapada de Realidad? ¡Y vais a pasaros las próximas semanas buscando unas llaves que abren una caja mágica que contiene las almas de tres diosas!

—Semidiosas. —Malory empujó a *Moe* con el pie para desanimarlo—. Y da igual lo que nosotras pensemos. Es un asunto de negocios.

—Nos han pagado veinticinco mil dólares a cada una —reveló Dana—. Como adelanto.

—¿Veinticinco mil dólares? ¡Venga!

—Han ingresado el dinero en nuestras cuentas corrientes. Lo hemos comprobado. —Olvidando la prudencia, Malory cogió una galleta. *Moe* apoyó inmediatamente la cabeza sobre sus rodillas—. ¿Puedes decirle a tu perro que se aparte?

—No mientras tengas una galleta. ¿Esas dos personas, a las que no conocéis, os han dado veinticinco mil dólares a cada una para que busquéis unas llaves mágicas? ¿Son dueños de grandes propiedades? ¿O de la gallina de los huevos de oro, quizá?

—El dinero es auténtico —repuso Malory con dureza.

—¿Y qué pasa si no cumplís con lo pactado? ¿Cuál es la sanción?

—Perderemos un año.

—¿Estaríais…, eh, obligadas a trabajar para ellos durante un año?

—Nos restan un año de vida. —Zoe volvió a mirar la hora. Debía irse ya.

—¿Qué año?

Zoe lo miró perpleja.

—Bueno… Yo… El último año, supongo. Cuando seamos viejas.

—O éste —replicó él, y se puso en pie—. O el que viene. O el de diez años atrás si se trata de ser absurdos, como ya estamos siéndolo de sobra.

—No, eso es imposible. —Pálida, Zoe sacudió la cabeza—. No pueden quitarnos uno del pasado. Eso lo cambiaría todo. ¿Y si fuese el año en que tuve a Simon, o cuando me quedé embarazada? Eso no puede ser.

—No, no puede ser porque nada de esto puede ser. —Flynn sacudió también la cabeza y miró a su hermana—. ¿Dónde te has dejado el cerebro, Dana? ¿No se te ha ocurrido que si no les lleváis la mercancía esas personas podrían haceros daño? Nadie entrega tanto dinero a desconocidos. Lo que significa que para ellos no sois desconocidas. Por la razón que sea, os han investigado y os conocen.

—Tú no estuviste allí —replicó ella—. En su caso se puede aplicar a la perfección la palabra «excéntricos», pero no «psicóticos».

—Además, no hay ningún motivo para que nos hagan daño.

Flynn se giró bruscamente hacia Malory. Ella advirtió que el joven ya no se mostraba afable, sino enfadado. Y que estaba a punto de ponerse furioso.

—¿Y hay alguno para que vuelquen sobre vosotras dinero a punta de pala?

—He de irme. —La voz de Zoe sonó agitada mientras recogía su bolso—. He de reunirme con Simon, mi hijo.

Salió disparada, y Dana se levantó de golpe.

—Buen trabajo, Flynn. Muy buen trabajo metiendo miedo a una madre soltera. —Echó a correr en pos de Zoe con la esperanza de tranquilizarla.

Flynn hundió las manos en los bolsillos y miró a Malory con dureza.

—¿Tú estás asustada?

—No, pero yo no tengo un hijo de nueve años por el que preocuparme. Y no creo que Pitte y Rowena quieran hacernos nada malo. Además, puedo cuidar de mí misma.

—¿Por qué las mujeres siempre dicen eso después de haberse metido de lleno en un buen lío?

—Porque los hombres suelen intervenir y empeorar las cosas. Voy a buscar esa llave, tal como acepté. Las tres aceptamos. Y tú habrás de hacer lo mismo.

No había réplica a eso. Flynn entrechocó las monedas que llevaba en el bolsillo, reflexionando, tranquilizándose.

—Si las almas fueran liberadas, cada una de nosotras ganaría un millón de dólares. Y sí, sé lo ridículo que suena. Pero había que estar allí.

—Si añades que esas tres diosas duermen en realidad sobre lechos de cristal en un castillo tras la Cortina de los Sueños, creeré que es verdad que había que estar allí.

—Tienen un cuadro de *Las Hijas de Cristal*. Se parecen a nosotras. Es una pieza magnífica. Sé de arte, Hennessy, y aquello no era algo pintado siguiendo los pasos de un manual por fascículos. Es una condenada obra maestra. Eso ha de significar algo.

Los rasgos de Flynn se afilaron, llenos de interés.

—¿Quién pintó el cuadro?

—No estaba firmado, al menos de ningún modo que yo pudiera ver.

—Entonces, ¿cómo sabes que es una obra maestra?

—Porque lo sé. Me dedico a eso. Quienquiera que lo haya pintado tiene un talento extraordinario, y un gran amor y respeto por el tema que trata. Esas cosas son reveladoras. Y si ellos quisieran hacernos daño, ¿por qué no aprovecharon la ocasión anoche, cuando las tres estábamos allí? Dana pasó un tiempo sola con ellos antes de que yo llegase. ¿Por qué no la golpearon en la cabeza y la encadenaron en una mazmorra y por qué no hicieron luego lo mismo conmigo y con Zoe? ¿O por qué no echaron alguna clase de droga en el vino? Yo ya he pensado en todo eso, ya me he planteado todas esas preguntas. Y voy a decirte la razón: porque ellos creen en todo lo que nos contaron.

—¿Y eso te tranquiliza? De acuerdo, ¿quiénes son? ¿De dónde vienen? ¿Cómo han llegado hasta aquí? ¿Por qué han venido aquí? Esto no es precisamente Mystic Central.

—¿Por qué no lo averiguas en vez de dedicarte a asustar a la gente? —inquirió Dana al entrar.

—¿Zoe está bien? —preguntó Malory.

—Claro, está de maravilla ahora que tiene visiones de alguien usando a su hijo como sacrificio humano —respondió, y pellizcó a Flynn en el hombro.

—Eh, si no querías que nadie le sacase defectos a vuestro plan, no tendrías que haber celebrado la fiesta en mi casa. A ver, decidme todo lo que sepáis sobre Pitte y Rowena. —Tomó más notas y consiguió no soltar ningún comentario cáustico ante la falta de información—. ¿Alguna tiene aún la invitación? —Cogió la que Malory había sacado del bolso—. Veré qué puedo averiguar.

—¿En la historia de tu abuela se decía algo sobre dónde estaban escondidas las llaves?

—No; sólo que no podían ser manejadas por las manos de los dioses, lo que deja mucho campo abierto.

Flynn aguardó hasta que Malory se hubo marchado, y entonces dobló un dedo para que Dana lo siguiese hasta la cocina.

Era tan triste como el resto de las habitaciones, con sus viejos apliques cobrizos, las encimeras blancas con motas doradas y el linóleo del suelo que imitaba al ladrillo.

—¿Cuándo vas a hacer algo con esta cocina? Es horrorosa.

—A su debido tiempo, preciosa, a su debido tiempo.

Sacó una cerveza de la nevera y la movió ante Dana ofreciéndosela.

—Sí, ¿por qué no?

Flynn sacó otra y las abrió con el abrebotellas de pared en forma de rubia con biquini y una sonrisa que mostraba todos los dientes.

—Ahora cuéntame todo lo que sabes sobre la muy sexy Malory Price de enormes ojos azules.

—Sólo la conozco desde anoche.

—Ah, ah. —No le entregó la cerveza—. Las mujeres saben cosas de las mujeres. Cuanto más le gusta o disgusta a una mujer otra, más sabe de ella. Se han realizado muchos estudios científicos al respecto para comprobar ese fenómeno. Suéltalo todo o no hay cerveza.

A Dana no le apetecía especialmente la cerveza, hasta que Flynn la usó como arma.

—¿Por qué quieres que te hable de ella en concreto? ¿Por qué no de Zoe?

—Mi interés por Zoe es más académico. No puedo iniciar la salvaje y apasionada aventura que tengo en mente con Malory hasta que no conozca sus secretos y deseos.

—Me das náuseas, Flynn.

Él se limitó a alzar su cerveza y dar un largo trago mientras mantenía la de Dana fuera de su alcance.

—Yo no soy tu estúpido perro, que gimotea por una galleta. Sólo voy a decírtelo para poder ver cómo ella te manda al carajo y para poder burlarme de ti. Malory me gusta —añadió, y tendió la mano para recoger la cerveza—. Me da la impresión de que es inteligente, ambiciosa, abierta sin ser ingenua. Trabajaba en La Galería, de donde la han despedido hoy porque discutió con la nueva esposa-trofeo del propietario. Teniendo en cuenta que Malory la llamó «guapita descerebrada», yo diría que no siempre consigue una puntuación alta en tacto y diplomacia, pero llama a las cosas por su nombre. Le encanta la ropa buena y sabe cómo ponérsela... Gasta mucho dinero en eso, que es la razón de que estuviese sin blanca antes del imprevisto de esta mañana. En este momento no tiene ninguna relación sentimental y le gustaría abrir su propio negocio.

—Sí que conoces el tema... —Flynn bebió lentamente un trago largo—. O sea, que ahora no sale con nadie. Y tiene agallas. No sólo se pelea con la mujer del jefe, sino que también va sola, y de noche, a la casa más espeluznante de todo el oeste de Pensilvania.

—Yo también lo hice.

—Pero no puedo tener una aventura loca y tórrida contigo, preciosa. No estaría bien.

—Ahora sí que voy a vomitar.

Pero le sonrió cuando él se inclinó para darle un beso en la mejilla.

—¿Por qué no te vienes aquí durante un par de semanas?

Los ojos de color chocolate de Dana lo miraron de manera torva.

—Deja de protegerme, Flynn.

—No puedo.

—Si no me vine aquí cuando estaba sin blanca, ¿por qué habría de hacerlo ahora que nado en la abundancia? Sabes que me gusta disfrutar de mi propio espacio, y a ti también. Y los duendecillos malignos del Risco del Guerrero no van a bajar hasta aquí para hacerme desaparecer por arte de magia en mitad de la noche.

—Si fueran duendecillos, no me preocuparía. —Pero como conocía bien a su hermana, no insistió—. ¿Por qué no le cuentas a tu nueva amiguita Malory que soy un hombre increíble? Todo cerebro, sensibilidad y entusiasmo.

—¿Quieres que le mienta?

—Eres mezquina, Dana. —Bebió otro sorbo de cerveza—. Muy mezquina.

Cuando se quedó solo, Flynn subió a su estudio. Prefería llamarlo estudio antes que despacho, pues el segundo término sonaba a trabajo. Y nada de eso. En un estudio se puede, bueno, estudiar, echar una cabezada, leer o mirar al infinito pensando en grandes asuntos. Por supuesto que se puede trabajar, pero no es obligatorio.

Había amueblado la habitación con un gran y fornido escritorio y un par de enormes sillas de piel en las que se le antojaba que podría hundirse hasta desaparecer.

También tenía archivos, pero los había camuflado en arcones de aspecto varonil. Una de las paredes estaba cubierta con fotografías enmarcadas de pin-ups de los años cuarenta y cincuenta.

Si todo lo demás fallaba, podía calmarse examinándolas y pasar una hora placentera en soledad.

Encendió el ordenador, saltó por encima de *Moe*, que ya se había derrumbado en mitad de la habitación, y sacó otra cerveza del minifrigorífico que había instalado debajo de la mesa.

Le había parecido que era una idea muy ingeniosa.

Luego se sentó, giró unas cuantas veces el cuello como un boxeador antes de un combate y se preparó para un poco de navegación seria.

Si en el cibermundo había algo sobre los nuevos residentes del Risco del Guerrero, lo encontraría.

Como siempre, fue arrastrado por el canto de sirenas de la información. Se le calentó la cerveza. Una hora dio paso a dos, y esas dos se habrían convertido en tres si antes *Moe* no hubiese resuelto la cuestión con el método de dar tal empujón a su silla con ruedas que ésta recorrió media habitación.

—Joder, sabes que odio eso. Sólo necesito un par de minutos más.

Pero *Moe* había oído eso antes, y protestó apoyando las patas y gran parte de su peso sobre los muslos de Flynn.

—Quizá sea mejor que salgamos a dar un paseo. Y si por casualidad pasamos por delante de la puerta de cierta rubia, podríamos llamar y compartir con ella la información que acabo de obtener. Y si eso no funciona, compraremos una pizza para que no sea un fracaso total.

Al oír la palabra «pizza», *Moe* salió corriendo. Cuando Flynn bajó las escaleras, el perro ya estaba junto a la puerta principal con su correa entre los dientes.

Era un bonito atardecer para pasear. Tranquilo, balsámico, con su pueblecito de postal deleitándose bajo el sol de finales de verano. En momentos como ése, cuando el aire era tibio y la brisa fragante, Flynn se alegraba de haber tomado la decisión de reemplazar a su madre al frente de *El Correo* en vez de marcharse a dejar su huella en algún periódico de una gran ciudad.

Muchos de sus amigos se habían ido a la ciudad, y la mujer a la que creía que amaba había elegido Nueva York en vez de elegirle a él. O él había elegido el valle en vez de a ella. Supuso que dependía de cómo se mirase.

Quizá allí las noticias no tuviesen la amplitud ni el sesgo de las de Filadelfia o Nueva York, pero aun así había muchísimas. Y lo que sucedía en el valle, en las colinas y montañas, importaba.

En ese instante acababa de olfatear una historia que podía ser más grande y jugosa que cualquiera de las que hubiese informado *El Correo* en los sesenta y ocho años transcurridos desde que sus prensas empezaron a funcionar.

Si pudiese ayudar a tres mujeres (una de las cuales era una hermana a la que quería muchísimo), ligar con una rubia increíblemente atractiva y, además, poner al descubierto una tremenda estafa..., bueno, eso sería como marcar tres goles consecutivos.

—Tienes que ser encantador —le dijo a *Moe* cuando se acercaban al cuidado edificio en que había visto entrar a Malory esa mañana—. Si te comportas como un perro, no cruzaremos la puerta.

Como precaución, se enrolló dos veces la correa en el puño antes de entrar en el bloque, que albergaba veinte viviendas.

Le pareció una gran suerte que «M. Price» estuviese en la planta baja. No sólo no tendría que subir a *Moe* a rastras por la escalera o meterlo a empujones en un ascensor, sino que, además, los apartamentos de la planta baja tenían un pequeño patio. Así podría tentar a *Moe* con la galleta que llevaba escondida en el bolsillo y engañarlo para que saliera.

—Sé encantador —le repitió en voz baja mientras lo miraba con el entrecejo fruncido antes de llamar a la puerta de Malory.

Cuando ella abrió, su recibimiento no fue lo que se diría halagador.

Se quedó contemplando a Flynn y *Moe*.

—Oh, Dios mío. Estarás de broma, ¿no?

—Puedo dejarlo en tu patio —dijo él rápidamente—, pero tenemos que hablar.

—Arrancará mis flores.

—*Moe* no arranca flores. —«Por favor, Dios, que no lo haga»—. Tengo una... No puedo decir esa palabra que empieza por *g* o se pondrá nervioso, pero tengo una en el bolsillo. Con eso lo llevaré fuera y lo quitaré de en medio.

—No... —El hocico del perro se clavó en su entrepierna—. ¡Cristo bendito!

Para defenderse, Malory retrocedió, y *Moe* no necesitó más invitación. Atravesó la habitación arrastrando con alegría a Flynn por encima de una antigua alfombra turca y estuvo a punto de golpear con su letal cola un jarrón art déco lleno de azucenas de finales de verano.

Aterrorizada, Malory se abalanzó hacia la puerta del patio y la abrió de par en par.

—¡Fuera, fuera, sal de aquí!

Moe conocía esas palabras, y se oponía a salir justo cuando estaba percibiendo tantos olores fascinantes. Lo que hizo fue aposentar su enorme trasero en el suelo y quedarse allí quieto.

Como ya no era posible mostrar dignidad, Flynn agarró el collar de *Moe* para sacarlo, lo que logró a la fuerza y a base de empujones.

—Oh, sí, eso ha sido encantador —masculló tirando de él. Sin aliento, Flynn enrolló la correa en torno al tronco de un árbol. Cuando *Moe* se puso a aullar, se hincó de rodillas—. Para ya. ¿Es que no tienes orgullo? ¿No tienes sentido de solidaridad masculina? ¿Cómo voy a poner las manos encima de esa mujer si ella nos odia? —Pegó su cara a la del perro—. Túmbate y estate callado. Hazlo por mí y el mundo será tuyo. Empezando por esto. —Sacó la galleta. El aullido cesó de inmediato y la cola comenzó a moverse—. Jódeme esto y la próxima vez te quedarás en casa.

Se puso en pie y dirigió lo que esperaba que fuera una sonrisa despreocupada a Malory, que permanecía cautelosa al otro lado de la puerta.

Flynn pensó haber obtenido una gran victoria cuando ella le abrió y lo dejó pasar.

—¿Has probado a llevarlo a un centro de adiestramiento?

—Eh, bueno, sí, pero hubo un incidente. No nos gusta hablar de eso. Tienes una casa fantástica.

«Con clase, artística y femenina», se dijo a sí mismo. No femenina en el sentido de cosita delicada, sino en el de audaz, única y fascinante.

Las paredes eran de un rosa vivo y profundo, un fondo vigoroso para los cuadros. Ella se inclinaba por las antigüedades o las reproducciones que se parecían lo bastante al original para pasar por él. Telas suaves y esculturas de líneas elegantes. Y todo tan limpio como los chorros del oro.

Olía a mujer con estilo, desde las azucenas y los pétalos de flores secas que las chicas estaban poniendo siempre en cuencos hasta, supuso, la propia dueña de la casa.

Tenía música puesta a bajo volumen. ¿Qué era eso…? Annie Lenox cantando con voz suave y picardía sobre dulces sueños.

A Flynn se le antojó que toda la estancia reflejaba un gusto muy específico y de buen tono.

Se acercó al cuadro de una mujer que estaba saliendo de un estanque de agua azul oscuro. Había una sensación de velocidad en él, de sexualidad y poder.

—Es muy hermosa. ¿Vive en el mar o en tierra?

Malory arqueó una ceja. Al menos había hecho una pregunta inteligente.

—Yo creo que todavía no se ha decidido.

Examinó a Flynn mientras él daba una vuelta por la sala. Le pareció más…, bueno, más masculino allí en su apartamento que en la acera o mientras la acosaba en la enorme y vacía habitación de su propia casa.

—¿Qué estás haciendo aquí?

—En primer lugar, he venido porque quería volver a verte.

—¿Por qué?

—Eres realmente preciosa. —Como mirarla le resultaba a un tiempo relajante y entretenido, se metió los pulgares en los bolsillos del pantalón y se consagró a esa tarea—. Podrías pensar que es una razón muy pobre, pero a mí me gusta creer que es básica. Si a la gente no le gustara contemplar cosas bonitas, no tendríamos arte.

—¿Cuánto tiempo has tardado en pensar todo eso?

Él hizo una mueca veloz y apreciativa.

—No demasiado. Soy bastante rápido. ¿Ya has cenado?

—No, pero tengo planes. ¿Por qué más estás aquí?

—Acabemos primero con lo que estábamos. Aún no has tomado la cena de mañana por la noche, ¿qué tal si cenamos juntos?

—No creo que sea una buena idea.

—¿Porque estás enfadada conmigo o porque no te interesa?

—Eres bastante fastidioso.

Los ojos verde río coquetearon.

—No cuando se llega a conocerme. Pregúntale a cualquiera.

Sí, ella tenía la impresión de que entonces no seguiría pareciéndole fastidioso. Sería divertido e interesante. Y problemático. De todos modos, por atractivo que fuese, distaba mucho de ser su tipo.

—Tengo bastantes cosas entre manos como para quedar con un hombre de pésimo gusto en cuestión de mobiliario y un gusto discutible en cuestión de mascotas.

Miró al patio mientras decía eso y no pudo evitar soltar una carcajada cuando vio el feo rostro de *Moe* pegado al cristal con aire esperanzado.

—¡No es verdad que odies a los perros! —exclamó Flynn.

—Por supuesto que no los odio. Me gustan. —Ladeó la cabeza para estudiar aquel rostro peludo—. Pero no creo que eso sea un perro.

—Me juraron que lo era cuando lo saqué de la perrera.

La mirada de Malory se suavizó.

—Lo sacaste de la perrera.

Ajá, una grieta en el muro defensivo. Flynn se le acercó para poder observar a *Moe* juntos.

—Entonces era bastante más pequeño. Fui para escribir un artículo sobre el refugio y él llegó retozando hasta mí y me miró como diciendo: «Vale, estaba esperando que aparecieses. Vámonos a casa. Estaba acabado».

—¿De dónde viene *Moe*? ¿De «montaña»?

—Es que se parece a Moe, ¿no?, Moe Howard. —Al ver en el rostro de Malory que no lo comprendía, Flynn suspiró—. Las mujeres no saben lo que se pierden sin el valor, la gracia y el ingenio de *Los tres chiflados*.

—Sí, sí, sabemos lo que nos estamos perdiendo al no ver esa serie. Y nos lo perdemos a propósito. —Al reparar en que estaban muy juntos, Malory dio un paso atrás—. ¿Qué era ese algo más?

—He empezado a seguir la pista de esos dos con los que estáis enredadas: Liam Pitte y Rowena O'Meara. Al menos ésos son los nombres que utilizan.

—¿Y por qué no van a estar usando sus propios nombres?

—Porque cuando he empleado mis increíbles habilidades y talentos no he encontrado el registro de nadie con esos nombres que cuadre con los nuevos propietarios del Risco del Guerrero. Ni número de la Seguridad Social, ni de pasaporte, ni permiso de conducir, ni licencias comerciales. Ninguna huella documental de su empresa Tríada. Al menos ninguna que conecte con ellos.

—No son norteamericanos —empezó Malory, y luego soltó un resoplido—. Vale, ningún número de pasaporte. Quizá no lo hayas encontrado aún, o quizá usaran nombres distintos para comprar la casa.

—Puede. Será interesante averiguarlo, porque ahora mismo parece como si hubiesen surgido del aire.

—Me gustaría saber más sobre *Las Hijas de Cristal.* Cuanto más sepa de ellas, más posibilidades tendré de localizar la llave.

—Llamaré a mi abuela para que me dé más detalles de la leyenda. Puedo ponerte al corriente mañana, en la cena.

Malory lo consideró y después miró hacia el perro. Flynn estaba deseando ayudar, y ella sólo contaba con cuatro semanas. En el aspecto personal, se lo tomaría de la forma más sencilla. Amistosa pero sencilla. Al menos hasta que hubiera decidido qué hacer con él.

—¿Sería una mesa para dos o para tres?

—Para dos.

—De acuerdo. Puedes pasar a recogerme a las siete.

—Genial.

—Y podéis salir por ahí. —Señaló la puerta del patio.

—No hay problema. —Fue hacia la cristalera y se giró—. De verdad que eres preciosa —dijo, y abrió la puerta lo justo para deslizarse al patio.

Malory lo observó mientras desataba al perro y lo vio tambalearse cuando *Moe* saltó hacia arriba para darle un generoso lametazo en la cara. Esperó hasta que los dos hubieron desaparecido para reírse entre dientes.

5

Malory encontró la casa de Zoe con relativa facilidad. Era como una pequeña caja colocada sobre una estrecha extensión de césped. Pero estaba pintada de un alegre color amarillo, con molduras de un blanco resplandeciente. Unos coloridos arriates rebosaban de flores a ambos lados de la puerta.

Incluso aunque Malory no hubiera comprobado la dirección ni reconocido el coche de Zoe, que estaba aparcado junto al bordillo, habría sabido que aquélla era la casa correcta al ver al chaval que había en el patio lanzando una pelota al aire y corriendo para atraparla.

Tenía un aspecto casi tan misterioso como su madre: cabello oscuro y grandes ojos alargados en un rostro de duendecillo. Era de constitución delgada e iba vestido con unos vaqueros desgarrados y una camiseta de los Pittsburgh Pirates.

Cuando reparó en Malory se quedó inmóvil, con las piernas separadas y lanzando la pelota repetidamente hacia el guante de béisbol.

Había adoptado la postura precavida y algo arrogante del chico en cuya cabeza resuena el «no hables con desconocidos» pero que piensa que ya es lo bastante mayor e inteligente para poder enfrentarse a ellos.

—Tú debes de ser Simon. Yo soy Malory Price, una amiga de tu madre. —Mantuvo la sonrisa mientras él la medía con la vista..., y deseó saber más cosas sobre el béisbol, aparte de que implicaba que un cierto número de hombres lanzaran, golpearan y trataran de atrapar una pelota corriendo en torno a un campo.

—Está en casa. Voy a buscarla. —Su modo de hacerlo fue acercarse a la puerta y gritar—: ¡Mamá! ¡Aquí hay una señora que quiere verte!

Un momento más tarde Zoe abrió la puerta mosquitera y se quedó allí secándose las manos con un paño de cocina. De algún modo, pese a llevar unos pantalones cortos amplios y una camisa vieja, seguía pareciendo exótica.

—Oh, Malory. —Alzó una mano y toqueteó nerviosamente uno de los botones de su camisa—. No esperaba...

—¿Te pillo en un mal momento...?

—No, no, por supuesto que no. Simon, ésta es la señorita Malory, una de las mujeres con las que voy a trabajar durante un tiempo.

—Vale. Hola. ¿Puedo irme ahora a casa de Scott? Ya he terminado de cortar el césped.

—Ha quedado de maravilla. ¿Quieres tomar algo antes?

—*Nah*. —Al ver a su madre alzar una ceja, sonrió ampliamente, mostrando una mella en la dentadura y un encanto repentino y deslumbrante—. Es decir, no, gracias.

—Entonces puedes irte. Pásatelo bien.

—¡Sí!

Simon acababa de echar a correr cuando se detuvo: Zoe había pronunciado su nombre en un tono que Malory imaginó que las madres desarrollaban con los cambios hormonales propios de la gestación.

Él puso los ojos en blanco, pero dándole la espalda a su madre, seguro de que no lo veía. Luego le dedicó una sonrisa fugaz y despreocupada a Malory.

—Encantado de conocerla, y todo eso.

—Encantada de conocerte, y todo eso, Simon.

Él salió disparado, como un recluso que se escapara de la cárcel.

—Es fantástico.

Al oír el comentario de Malory, a Zoe se le iluminó el rostro, orgullosa y complacida.

—Sí que lo es, ¿verdad? A veces me acerco a hurtadillas a la ventana mientras él juega en el jardín y me quedó contemplándolo. Es todo mi mundo.

—Ya lo veo. Y ahora te preocupa que lo que hemos hecho pueda suponer algún daño para él.

—Preocuparme por Simon va incluido en la descripción del puesto de madre. Perdona, entra. Antes pasaba los sábados en la peluquería, así que he pensado que podía aprovechar que tengo éste libre para dedicarme a mis cosas.

—Tienes una bonita casa. —Cruzó la puerta y miró a su alrededor—. Una casa muy bonita.

—Gracias.

Zoe también miró alrededor, contenta de haber terminado ya de sacar brillo al cuarto de estar. Los cojines estaban ahuecados sobre la funda del sofá, de un brillante y alegre color azul, y la vieja mesita de centro a la que había dado un aspecto antiguo estaba impoluta y exhibía tres botellas llenas de margaritas de finales de verano cortadas de sus propios parterres. La alfombra que su abuela había confeccionado cuando Zoe era una niña acababa de recibir la visita del aspirador.

—Esto es genial. —Malory se acercó a una pared para observar un grupo de imágenes del extranjero enmarcadas.

—No son más que postales que he reunido y enmarcado. Siempre les pido a las clientas que me envíen una postal cuando se van de viaje.

—Es una gran idea, y graciosa.

—Me gusta juntar cosas, ¿sabes? Encontrar objetos en liquidaciones o rastrillos, traerlos a casa y arreglarlos. De ese modo pasan a ser algo tuyo y, además, no cuestan mucho dinero. Ah, ¿te apetece beber algo?

—Pues sí, si no te interrumpo.

—No. Creo que no tenía un sábado libre desde… —se rozó el pelo con los dedos—, desde nunca —concluyó—. Es agradable estar en casa y tener compañía.

Malory tuvo la impresión de que Zoe iba a invitarla a sentarse mientras iba a la cocina. Para evitarlo, se alejó del sofá y, señalando con la cabeza hacia la entrada, preguntó:

—¿Has plantado tú misma las flores?

—Simon y yo. —Al no quedarle otra opción, guió a Malory a la cocina—. No tengo refrescos. Lo siento, pero no puedo comprarlos por Simon. Lo que sí hay es limonada.

—Estupendo.

Era evidente que había pillado a Zoe en medio de una limpieza a fondo de la cocina, pero aun así aquel espacio rezumaba el mismo encanto informal que el cuarto de estar.

—Me encanta esto. —Deslizó un dedo por la pintura verde menta de un armario—. Demuestra a las claras lo que alguien puede hacer con imaginación, gusto y tiempo.

—¡Guau! —Zoe sacó una jarra rechoncha de la nevera—. Eso es todo un cumplido viniendo de alguien como tú. Es decir, alguien que sabe de arte. Yo deseaba tener cosas bonitas, pero también un lugar por el que Simon pudiera corretear de pequeño. Y este lugar es del tamaño ideal para nosotros. No me importa el millón de dólares. —Dejó un par de vasos en la encimera y sacudió la cabeza—. ¡Buf!, eso suena absurdo. Por supuesto que me importa el millón de dólares. Lo que quiero decir es que no necesito tanto, sólo lo suficiente para tener seguridad. Sólo me he metido en este asunto porque se me antojó muy interesante, y porque los veinticinco mil dólares eran como un milagro.

—Y porque aquella velada en el Risco del Guerrero fue cautivadora y espectacular, ¿verdad? Como si fuéramos las estrellas de nuestra propia película.

—Sí. —Zoe soltó una carcajada mientras servía—. Me sentí atrapada por aquella historia, pero no se me ocurrió ni durante un minuto que pudiésemos correr algún riesgo.

—Yo tampoco lo creo. Y no voy a preocuparme por eso mientras no sepamos más. Pero yo no tengo un hijo en el que pensar. He venido para decirte que si deseas dar marcha atrás lo comprenderé.

—He estado cavilando sobre eso. Una de las ventajas de una limpieza a fondo es que puedes pensar a gusto.

¿Te parece que nos tomemos esto fuera? En la parte trasera hay unas cuantas sillas; es una especie de rincón agradable.

Salieron, y el rincón era realmente agradable: un patio diminuto, dos sillas Adirondack pintadas del mismo amarillo sol que la casa y un enorme y frondoso arce.

Cuando estuvieron sentadas, Zoe respiró hondo.

—Si Pitte y Rowena son una especie de lunáticos que nos han elegido por alguna razón, no hay vuelta atrás, pues no la aceptarán. Si de verdad están locos, lo más sensato es que hagamos lo posible por encontrar las llaves. Y si no lo están, entonces deberíamos mantener nuestra palabra.

—Creo que estamos en las mismas. Me estoy planteando volver allá arriba para hablar de nuevo con ellos y pensarlo mejor. Dentro de un día o dos. —Malory asintió—. Después de, espero, haber averiguado algo más. Sé que Dana estará concentrada en los libros, y Flynn ya ha empezado a indagar en Internet. Si descubre algo, me lo dirá esta noche en la cena.

—¿Cena? ¿Vas a salir con Flynn?

—Eso parece. —Malory frunció el entrecejo con la vista fija en su limonada—. Cinco minutos después de que se fuera de mi apartamento empecé a preguntarme cómo había logrado convencerme.

—Es terroríficamente guapo.

—Cualquier tío resultaría guapo al lado de ese perro tan grande y feo.

—Y estuvo flirteando contigo. —Zoe le hizo un gesto con el vaso y los cubitos de hielo tintinearon—. Menudo triunfo.

—Pues vaya. Ligar no estaba entre mis planes para las próximas semanas, si he de centrarme en localizar la primera llave.

—Ligar con un hombre atractivo es un agradable beneficio adicional. —Zoe suspiró, se recostó en la silla y movió los dedos de los pies, cuyas uñas estaban pintadas de rosa amapola—. O al menos eso creo recordar de un pasado lejano y desdibujado.

—¿Estás de broma? —Sorprendida, Malory se giró hacia el sexy rostro de duendecillo de Zoe—. Los hombres deben de estar tirándote los tejos sin parar.

—La primera salida suele convertirse en la última en cuanto descubren que tengo un hijo. —Se encogió de hombros—. Y no me interesan las historias en plan «desnudémonos y tomémonos esto como algo intrascendente». Ya he pasado por ahí.

—Pues ahora mismo a mí no me interesan las historias en plan «desnudémonos y tomémonos esto como algo serio». He de resolver qué quiero hacer con el resto de mi vida. Mi situación actual no va a durar siempre, pero me da tiempo para decidir si de verdad deseo abrir mi propio negocio, y, si es así, cómo encararlo.

—Yo también he estado pensando en eso hoy. Tendré que volver a trabajar, pero la idea de empezar en un sitio nuevo, con gente nueva, fuera, en un centro comercial… —Hinchó las mejillas y soltó el aire con un resoplido—. Lo último que quiero es intentar montar una peluquería en casa. Cuando lo haces, nadie te toma en serio. Piensan que es tu *hobby* en vez de tu profesión. Además, el lugar en que vives deja de ser tu hogar, y no voy a arrebatarle eso a Simon, como me ocurrió a mí.

—¿Tu madre peinaba en vuestra casa?

—En nuestra caravana. —Zoe se encogió de hombros—. Hizo todo lo que pudo, teniendo en cuenta que vivíamos a un par de kilómetros de Ningunsitio, en el oeste de Virginia. Mi padre se largó cuando yo tenía doce años, y yo era la mayor de cuatro hermanos.

—Eso es terrible. Lo lamento.

—Terrible para todos, pero, como te he dicho, mi madre hizo todo lo que pudo. Yo sólo espero hacerlo mejor.

—Yo diría que convertir una casa en un lugar bonito y un hogar para ti y tu hijo significa que lo estás haciendo muy, pero que muy bien.

A Zoe se le subieron los colores.

—Gracias. De todos modos, pienso que debería empezar a buscar, a ver si doy con algún local en alquiler que sirva para abrir un salón de peluquería.

—Si tienes suerte, mira a ver si encuentras también uno con una buena fachada para mí y mi tienda de obras de arte. —Riéndose, Malory dejó su vaso a un lado—. O quizá deberíamos unir los dos y abrir un negocio juntas. Arte y belleza, todo bajo el mismo techo. He de irme. —Se puso en pie—. Voy a acercarme a ver a Dana y luego me marcharé a casa a estrujarme el cerebro con esa estúpida pista. ¿Quieres que quedemos las tres para un día de la semana que viene? ¿Un consejo de familia?

—Por mí, bien, siempre que trabajemos según los horarios de Simon.

—Eso está hecho. Te llamaré.

No sabía si aquello era estrujarse el cerebro de verdad, pero al menos era una dirección que seguir.

Malory estudió la pista línea por línea, rastreando metáforas y significados ocultos, dobles sentidos y conexiones sueltas. Después volvió a mirarla como un todo.

Había menciones a las diosas. Y se suponía que las llaves liberaban almas aprisionadas. Poniéndolo todo junto, le pareció que se obtenía una especie de referencia religiosa.

Con eso en mente, pasó el resto de la jornada yendo a todas las iglesias y los templos del valle.

Regresó a casa con las manos vacías, pero sintió que ese día había hecho algo positivo.

Se vistió para la cena con un atuendo sencillo: top sin mangas y pantalones cortos negros, completado con una chaqueta entallada de color fresa.

A las siete en punto se calzó unas sandalias de tacón alto, preparándose para esperar. Según su experiencia, ella era la única que solía preocuparse de ser puntual.

Así que fue una sorpresa, una agradable sorpresa, oír que llamaban a la puerta cuando aún estaba repasando el contenido de su bolso.

—Has llegado a la hora —le dijo a Flynn al abrir la puerta.

—En realidad estoy aquí desde hace diez minutos, pero no quería parecer ansioso. —Le tendió un pequeño ramo de capullos de rosa, casi del mismo color que su chaqueta—. Tienes un aspecto fantástico.

—Gracias. —Lo observó mientras olía las flores. Sí, era guapo. Con perro y sin perro—. Las pondré en agua. Un detalle muy bonito, por cierto.

—Eso he pensado. *Moe* quería que te trajera caramelos, pero yo he optado por las flores.

Malory se detuvo.

—No estará ahí fuera, ¿verdad?

—No, no; está en casa, de fiesta con un cuenco de pienso para perros y la maratón de Bugs Bunny que dan en Cartoon Network. *Moe* está loco por Bugs.

—Me lo creo. —Colocó el ramo en un jarro de cristal—. ¿Quieres beber algo antes de que nos vayamos?

—Depende. ¿Puedes recorrer a pie tres manzanas con esos tacones o prefieres que coja el coche?

—Yo puedo recorrer tres kilómetros con tacones. Soy una mujer profesional.

—No puedo discutirte eso. Y como no puedo, me gustaría hacer lo que llevo pensando desde que choqué contra ti.

Él se acercó. Eso es lo que Malory pensaría más tarde, cuando su cerebro volvió a funcionar con normalidad. Él tan sólo se acercó y le deslizó las manos por los lados del cuerpo, los hombros, la garganta, hasta cogerle la cara.

Fue todo muy lento, todo muy suave. Y luego la boca de Flynn estaba sobre la de Malory, tomándose su delicioso tiempo. De algún modo, ella estaba pegada al aparador, aprisionada a la perfección entre el mueble y Flynn. De algún modo, lo agarró por las caderas, clavándole los dedos. Y de algún modo, se estaba sumergiendo en el beso sin emitir la más mínima protesta.

Él le hundió los dedos en el pelo y le mordisqueó más seriamente el labio inferior. Malory se quedó sin aire, y el tono del beso pasó de coqueto y cálido a tórrido y chispeante.

—Oh, espera. —Logró percibir el débil eco de una señal de alarma que sonaba en su cabeza, pero su cuerpo siguió pegado al de él.

—De acuerdo. Dentro de un minuto.

Flynn necesitaba otro minuto de ella, degustándola, sintiéndola. Había mucho más de lo que esperaba, y eso que había esperado mucho.

Había algo eróticamente intenso en el sabor de Malory, como si su boca fuera una rara exquisitez que sólo le habían permitido probar, y había algo delicioso en su textura, en aquellas nubes de cabello dorado, en sus adorables curvas y huecos.

Rozó sus labios una última vez y se separó un poco.

Ella lo miró fijamente; aquellos ojos azules, que a él se le antojaban irresistibles, estaban muy abiertos y llenos de perplejidad.

—Quizá... —Malory esperaba que respirar hondo y despacio la ayudara a estabilizar la voz—, quizá sea mejor que nos marchemos ya.

—Claro. —Le ofreció una mano, y se sintió halagado cuando ella no sólo la rechazó, sino que lo rodeó para ir a por su bolso—. He calculado que si te besaba ahora, no estaría pensando en eso durante toda la cena y así no perdería el hilo de la conversación. —Fue hacia la puerta y la abrió para ella—. El problema es que ahora que te he besado probablemente me pase toda la cena pensando en volver a besarte y pierda el hilo de la conversación. Así que si me notas abstraído ya sabrás dónde estoy y por qué.

—¿Crees que no sé por qué me cuentas todo eso? —Salió con él a la brillante luz del atardecer—. Al decirme eso, plantas una semilla en mi cabeza para que esté pensando en tus besos durante toda la cena. O ése es tu plan.

—Joder, eres buena. Si eres lo bastante rápida como para desentrañar los ruines complots de los hombres con respecto al sexo, entonces el enigma de la llave debería ser un juego de niños para ti.

—Parece lo lógico, ¿verdad? Pero el caso es que tengo bastante más experiencia con los ruines complots de los hombres con respecto al sexo que con enigmas relativos a diosas y conjuros mitológicos.

—No sé por qué... —empezó a decir mientras la cogía de la mano y sonreía al ver la mirada de soslayo que ella le había lanzado—, pero eso que dices me resulta fascinante. Si te sirvo vino sin parar durante la cena, ¿me contarás esas experiencias? Quizá descubra algún complot que no se me haya ocurrido antes.

—Tú invítame a un martini y luego ya veremos.

Flynn había escogido uno de los restaurantes más bonitos del pueblo y había reservado una mesa en la terraza trasera, con vistas a las montañas.

Cuando Malory se encontró dando sorbos a su martini volvía a estar relajada.

—Me gustaría hablar de la llave, y si descubro que tu cabeza está en otro sitio te daré una patada por debajo de la mesa.

—Tomo nota. Sólo me gustaría decir una cosa antes.

—Adelante.

Flynn se inclinó hacia ella y respiró hondo.

—Hueles de maravilla.

Malory se inclinó hacia él.

—Ya lo sé. Y ahora, ¿te gustaría saber qué he hecho hoy? —Esperó un segundo y luego le dio una leve patada en el tobillo.

—¿Qué? Sí. Perdona.

Malory alzó su vaso y bebió otro trago para ocultar su regocijo.

—En primer lugar, he ido a ver a Zoe.

Le repitió lo fundamental de la conversación que habían mantenido, e hizo una pausa cuando les sirvieron el primer plato.

—La casita amarilla. —Flynn asintió mientras la visualizaba—. Antes era de un marrón caca de perro. La verdad es que la ha arreglado muy bien. He visto al chaval en el jardín, ahora que lo pienso.

—Simon. Se parece mucho a ella. Casi da un poco de miedo.

—Ahora que lo mencionas, debería haber reparado en ese detalle cuando la conocí, si hubiese sido capaz de despegar los ojos de ti durante dos minutos.

A Malory le temblaron los labios; muy a su pesar, se sintió halagada.

—Eres muy bueno en eso: en cálculo y lanzamiento.

—Sí, es un don.

—Luego he ido a ver a Dana a la biblioteca. Estaba sumergida en un montón de libros y dándole vueltas a la cabeza.

—Dos aspectos en los que es una campeona.

—No ha podido localizar aún una versión de *Las Hijas de Cristal*, pero está trabajando en ello. Luego yo he tenido la idea siguiente: diosas igual a veneración. Todo lo que he estado leyendo sobre el tema indica que muchas de las iglesias se construyeron sobre lugares de culto paganos. Muchas de las celebraciones cristianas coinciden con las fiestas paganas del pasado, que se basaban en las estaciones, la agricultura y ese tipo de cosas. Así que he ido a la iglesia. En realidad, he ido a todas las iglesias y todos los templos de veinte kilómetros a la redonda.

—Una conexión muy interesante. Tienes una mente lúcida y perspicaz.

—Es una de mis herramientas principales. He vuelto una y otra vez sobre la pista. Mira dentro, mira fuera, diosas cantoras, y todo eso. Así que me he dedicado a observar. No esperaba entrar en un santuario y que la llave estuviera aguardándome sobre un banco. Pero pensaba que quizá viera su símbolo, ¿comprendes? Algo realizado en una vidriera o en una moldura. Y no ha habido suerte.

—Aun así, era una buena idea.

—Otra idea todavía mejor es regresar al Risco del Guerrero y hablar con Pitte y Rowena de nuevo.

—Quizá. ¿Quieres saber lo que he averiguado yo?

—Por supuesto.

Esperó mientras les servían el segundo plato, y luego observó su filete y el pescado de Malory.

—¿Qué te parece un plato de mar y montaña?

—Me parece.

Cortaron por la mitad sus raciones y las intercambiaron.

—¿Sabes? Esto podría convertirse en algo serio —dijo Flynn—. Tú y yo. Mucha gente pone el grito en el cielo ante la idea de compartir la comida. Nunca lo he comprendido. —Probó la carne—. La comida es comida, ¿no? Se supone que has de comértela. ¿Qué más da si al principio estaba en el plato de otra persona?

—Es un elemento interesante para tomar en cuenta ante una relación potencial. Dime: ¿qué es lo que has averiguado?

—He hablado con mi abuela de lo de la historia. Hay algunos detalles de los que no me acordaba. En primer lugar, hubo división entre sus huestes cuando el dios rey convirtió a una mortal en reina. Estaba muy bien enredarse con los humanos, pero es que él la había llevado al otro lado de la Cortina del Poder... o Cortina de los Sueños (se llama de las dos formas) y la había tomado por esposa. Por esa razón, algunos de los dioses se separaron del joven monarca y su esposa mortal y establecieron su propio reino.

—Política.

—Es inevitable. Naturalmente, eso no sentó muy bien al rey. Hay otras historias, llenas de guerra e intriga heroica. Esto nos lleva a las hermanas, amadas por sus padres y los leales al rey y su mujer. Las tres tenían belleza, como cabría esperar, y poder: cada una un talento. Una era artista; otra, poeta; y la otra, guerrera. Consagrada cada una a las otras dos, crecieron en el reino y fueron educadas por una joven diosa maga y protegidas por el dios guerrero en el que más confiaba el rey. Bien la maestra o el guardián debían estar con ellas en cualquier ocasión para mantenerlas a salvo de las conspiraciones que las acechaban.

—En el cuadro había dos figuras, una mujer y un hombre, al fondo. Parecían estar abrazados.

Flynn hizo un ademán con el tenedor, y luego pinchó otro trozo de carne.

—Eso encaja con lo que viene ahora. Los consejeros del rey estaban haciendo campaña para casar a las hermanas con tres dioses de alto rango de las filas disidentes, para unir el reino de nuevo. Pero al autoproclamado monarca de la facción opositora no le gustaba la idea de renunciar a su trono. El poder lo había corrompido, y sus ansias de tener más, de dominar completamente aquel, digamos, submundo y el de los humanos lo consumían. Quería matar a las tres jóvenes, pero sabía que si hacía tal cosa todos, excepto sus más devotos seguidores, se volverían en su contra. De modo que concibió un complot, y las dos personas más cercanas a las hermanas lo ayudaron cuando se enamoraron.

—¿Traicionaron a las hijas del rey?

—No fue a propósito. —Sirvió más vino en los vasos—. Sino por una distracción; por estar mirándose el uno al otro en vez de vigilar a las que estaban a su cargo. Y como las hermanas eran jóvenes y apreciaban a sus guardianes, les facilitaban poder escabullirse de vez en cuando. Un día que estaban desprotegidas, se lanzó el hechizo.

—Robaron sus almas.

—Es más que eso. ¿Vas a comerte ese trozo de filete?

—Hum… —Malory miró hacia su plato—. No. ¿Lo quieres?

—Para *Moe*. Si regreso con las manos vacías, se pondrá de morros. —Le pidió al camarero que le envolviera las sobras y luego sonrió a Malory—. ¿Postre?

—No, sólo café. Cuéntame el resto.

—Dos cafés, una *crème brûlée* y dos cucharas. Es imposible resistirse a la *crème brûlée* —le dijo a Malory mientras se inclinaba hacia delante para concluir el relato—. El rey malo es un tipo listo, además de mago. No echa más leña al fuego asesinando a inocentes y vuelve las decisiones y la conducta del rey bueno en contra de sí mismo: si una mortal puede convertirse en reina, si tres semimortales valen lo bastante para ostentar un alto rango, entonces los mortales deben demostrarlo. Sólo seres humanos pueden romper el encantamiento. Hasta que eso ocurra, las hermanas dormirán... sin sufrir daño alguno. Si tres mujeres mortales, cada una de las cuales representaría a una hermana, encuentran las llaves, entonces podrá abrirse la urna, las hermanas recuperarán sus almas y los reinos se unirán.

—¿Y si fracasan?

—En la versión más popular, según mi abuela, el rey malo establece un tiempo límite: tres mil años, un milenio por hija. Si no se hallan las llaves ni se abre la urna en ese plazo, él gobernará solo el mundo de los dioses y el de los humanos.

—Nunca he entendido por qué alguien querría gobernar el mundo. Me parece que sería un dolor de cabeza espantoso. —Frunció la boca al ver que colocaban una fuente de *crème brûlée* entre los dos. Flynn tenía razón: no iba a poder resistirse—. ¿Qué sucedió con los amantes?

—De eso también hay un par de versiones. —Hundió la cuchara en uno de los extremos de la bandeja, mientras Malory metía la suya en el opuesto—. Ésta es la que prefiere mi abuela: el rey, muy afligido, condena a los amantes a muerte, pero su esposa interviene y le ruega que tenga compasión. Entonces cambian la ejecución por un castigo. La pareja es expulsada al otro lado de la Cortina de los Sueños, y se les prohíbe regresar hasta que hayan encontrado a las tres mujeres que puedan abrir la urna que contiene las almas. De modo que deambulan por la tierra como dioses con aspecto de mortales, en busca del trío que libere no sólo las almas de las hermanas, sino también las suyas.

—¿Rowena y Pitte creen que ellos son la maga y el guerrero?

A Flynn le agradó que su conclusión encajara con la de él.

—Eso diría yo. Tienes en las manos a un par de bichos raros, Malory. Es un bonito cuento de hadas, romántico y pintoresco. Pero cuando hay personas que se proyectan a sí mismas y a otras en sus protagonistas, se roza la psicopatía.

—Te olvidas del dinero.

—No, en absoluto. El dinero me preocupa. Setenta y cinco mil dólares significan que esto no es para ellos un entretenimiento, un juego de rol. Van en serio. Una de dos, o creen de verdad en el mito o están preparando el terreno para una estafa.

Malory movió la cuchara llena de *crème brûlée*.

—Con esos veinticinco mil dólares ahora tengo aproximadamente veinticinco mil doscientos cinco dólares, contando con los veinte que he encontrado en el bolsillo de una chaqueta esta mañana. Mis padres son perfectos representantes de la clase media; no son ricos ni influyentes. No tengo ningún amigo ni amante rico o influyente. No poseo nada por lo que valga la pena estafarme.

—Quizá vayan tras alguna otra cosa, algo en lo que no has pensado. Pero volvamos un minuto a los amantes: ¿tienes alguno?

Malory dio un sorbo a su café mientras examinaba a Flynn con la mirada. El sol se había puesto mientras cenaban. En ese momento, la luz de las velas parpadeaba entre ellos.

—Ahora mismo no.

—Qué coincidencia, yo tampoco.

—Voy en pos de una llave, Flynn, no de un amante.

—Estás dando por supuesto que la llave existe.

—Sí. Si no fuera así, no me molestaría en buscarla. Además, les di mi palabra.

—Te ayudaré a encontrarla.

Malory bajó la taza.

—¿Por qué?

—Por muchas razones. Primera, soy curioso por naturaleza, y, aunque no sé cómo terminará, esta historia resulta muy interesante. —Deslizó un dedo por el dorso de la mano de Malory, que notó cómo un escalofrío le recorría el brazo—. Segunda, mi hermana está involucrada. Tercera, estaré cerca de ti. Si es como imagino, no serás capaz de resistirte a mí más de lo que te has resistido a la *crème brûlée*.

—¿Eso es confianza en ti mismo o vanidad?

—Es el destino, preciosa. Oye, ¿por qué no vamos a mi casa y…? Bueno, caramba, no estaba pensando en besarte de nuevo hasta que me has mirado de esa forma tan altanera. Y ahora he perdido el rumbo de mis pensamientos.

—Pues yo no tengo ninguna dificultad para ver adónde va ese rumbo.

—Vale, no era el que pensaba tomar, pero ahora estoy deseando seguirlo. Lo que iba a decir es que podíamos ir a continuar investigando. Puedo enseñarte lo que tengo, que es básicamente nada. No logro obtener datos sobre tus benefactores, al menos bajo los nombres que usaron para comprar el Risco ni con cualquier variación de esos nombres.

—Dejaré la investigación para ti y para Dana. —Se encogió de hombros—. Yo he de rastrear otras pistas.

—¿Como cuáles?

—La lógica. Las diosas. Hay un par de tiendas de *new age* en la zona, y quiero verificarlo. Y después está el cuadro. Voy a averiguar quién lo ha pintado, ver qué más ha hecho el autor y dónde podría estar el resto de sus obras. Quiénes las tienen, cómo las adquirieron. Necesito ir de nuevo al Risco del Guerrero, hablar de nuevo con Rowena y Pitte y examinar otra vez el cuadro; examinarlo con atención.

—Iré contigo. Ahí hay una historia, Malory. Podría tratarse de un tremendo timo, lo que supondría un notición, y mi obligación es informar al respecto.

Malory se puso tensa.

—No tienes ninguna prueba de que Pitte y Rowena no sean legales... Quizá estén chiflados, sí, pero no son unos sinvergüenzas.

—Tranquila. —Alzó una mano en son de paz—. No voy a escribir nada hasta que no tenga todos los hechos, y no puedo tenerlos hasta que no conozca a los actores. Necesito una forma de acceder a esa casa, y la forma eres tú. A cambio, te beneficiarás de mi aguda destreza investigadora y de mi obstinada resolución de reportero. Iré contigo, o hablaré con Dana para que me lleve hasta allí.

Malory dio golpecitos en la mesa con un dedo mientras consideraba sus opciones.

—Quizá no quieran hablar contigo. Incluso puede que no les guste que te meta en este asunto, aunque sea en un segundo plano.

—Déjame eso a mí. Entrar en lugares en los que no soy bien recibido es parte de mi trabajo.

—¿Es así como te colaste ayer en mi apartamento?

—¡Ay! ¿Por qué no vamos mañana por la mañana? Puedo recogerte a las diez.

—De acuerdo.

¿Qué mal había en que la acompañara?

—No hace falta que me dejes en la puerta de casa —dijo Malory cuando se acercaban a su edificio.

—Por supuesto que sí. Soy un hombre chapado a la antigua.

—No, no lo eres —repuso entre dientes mientras abría el bolso para sacar las llaves—. No voy a preguntarte si quieres pasar.

—Vale.

Lo miró de refilón mientras se encaminaban a su puerta.

—Lo dices como si fueras un tipo afable y acomodadizo, y no eres ninguna de las dos cosas. Es una estrategia.

Flynn sonrió ampliamente.

—¿De verdad?

—Sí. Eres tozudo, avasallador y más que arrogante. Sales bien librado porque exhibes una sonrisa enorme y encantadora y adoptas la actitud de «no haría daño ni a una mosca». Pero no son más que los instrumentos que te ayudan a conseguir lo que quieres.

—Dios, puedes verme por dentro. —La observó mientras enrollaba uno de sus rizos rubios alrededor del dedo—. Ahora tendré que asesinarte o casarme contigo.

—Y el fallo está en que el hecho de que seas atractivo de tan disparatado no te vuelve menos fastidioso.

Al oír esas palabras, Flynn le cogió el rostro entre las manos y pegó sus labios a los de ella lleno de entusiasmo. Malory notó una corriente de calor en el estómago que pareció estallarle en la cabeza.

—Y esto tampoco —dijo a duras penas. Metió la llave en la cerradura y empujó la puerta para entrar. Después la cerró de golpe. Medio segundo más tarde la abrió de par en par—. Gracias por la cena.

Flynn se balanceó sobre los talones cuando la puerta se cerró delante de sus narices por segunda vez. Cuando salió, iba silbando y pensando que Malory Price era el tipo de mujer que hacía de la vida de un hombre algo realmente interesante.

6

Dana se tomó su primera taza de café desnuda en medio de su minúscula cocina, con los ojos cerrados y el cerebro desconectado. Apuró el líquido, caliente, negro y fuerte, antes de soltar una especie de gemido de alivio.

Se bebió la mitad de la segunda taza de camino a la ducha.

A Dana no le importaban las mañanas, sobre todo porque nunca estaba lo bastante despierta como para oponerse a ellas. Su rutina variaba pocas veces. Sonaba el despertador, ella lo apagaba de un manotazo, salía a rastras de la cama e iba dando tumbos a la cocina, donde la cafetera automática ya tenía preparada la primera jarra de café.

Una taza y media después se le había aclarado lo suficiente la vista para darse una ducha. Cuando terminó de ducharse, sus circuitos se habían encendido y puesto en funcionamiento, y ella estaba demasiado despierta para enfurruñarse por estar despierta. Se terminaba la segunda taza de café y escuchaba el noticiario de la mañana mientras se vestía.

Con un *bagel* tostado y la tercera taza de café, se sentó a disfrutar de su actual libro para los desayunos.

No había pasado más que dos páginas cuando una llamada a la puerta interrumpió su ritual más sagrado.

—Mierda.

Dana marcaba su territorio. Su irritación disminuyó un poco cuando abrió y se encontró con Malory.

—Vaya, si es la chica radiante y madrugadora.

—Lo siento. Como me dijiste que hoy ibas a trabajar, pensaba que ya estarías levantada y en marcha.

—Levantada sí.

Se recostó en la jamba de la puerta un instante y observó los diminutos cuadros verdes de la suave camisa de algodón de Malory, que hacían juego exactamente con el color de sus pantalones con pinzas. Igual que sus zapatos gris tórtola eran del mismo tono y material que el bolso.

—¿Siempre vas vestida así? —preguntó Dana maravillada.

—¿Así cómo?

—Perfecta.

Con una breve carcajada, Malory se miró el atuendo.

—Me temo que sí. Es una obsesión.

—Te queda muy bien, además. Lo más seguro es que acabe odiándote por eso. Entra, de todos modos.

La habitación era una biblioteca compacta e informal. Había libros ordenados o amontonados en las estanterías que ocupaban dos de las paredes del suelo al techo, colocados en mesas como si fuesen adornos, alineados por el suelo como soldados en un desfile. A Malory le causaron una gran impresión, no por ser fuentes de conocimiento o diversión, ni siquiera por contener historias o información. Eran color y textura, como parte de un proyecto de decoración azaroso pero de algún modo intrincado.

La habitación tenía forma de L. La zona más corta alardeaba de alojar más libros aún, además de una mesita en la que estaba el desayuno a medias de Dana.

Con las manos en las caderas, Dana observó cómo Malory examinaba su espacio. Había visto antes esa reacción.

—No —se adelantó—, no los he leído todos, pero lo haré. Y no, no sé cuántos tengo. ¿Quieres una taza de café?

—Déjame preguntarte sólo una cosa: ¿alguna vez utilizas el servicio de préstamo de la biblioteca?

—Claro, pero necesito poseerlos. Si no tengo veinte o treinta libros esperando que los lea, empieza a entrarme el mono. Ésa es mi obsesión.

—Vale. Pasaré del café. Ya me he tomado uno, con dos me pongo nerviosa.

—Yo necesito dos para poder componer una frase entera. ¿Un *bagel*?

—No, pero tú sigue. Quería pillarte antes de que te fueras a trabajar para ponerte al día.

—Desembucha. —Señaló la segunda silla que había junto a la mesa y se sentó para acabarse el desayuno.

—Voy a volver al Risco del Guerrero hoy por la mañana. Con Flynn.

Dana frunció los labios.

—Me imaginaba que se entrometería. Y que trataría de ligar contigo.

—¿Alguna de esas dos cosas te supone un problema?

—No. Flynn es más listo de lo que parece. Ésa es una de las razones por las que logra que la gente se confíe a él. Si no hubiera metido las narices en esto, yo lo habría acosado hasta conseguir que nos echara una mano. Y en lo de querer ligar contigo, tendría que haber supuesto que iría a por ti o a por Zoe. A Flynn le encantan las mujeres, y a ellas les encanta él.

Malory pensó en la forma en que Flynn se le había acercado en su cocina, y en la forma en que ella se había plegado gustosamente a sus avances.

—Hay una química innegable entre nosotros, pero aún no he decidido si Flynn me gusta o no.

Dana mordió el *bagel*.

—También podrías darte por vencida. Él acabará agotándote, algo en lo que también es buenísimo. Es como un maldito collie border.

—¿Perdona?

—¿Sabes cómo agrupan esos perros a las ovejas? —Usó su mano libre para trazar zigzags a derecha e izquierda—. ¿Cómo las conducen, dando vueltas a su alrededor hasta que las ovejas terminan yendo a donde el collie quiere que vayan? Ése es Flynn. Tú pensarás: «No; yo quiero ir ahí», y él estará pensando: «Es mejor que vayas allá». Así que al final te verás allá antes de reparar en que te han pastoreado. —Se lamió del dedo el queso de untar—. El colmo de todo eso es que cuando te encuentras allá casi siempre resulta que es el mejor sitio para ti. Flynn sigue vivo porque nunca dice: «Ya te lo dije».

Malory reflexionó. Había ido a cenar con él. Lo había besado…, dos veces si había que ser rigurosa. Y Flynn no sólo iba a acompañarla al Risco del Guerrero, sino que la llevaba en su propio coche. ¡Hum!

—No me gusta que me dirijan.

La expresión de Dana combinaba lástima y regocijo.

—Bien, ya veremos cómo va. —Se levantó y recogió la mesa—. ¿Qué esperas obtener de Pitte y Rowena?

—De ellos no mucho. Voy por el cuadro.

Malory siguió a Dana hasta la pequeña cocina. No le sorprendió encontrar también allí libros apilados en una alacena abierta, donde una cocinera corriente tendría almacenados productos alimenticios básicos.

—El cuadro es importante de algún modo —continuó, mientras Dana lavaba los platos—. Qué dice y quién lo dijo.

Pasó luego a relatarle el resto de la leyenda tal como se la había contado Flynn en la cena.

—Así que han asumido los papeles de la maestra y el guerrero.

—Ésa es la teoría —confirmó Malory—. Me interesa cómo reaccionarán cuando lo mencione. Y puedo usar a Flynn para que los distraiga el tiempo suficiente mientras yo echo otro vistazo al cuadro y tomo unas cuantas fotografías. Eso podría llevarme a otras pinturas con temas similares. Quizá sea útil.

—Yo haré una búsqueda sobre arte mitológico hoy por la mañana. —Dana miró su reloj—. He de irme. Las tres deberíamos reunirnos para hablar de esto tan pronto como podamos.

—A ver qué conseguimos hoy.

Salieron juntas, y Malory se detuvo en la acera.

—Dana, ¿hacer todo esto es una locura?

—Desde luego que sí. Llámame cuando vuelvas del Risco.

Era mucho más placentero, aunque menos «estético», conducir bajo el sol de la mañana. Como copiloto, Malory podía permitirse contemplar el paisaje y preguntarse cómo sería vivir en lo alto de la montaña, donde el cielo parecía al alcance de la mano y el mundo se extendía a los pies como un cuadro.

Imaginó que sería una vista adecuada para los dioses. Majestuosa y dramática. No dudaba de que Rowena y Pitte habían elegido la casa por lo poderosa que resultaba, además de por la intimidad que proporcionaba.

Dentro de pocas semanas, cuando las colinas elegantemente onduladas sintieran el frío del otoño, sus colores atraparían la mirada y quitarían la respiración.

Por la mañana habría niebla suspendida entre las montañas, deslizándose en sus pliegues y huecos, formando estanques resplandecientes hasta que el sol la disolviera.

La mansión continuaría allí, negra como la medianoche, con sus extravagantes líneas grabadas contra el cielo. Protegiendo el valle. O vigilándolo. Malory se preguntó qué habría visto la casa año tras año a través de las décadas. ¿Qué cosas sabría? Eso le provocó un escalofrío, un sentido del miedo repentino y agudo.

—¿Tienes frío, Mal?

Ella negó con la cabeza y bajó el cristal de su ventanilla. De pronto le parecía que el coche estaba caliente y cargado.

—No. Estaba metiéndome miedo a mí misma. Eso es todo.

—Si no quieres que hagamos esto ahora…

—Quiero hacerlo. No me asusta esa pareja de ricos excéntricos. En realidad me gustan. Y deseo ver de nuevo el cuadro. No puedo dejar de pensar en él. Sea cual sea la dirección que tome mi cerebro, siempre acaba regresando al cuadro. —Miró por la ventanilla hacia los bosques densos y frondosos—. ¿Tú vivirías aquí arriba?

—No.

Intrigada, Malory se volvió hacia Flynn.

—Has contestado muy rápido.

—Soy un animal social. Me gusta tener gente alrededor. Quizá a *Moe* le gustase. —Miró por el retrovisor para ver a *Moe*, que iba con la nariz metida en la estrecha abertura de la ventanilla, con las blandas orejas al viento.

—Aún no puedo creer que te hayas traído al perro.

—Le encanta viajar en coche.

Malory se giró y observó la expresión de *Moe*, que era de absoluta felicidad.

—Es evidente. ¿Te has planteado darle unos tijeretazos para que el pelo no le tape los ojos?

—No digas «tijeretazo». —Flynn hizo un gesto de dolor cuando ella pronunció esa palabra—. Aún no hemos superado el tema de la castración.

Redujo la velocidad mientras avanzaban junto al muro que rodeaba la propiedad. Luego se detuvo para examinar los dos guerreros idénticos que flanqueaban la verja de hierro.

—No parecen muy amistosos. Acampé aquí un par de veces con unos amigos cuando iba al instituto. Entonces la mansión estaba vacía, así que saltábamos la valla.

—¿Entrasteis en la casa?

—Una caja de seis cervezas no proporciona el coraje suficiente para eso, pero nos ayudaba a alucinar. Jordan aseguró haber visto a una mujer paseando por el parapeto, o como quieras llamarlo. Y juró que era cierto. Más tarde escribió una novela al respecto, así que supongo que vio algo. Jordan Hawke —añadió—, quizá hayas oído hablar de él.

—¿Jordan Hawke escribió un libro sobre el Risco del Guerrero?

—Se llamaba...

—*El vigía fantasma*. Lo he leído. —Mientras un hormigueo de fascinación le subía por la columna vertebral, se quedó mirando a través de los barrotes de la verja—. Claro. Lo describía perfectamente, pero es que es un escritor fabuloso. —Se volvió hacia Flynn, recelosa—. ¿Tú eres amigo de Jordan Hawke?

—Desde que éramos niños. Él creció en el valle. Tendríamos dieciséis años, Jordan, Brad y yo, cuando bebíamos cerveza en el bosque mientras aplastábamos mosquitos del tamaño de gorriones y contábamos mentiras muy imaginativas sobre nuestras proezas sexuales.

—Es ilegal beber a los dieciséis —dijo Malory remilgadamente.

Flynn se removió en su asiento, e incluso a través de los cristales oscuros de sus gafas de sol Malory pudo ver la risa que bailaba en sus ojos.

—¿De verdad? ¿En qué estaríamos pensando? De todos modos, diez años después Jordan publicó su primer *best seller*. Brad estaba fuera dirigiendo el imperio familiar, es decir, la empresa maderera y la cadena de establecimientos Reyes de Casa, como que es Bradley Charles Vane IV. Yo estaba planeando ir a Nueva York para convertirme en un célebre reportero del *Times*.

Malory alzó las cejas.

—¿Has trabajado para el *New York Times*?

—No. Nunca he ido allí. Entre una cosa y otra... —respondió encogiéndose de hombros—. Veamos qué puedo hacer para cruzar esta verja.

Cuando había empezado a bajar del coche, la puerta de hierro se abrió con una especie de silencio de otro mundo, ante lo que Flynn sintió una corriente de frío en la nuca.

—Deben de mantenerla muy bien engrasada —murmuró—. Y supongo que alguien sabe que estamos aquí fuera.

Se acomodó de nuevo detrás del volante y avanzaron por el sendero de acceso.

La casa resultaba tan extraña, impactante y asombrosa a la luz del día como en una noche de tormenta. Esta vez no había un espléndido ciervo para recibirlos, pero en lo alto ondeaba el estandarte blanco con el emblema de la llave, y abajo había cascadas de flores. Las gárgolas seguían aferradas a las paredes, y a Malory se le antojó que parecían estar considerando saltar sobre cualquier visitante, y no en broma.

—Nunca había estado tan cerca a la luz del día. —Flynn salió despacio del coche.

—Es escalofriante.

—Sí, pero de un modo bueno. Es tremendo, como lo que esperas ver en lo alto de un acantilado sobre un mar embravecido. Es una lástima que no haya foso. Ése sería el remate perfecto.

—Pues aguarda a ver el interior. —Malory fue detrás de Flynn y no opuso ninguna resistencia cuando él la cogió de la mano. El cosquilleo que notaba al fondo de la garganta hacía que se sintiera insensata y femenina—. No sé por qué estoy tan nerviosa.

Advirtió que estaba susurrando, y dio un tirón involuntario a la mano de Flynn cuando la puerta principal se abrió.

Rowena apareció enmarcada en el altísimo umbral. Iba vestida con unos sencillos pantalones grises y una camisa holgada del color del bosque. El pelo le caía sobre los hombros y llevaba los labios sin pintar y los pies descalzos. Pero por muy informal que fuese su atuendo, ella seguía pareciendo exótica, como una reina extranjera en unas vacaciones de relax.

Malory advirtió un brillo de diamantes en sus orejas.

—¡Qué delicia! —Rowena tendió una mano en la que unos anillos relucían elegantemente—. ¡Qué agradable volver a verte, Malory! Y me has traído una sorpresa muy atractiva.

—Éste es Flynn Hennessy, el hermano de Dana.

—Bienvenido. Pitte vendrá enseguida, en cuanto acabe de hablar por teléfono.

Los invitó a pasar con un gesto. Flynn tuvo que hacer un esfuerzo para no quedarse embobado mirando el vestíbulo, y dijo:

—Éste no parece el tipo de lugar en que encuentras teléfonos.

Rowena rió bajito entre dientes; casi sonó como un ronroneo.

—Disfrutamos de los avances de la tecnología. Vamos, tomaremos un té.

—No queremos ser una molestia —empezó Malory, pero Rowena la detuvo con un ademán.

—Los invitados nunca son una molestia.

—¿Cómo conocieron el Risco del Guerrero, señorita...?

—Rowena. —Deslizó suavemente un brazo alrededor del de Flynn mientras los conducía al salón—. Debes llamarme Rowena. Pitte siempre está atento a posibles lugares interesantes.

—¿Viajáis mucho?

—Sí, mucho.

—¿Por trabajo o por placer?

—Sin placer, trabajar carece de sentido. —Juguetona, deslizó un dedo por el brazo de Flynn—. ¿Nos sentamos? Ah, aquí está el té.

Malory reconoció a la criada de su primera visita. La mujer entró con el carrito del té en silencio y se marchó del mismo modo.

—¿Y a qué os dedicáis? —inquirió Flynn.

—Oh, hacemos un poco de esto y aquello, y algo de lo otro. ¿Leche? —le preguntó a Malory mientras servía—. ¿Miel, limón?

—Un poco de limón, gracias. Tengo muchas preguntas.

—Estoy segura de eso, al igual que tu atractivo amigo. ¿Cómo te gusta el té, Flynn?

—Solo.

—Muy americano. ¿Y a qué te dedicas tú?

Él tomó la delicada taza que ella le ofrecía. De repente, su mirada era directa y muy fría.

—Estoy convencido de que ya conoces la respuesta. No sacasteis el nombre de mi hermana de un sombrero. Sabéis todo lo que necesitáis saber de ella, y eso me incluye a mí.

—Sí. —Rowena añadió leche y miel a su propio té. Más que ofendida o disgustada, parecía complacida—. El negocio del periódico debe de ser muy interesante. Mucha información que recopilar y propagar después. Imagino que se requiere inteligencia para hacer bien ambas cosas. Ah, aquí está Pitte.

A Flynn le dio la impresión de que entraba en la sala como un general: midiendo el campo, calibrando el terreno, planeando la aproximación. Por muy cordial que fuera su sonrisa, estaba seguro de que tras ella se escondía un soldado de acero.

—Señorita Price, es un placer verla de nuevo.

Le cogió la mano y se la llevó hasta un centímetro de los labios, en un gesto que resultó demasiado fluido para no ser natural.

—Gracias por recibirnos. Éste es Flynn...

—Sí, el señor Hennessy. —Pitte inclinó la cabeza—. ¿Cómo está usted?

—Bastante bien.

—Nuestros amigos tienen preguntas e inquietudes —le dijo Rowena a Pitte mientras le pasaba una taza de té que ya le había preparado.

—Naturalmente. —Pitte se sentó—. Ustedes se estarán preguntando si somos unos...

Se giró hacia Rowena con una mirada curiosa y tierna.

—... lunáticos —acabó ella, y luego alzó una bandeja—. ¿Bollitos?

—Ah, sí, lunáticos. —Se sirvió un bollito y una buena dosis de una espesa crema—. Puedo asegurarles que no lo somos, pero de todas formas diría lo mismo si lo fuéramos, así que eso no les sirve de gran ayuda. Dígame, señorita Price, ¿está cambiando de opinión respecto a lo que acordamos?

—Acepté su dinero y di mi palabra.

La expresión de Pitte se suavizó, muy levemente.

—Sí, pero para algunas personas eso supondría muy poco.

—Para mí lo supone todo.

—Eso podría cambiar —intervino Flynn—, depende de cuál sea la procedencia del dinero.

—¿Estás insinuando que somos delincuentes? —El cambio de humor se reveló en el rubor que acababa de barrer la blancura de los pómulos de Rowena—. Venir a nuestra casa y acusarnos de ser ladrones demuestra una considerable falta de cortesía.

—Los periodistas no se distinguen por su cortesía, y tampoco los hermanos que cuidan de sus hermanas.

Pitte, en una lengua extranjera, dijo a Rowena algo en voz baja y le rozó el dorso de la mano con sus largos dedos, del mismo modo en que un hombre intentaría calmar a un gato que estuviera a punto de bufar y arañar.

—Entendido. Resulta que yo tengo cierta destreza en asuntos monetarios. Nuestro dinero tiene un origen perfectamente legal. No somos lunáticos ni delincuentes.

—¿Quiénes sois? —preguntó Malory antes de que Flynn pudiese hablar de nuevo—. ¿De dónde venís?

—¿Qué piensa usted? —la desafió Pitte.

—No lo sé. Pero diría que creéis representar a la maestra y al guerrero que fallaron como protectores de *Las Hijas de Cristal.*

Una de las cejas de Pitte se arqueó un poco.

—Ha averiguado algo desde que estuvo aquí. ¿Averiguará más?

—Eso pretendo. ¿Podríais ayudarme?

—No somos libres de ayudarla de esa manera. Pero le diré esto: no sólo eran la maestra y el guardián de aquellas jóvenes, sino también sus compañeros y amigos, lo que los vuelve más responsables.

—No es más que una leyenda.

Pitte se recostó y la intensidad de sus ojos disminuyó un poco.

—Debe de serlo, pues tales cosas están más allá de los límites de su mente y las fronteras de su mundo, señorita Price. Aun así, puedo prometerle que las llaves existen.

—¿Dónde está la Urna de las Almas? —le preguntó Flynn.

—A buen recaudo.

—¿Podría ver de nuevo el cuadro? —Malory se giró hacia Rowena—. Me gustaría que Flynn lo viese también.

—Por supuesto.

Se puso en pie y los guió hasta la sala en que dominaba el retrato de *Las Hijas de Cristal.* Malory oyó cómo Flynn contenía el aliento, y después los dos se aproximaron más.

—Aún es más espléndido de lo que recordaba. ¿Puedes decirme quién lo pintó?

—Alguien —respondió Rowena en voz baja—. Alguien que conocía el amor y el dolor.

—Alguien que conoce a Malory. Y a mi hermana y a Zoe McCourt.

Rowena dejó escapar un suspiro.

—Eres escéptico, Flynn, y también desconfiado. Pero como te has adjudicado el papel del protector, te lo perdonaré. Nosotros no deseamos ningún mal a Malory, Dana y Zoe. Eso puedo jurártelo.

Flynn se giró, concentrado en lo que no había dicho Rowena.

—¿Pero hay alguien que sí?

—La vida es una tómbola —dijo Rowena sin más—. Se os está enfriando el té.

Se volvió hacia la puerta en el instante en que aparecía Pitte.

—Parece que ahí fuera hay una especie de perro muy grande y triste.

El genio y las palabras cortantes no habían alterado a Flynn lo más mínimo, pero esa simple frase hizo que se estremeciera.

—Es mío.

—¿Tienes un perro? —El cambio en el tono de Rowena era casi infantil. Todo en ella parecía haberse vuelto ligero y brillante mientras agarraba la mano de Flynn llena de entusiasmo.

—Así es como él lo llama —dijo Malory para el cuello de su camisa.

Flynn se limitó a lanzarle una mirada dolorida antes de dirigirse a Rowena.

—¿Te gustan los perros?

—Sí, muchísimo. ¿Puedo verlo?

—Por supuesto.

—Ah, mientras tú les presentas a *Moe*, por su cuenta y riesgo, ¿podría refrescarme? —Con fingida naturalidad, Malory señaló hacia el tocador—. Recuerdo dónde está.

—Claro. —Por primera vez desde que la conocía, Rowena parecía distraída. Ya tenía una mano sobre el brazo de Flynn mientras se encaminaban al vestíbulo—. ¿De qué raza es?

—Eso es discutible.

Malory se metió en el tocador y contó hasta cinco lentamente. Con el corazón desbocado, abrió un poco la puerta y miró por el resquicio de un lado al otro del corredor. Luego, moviéndose con rapidez, regresó a donde se hallaba el cuadro sacando una pequeña cámara digital del bolso mientras corría.

Tomó media docena de fotos de cuerpo entero y luego unas cuantas de detalles menores. Mirando por encima del hombro con sentimiento de culpabilidad, se guardó la cámara en el bolso y sacó las gafas, una bolsa de plástico y una pequeña espátula. Con un zumbido en los oídos, se subió al borde de la chimenea y, con cuidado y mucha delicadeza, tomó unas muestras de pintura.

Todo el proceso duró menos de tres minutos, pero Malory tenía las palmas de las manos sudadas y las piernas temblorosas y flojas cuando acabó. Empleó otro momento en recomponerse y luego salió —con lo que esperaba que fuera una actitud despreocupada— de la habitación y de la casa.

En cuanto puso un pie en el exterior, se quedó de piedra. La regia y majestuosa Rowena estaba sentada en el suelo con una montaña en forma de perro despatarrada en su regazo. Y se reía de una forma tonta.

—¡Oh, es maravilloso! ¡Qué amor de perrazo! Eres un chico buenísimo. —Inclinó el rostro y lo restregó contra el pelaje de *Moe*, cuya cola golpeaba como un martillo neumático—. Qué chico tan adorable y guapo. —Miró a Flynn con una sonrisa radiante—. ¿Te encontró él a ti o lo encontraste tú a él?

—Fue más o menos recíproco. —Un amante de los perros reconocía a otro. Metiéndose los pulgares en los bolsillos, paseó la vista por las enormes extensiones de césped y las zonas de árboles—. Éste es un sitio muy grande, con mucho espacio para correr. Podrías tener un montón de perros.

—Sí, bueno…

Rowena bajó de nuevo la cabeza para rascar la barriga de *Moe*.

—Viajamos mucho. —Pitte puso una mano sobre el cabello de Rowena y lo acarició.

—¿Cuánto planean quedarse aquí?

—Cuando hayan pasado tres meses, nos marcharemos.

—¿Adónde?

—Eso depende. *A ghra*.

—Sí, sí. —Rowena hizo unos cuantos arrumacos más a *Moe* y luego dejó escapar un suspiro nostálgico—. Eres muy afortunado al tener un bien como éste en tu vida. Espero que sepas apreciarlo en lo que vale.

—Así es.

—Sí, ya lo veo. Puedes ser escéptico y desconfiado, pero un perro como éste reconoce un buen corazón.

—Sí —coincidió Flynn—. Yo también lo creo.

—Espero que lo traigas si vuelves a visitarnos. Puede correr por aquí. Adiós, *Moe*.

Moe se sentó y alzó una enorme pata con una dignidad poco habitual en él.

—¡Guau!, eso es nuevo. —Flynn parpadeó mientras *Moe* permitía educadamente que Rowena le chocara la pata—. ¡Eh, Mal! ¿Has visto…?

Al oír ese nombre, la cabeza de *Moe* se giró y enseguida estuvo corriendo a toda pastilla en dirección a Malory, en cuya garganta se formó un aullido mientras se preparaba para la embestida.

Rowena exclamó una sola palabra indescifrable en un tono pausado y enérgico. *Moe* se detuvo a unos centímetros de Malory y se sentó de golpe. Y una vez más levantó la pata.

—Bueno… —Malory soltó el aire que había estado reteniendo—. Eso está mucho mejor. —Se agachó para chocar atentamente la pata que el perro le ofrecía—. Bien por ti, *Moe*.

—¿Cómo diablos has hecho eso? —quiso saber Flynn.

—Tengo mano para los animales.

—Eso parece. ¿Qué era esa lengua? ¿Gaélico?

—Hum…

—Es curioso que *Moe* entienda una orden en gaélico cuando en general pasa de ellas en simple inglés.

—Los perros entienden más que las palabras. —Tendió la mano a Flynn—. Espero que volváis. Disfrutamos de tener compañía.

—Gracias por vuestro tiempo. —Malory se encaminó al coche con *Moe* trotando feliz tras ella. En cuanto estuvo sentada dejó el bolso en el suelo, como ocultando un secreto comprometedor.

Rowena rió, pero el sonido se tornó un poco lloroso cuando *Moe* pegó la cara al cristal de la ventanilla trasera. Alzó la mano para despedirse y se apoyó en Pitte cuando Flynn puso en marcha el coche y se alejó.

—Tengo una auténtica esperanza —murmuró Rowena—. No recuerdo cuándo fue la última vez que tuve una auténtica esperanza. Yo… Eso me asusta. La verdad es que me asusta sentirme así.

Pitte la rodeó con un brazo y la estrechó contra sí.

—No llores, corazón mío.

—Es ridículo —se enjugó una lágrima—, llorar por el perro de un desconocido. Cuando volvamos a casa…

Pitte se giró y le tomó el rostro entre las manos. Su tono fue delicado, aunque algo apremiante.

—Cuando volvamos a casa, tendrás un centenar de perros. Un millar.

—Con uno bastará.

Se puso de puntillas para rozarle los labios con los suyos.

En el coche, Malory soltó un suspiro larguísimo.

—Imagino que ese sonido de alivio significa que has podido hacer las fotos.

—Así es. Me siento como una ladrona de arte internacional. Supongo que tengo que darle sus puntos a *Moe* por haber sido la principal distracción. Bueno, dime qué opinas de esos dos.

—Tienen mucha labia, son inteligentes y están llenos de secretos. Pero no parecen unos chalados. Están acostumbrados al dinero…, dinero de verdad; a tomar té en tazas de anticuario servido por una criada. Son cultos e instruidos, y en ese sentido un poco esnobs. La casa está llena de objetos, objetos lujosos. Sólo llevan unas semanas aquí, de modo que no han amueblado todas esas habitaciones con establecimientos de la zona. Lo han traído todo. Yo debería poder seguirle la pista a eso. —Frunciendo el entrecejo, tamborileó con los dedos en el volante—. Rowena ha perdido los papeles con *Moe*.

—¿Qué?

—Se ha fundido como un muñeco de nieve nada más verlo. Es decir, *Moe* tiene mucho encanto, pero ella se ha derretido. En la casa me ha dado la impresión de ser una mujer segura de sí misma, reservada y distante. La clase de mujer que es sexy porque sabe que tiene el control: caminando por Madison Avenue con un bolso de Prada en el brazo o dirigiendo la reunión de una junta directiva en Los Ángeles. Poder, dinero, cerebro y aspecto, todo envuelto en sexo.

—Ya, has pensado que era sexy.

—En el último vistazo, he tenido un impulso muy..., sí. Pero deberías haber visto su cara cuando *Moe* ha saltado del coche. Todo ese barniz, ese lustre, se ha evaporado. Se ha iluminado como la mañana del día de Navidad.

—O sea, que le gustan los perros.

—No, había algo más. No se trataba de esas carantoñas que algunas mujeres hacen a los perros. Se ha tirado al suelo, ha rodado por el césped y se ha partido de risa. Entonces, ¿por qué no tiene uno?

—Quizá Pitte no quiera.

Flynn sacudió la cabeza.

—Vamos, tú eres más observadora. Ese tipo se abriría las venas si ella se lo pidiera. Hay algo extraño en el modo en que Rowena ha logrado que *Moe* le diera la pata. Hay algo extraño en todo esto.

—No te lo discutiré. Voy a concentrarme en el cuadro, al menos hasta que a alguno de nosotros se le ocurra una perspectiva nueva. Dejaré que tú intentes clasificar a Rowena y Pitte.

—Esta noche he de cubrir una reunión municipal. ¿Qué tal si quedamos mañana?

«Flynn dirige. Pastorea.» Malory se recordó las palabras de Dana y le lanzó una mirada recelosa.

—Define «quedar».

—Ajustaré la definición a tu conveniencia.

—Tengo cuatro semanas…, ahora menos, para encontrar esa llave. Ahora mismo estoy sin trabajo y he de decidir qué voy a hacer, al menos profesionalmente, durante el resto de mi vida. Hace poco he terminado con una relación que no iba a ningún lado. Suma todo eso y verás muy claro que no tengo tiempo para quedar con un hombre o para explorar una nueva relación personal.

—Espera un minuto.

Flynn se detuvo en el arcén de la sinuosa carretera y se desabrochó el cinturón de seguridad. Se inclinó hacia Malory, la agarró por los hombros y la ladeó tanto como le permitía su cinturón mientras se abalanzaba sobre su boca.

Un cohete de calor salió disparado de la columna vertebral de Malory y le dejó su dispositivo de poscombustión en el estómago.

—Uf, le tienes cogido el tranquillo a esto, ¿eh? —dijo a duras penas cuando pudo respirar de nuevo.

—Practico tan a menudo como puedo. —Lo demostró besándola de nuevo. Más despacio esta vez, más a fondo, hasta que ella sintió que se estremecía—. Sólo quería que añadieras esto a tu ecuación.

—Yo me especialicé en Arte. Las Matemáticas no eran mi fuerte. Vuelve aquí un minuto.

Lo agarró de la camisa, tiró de él y se dejó llevar. En su interior todo chisporroteaba: la sangre, los huesos y el cerebro. Débilmente, pensó que si aquello era lo que significaba «ser dirigida», podía ser flexible respecto a la dirección.

Cuando Flynn le hundió las manos en el pelo, Malory sintió un revuelo de fuerza y ansiedad que era tan potente como una droga.

—De verdad que no podemos hacer esto —le dijo, pero empezó a sacarle la camisa del pantalón, desesperada por tocar su piel.

—Lo sé, no podemos. —Buscó a tientas el botón del cinturón de seguridad de Malory—. Un minuto y paramos.

—Vale, pero antes… —Puso la mano de Flynn sobre su pecho, y gimió cuando el corazón pareció saltarle debajo de su palma.

Flynn la recostó y soltó una palabrota cuando se golpeó el codo contra el volante. Y *Moe*, encantado ante la perspectiva de un combate de lucha libre, metió la cabeza entre los asientos delanteros y los cubrió de húmedos besos.

—Oh, Dios. —Dividida entre la risa y la conmoción, Malory se restregó la boca—. Espero, con toda el alma, que ésa fuera tu lengua.

—Yo también.

Intentando recuperar la respiración, Flynn la miró. Malory tenía el pelo alborotado de una forma muy sexy, el rostro acalorado y los labios un poco inflamados por su asalto.

Empujó la cara de *Moe* hacia atrás y le ordenó de forma brusca que se sentara. El perro se derrumbó en el asiento trasero y lloriqueó como si le hubiesen pegado con una porra.

—No tenía planeado ir tan deprisa.

Malory sacudió la cabeza.

—Yo no tenía planeado ir de ninguna manera, y eso que yo siempre tengo algún plan.

—Hace mucho que no probaba esto en un coche aparcado en la cuneta.

—Lo mismo digo. —Miró hacia los patéticos sonidos que llegaban de la parte de atrás—. En estas circunstancias…

—De acuerdo, mejor que no. Quiero hacer el amor contigo —la enderezó—, tocarte, sentir cómo te mueves debajo de mis manos. Eso es lo que deseo, Malory.

—Necesito pensar. Todo esto es muy complicado y he de reflexionar al respecto. —Desde luego, debía reflexionar sobre el hecho de que casi le había arrancado la ropa a Flynn en el asiento delantero de un coche aparcado en el arcén de una carretera pública, a plena luz del día—. Mi vida es un embrollo. —Esa idea la deprimió lo bastante para que se le calmase el pulso—. Sea cual sea la ecuación, he metido la pata y necesito volver a encarrilarme. No funciono bien en situaciones embrolladas. Así que reduzcamos un poco el ritmo.

Flynn colgó un dedo en la uve de la blusa de Malory.

—¿Cuánto es un poco?

—Aún no lo sé. Oh, no lo soporto —exclamó girándose de golpe e inclinándose sobre el asiento—. No llores, niño grande. —Revolvió el pelo de la cabeza de *Moe*—. Nadie está enfadado contigo.

—Habla por ti —gruñó Flynn.

7

Siento el sol, cálido y de algún modo fluido, como una tranquila cascada que cayese de un río de oro. Se derrama sobre mí en una especie de bautismo. Huele a rosas, azucenas y a otra flor extraña que da un matiz picante a la dulzura del aroma. Oigo agua, un juguetón goteo y chapoteo al elevarse y caer de nuevo sobre ella misma.

Todas esas cosas se deslizan sobre mí, o yo me deslizo en ellas, pero no veo nada a excepción de una densa blancura. Como una cortina que no puedo abrir.

¿Por qué no tengo miedo?

Una risa flota hasta mí, radiante, espontánea y femenina. Hay en ella una alegría juvenil que me hace sonreír, que genera el cosquilleo de una carcajada en mi propia garganta. Quiero encontrar el origen de esa risa y unirme a ella.

Ahora oigo voces, un parloteo de pájaros, de nuevo juveniles y femeninos.

El sonido fluye y refluye. ¿Me acerco a él o me alejo?

Lentamente, lentamente, el grosor de la cortina va disminuyendo. Ahora es sólo una bruma, suave como una lluvia de seda, resplandeciente por la luz del sol que la atraviesa. Y al otro lado veo color. Tan vivo y llamativo que quema a través de la decreciente neblina y aturde mi visión.

Hay relucientes baldosas plateadas que estallan bajo el sol en destellos cegadores donde las espesas hojas verdes y los capullos de rosa intenso de los árboles no ofrecen sombra o protección. Hay flores nadando en estanques o danzando en arriates con forma de espiral.

Tres mujeres, chicas en realidad, se hallan reunidas en torno a una fuente que canta su alegre melodía. Oigo sus risas. Una tiene una pequeña arpa en el regazo y otra sujeta una pluma; pero se están riendo con el perrito que se retuerce en los brazos de la tercera.

Son encantadoras. Hay en ellas un toque de inocencia que encaja a la perfección en el jardín en que pasan la tarde. Entonces veo la espada envainada en la cadera de una de ellas.

Inocentes quizá, pero fuertes. Hay poder aquí; ahora puedo percibir su vibración chispeando en el aire.

Aun así, sigo sin tener miedo.

Llaman al cachorro Diarmait, *y lo dejan en el suelo para que pueda retozar alrededor de la fuente. Sus ladridos ilusionados suenan cómo campanas. Veo cómo una de las chicas pasa el brazo por la cintura de su hermana, y la tercera apoya la cabeza en el hombro de la segunda. Así se convierten en una unidad, una especie de tríada, un todo de tres partes. Charlan sobre su nuevo perrito y ríen cuando éste se revuelca regocijado en las flores.*

Las oigo pronunciar unos nombres que de algún modo conozco, y miro hacia donde ellas miran. En la distancia, bajo la sombra de un árbol cuyas ramas se doblan con elegancia por el peso de sus magníficos frutos, hay una pareja unida en un abrazo apasionado.

El hombre es alto y moreno, y hay en él una fuerza que noto que podría ser terrible si lo provocaran. Ella es hermosa y muy esbelta; pero también en ella se percibe algo más.

Están desesperadamente enamorados. Puedo sentir esa necesidad, ese calor dentro de mí, latiendo como una herida.

¿Es tan doloroso el amor?

Las chicas suspiran mientras los observan. Y anhelan, esperan. Algún día..., algún día ellas amarán de esa manera: deseo y romance, temor y gozo, todo unido en una entidad devoradora. Conocerán el sabor de los labios de un amante, el escalofrío de las caricias de un amante.

Algún día.

Estamos, todas nosotras, cautivadas por ese apremiante abrazo, absortas en nuestra envidia y nuestros sueños. El cielo se oscurece. Los colores se apagan. Ahora siento el viento. Frío, frío mientras gira a nuestro alrededor. Su repentino rugido grita en mis oídos. Arranca los capullos de las ramas; los pétalos vuelan como balas brillantes.

Ahora tengo miedo. Ahora estoy aterrorizada, incluso antes de ver la astuta silueta oscura de la serpiente que se desliza sobre esas baldosas plateadas, antes de ver la sombra que surge sigilosamente de entre los árboles y alza la urna de cristal que sostiene en sus brazos negros.

Las palabras retumban. Aunque me tapo las orejas con fuerza para bloquearles el paso, las oigo dentro de mi cabeza.

> *«Quede señalado este momento y señalada esta hora en que yo ejerzo mi poder. Las almas mortales de las tres hijas me pertenecerán para siempre. Sus cuerpos yacerán en un sueño eterno, sus almas permanecerán aprisionadas en esta urna de cristal. El hechizo se mantendrá firme e inmutable a menos que acontezca lo siguiente: que se encuentren tres llaves, que encajen y que sean manipuladas únicamente por manos humanas. Tres mil*

años para conseguirlo. Un instante más, y las almas arderán.

»Esta prueba, esta búsqueda, está destinada a demostrar el valor de un mortal. Con estas palabras les arrebato el aliento, y con mi arte las encarcelo. Precinto estas cerraduras y forjo estas llaves que lanzo en manos del destino.»

El viento se detiene y el aire se queda inmóvil. Sobre las baldosas bañadas por la luz del sol yacen las tres jóvenes con las manos entrelazadas y los ojos cerrados, como si estuvieran durmiendo. Tres partes de un todo.

Junto a ellas hay una urna de cristal; sus planchas transparentes tienen las junturas selladas con plomo; reluce su trío de cerraduras doradas. Unas cálidas luces azules bailan frenéticamente en su interior: parecen chocar contra las paredes de cristal como alas atrapadas.

Las llaves están esparcidas a su alrededor. Al verlas, lloro.

Malory seguía agitada cuando abrió la puerta a Zoe.

—He venido en cuanto me ha sido posible. Tenía que llevar a Simon a la escuela. Parecías muy alterada por teléfono. ¿Qué...?

—Dana aún no ha llegado. Preferiría pasar por esto una sola vez. He hecho café.

—Estupendo. —Zoe puso una mano en el hombro de Malory y la obligó a sentarse—. Ya me ocupo yo. Me da la impresión de que aún no has recuperado el aliento. ¿La cocina está por ahí?

—Sí.

Agradecida, Malory se recostó y se frotó la cara con las manos.

—¿Por qué no me cuentas cómo fue tu cena con Flynn el otro día?

—¿Qué? Oh, bien, bastante bien. —Bajó las manos y se quedó mirándoselas como si pertenecieran a otra persona—. Resulta casi normal sin su perro... Ésa debe de ser Dana.

—Ya voy yo. Tú siéntate.

Zoe salió a toda prisa de la cocina, adelantándose a Malory antes de que pudiese levantarse.

—De acuerdo, ¿dónde está el fuego? —preguntó Dana al entrar. Luego se detuvo y olfateó—. ¿Café? No permitas que te suplique que me des una taza.

—Lo estoy sirviendo. Ve a sentarte con Malory —añadió Zoe en voz baja.

Dana se dejó caer en una silla y observó a Malory de forma penetrante.

—Tienes un aspecto horrible.

—Muchas gracias.

—Eh, no esperes besos y abrazos cuando me has hecho salir de la cama y llegar hasta aquí en veinte minutos y con sólo una taza de café. Además, es tranquilizador saber que no te levantas con un aspecto perfecto. ¿Qué ocurre?

Malory miró hacia Zoe, que se acercaba con tres gruesas tazas blancas en una bandeja.

—He tenido un sueño.

—Yo estaba teniendo uno cojonudo. Creo que algo relacionado con Spike, el de *Buffy Cazavampiros*, y un gran tanque de chocolate negro, y entonces me has llamado y lo has interrumpido.

—¡Dana! —Zoe sacudió la cabeza y se sentó en el brazo de la silla de Malory—. ¿Era una pesadilla?

—No. Al menos... No. Nada más despertarme lo he escrito. —Se levantó y cogió unos papeles impresos de la mesa—. Nunca había tenido un sueño con tantos detalles. Por lo menos nunca había recordado los detalles con tanta claridad al abrir los ojos. Lo he escrito porque quería asegurarme de que no olvidaría nada, pero no voy a olvidarlo. De todos modos, para vosotras será más fácil si lo leéis.

Entregó una copia a cada una, luego tomó su taza de café y se acercó a las puertas del patio. Se dijo que aquél iba a ser otro día precioso. Otro precioso día de finales de verano, con cielos despejados y cálidas brisas. La gente caminaría por el pueblo disfrutando del tiempo mientras se encargaba de sus asuntos, sus quehaceres normales y cotidianos del mundo normal y cotidiano. Y ella jamás olvidaría el sonido de aquel terrorífico viento, ni la sensación de aquel frío amargo y súbito.

—¡Uf! Ya veo por qué te ha afectado tanto. —Dana dejó las hojas—. Pero está bastante claro a qué se debe. Flynn me ha contado vuestra visita de ayer al Risco y que visteis el cuadro. Todo eso está en tu mente, y tu subconsciente te ha introducido en él.

—Da miedo. —Zoe se apresuró a leer las últimas líneas antes de ponerse en pie—. Me alegro de que nos hayas llamado.

—No era sólo un sueño, yo estaba ahí. —Se calentó las manos frías con la taza mientras se daba la vuelta—. He entrado en ese cuadro.

—Vale, cielo, respira un poco. —Dana alzó una mano—. Te estás sintiendo demasiado identificada, eso es todo. Un sueño muy intenso y vívido puede ser absorbente.

—No espero que me creáis, pero voy a decir en voz alta y clara lo que tengo en la cabeza desde que me he despertado. —Se había despertado temblando de frío, con el sonido de aquel espantoso viento aullando todavía en sus oídos—. Yo estaba allí. Podía oler las flores y notar el calor, y luego el frío y el viento. Y he oído gritar a las hermanas. —Cerró los ojos y luchó por detener otra oleada de pánico: aún podía oírlas gritar—. Y he sentido una..., una carga, una presión. Al despertar, todavía me zumbaban los oídos. Ellas hablaban en gaélico, pero las entendía. ¿Cómo es posible eso?

—Tú sólo pensabas...

—¡No! —Sacudió fieramente la cabeza en dirección a Zoe—. Yo sabía gaélico. Cuando ha empezado la tormenta, cuando todo ha enloquecido, ellas se han puesto a llamar a su padre. *Chi athair sinn*, «padre, ayúdanos». Lo he buscado esta mañana, pero ya lo sabía. ¿Cómo es posible? —Respiró hondo para calmarse—. Sus nombres son Venora, Niniane y Kyna. ¿Cómo lo sé? —Se sentó. El alivio de decir todo aquello era beneficioso. Se le estabilizó el pulso, al igual que la voz—. Estaban muy asustadas. No eran más que unas jóvenes que jugaban con su perrito en un mundo que parecía absolutamente perfecto y pacífico; y un instante después les arrebataban lo que las volvía humanas. Les dolía, y no había nada que yo pudiese hacer.

—No sé qué pensar de esto —dijo Dana en cuanto acabó de hablar—. Estoy tratando de ser lógica. El cuadro te atrajo desde la primera vez que lo viste, y ahora sabemos que la leyenda tiene un origen celta. Nos parecemos a las chicas de la pintura, así que nos identificamos con ellas.

—¿Y cómo entendía yo el gaélico? ¿Cómo sé sus nombres?

Dana miró su café con el entrecejo fruncido.

—Eso no puedo explicarlo.

—Os diré algo más que sé: quienquiera que haya encerrado esas almas es oscuro, poderoso y codicioso. No querrá que ganemos.

—La urna y las llaves —la interrumpió Zoe—. Las has visto, sabes cómo son.

—La urna es muy sencilla y muy bonita: cristal emplomado, una tapa alta y abombada y tres cerraduras en la parte frontal. Las llaves son como la dibujada en la invitación, como el emblema de la bandera que ondea en la casa. Son pequeñas; diría que sólo unos siete centímetros de largo.

—Eso tampoco tiene sentido —insistió Dana—. Si tuvieran las llaves, ¿para qué las esconderían? ¿Por qué no entregarlas directamente a la gente adecuada y acabar con la historia?

—No lo sé. —Malory se frotó las sienes—. Debe de haber una razón.

—Dices que conocías el nombre de la pareja que se besaba debajo del árbol —recordó Dana.

—Rowena y Pitte. —Malory bajó las manos—. Rowena y Pitte —repitió—. Ellos tampoco han podido impedirlo. Ha sucedido todo de un modo tan rápido y violento… —Respiró larga y hondamente—. Ahora viene el problema: yo lo creo. Ha ocurrido. He entrado en ese cuadro, he atravesado la Cortina de los Sueños y he visto lo que pasaba. He de encontrar esa llave. Implique lo que implique, he de encontrarla.

Después de una reunión matutina de personal que había incluido donuts con jalea y a una reportera enfadada porque le había recortado cinco centímetros su artículo sobre la moda de otoño, Flynn escapó a su despacho.

Como su plantilla estaba formada por menos de treinta personas, contando al entusiasta sexagenario al que pagaba por escribir una columna semanal desde la perspectiva de los adolescentes, tener una periodista rebotada suponía un auténtico problema técnico de personal.

Echó un vistazo a sus mensajes, amplió un reportaje sobre la vida nocturna del valle, aprobó dos fotos para la edición del día siguiente y revisó la contabilidad de los anuncios.

Podía oír el esporádico timbre de un teléfono e, incluso con la puerta cerrada, el tamborileo apagado de dedos sobre teclados de ordenador. La radio de la policía que estaba en lo alto de su armario archivador emitía pitidos y zumbidos, y el televisor embutido entre libros en una estantería tenía el volumen apagado.

La ventana estaba abierta, y le llegaban el ruido del tráfico matinal y el ocasional sonido de graves del equipo de música de un coche que llevaba la música a toda pastilla.

De vez en cuando oía cómo cerraban con violencia una puerta o un cajón en la sala de al lado. Rhoda, la encargada de sociedad, moda y cotilleos, seguía mostrando su enfado. Sin mirar a través del cristal, Flynn podía ver mentalmente que la mujer estaba echando pestes de él.

Ella, junto con más de la mitad de los empleados, trabajaba en el diario desde que él era un chaval. Flynn sabía que muchos de ellos continuaban viendo *El Correo* como el periódico de su madre. Si no lo veían como el de su abuelo.

Había ocasiones en que eso le molestaba, algunas en que lo desanimaba y otras en que tan sólo le divertía. No estaba seguro de qué reacción experimentaba en ese momento. Lo único en que podía pensar era en que Rhoda le daba pánico.

Lo mejor que podía hacer era no pensar en eso, ni en ella, y dedicarse a pulir su artículo sobre la reunión a la que había asistido la noche anterior. La propuesta de un semáforo en Market y Spruce, un debate sobre el presupuesto y la necesidad de arreglar las aceras de Main. Y una discusión bastante acalorada sobre la sugerencia, muy controvertida, de instalar parquímetros en Main para que ayudaran a pagar los susodichos arreglos.

Flynn hizo lo que pudo para inyectar algo de energía al tema manteniéndose fiel al código de objetividad del periodista.

Pensó que *El Correo* no era exactamente el *Daily Planet*, pero él tampoco era exactamente Perry White. A su alrededor nadie lo llamaba «jefe». Incluso sin los cabreos periódicos de Rhoda, no estaba seguro de que nadie, incluyéndose a sí mismo, creyera de verdad que él estaba al mando.

Su madre proyectaba una sombra muy larga. Elizabeth Flynn Hennessy Steele, incluso su nombre proyectaba una sombra muy larga.

Flynn la quería, por supuesto que sí. Habían tenido encontronazos cuando él estaba creciendo, pero siempre la había respetado. Debías respetar a una mujer que llevaba su vida y su negocio con idéntico fervor, y que esperaba que todo el mundo hiciera lo mismo. Al igual que tenías que reconocerle que había dejado ese negocio cuando había sido necesario. Aunque lo hubiera soltado en el regazo de su reacio hijo.

Con una ojeada cautelosa hacia la mesa de Rhoda, Flynn se dijo que se lo había soltado todo, incluyendo reporteros hoscos.

Advirtió que Rhoda estaba limándose las uñas en vez de trabajar. Le estaba buscando las cosquillas. «Caso archivado —pensó Flynn—. Hoy no es el día en que arreglamos las cuentas, vieja malhumorada.» Pero ese día llegaría pronto.

Estaba concentrado en ajustar la maquetación de la sección B de la página 1 cuando apareció Dana.

—Ni un somero golpecito para llamar, ni una cabecita asomando insinuante por la puerta: entras pisando muy fuerte y ya está.

—He entrado con delicadeza. He de hablar contigo, Flynn. —Se sentó en una de las sillas y miró alrededor—. ¿Dónde está *Moe*?

—Hoy le toca patio trasero.

—Ah, vale.

—Tal vez puedas recogerlo y llevártelo un rato de paseo esta tarde. Y a lo mejor después podrías improvisar algo de cena, de modo que encuentre comida caliente al llegar a casa.

—Bien, así será.

—Escucha, he tenido una mañana difícil, tengo un dolor de cabeza bestial y tengo que terminar de maquetar esto.

Dana lo observó frunciendo los labios.

—¿Rhoda te está dando por saco otra vez?

—No la mires —soltó Flynn antes de que Dana se girara—. Eso la animaría.

—Flynn, ¿por qué no le das la patada de una vez? Te quitarías una buena mierda de encima.

—Está en *El Correo* desde que tenía dieciocho años. Eso supone mucho tiempo. Y ahora, aunque agradezco que te dejes caer por aquí para decirme cómo manejar a mis empleados, necesito acabar esto.

Dana se limitó a estirar sus interminables piernas.

—Rhoda se ha puesto muy insolente esta vez, ¿eh?

—Que le den por el culo.

Soltó un resoplido, abrió de un tirón un cajón del escritorio y buscó un frasco de aspirinas.

—Haces un buen trabajo aquí, Flynn.

—Sí, sí —masculló mientras sacaba una botella de agua de otro cajón.

—Cierra el pico, estoy hablando en serio. Eres bueno en lo que haces. Tan bueno como Liz. Quizá mejor en algunas áreas, porque eres más accesible. Además, escribes mejor que cualquiera de tu plantilla.

Flynn la miró mientras tragaba la aspirina.

—¿A qué se debe ese discurso?

—A que parecías realmente jodido. —No soportaba verlo triste de verdad. Irritado, confuso, cabreado o huraño estaba bien; pero le dolía en el alma ver la amargura grabada en su rostro—. Pleasant Valley necesita a *El*

Correo, y *El Correo* te necesita a ti; no necesita a Rhoda. Apuesto lo que quieras a que esa certeza la saca de quicio.

—¿Eso crees? —La idea suavizaba los bordes ásperos—. Me refiero a la parte de «fuera de quicio».

—Por supuesto. ¿Te sientes mejor?

—Sí. —Tapó la botella de agua y la devolvió al cajón—. Gracias.

—Mi segunda buena acción del día. He pasado una hora en casa de Malory y otros veinte minutos deambulando mientras intentaba decidir si te lo soltaba o lo mantenía entre nosotras tres.

—Si tiene relación con cortes de pelo, ciclos mensuales o la próxima liquidación de Etiqueta Roja en el centro comercial, que quede entre vosotras.

—Eso es tan increíblemente machista que ni siquiera voy a... ¿Qué liquidación de Etiqueta Roja?

—Mira el anuncio de mañana en *El Correo*. ¿Le ocurre algo a Malory?

—Buena pregunta. Ha tenido un sueño, sólo que no cree que sea un sueño.

Le relató la conversación antes de hurgar en su bolso para extraer la copia impresa que Malory les había dado.

—Estoy preocupada por ella, y he empezado a preocuparme por mí, porque me ha convencido a medias de que tiene razón.

—Espera un minuto. —Flynn leyó el texto dos veces y luego se recostó en la silla y miró al techo—. ¿Y si resulta que tiene razón?

—¿He de meterme en la piel de Scully, ya que tú te pones en el papel de Mulder? —La exasperación le agudizaba la voz—. Estamos hablando de dioses, brujería y almas capturadas.

—Estamos hablando de magia, de posibilidades, y siempre deberían explorarse las posibilidades. ¿Dónde está Malory ahora?

—Ha dicho que iba a ir a La Galería a indagar sobre el cuadro.

—Bien. Entonces Mal sigue adelante.

—No la has visto.

—No, pero la veré. ¿Y tú qué? ¿Has encontrado algo?

—No, pero estoy tirando de algunos hilos.

—Vale, juntémonos todos esta noche en mi casa. Avisa a Zoe; yo se lo diré a Mal. —Al ver el entrecejo fruncido de Dana, Flynn sonrió—. Vosotras vinisteis a mí, tesoro. Ahora estoy en esto.

—Te debo una por esto…

—Oh, cielo, cualquier día que puedo hacer algo a espaldas de la descerebrada nazi es un día de fiesta.

Aun así, Tod miró cautelosamente a derecha e izquierda antes de abrir la puerta del que había sido despacho de Malory y era ahora el dominio de Pamela.

—¡Oh, Dios! ¿Qué ha hecho con mi oficina?

—Es horrendo, ¿verdad? Como un vómito de Luis XIV. Mi única satisfacción es que ella tiene que verlo cuando entra aquí.

La habitación estaba atestada. Un escritorio curvilíneo, mesas, sillas y dos otomanas adornadas con borlas competían por el espacio sobre una alfombra roja y dorada que hacía daño a la vista. Las paredes estaban cubiertas de cuadros anulados por gruesos marcos dorados y recargados; además de las esculturas, cuencos, cajas ornamentales, cristalería y chismes que ocupaban todas las superficies planas.

Malory advirtió que algunas de las piezas eran un pequeño tesoro en sí mismas, pero al amontonarlas de aquel modo en un espacio reducido aquello parecía un rastrillo de artículos carísimos.

—¿Cómo consigue tenerlo todo limpio?

—Tiene esclavos y subalternos…, es decir, yo mismo, Ernestine, Julia y Franco. Simone Legree se aposenta en su trono y da órdenes. Has tenido suerte al escapar, Mal.

—Quizá.

Sin embargo, había sido doloroso cruzar de nuevo la puerta principal sabiendo que ya no pertenecía a aquel lugar. Sin saber a cuál pertenecía.

—¿Dónde está Pamela ahora?

—Almorzando en el club. Dispones de dos horas.

—No me hará falta tanto. Necesito la lista de clientes —dijo mientras se dirigía al ordenador que había sobre la mesa.

—¡Oh! ¿Vas a robarle clientes debajo de su propia rinoplastia?

—No. Hum, es muy buena idea, pero no. Estoy intentando localizar al autor de un cuadro en particular. He de ver quiénes compran obras de ese estilo. Después necesito nuestros archivos sobre temas mitológicos. Mierda, ha cambiado la contraseña.

—Ahora es mía.

—¿Utiliza tu contraseña?

—No. La contraseña es «mía». —Sacudió la cabeza—. La apuntó para no olvidarla..., después de haber olvidado otras dos. Y resulta que, bueno, me encontré con la nota.

—Te quiero, Tod —exclamó Malory tecleando la clave.

—¿Lo suficiente para que me cuentes de qué va esto?

—Más que lo suficiente, pero podría decirse que tengo las manos atadas al respecto. Tendría que hablar primero con un par de personas. —Trabajó rápido, localizando la lista detallada de clientes y copiándola en uno de los discos que había llevado consigo—. Te juro que no voy a usarlo para nada ilegal ni poco ético.

—Pues es una lástima.

Malory rió entre dientes. Luego abrió el bolso para enseñarle a Tod una copia de una foto digital.

—¿Reconoces este cuadro?

—Hum..., no. Pero hay algo que me suena en el estilo.

—Exactamente, algo en el estilo. No puedo ubicarlo, y eso me fastidia. He visto la obra de este artista antes, algo parecido. —Cuando hubo copiado el archivo, pasó a otro e insertó un nuevo disco—. Si lo recuerdas, llámame. De día o de noche.

—Suena urgente.

—Si no estoy teniendo un episodio psicótico, podría serlo.

—¿Tiene alguna relación con M. F. Hennessy? ¿Estás trabajando en algún artículo para el periódico?

Malory lo miró con los ojos desorbitados.

—¿A qué viene eso?

—Te vieron cenando con él el otro día. Lo oigo todo —añadió.

—No tiene nada que ver con él, no directamente. Y no, no estoy escribiendo un artículo. ¿Conoces a Flynn?

—Sólo en sueños. Está muy bueno.

—Bien... Creo que podría acabar saliendo con él. No iba a hacerlo, pero eso es lo que parece.

—¿Morreo?

—Unos cuantos.

—¿Clasificación?

—En lo alto de la escala.

—¿Sexo?

—Casi, pero al final no perdimos la cabeza.

—¡Qué pena!

—Además, es divertido, interesante y tierno. Bastante mandón, pero de un modo tan hábil que apenas lo notas hasta que te encuentras donde él quería. Inteligente, y creo que tenaz.

—Suena perfecto. ¿Puedo tenerlo?

—Lo siento, amigo, pero quizá me quede con él. —Extrajo el disco y luego cerró cuidadosamente los documentos y apagó el ordenador—. Misión cumplida, y sin víctimas. Gracias, Tod. —Le echó los brazos al cuello y le dio un enorme y sonoro beso—. Tengo que ponerme a trabajar con esto.

Se puso manos a la obra en su apartamento: examinó sistemáticamente los datos, buscó referencias cruzadas y descartó, hasta que obtuvo un listado con el que poder trabajar. Antes de salir hacia la casa de Flynn, ya había separado el polvo de la paja del setenta por ciento de la lista de clientes de La Galería.

Cuando llegó Dana ya estaba allí.

—¿Has cenado, Malory?

—No. —Miró a su alrededor con cautela, en busca de *Moe*—. Me he olvidado.

—Bien. Hemos encargado pizza. Flynn y *Moe* están dando una vuelta. ¿Te importa que le haya contado tu sueño?

—No. Parece que lo hemos metido en esto.

—Vale. Pasa y ponte cómoda. Tomaremos un poco de vino.

Apenas se habían sentado cuando apareció Zoe, con Simon a la zaga.

—Espero que no haya ningún problema. No he podido encontrar una canguro.

—No necesito una canguro —afirmó Simon.

—Yo sí. —Zoe le rodeó el cuello con un brazo—. Ha traído sus deberes, así que, si hay algún rincón libre, cojo los grilletes y...

Dana le guiñó un ojo al niño.

—Usaremos el calabozo. ¿Podemos torturarlo y después darle pizza?

—Ya hemos... —empezó Zoe.

—Podría comer pizza —la interrumpió Simon. De pronto soltó un chillido cuando *Moe* irrumpió por la puerta trasera—. ¡Guau! ¡Qué pedazo de perro!

—Simon, no...

Pero el chaval y el perro ya se habían abalanzado el uno sobre el otro, atrapados en medio de un amor mutuo a primera vista.

—Eh, Flynn, mira lo que nos ha traído Zoe. Tenemos que ocuparnos de que haga sus deberes.

—Siempre he querido hacer eso con alguien. Tú debes de ser Simon.

—Uf, este perro es fantástico, señor.

—El perro se llama *Moe*, y yo, Flynn. Zoe, ¿te parece que Simon se lleve a *Moe* al jardín trasero para que puedan corretear un rato como locos?

—De acuerdo. Veinte minutos, Simon, y luego te dedicas a los libros.

—¡Genial!

—Ahí fuera —le dijo Flynn— hay una pelota con marcas de dientes y cubierta de babas. A *Moe* le gusta que se la lancen y atraparla una y otra vez.

—¡Qué gracioso! —concluyó Simon—. ¡Vamos, *Moe*!

—Pizza —anunció Dana cuando sonó el timbre de la puerta—. ¿Quieres llamar a Simon, Zoe?

—No, está bien así. Acaba de comerse tres platos de espaguetis.

—Flynn, sé un hombre y paga la pizza.

—¿Por qué siempre tengo que ser el hombre? —Al fijarse en Malory, sonrió—. Oh, claro. Ésa es la razón.

Dana se sentó con un cuaderno nuevo en el regazo.

—Seamos organizadas, la bibliotecaria que hay en mí lo reclama. Zoe, sírvete un poco de vino. Podemos empezar por contarnos lo que hemos descubierto, o pensado, o especulado, desde la última vez que nos reunimos.

—Yo no he descubierto gran cosa. —Zoe sacó una carpeta de su bolso de lona—. Pero he pasado a limpio todas mis notas.

—Ah, eres una buena chica. —Encantada, Dana cogió la carpeta. Luego saltó sobre la primera caja de pizza cuando Flynn depositó dos en la mesita del centro—. Estoy muerta de hambre.

—Qué novedad. —Él se sentó en el sofá al lado de Malory, le giró la cara con una mano y le dio un beso largo y firme—. Hola.

—Eh, ¿yo no me merezco uno de ésos? —Ante la pregunta de Zoe, Flynn se volvió y se inclinó sobre ella, que se echó a reír y lo apartó con un empujoncito—. Creo que me conformaré con el vino.

—Si Flynn ya ha acabado de besar chicas… —empezó Dana.

—Eso no ocurrirá mientras siga respirando.

—Cálmate —ordenó Dana—. Conocemos la experiencia que ha vivido Malory. Nos ha dado la narración impresa, que añadiré a la colección de notas y otros datos.

—Tengo algo más. —Ya que se encontraba delante de ella, Malory cogió una porción de pizza y la puso sobre un plato de papel—. Es una lista con los clientes de La Galería que han adquirido obras de arte con motivos clásicos o mitológicos, o que han mostrado interés por estos temas. También he emprendido una búsqueda de estilos similares, pero eso llevará algún tiempo. Mañana pienso empezar a hacer llamadas telefónicas para informarme.

—Podría ayudarte —se ofreció Zoe—. Estaba pensando que quizá podríamos buscar cuadros que incluyan entre sus elementos una llave como tema.

—Buena idea —aprobó Malory, y cortó un trozo del rollo de papel de cocina que estaban usando como servilleta.

—Mañana tengo algunas citas, pero trabajaré entre una y otra.

—Yo he estado trabajando en la pista que nos entregaron. —Dana cogió su copa de vino—. Me preguntaba si deberíamos tomar alguna de las frases clave e indagar si hay lugares con esos nombres. Por ejemplo, «La Diosa Cantora». No he encontrado nada llamado así, pero podría existir una tienda, un restaurante o un local con ese nombre.

—No está mal —dijo Flynn, y se sirvió otra ración de pizza.

—Tengo algo más. —Dana cogió también otra porción y apuró el vino que quedaba en su copa—. He puesto en algunos buscadores de Internet los nombres que Malory ha oído en su…, en su sueño. «Niniane» aparece unas cuantas veces. Algunas leyendas la describen como la hechicera que encantó al Merlín del rey Arturo y lo encerró en una cueva de cristal; en otras es la madre de Merlín. Pero cuando he escrito los tres nombres juntos he dado con una página web esotérica que se ocupa del culto a diosas. Incluye una versión de *Las Hijas de Cristal*…, y las llama con esos nombres.

—O sea, que eran sus nombres. No puedes creer que sea una coincidencia que yo haya soñado con ellos y tú los encuentres hoy.

—No —respondió Dana precavida—, pero ¿no es posible que entraras en la misma página y se te quedaran grabados en la cabeza?

—No, los habría apuntado. Me acordaría. No los había oído antes del sueño.

—Vale. —Flynn le dio una palmadita en la rodilla—. Lo primero, os diré que no he hallado ningún registro de empresas de mudanzas o de transportes que hayan hecho ningún servicio al Risco del Guerrero, ni ninguna compañía que haya traído mobiliario para un cliente con el nombre de Tríada.

—Tienen que haber llevado todos esos objetos hasta la mansión de algún modo —protestó Dana—. No los habrán materializado a golpe de varita mágica.

—Sólo expongo los hechos. La agencia inmobiliaria tampoco se encargó de gestionar el contrato con ellos. En este punto no he encontrado nada que relacione a Pitte y Rowena con el Risco. No estoy diciendo que no lo haya —se apresuró a añadir antes de que Dana saltara—, sólo digo que no he encontrado nada a través de las fuentes lógicas.

—Supongo que tendremos que buscar en las ilógicas —apuntó Zoe.

Flynn se giró para dedicarle una radiante sonrisa.

—Así me gusta. Pero aún me queda más de un paso lógico por dar. ¿A quién conozco que coleccione arte con seriedad? ¿Alguien a quien podría utilizar como fuente de información? Los Vane. Así que he pegado un telefonazo a mi viejo amigo Brad, y resulta que va a volver dentro de un par de días.

—¿Brad vuelve al valle? —preguntó Dana.

—Va a ocuparse de la oficina central de Reyes de Casa. Brad tiene la pasión de los Vane por el arte. Le he descrito el cuadro; bueno, he empezado a hacerlo. Cuando aún estaba lejos de terminar, él me ha dicho el título: *Las Hijas de Cristal.*

—No, no puede ser. Yo habría oído hablar de él. —Malory se levantó de golpe y se puso a caminar por el salón—. ¿Quién es el autor?

—Nadie parece estar seguro.

—Eso es imposible —continuó—. Un talento tan grande como ése... Yo habría oído hablar de él. Habría visto más obras de ese pintor.

—Quizá no. Según Brad, nadie parece saber mucho sobre el artista. *Las Hijas de Cristal* fue visto por última vez en una colección privada de Londres, donde, según dicen todos los informes, fue destruido durante un bombardeo alemán en la Segunda Guerra Mundial. En 1942.

8

Malory se encerró en su apartamento durante dos días. Se sumergió en un montón de libros, llamadas telefónicas y correos electrónicos. Había llegado a la conclusión de que era absurdo ir de un lado a otro tras una docena de ángulos de vista distintos y suposiciones. Mejor, mucho mejor, llevar a cabo la búsqueda con tecnología y una lógica sistemática.

Ella no podía funcionar, no podía pensar, en medio del desorden. Y ésa era la razón, tal como admitió mientras etiquetaba cuidadosamente otro documento, de que hubiese fracasado como artista.

El arte, la creación de auténtico arte, requería una capacidad innata y misteriosa para desarrollarse en el caos —al menos ésa era su opinión—, para poder ver, comprender y sentir docenas de formas, texturas y emociones a la vez.

Ella carecía de ese don en todos sus aspectos, mientras que el autor de *Las Hijas de Cristal* lo poseía a manos llenas.

El cuadro del Risco del Guerrero, u otro pintado por el mismo artista, era el camino. Ahora estaba segura de eso. ¿Por qué si no seguía volviendo a él? ¿Por qué había, de alguna forma, entrado en el lienzo cuando soñaba? ¿Por qué la habían elegido para encontrar la primera llave más que por sus conocimientos y sus contactos con el mundo del arte?

Le habían dicho que mirara en el interior y en el exterior. ¿Dentro de la pintura o en otra del mismo autor? ¿«En el exterior» significaba mirar lo que rodeaba el retrato?

Abrió una carpeta y examinó de nuevo la fotografía del cuadro. ¿Qué rodeaba a las hermanas? Paz y belleza, amor y pasión..., y la amenaza de la destrucción. «Al igual que el método para restaurar lo destruido», reflexionó.

Una llave en el cielo, otra en los árboles, otra en el agua. Desde luego, estaba convencida de que no tenía que buscar una llave en el aire o colgada en una rama. Entonces, ¿qué significaban? ¿Y cuál de las llaves era la suya?

¿Demasiado literal? Tal vez. Quizá «en el interior» se refería a que debía mirar dentro de sí misma, ver sus impresiones ante el cuadro, la respuesta emocional y también la intelectual.

«Donde canta la diosa», recordó mientras se apartaba de los montones de papeles para dar vueltas por la casa. En el sueño no cantaba nadie. Pero la fuente le había sonado como música. A lo mejor tenía algo que ver con la fuente. Quizá la del agua fuese su llave.

Llena de frustración, pensó que, aunque no había salido de su apartamento, no había parado de andar.

Le dio un brinco el corazón al oír un repiqueteo en las puertas de cristal del patio. Al otro lado estaban el hombre y su perro. Instintivamente, Malory se llevó una mano al pelo, que en algún momento de la mañana se había recogido en una cola de caballo. Ni siquiera se había molestado en maquillarse ni se había cambiado la camiseta y los holgados pantalones con los que había dormido.

No sólo no tenía su mejor aspecto, sino que estaba segura de que jamás lo había tenido peor.

Cuando abrió la puerta, Flynn verificó sus temores, pues, tras observarla un buen rato con detenimiento, al fin dijo:

—Preciosa, necesitas salir.

Ella notó que apretaba la boca en un mohín malhumorado.

—Estoy ocupada. Estoy trabajando.

—Sí.

Flynn echó un vistazo a los perfectos montones de documentos que llenaban la mesa del comedor, la bonita cafetera y la taza de porcelana. Había pequeños recipientes, del mismo plástico rojo, con lápices, clips y post-its.

Un pisapapeles de cristal rodeado de cintas de colores sujetaba unas páginas mecanografiadas. Había una caja de plástico debajo de la mesa, e imaginó que por las noches Malory guardaba en ella todo lo relacionado con el proyecto, para sacarlo de nuevo a la mañana siguiente. Le resultó impresionante, y extrañamente delicioso, que, incluso sola y trabajando, mantuviera las cosas ordenadas.

Moe golpeó la pierna de Malory con el hocico y luego se preparó para saltar. Malory ya conocía la señal, y alargó la mano.

—No saltes —ordenó, y *Moe* se estremeció, deseoso de obedecer. Como recompensa, le dio una palmadita de felicitación en la cabeza—. No tengo ninguna…

—No lo digas —avisó Flynn—. No pronuncies ningún nombre de comida. Pierde la cabeza. Vamos, se está de maravilla fuera. —Cogió la mano de Malory—. Iremos a dar un paseo.

—Estoy trabajando. ¿Y por qué tú no?

—Porque ya son más de las seis, y me gusta fingir que tengo una vida más allá del periódico.

—¿Más de las seis? —Se miró la muñeca, y recordó que no se había puesto el reloj por la mañana. Era otra prueba de que el eficiente tren de su vida se había salido de su trazado—. No me había dado cuenta de que era tan tarde.

—¿Ves cómo necesitas dar un paseo? Aire puro y ejercicio.

—Quizá, pero no puedo salir así.

—¿Por qué no?

—Voy en pijama.

—No parece un pijama.

—Pues lo es, y no voy a salir en pijama, ni con el pelo así de mal y sin maquillar.

—No hay ningún código indumentario para sacar al perro. —De todos modos, era un hombre con una madre y una hermana, y conocía las reglas—. Pero si quieres cambiarte, esperaremos.

Se las había visto con las suficientes mujeres como para saber que la espera podía oscilar entre diez minutos y el resto de su vida. Desde que había aprendido a pensar en el proceso de acicalamiento femenino como en una especie de ritual, no le importaba. Le daba la oportunidad de sentarse en el patio, con *Moe* tumbado a sus pies, y garabatear en su cuaderno ideas para nuevos artículos. En su opinión, sólo desperdiciabas el tiempo si no hacías algo con él. Si el «algo» era quedarse mirando el infinito mientras dejabas que el pensamiento siguiera la corriente principal, eso estaba muy bien.

Pero como la corriente principal del momento era cómo podría volver a poner las manos encima de Malory, decidió ser más productivo y encauzar sus energías hacia el trabajo.

Ya que Brad regresaba al valle, *El Correo* necesitaba un artículo minucioso sobre él, los Vane y Reyes de Casa. La historia de la familia y sus empresas, el rostro de sus negocios en el clima económico actual y sus planes para el futuro.

Él mismo se encargaría de eso, y así combinaría sus intereses personales y profesionales. Al igual que iba a hacer con Malory. De modo que empezó a anotar los aspectos que la describían. La lista quedó encabezada por «rubia, inteligente y bella».

—Eh, esto es un comienzo —le dijo a *Moe*—. La escogieron por una razón, y la razón ha de tener algo que ver con quién o qué es ella. O con lo que no es.

«Organizada, artística.» Nunca había conocido a nadie que lograra ser ambas cosas a la vez.

«Soltera, desempleada.» Hum, quizá deberían escribir un reportaje sobre los veinteañeros y treintañeros del valle. Las posibilidades de ligar en un pequeño pueblo de Estados Unidos. Si se lo encargara a Rhoda, a lo mejor ella volvería a dirigirle la palabra.

Alzó la vista cuando captó un movimiento por el rabillo del ojo, y vio a Malory cruzando la puerta del patio. No había tardado tanto en transformarse como había imaginado. Se puso en pie y agarró a *Moe* por el collar para que no se abalanzara sobre Malory.

—Tienes un aspecto estupendo. Y hueles aún mejor.

—Y me gustaría seguir así. —Se inclinó y dio un leve golpecito con un dedo en la nariz de *Moe*—. Así que no saltes.

—¿Por qué no bajamos en coche hasta el río? Allí podrá correr como un loco.

Tenía que concederle unos cuantos puntos a Flynn: había logrado transformar un paseo con el perro en una cita, y lo había hecho con suavidad. Con tanta suavidad que Malory no reparó en que aquello era una cita hasta que se encontraron sentados sobre una manta junto al río, comiendo pollo frito mientras *Moe* corría a su alrededor ladrando alborozado a las ardillas.

Pero resultaba difícil quejarse cuando el aire era fresco y relajante y la luz perdía intensidad según el sol iba descendiendo por el oeste. Cuando desapareciese tras las cumbres, todo se tornaría difuminado y gris, y haría más frío. Necesitaría la chaqueta fina que había cogido..., al menos la necesitaría si se quedaban a ver salir las estrellas. ¿Cuánto tiempo había pasado desde la última vez que vio salir las estrellas?

Ahora que estaba allí, se preguntó si la hibernación autoimpuesta, por breve que hubiera sido, había valido para algo más que para crearle un atasco mental.

Ella no era asocial. Necesitaba el contacto con la gente: conversaciones, estímulos, sonido y movimiento. Y darse cuenta de eso sólo le servía para comprender cuánto precisaba formar parte del mundo laboral.

Aunque se hiciera con el millón de dólares que aguardaba al final del arco iris, necesitaría seguir trabajando. Sólo por la energía que proporcionaba el día a día.

—Debo admitirlo, me alegro de que me hayas sacado de casa.

—Tú no eres una ermitaña. —Metió la mano en el envase para coger otro muslo de pollo mientras ella lo miraba frunciendo el entrecejo—. Tú eres un animal social. Tomemos a Dana, por ejemplo; ella es más una ermitaña que un animal social. Si la dejaras sola, sería totalmente feliz con un tanque de café y rodeada de montañas de libros. Al menos durante unas semanas, después tendría que salir a tomar aire. Yo..., yo me volvería loco tras un día o dos. Necesito el contacto con los demás. Y tú también.

—Tienes razón, y no estoy segura de cómo sentirme después de que hayas descubierto eso tan pronto.

—Lo de pronto es relativo. He pasado más o menos un año pensando en ti a lo largo de la última semana. Dedicándote tiempo y energía. Hacía mucho que no empleaba tantas horas pensando en una mujer. Te lo digo por si acaso te lo preguntabas.

—No sé lo que me estoy preguntando. Bueno, sí, lo sé —se corrigió—. ¿Por qué no has mencionado la llave ni te has interesado por lo que estoy haciendo para encontrarla?

—Porque por ahora ya has tenido suficiente de eso. Si hubieses querido hablar del tema, lo habrías sacado tú misma a relucir. No eres vergonzosa.

—Sí, es cierto. ¿Por qué me has traído hasta aquí, lejos del pueblo?

—Es tranquilo. Hay una bonita vista. A *Moe* le gusta. Hay una pequeña posibilidad de que acabe desnudándote sobre la manta...

—Cambia «pequeña» por «ninguna».

—«Pequeña» basta para mantenerme esperanzado. —Pinchó con un tenedor de plástico en la ensalada de patata—. Y quería ver si Brad ya estaba instalándose. —Miró más allá de la cinta de agua hacia la casa de madera de dos pisos llena de recovecos que había en la orilla opuesta—. Pero parece que no.

—Lo echas de menos.

—Y que lo digas.

Malory arrancó una brizna de hierba y se la pasó por los dedos distraídamente.

—Yo tengo algunas amigas de la universidad. Estábamos muy unidas, y supongo que todas creíamos que siempre estaríamos así. Ahora nos hemos dispersado y apenas nos vemos. Una o dos veces al año, si podemos ponernos de acuerdo en la fecha. Nos comunicamos a través del teléfono o el correo electrónico de vez en cuando, pero no es lo mismo. Las echo de menos. Echo de menos a las que éramos cuando éramos amigas, y echo de menos esa telepatía que se desarrolla, de modo que sabes lo que está pensando la otra o lo que haría en la misma situación. ¿Es igual para ti?

—Sí, casi igual. —Alargó una mano y jugueteó con las puntas del pelo de Malory del mismo modo distraído con que ella jugueteaba con la brizna de hierba—. Pero nosotros volvemos a ser niños juntos. A ninguno le entusiasman las llamadas telefónicas. A lo mejor es porque Brad y yo pasamos la mayor parte de la jornada laboral colgados del teléfono. Funcionamos con mensajes electrónicos. Jordan, él es el rey del cibercorreo.

—Estuve con él unos diecinueve segundos en una firma de libros, en Pittsburgh, hará unos cuatro años. Todo él moreno y guapo, con un brillo peligroso en los ojos.

—¿Te gustan peligrosos?

Eso la hizo reír. Flynn estaba sentado en una raída manta comiendo el pollo que cogía de un envase de plástico, mientras su enorme y tonto perro ladraba a una ardilla que se hallaba a tres metros, subida a un árbol.

De repente se encontró tumbada de espaldas con el cuerpo de Flynn sobre el suyo, y la risa enmudeció.

Su boca sí que era peligrosa. Había sido una insensata al olvidarlo. Por afable y despreocupado que pareciera en la superficie, su interior albergaba tormentas. Tormentas eléctricas y violentas que podían azotar a los desprevenidos antes de que pudiesen pensar en ponerse a resguardo.

Pues no pensaría en nada, y las dejaría rugir. Y también dejaría aflorar esa parte secreta de sí misma, esa parte que jamás se había arriesgado a exponer. Que saliera, aunque se la arrebataran.

—¿Qué tal te está yendo esto? —murmuró él mientras pegaba su asombrosa boca a la garganta de Malory.

—Bien, muy bien.

Flynn alzó la cabeza y la miró. Y el corazón se le estremeció dentro del pecho.

—Aquí hay algo. Algo grande.

—Creo que no…

—Sí. —Lo dijo con impaciencia inesperada y convincente—. Quizá no quieras…, a mí no me entusiasma la idea, pero lo crees. De verdad que odio usar una metáfora tan obvia, pero es como girar una llave en una cerradura. Puedo oír el maldito clic. —Se incorporó y se pasó una mano temblorosa por el pelo—. No estoy preparado para oír ningún maldito clic.

Malory se sentó de golpe y se sacudió nerviosamente la pechera de la camisa. Le desconcertaba que el temperamento de Flynn pudiese resultarle a la vez irritante y estimulante.

—¿Y tú piensas que yo quiero oír alguno? Ahora mismo tengo bastantes problemas entre manos sin que suenen tus clics en mi cabeza. Necesito dar con la primera llave, he de resolver ese asunto. Tengo que encontrar un trabajo, y no quiero un trabajo estúpido. Quiero…

—¿Qué? ¿Qué quieres?

—No lo sé. —Se puso en pie precipitadamente. Sentía furia en su interior. No sabía de dónde provenía ni adónde necesitaba ir. Se giró y se quedó mirando la casa del otro lado del río, con los brazos cruzados con fuerza sobre el pecho—. Y yo siempre sé lo que quiero.

—En eso me ganas.

Se levantó, pero no se acercó a Malory. Fuera lo que fuese lo que golpeaba dentro de él —rabia, necesidad, miedo—, era demasiado inestable para arriesgarse a tocarla.

La brisa jugaba con los extremos de sus rizos, como antes había hecho él mismo. Todas aquellas nubes alborotadas del color del oro viejo parecían sacadas de un cuadro. Se la veía tan esbelta, tan perfecta mientras le daba la espalda a medias y el sol poniente dibujaba una fina línea de fuego en las cimas de las colinas del oeste…

—La única cosa que de verdad he deseado… —añadió, y según lo decía comprendía que no mentía— eres tú.

Ella lo miró mientras unas alas nerviosas empezaban a agitarse en su estómago.

—No creo que sea la única mujer con la que has querido acostarte.

—No. En realidad, la primera fue Joley Ridenbecker. Teníamos trece años, y aquel deseo en particular nunca fue satisfecho.

—Ahora estás bromeando.

—No, para nada. —Avanzó hacia ella; su voz era más dulce—. Deseaba a Joley tanto como eso significaba para mí a los trece años. Era algo intenso, incluso doloroso, con un toque tierno. Al final descubrí lo que significaba. He deseado a muchas mujeres a lo largo de mi vida. Hasta he amado a una; y ésa es la razón por la que conozco la diferencia entre desear a una mujer y desearte a ti. Si no fuera más que sexo, no me jodería tanto.

—Pues no es culpa mía si estás jodido. —Le puso cara de pocos amigos—. Y no suenas ni pareces jodido.

—Tiendo a ser realmente razonable cuando estoy fastidiado de verdad. Es una maldición. —Cogió la pelota que *Moe* había soltado a sus pies y la arrojó con fuerza—. Y si crees que es genial poder ver las dos caras de un asunto, apreciar la validez de ambas posturas, déjame decirte que duele como una patada en tus partes.

—¿Quién era ella?

Flynn se encogió de hombros, luego tomó la pelota que le había llevado *Moe* y la lanzó de nuevo.

—No importa.

—Yo diría que sí. Y que ella también, todavía.

—Es sólo que no salió bien.

—Vale. Debería volver ya a casa. —Se arrodilló sobre la manta para recoger los restos de su picnic improvisado.

—Ésa es una habilidad que admiro, y nadie la domina como las mujeres. Ese implícito «vete a la mierda»... —Lanzó por los aires la pelota de *Moe* una vez más—. Ella me dejó. O yo no me marché con ella. Depende del punto de vista. Estábamos juntos la mayor parte del año. Ella era reportera para una cadena de televisión local, pasó a presentadora de informativos los fines de semana, y después todas las noches. Era buena, y teníamos un montón de debates y discusiones sobre el impacto y el valor de nuestros particulares medios de información. Eso resulta mucho más sexy de lo que pueda parecer. De todos modos, planeábamos casarnos e irnos a Nueva York. Entonces recibió una oferta de un canal asociado de allí. Se marchó y yo me quedé.

—¿Por qué te quedaste?

—Porque soy el jodido George Bailey.

La pelota salió volando de nuevo de su mano, como un cohete.

—No te entiendo.

—*Qué bello es vivir*. George Bailey renuncia a su sueño de viajes y aventuras por permanecer en su pueblo natal y salvar el banco. Yo no soy Jimmy Stewart, pero *El Correo* sí que se convirtió en mi banco. Mi padrastro, el padre de Dana, cayó enfermo. Mi madre me traspasó algunas de las responsabilidades del editor jefe. Yo daba por hecho que sería algo temporal, hasta que Joe se recuperase; pero los doctores, y mi madre, querían alejarlo de los crudos inviernos de aquí. Ellos dos deseaban, merecían, una temporada de retiro. Ella me amenazó diciendo que si no me hacía cargo del periódico lo cerraría. Y mi madre no amenaza en vano. —Con una risa forzada, tiró otra vez la pelota—. Puedes apostar un riñón a que no bromeaba. O un Flynn dirige *El Correo del Valle* o desaparece *El Correo*.

«Michael Flynn Hennessy», pensó Malory. Así que Flynn era el apellido familiar, y una herencia.

—Si ella hubiera sabido que querías algo distinto…

Él consiguió sonreír.

—Ella no quería algo distinto. Yo podría haberme largado, haberme marchado con Lily a Nueva York. Toda la gente que trabajaba en el periódico se habría quedado sin empleo. La mitad de ellos, quizá más, no habrían sido contratados por quienquiera que hubiese abierto otro diario. Mi madre sabía que no me iría. —Examinó la pelota que tenía en la mano, le dio vueltas lentamente y dijo con suavidad—: Además, nunca le gustó Lily.

—Flynn…

Él cedió ante la desesperación de *Moe* y arrojó la pelota.

—He sonado penoso y patético... Entonces quería irme, porque amaba a Lily. Pero no la amaba lo suficiente para hacer las maletas y marcharme con ella cuando me lanzó un ultimátum. Ella no me amaba lo bastante para quedarse, o para darme tiempo hasta que solucionara las cosas aquí y me reuniera con ella.

«Entonces ninguno de los dos amaba al otro», pensó Malory; pero no dijo nada.

—Un mes después de aterrizar en Nueva York, me llamó para romper nuestro compromiso. Necesitaba centrarse en su carrera, no podía manejar el estrés de una relación, y mucho menos si era a larga distancia. Yo era libre para verme con otras personas y seguir con mi vida, mientras ella iba a casarse con su trabajo.

»Seis meses más tarde estaba casada con un ejecutivo de informativos de la NBC. Subía la escalera con paso firme. Consiguió lo que quería, y al final yo también.

Se volvió hacia Malory. Su rostro estaba calmado de nuevo; los verdes ojos, limpios, como si detrás de ellos no hubiese habido furia jamás.

—Mi madre tenía razón... Odio con todo mi cuerpo que tuviera razón, pero la tenía. Éste es mi sitio, y estoy haciendo exactamente lo que quería hacer.

—El hecho de que lo veas dice mucho más de ti que de cualquiera de ellas.

Flynn lanzó la pelota por última vez.

—He hecho que sientas pena de mí.

—No —respondió ella, aunque no era cierto—. Has hecho que sienta respeto por ti. —Se levantó, caminó hasta él y le dio un beso en la mejilla—. Creo que recuerdo a esa tal Lily de los informativos locales. Pelirroja, ¿verdad? ¿Con una buena dentadura?

—Ésa sería Lily.

—Tenía una voz demasiado nasal, y el mentón poco pronunciado.

Él se inclinó y la besó también en la mejilla.

—Es muy bonito que digas algo así. Gracias.

Moe regresó corriendo y dejó la pelota en el suelo, entre los dos.

—¿Cuánto tiempo puede estar haciendo esto? —preguntó Malory.

—Una eternidad, o hasta que se me caiga el brazo.

Malory dio un buen puntapié a la pelota.

—Está oscureciendo —dijo mientras *Moe*, feliz, se alejaba a toda prisa—. Deberías llevarme a casa.

—O podríamos llevar a *Moe* a casa y después... Ah, veo por el modo en que arqueas las cejas y arrugas la boca que tu mente se ha ido a lo más inmundo. Iba a decir que podríamos ir al cine.

—No es cierto.

—Por supuesto que sí. De hecho, hasta tengo la sección de la cartelera en el coche para que le eches un vistazo.

Malory notó que volvían a estar bien y que quería besarlo..., esta vez de forma amistosa; pero en vez de hacerlo le siguió el juego para acabar la partida.

—Tienes el periódico entero en el coche porque es tu periódico.

—Aunque sea así, dejaré que tú elijas la película.

—¿Y si es cine de autor y subtitulada?

—Entonces sufriré en silencio.

—Ya sabes tú que no hay ninguna película de ese tipo en los multicines del pueblo.

—Eso es lo de menos. Vamos, *Moe*, súbete al coche.

Malory llegó a la conclusión de que le había beneficiado alejarse del enigma y los problemas durante unas horas. Por la mañana se sintió más descansada, más optimista. Y le sentaba bien estar interesada y atraída por un hombre complicado.

Flynn era complicado. Y aún más porque daba la impresión, al menos en un principio, de ser sencillo. Eso lo convertía en otro enigma que resolver.

No podía negarse lo del clic que había mencionado Flynn. ¿Por qué habría de hacerlo? Ella no se tomaba las relaciones como un juego; era cauta. Eso significaba que necesitaba averiguar si el clic era simplemente sexual o incluía algo más.

«Enigma número tres», se dijo mientras se sentaba para continuar con la investigación.

Su primera llamada telefónica de la mañana la dejó atónita. Unos instantes después estaba revisando a toda prisa sus viejos libros universitarios de historia del arte.

La puerta de la casa de los Vane estaba abierta de par en par. Había un buen número de hombres corpulentos metiendo o sacando muebles y cajas. A Flynn le dio dolor de espalda sólo de verlos.

Recordó un fin de semana de años atrás, cuando él y Jordan se habían mudado a un apartamento, y cómo ellos dos, con la ayuda de Brad, subieron un sofá de segunda mano que pesaba tanto como una Honda por tres tramos de escaleras.

«Qué días aquéllos», rememoró Flynn. Gracias a Dios, ya quedaban lejos.

Moe saltó del coche detrás de él y, sin esperar una invitación, se abalanzó al interior de la casa. Se oyó un estrépito y después una palabrota. Mientras iba tras él corriendo, Flynn rezó para que no hubiese mordido el polvo una de las antigüedades de la familia Vane.

—¡Cristo bendito! ¿Y a esto lo llamas un cachorro?

—Era un cachorro... hace un año. —Flynn miró a su viejo amigo, que en ese momento estaba siendo saludado y baboseado por *Moe*. Y su corazón se regocijó—. Siento lo de... ¿Eso es una lámpara?

Brad miró la porcelana china que estaba esparcida en el vestíbulo.

—Lo era hace un minuto. Muy bien, chicarrón. Baja.

—Fuera, *Moe*. ¡Atrapa al conejo!

—¿Qué conejo?

—El que vive en sus sueños. —Flynn avanzó para dar un fuerte abrazo a Brad. Los pedazos rotos crujieron bajo sus pies—. ¡Eh!, te veo muy bien. Para ser un ejecutivo.

—¿Quién es un ejecutivo?

La verdad es que no lo parecía en absoluto, con unos vaqueros desgastados y una camisa de trabajo. Flynn pensó que se le veía alto, fibroso y en forma. El hijo mimado de los Vane, el príncipe de la familia, que era tan feliz dirigiendo a un grupo de empleados de la construcción como en una reunión de la junta directiva. Quizá más feliz.

—Anoche estuve cerca de aquí, pero esto estaba desierto. ¿Cuándo has llegado?

—Muy tarde. Quitémonos de en medio —propuso Brad mientras los operarios metían otro cargamento. Alzó un pulgar y lo guió a la cocina.

La casa estaba siempre amueblada y disponible para ejecutivos y mandamases visitantes de la corporación Vane. Aquél había sido el hogar de la familia en el valle, y Flynn había llegado a conocerlo tanto como el suyo propio.

Habían renovado la cocina desde los días en que él pedía galletas allí, pero la vista desde las ventanas y desde la terraza que rodeaba la casa era la misma. Bosques y agua, y las colinas alzándose al fondo.

Algunas de las mejores partes de su niñez estaban ligadas a aquella casa. Al igual que al hombre que era ahora el dueño.

Brad sirvió café y luego llevó a Flynn a la terraza.

—¿Cómo te sientes al volver? —preguntó Flynn.

—Aún no lo sé. En general, raro.

Se inclinó sobre la barandilla y miró a lo lejos.

Todo era lo mismo. Nada era lo mismo.

Se giró; era un hombre que se sentía cómodo en su propia piel. Tenía encima una o dos capas de la gran ciudad, y también se sentía cómodo con eso.

Su pelo era de un rubio que había oscurecido con los años, al igual que los hoyuelos de sus mejillas estaban ahora más cerca de ser pliegues. Para su alivio. Sus ojos eran de un gris piedra, enmarcados por cejas rectas. Solían mirar con intensidad, incluso cuando el resto de su rostro sonreía.

Flynn sabía que no era la boca la que revelaba el estado de ánimo de Brad. Eran los ojos. Cuando éstos sonreían, la sonrisa era sincera. Como en ese mismo instante.

—Hijo de puta. Es fantástico verte.

—Nunca pensé que pudieras regresar, no durante un tiempo prolongado.

—Yo tampoco. Las cosas cambian, Flynn. Y supongo que así es como ha de ser. En los últimos años notaba un cierto desasosiego, y al final he llegado a la conclusión de que era ansiedad de estar en casa. ¿Cómo te van a ti las cosas, señor editor jefe?

—Bien. Doy por supuesto que te suscribirás a nuestro periódico. Yo mismo me encargaré de eso —añadió con una sonrisa—. Colocamos una bonita caja roja al lado de los buzones en la carretera. El reparto de la mañana suele llegar aquí a las siete.

—Apúntame.

—Lo haré. Y quiero una entrevista con Bradley Charles Vane IV tan pronto como puedas.

—Joder, dame un poco de tiempo para instalarme antes de ponerme el traje de empresario.

—¿Qué tal el próximo lunes? Yo vendré hasta aquí.

—Santo Cristo, te has convertido en Clark Kent. No, peor, en Lois Lane… sin sus magníficas piernas. No sé qué tengo el lunes, pero le diré a mi ayudante que lo organice.

—Estupendo. ¿Qué te parece si cogemos unas cervezas y nos ponemos al día esta noche?

—Respaldo la propuesta. ¿Cómo está tu familia?

—A mamá y Joe les está yendo bien allá en Phoenix.

—En realidad, yo estaba pensando más en la deliciosa Dana.

—¿No irás a intentar ligar con ella otra vez? Es embarazoso.

—¿Está liada con alguien?

—No, no está liada con nadie.

—¿Sigue igual de escultural?

Flynn se estremeció.

—Cierra el pico, Vane.

—Me encanta picarte con ese tema. —Con un suspiro, Brad recuperó la compostura—. Aunque es entretenido, ésa no es la razón por la que te he pedido que vinieras. Hay algo que creo que querrás ver. Le estuve dando vueltas cuando me contaste esa historia en que se han metido tu hermana y sus amigas.

—¿Sabes algo de las dos personas del Risco del Guerrero?

—No, pero sé algo sobre arte. Vamos, lo tengo en la sala principal. Había acabado de desempaquetarlo personalmente cuando he oído llegar tu coche.

Avanzaron por la terraza y doblaron la esquina hasta las puertas dobles de cristal bordeadas por paneles grabados.

La sala principal tenía un techo altísimo con una galería alrededor y una generosa chimenea con el hogar y la repisa de granito verde ribeteado de roble dorado. Había espacio para dos sofás, uno en el centro de la estancia y el otro pegado a la pared, en una acogedora zona para conversar.

Había más espacio al otro lado de un ancho arco, donde se hallaba el piano y donde Brad había pasado incontables y tediosas horas practicando.

Allí, apoyado contra el hogar de una segunda chimenea, había un cuadro.

Los músculos del estómago de Flynn se aflojaron.

—Dios, oh, Dios.

—Se llama *Después del hechizo*. Lo adquirí en una subasta hará unos tres años. ¿Recuerdas que te mencioné que había comprado una pintura porque una de las figuras que aparecían era igual que Dana?

—No te presté ninguna atención. Siempre estabas tomándome el pelo con Dana.

Se puso en cuclillas y contempló el cuadro. Él no sabía de arte, pero incluso con su limitada vista artística se lo habría jugado todo por afirmar que la misma mano que había pintado aquella obra había creado la del Risco del Guerrero.

Sin embargo, en la que tenía delante no había alegría ni inocencia. El tono era sombrío, afligido; y la única luz, una luz muy débil, surgía de los tres féretros de cristal en que tres mujeres parecían dormir. Tenían el rostro de su hermana, el de Zoe y el de Malory.

—He de hacer una llamada. —Flynn se enderezó y sacó su móvil—. Hay alguien que debe ver esto de inmediato.

9

A Malory no le gustaba que le dijesen que se diera prisa, especialmente cuando no le habían proporcionado una buena razón para hacerlo. De modo que, por principios, se tomó su tiempo en llegar a la mansión de los Vane.

Tenía muchas cosas en la cabeza, y un trayecto por el campo era justo lo que necesitaba para alinear sus pensamientos de una forma organizada. Le encantaba conducir su pequeño coche por aquella carretera sinuosa que bordeaba el río, y el modo en que el sol brillaba a través de las hojas de los árboles y trazaba diseños de luz sobre la calzada.

Si supiera pintar, haría un trabajo acerca de eso: cómo la luz y las sombras jugaban sobre algo tan ordinario como una carretera comarcal. «Si supiera pintar», pensó de nuevo; pero no sabía, pese a todo el deseo, todo el estudio, todos los años de intentos.

Había alguien que sí sabía, y tanto que sí.

Había tratado de localizar a Dana y Zoe antes de salir en coche. En realidad se suponía que estaba trabajando con ellas, no con Flynn. Él era como un... complemento. Un complemento muy atractivo, sexy e interesante. Vaya, a ella le chiflaban los complementos.

Ésa no era una línea de pensamiento productiva.

Apagó la radio del coche y se sumió en el silencio. Lo que necesitaba hacer era dar con Dana y Zoe y contarles lo que había descubierto. Quizá si lo dijese en voz alta, alguna de ellas tres podría descifrar qué significaba. Porque, de momento, no tenía ni la menor idea.

Todo lo que sabía, de forma instintiva, era que era importante. Incluso vital. Si no era la respuesta, era una de las migas de pan que indicarían el camino hasta la respuesta.

Dejó la carretera para internarse en un sendero privado. Allí no había verjas, ni muros alrededor de la propiedad. Los Vane eran lo bastante ricos para ahorrarse todo eso. Malory se preguntó por qué no habrían escogido comprar el Risco del Guerrero en vez de levantar su casa junto al río, cerca del pueblo.

Entonces el edificio apareció ante su vista y contestó a su pregunta. Era precioso, y de madera. Un magnate maderero difícilmente construiría o compraría algo de piedra o ladrillo. Edificaría, tal como había hecho, algo que ilustrara las bondades de su producto.

La madera era de un color dorado como la miel, ribeteada de cobre que los años y el tiempo habían vuelto de un verde sutil. Había una complicada disposición de terrazas y balcones a los pies o sobresaliendo de ambas plantas. El tejado subía y bajaba media docena de veces, con una especie de simetría artística que proporcionaba armonía al conjunto.

Los jardines eran informales, adecuados al lugar y el estilo, pero Malory se imaginó que todos los arbustos, árboles y arriates habían sido meticulosamente seleccionados y colocados.

Dio su aprobación al detallado diseño y a la ejecución.

Detuvo el coche al lado de una furgoneta de mudanzas, y estaba a punto de apearse cuando oyó unos ladridos salvajes y alegres.

—Oh, no, esta vez no. Sé cómo manejarte, amigo.

Metió la mano en una caja que había en el suelo y sacó una enorme galleta para perros. Cuando la familiar cara de *Moe* se pegó a la ventanilla del coche, Malory bajó el cristal.

—¡*Moe*, coge la galleta! —exclamó mientras la lanzaba tan lejos como pudo.

Cuando el perro echó a correr para atraparla, bajó del coche y salió disparada hacia la casa.

—¡Buen trabajo! —Flynn la recibió en la puerta.

—Aprendo deprisa.

—Estoy seguro de eso. Malory Price, Brad Vane. Yo he llamado primero —añadió como sutil advertencia al ver que los ojos de Vane brillaban con interés.

—¡Oh! Bueno, no puedo culparte por eso. —Brad sonrió a Malory—. Aun así, es un placer conocerte, Malory.

—¿De qué estáis hablando?

—De cosas de chicos —dijo Flynn, y bajó la cabeza para besarla—. Sólo estaba poniendo a Brad al día. ¿Dana y Zoe están de camino?

—No. Dana está en el trabajo y no he podido encontrar a Zoe. Les he dejado mensajes a las dos. ¿Qué es lo que ocurre?

—Querrás verlo por ti misma.

—¿Ver qué? Me has arrastrado hasta este lugar... No te ofendas —agregó mirando a Brad—, tienes una casa preciosa. Me has arrastrado hasta aquí sin ninguna explicación. Y estaba ocupada. El factor tiempo...

—Empiezo a pensar que el tiempo es un factor real. —Flynn la empujó suavemente para guiarla a la sala principal.

—Perdona el desorden. Hoy hay muchas cosas entrando y saliendo. —Brad apartó con el pie un pedazo de la lámpara rota—. Flynn me ha dicho que dirigías la galería de arte del pueblo.

—Sí, hasta hace poco. ¡Oh, qué habitación tan fabulosa...!

Se detuvo y absorbió el espacio. Necesitaba cuadros, esculturas, más color y textura. Un lugar tan maravilloso merecía arte.

Si ella tuviese carta blanca y un presupuesto ilimitado, podría convertir aquella estancia en una vitrina de exposición.

—Debes de estar deseando desempaquetar tus cosas —le dijo a Brad—, instalarte y... ¡Oh, Dios mío!

La sorpresa la dejó de piedra en cuanto vio el cuadro. El apabullante impacto del descubrimiento provocó que la sangre le retumbara en el cuerpo, y enseguida se encontró buscando a tientas las gafas en el bolso y arrodillándose ante la obra para examinarla de cerca.

Los colores, la pincelada, la técnica, incluso el escenario, eran los mismos. «Los mismos —pensó—, igual que los del otro.» Los tres personajes principales también coincidían.

—Después del robo de las almas —afirmó—. Están aquí, en primer plano, en esta urna sobre un pedestal. Dios mío, mirad cómo la luz y el color parecen latir dentro del cristal. Es una genialidad. Ahí, al fondo, están las dos figuras del primer cuadro dándonos la espalda. Se marchan. Los han expulsado. Están a punto de atravesar esa bruma. La Cortina de los Sueños. Las llaves. —Se echó el pelo hacia atrás y lo mantuvo recogido con una mano mientras miraba más de cerca—. ¿Dónde están las llaves? ¡Ahí! Podéis verlas en una cadena que la figura femenina lleva en la mano. Ella es su custodia.

Para poder ver con más detalle, hurgó en su bolso hasta dar con un saquito de fieltro que contenía una pequeña lupa con mango de plata.

—Lleva una lupa en el bolso —exclamó Brad atónito.

—Sí. —Flynn sonrió como un tonto—. ¿No es magnífica?

Concentrada en el cuadro, no se preocupó por los comentarios y miró a través de la lente de aumento.

—Sí, sí, las llaves tienen el mismo diseño. Ahora no son parte del fondo, como en la otra pintura. Esta vez no hay ningún tipo de simbolismo, sino hechos. Ella tiene las llaves. —Bajó la lupa y retrocedió un poco para tener una vista completa del cuadro—. La sombra continúa en los árboles, aunque más lejana. Apenas puede verse su silueta. Ya ha hecho su trabajo, pero sigue observando. Se regodea.

—¿Quién? —quiso saber Brad.

—Silencio. Está trabajando.

—Hay mucha tristeza en el cuadro —prosiguió Malory—, mucha aflicción en la luz, en el lenguaje corporal de la pareja que se encamina a esa cortina de niebla. Los personajes principales parecen serenos en sus féretros de cristal, pero no lo están. No es serenidad, sino vacío. Y hay una gran desesperación en la luz encerrada en la urna. Es doloroso, y es brillante.

—¿Es del mismo artista? —le preguntó Flynn.

—Desde luego. No es obra de un aprendiz ni de un imitador, y tampoco es un homenaje. Pero sólo es mi opinión. —Se sentó sobre los talones—. Yo no soy una autoridad.

«Pues podrías haberme engañado», pensó él.

—Entre tú y Brad, creo que tenemos toda la autoridad que necesitamos.

Malory se había olvidado de Brad, y se ruborizó un poco, avergonzada. Lo único que le había faltado era besuquear el cuadro, arrodillada ante él como una suplicante.

—Lo siento. —Aún de rodillas, alzó la vista hacia Brad—. Me he dejado llevar. ¿Podrías decirme dónde adquiriste esto?

—En una pequeña casa de subastas de Nueva York: Banderby's.

—He oído hablar de ellos. ¿Y el artista?

—Desconocido. Sólo se puede ver una firma parcial..., una inicial en realidad. Quizá una R o una P, seguida del símbolo de la llave.

Malory se encorvó para estudiar la esquina inferior izquierda.

—¿Está datado y autentificado?

—Por supuesto: siglo XVII. Aunque el estilo tiene un aire más contemporáneo, la obra pasó por pruebas exhaustivas. Si conoces Banderby's, sabrás que son tan meticulosos como serios.

—Sí, sí que lo sé.

—Yo encargué otras pruebas por mi cuenta. Es una pequeña costumbre mía —añadió—. Los resultados coincidieron.

—Tengo una teoría… —empezó Flynn, pero Malory lo detuvo con un gesto de la mano.

—¿Puedo preguntarte por qué lo compraste? Banderby's no es famoso por sus gangas, y esta pieza es de un autor desconocido.

—Una de las razones es que me impresionó cuánto se parecía la figura del medio a Dana. —Era bastante cierto, aunque no era toda la verdad—. El cuadro en general, su poder, me atrajo nada más verlo, y después me cautivaron los detalles. Y… —comenzó con voz dubitativa mientras paseaba su mirada por la pintura. Después, sintiéndose como un tonto, se encogió de hombros y añadió—: Podría decir que me habló. Deseé tenerlo.

—Sí, eso lo entiendo. —Se quitó las gafas, las plegó, las guardó cuidadosamente en su funda y las metió en el bolso—. Flynn debe de haberte contado lo de la pintura del Risco del Guerrero.

—Sí, claro que se lo he contado —respondió Flynn—. Y cuando he visto ésta he supuesto…

—¡Chist! —Malory le dio un golpecito en la rodilla y luego alzó una mano para que la ayudase a ponerse en pie—. Esto tiene que ser una serie. Hay otro cuadro que va antes, después o en medio de éstos. Pero deben ser tres. Sistemáticamente tres: tres llaves, tres hermanas. Nosotras tres.

—Bueno, nosotros somos cinco —señaló Brad—; pero sí, te sigo.

—Y me has seguido a mí cuando te he dicho lo mismo hace media hora —se quejó Flynn—. Mi teoría.

—Lo siento. —Malory le dio una palmadita en el brazo—. Está todo dándome vueltas en la cabeza. Casi puedo distinguir las piezas, pero no llego a ver su forma, ni adónde van o qué significan. ¿Te importa si nos sentamos?

—Desde luego que no. —Inmediatamente, Brad la cogió del brazo y la condujo hasta un sofá—. ¿Puedo traerte algo de beber?

—¿Tienes coñac? Ya sé que es temprano, pero me sentaría muy bien un poco.

—Lo encontraré.

Flynn se sentó junto a ella cuando Brad salió de la habitación.

—¿Qué ocurre, Mal? De repente te has puesto un poco pálida.

—Me duele. —Se giró de nuevo hacia el cuadro; luego cerró los ojos mientras se le llenaban de lágrimas—. Incluso aunque encandila mi mente y mi espíritu, me duele mirarlo. Vi cómo sucedía eso, Flynn. Sentí cómo les sucedía a ellas.

—Lo sacaré de aquí.

—No, no. —Lo agarró de la mano, y su contacto la reconfortó—. Se supone que el arte ha de conmoverte de algún modo. Ése es su poder. ¿Cómo será el tercero? ¿Y cuándo?

—¿Cuándo?

Ella sacudió la cabeza.

—Me pregunto cuánta flexibilidad tiene tu mente. Yo acabo de empezar a descubrir que la mía es muy flexible. ¿Se lo has contado todo a Brad?

—Sí. —Al observarla, advirtió que había algo, algo que Malory no estaba muy segura de poder decir—. Puedes confiar en él, Mal. Puedes confiar en mí.

—La cuestión es si vosotros confiaréis en mí cuando os haya dicho lo que he averiguado esta mañana y lo que creo que significa. Quizá tu viejo amigo me saque educadamente a empujones y eche el pestillo detrás de mí.

—Nunca les cierro la puerta a las mujeres hermosas. —Brad regresaba con una copa de coñac. Se la tendió a Malory y luego se sentó frente a ella, en la mesita de centro—. Venga, bébetelo de un trago.

Eso hizo ella, tomándose el coñac como si fuese un medicamento. El líquido descendió suavemente por la garganta y alivió su estómago revuelto.

—Es un crimen tratar un Napoleón de una forma tan desconsiderada. Gracias.

—Ha reconocido el coñac —le dijo Brad a Flynn. El color comenzaba a regresar a las mejillas de Malory. Para darle tiempo para que se recobrara del todo, le dio un codazo a Flynn—. ¿Cómo te las arreglaste para lograr que una mujer con buen gusto y clase te mirase dos veces?

—Hice que *Moe* la derribara y la inmovilizase contra el suelo. ¿Estás mejor, Mal?

—Sí. —Resopló—. Sí. Tu cuadro es del siglo XVII... ¿Estás absolutamente seguro de eso?

—Lo estoy.

—Esta mañana he sabido que el cuadro del Risco del Guerrero es del siglo XII, posiblemente anterior; pero no posterior.

—Si esa información procede de Rowena o Pitte… —empezó a decir Flynn.

—No. Procede del doctor Stanley Bower, de Filadelfia. Es un experto, y conocido mío. Le mandé muestras de la pintura.

—¿Cómo las conseguiste? —quiso saber Flynn.

A Malory se le subieron más los colores, pero no por efecto del coñac. Carraspeó y jugueteó con el cierre de su bolso.

—Las tomé cuando estuvimos allí la semana pasada. Cuando *Moe* y tú los distrajisteis. Fue algo absolutamente inapropiado, falto de toda ética. Pero aun así lo hice.

—Vaya. —En el tono de Flynn brillaba una genuina admiración—. Entonces, eso significa que el experto de Brad o el tuyo ha metido la pata, o que te equivocas al creer que el artista es el mismo. O…

—O que los expertos tienen razón y yo también. —Malory dejó su bolso a un lado y cruzó las manos sobre el regazo—. El doctor Bower tendría que realizar pruebas más complejas y exhaustivas para verificar la fecha, pero no habría cometido un error de siglos. Todo lo que sé me dice que los cuadros fueron obra de la misma mano. Y sé que eso suena descabellado. Es descabellado, pero yo lo creo. Quienquiera que creara el retrato del Risco del Guerrero lo hizo en el siglo XII, y ese mismo artista pintó el de Brad en el siglo XVII.

Brad miró a Flynn sorprendido por que su amigo no se riera; en vez de eso, el rostro de Flynn permanecía serio y reflexivo.

—¿Quieres que me crea que mi cuadro fue realizado por un pintor de quinientos años de edad?

—Mayor, me parece. Mucho mayor que eso. Y pienso que el autor creó ambas obras de memoria. ¿Estás reconsiderando lo de echarme y cerrar la puerta con pestillo? —le preguntó Malory.

—Lo que opino es que vosotros dos estáis atrapados en una fantasía. Una historia trágica y romántica que no tiene ningún fundamento en la realidad.

—Tú no has visto el otro cuadro, no has visto *Las Hijas de Cristal*.

—No, pero he oído hablar de él. Según todos los informes, estaba en Londres en la época de los bombardeos alemanes de la Segunda Guerra Mundial. Allí fue destruido. Lo más probable es que el del Risco sea una copia.

—No lo es. Piensas que estoy siendo tozuda. Puedo serlo —admitió Malory—, pero ésta no es una de esas veces. Tampoco soy una persona fantasiosa..., o no lo era. —Se volvió hacia Flynn, y su voz sonó más apremiante—. Flynn, todo lo que ellos me contaron, lo que nos contaron a Dana, a Zoe y a mí aquella primera noche, era completamente cierto. Y aún es más asombroso lo que no nos contaron. Rowena y Pitte, la maestra y el guerrero, son las figuras del fondo de ambas pinturas. Ellos estaban allí de verdad. Y uno de ellos pintó esos cuadros.

—Te creo.

Su respiración se estremeció de alivio ante la sencilla fe de Flynn.

—Ignoro qué significa o cuánto me ayuda, pero me escogieron para saber esto, y para creerlo. Si no encuentro la llave, y Dana y Zoe no encuentran las suyas después de mí, esas almas continuarán gritando dentro de esa urna. Para siempre.

Él le pasó una mano por el pelo.

—No permitiremos que eso suceda.

—Perdón. —Zoe vaciló en la entrada de la sala. Estaba luchando consigo misma para no pasar las manos por las molduras satinadas, para no quitarse los zapatos y deslizarse descalza por el reluciente suelo. Quería precipitarse a las ventanas y contemplar todas las vistas—. Los hombres de ahí fuera me han dicho que entrara. Flynn, *Moe* está revolcándose sobre algo que se parece mucho a un pescado muerto.

—¡Mierda! Enseguida vuelvo. Zoe, Brad.

Flynn salió corriendo. Brad se puso en pie. No estaba seguro de cómo lo había conseguido, porque las rodillas se le habían disuelto. Oyó su propia voz, un poco más fría de lo normal, un poco forzada, por encima del rugido de la sangre que le resonaba en la cabeza.

—Pasa, por favor. Siéntate. ¿Puedo ofrecerte algo?

—No, gracias. Lo siento, Malory. He venido nada más oír tu mensaje. ¿Ocurre algo malo?

—No lo sé. Aquí, Brad piensa que me faltan unos cuantos tornillos, y no lo culpo.

—Eso es ridículo. —Al saltar de inmediato en defensa de su amiga, Zoe olvidó el encanto de la casa y el distante encanto de su propietario. Su cauta sonrisa de disculpa se transformó en un gesto ceñudo y frío mientras cruzaba la estancia en dirección a Malory—. Si has dicho tal cosa, no sólo te equivocas, sino que, además, eres un grosero.

—En realidad, ni siquiera he llegado a decirlo. Y como tú no conoces las circunstancias…

—No tengo que conocerlas. Conozco a Malory. Y si tú eres amigo de Flynn, aún deberías disgustarla menos.

—Te ruego que me disculpes. —¿De dónde surgía ese tono tan estirado y superior? ¿Cómo le había salido de la boca la voz de su padre?

—No es culpa suya, Zoe. De verdad. Y respecto a lo de disgustada, lo cierto es que no sé cómo estoy. —Se echó el pelo hacia atrás, se levantó y señaló el cuadro—. Deberías echarle un vistazo a eso.

Zoe se acercó más. Después se agarró la garganta.

—Oh, oh. —Se le llenaron los ojos de lágrimas—. Es precioso. Es tristísimo. Pero va junto con el otro. ¿Cómo ha llegado hasta aquí?

Malory le pasó un brazo por la cintura y se quedaron así unidas.

—¿Por qué piensas que va con el otro?

—Son las Hijas de Cristal después de…, del hechizo o la maldición. La urna, con las luces azules. Es como tú lo describiste, como tu sueño. Y es igual…, igual. No sé cómo decirlo. Es como un conjunto, o parte de un conjunto, pintado por la misma persona.

Malory miró a Brad por encima del hombro mientras arqueaba una ceja.

—¿Eres una experta? —le preguntó Brad a Zoe.

—No. Soy peluquera, pero no soy imbécil.

—No pretendía insinuar…

—No. Lo que pretendías era decirlo. Malory, ¿este cuadro te ayudará a encontrar la llave?

—No lo sé. Pero significa algo. Tengo una cámara digital en el coche. ¿Puedo hacer algunas fotos, Brad?

—Estás en tu casa. —Metió las manos en los bolsillos mientras Malory salía a toda prisa, dejándolo a solas con Zoe—. ¿Estás segura de que no quieres tomar nada? ¿Café?

—No, estoy bien así. Gracias.

—Yo, eh, me he perdido la primera escena de la película. Podrías dedicarme un poco de tiempo y ponerme al día.

—Estoy convencida de que Flynn te contará todo lo que necesites saber.

Zoe atravesó la habitación y con la excusa de preocuparse por Malory aprovechó la oportunidad de admirar la deliciosa vista sobre el río.

¿Cómo sería vivir allí, poder estar allí siempre que quisiera, ver el agua, la luz, las colinas? Se imaginó que sería liberador. Y plácido.

—Malory acaba de decirme que cree que las Hijas de Cristal existen en la realidad. En alguna realidad. Y que las personas que conocisteis en el Risco del Guerrero tienen varios miles de años de edad.

Zoe se giró sin apenas inmutarse.

—Si ella lo cree, tendrá una buena razón. Yo confío lo bastante en ella para creerlo también. ¿Ahora te gustaría decirme que me faltan un par de tornillos?

A Brad se le tensó el rostro de irritación.

—Yo no le he dicho eso. Lo he pensado, pero no se lo he dicho. Y tampoco voy a decírtelo a ti.

—Pero lo estás pensando

—Mira, sólo tengo dos pies, pero contigo estoy logrando meter la pata con los dos a la vez.

—Como no creo que vayamos a bailar dentro de poco, no me preocupa mucho lo que hagas con los pies ni dónde los metas. Me gusta tu casa.

—Gracias, a mí también. Zoe…

—Compro muchas veces en Reyes de Casa. He encontrado buenos precios y un excelente servicio al cliente en la tienda del pueblo.

—Es bueno saberlo.

—Espero que no estés planeando hacer grandes cambios allí, pero no me importaría que hubiese algo más de variedad en artículos de temporada. Ya sabes, plantas de arriate, palas para la nieve, muebles de exterior…

A Brad, divertido, le temblaron los labios.

—Lo tendré en cuenta.

—Y no estaría de más añadir un par de cajeras los sábados. Siempre hay una larga cola para pagar.

—Tomo nota.

—Voy a poner en marcha mi propio negocio, así que presto atención a cómo funcionan las cosas.

—¿Vas a abrir tu propio salón de peluquería?

—Sí. —Lo dijo con firmeza, pese a que se le contrajeron los músculos del estómago—. Estaba mirando posibles lugares antes de que el mensaje de Malory me trajera hasta aquí.

¿Por qué no volvía Malory? Ahora que el genio se le había disipado, estaba perdiendo ímpetu. No sabía de qué hablar con un hombre que vivía en una casa como aquélla, que ayudaba a dirigir un conglomerado nacional de empresas. Si es que «conglomerado» era la palabra adecuada...

—¿En el valle?

—¿Qué? Oh, sí. Busco un local en el pueblo. No me interesa un sitio en el centro comercial. Creo que es importante mantener un buen centro urbano, y quiero poder estar cerca de casa, y así más disponible para mi hijo.

—¿Tienes un hijo?

Su mirada se centró en la mano izquierda de Zoe, y casi suspiró de alivio cuando vio que no llevaba alianza. Todo lo que notó Zoe fue el rápido vistazo. Se puso bien derecha y cuadró los hombros.

—Sí. Simon, de nueve años.

—Siento haber tardado tanto. —Malory entró pidiendo disculpas—. Flynn ha atado a *Moe* a un árbol. Está a punto de lavarlo con una manguera, porque cree que así va a hacer un gran bien; pero de esa forma tendrá un perro increíblemente apestoso y mojado en vez de un perro sólo increíblemente apestoso. Me ha dicho que te pregunte si tienes champú, jabón o algo que puedas prestarle.

—Algo encontraré. Adelante, toma las fotos que quieras.

Malory apuntó con la cámara y esperó a que se alejaran los pasos de Brad.

—Hablando de dioses... —le murmuró a Zoe.

—¿Qué?

—Bradley Charles Vane IV. Ese cuerpo suyo es como una carga de fondo contra las hormonas de una mujer.

—El cuerpo es algo genético —repuso Zoe con desdén—. La personalidad y la conducta se desarrollan.

—Pues el día en que lo hicieron fue un buen día para la genética. —Bajó la cámara—. Te he dado la impresión de que estaba siendo desagradable conmigo, y no ha sido así. De verdad.

—Quizá sí, quizá no; pero es un esnob arrogante.

—¡Fiuuu! —Malory parpadeó ante la vehemencia de Zoe—. A mí no me lo ha parecido. No puedo imaginarme a Flynn siendo amigo de alguien que encaje en la categoría de los esnobs. Lo de arrogante es discutible.

Zoe alzó un hombro.

—Me he encontrado con hombres de su clase en otras ocasiones. Están más interesados en tener buena pinta que en ser humanos. De todos modos, él no es importante. El cuadro sí que lo es.

—Sí, pienso igual. Y también sobre lo que has dicho de que es parte de un conjunto o una serie. Pienso que es verdad, y que al menos hay uno más. Debo encontrarlo. Algo en estas pinturas, o relacionado con ellas, me indicará el camino hacia la llave. Será mejor que indague en los libros.

—¿Quieres ayuda?

—Toda la que pueda conseguir.

—Pues me voy ahora. Hay un par de cosas que quiero hacer. Después iré a tu casa.

Cuando Brad había logrado dar con una botella de champú, oyó el motor de un automóvil poniéndose en marcha. Se acercó a la ventana y maldijo entre dientes al ver que Malory y Zoe se alejaban en sus coches por el camino de acceso.

Si las primeras impresiones tenían alguna importancia, no podría haberlo hecho peor. Su visión no solía repeler a las mujeres; pero, por otro lado, la visión de una mujer no solía golpearlo como un puño potente y sudoroso. Teniendo eso en cuenta, supuso que podría perdonársele haberlo hecho tan mal.

Bajó las escaleras y luego se desvió hacia la sala principal en vez de dirigirse al exterior. Se quedó mirando el cuadro como la primera vez que lo vio en la casa de subastas. Del mismo modo que lo había mirado incontables veces desde que lo adquirió. Habría pagado cualquier precio por él.

Era bastante cierto lo que les había contado a Flynn y Malory. Lo había comprado porque era magnífico, impactante y conmovedor. Le había intrigado el rostro de una de las figuras, su semejanza con su amiga de la niñez. Pero había otro rostro en la pintura que lo había deslumbrado, consumido. Lo había desbaratado. Una sola mirada a esa cara, la cara de Zoe, y había caído absurdamente enamorado.

Pensó que ya resultaba bastante raro cuando la mujer no era más que un personaje de un cuadro. Ahora que sabía que era real, ¿sería mucho más complicado e imposible?

Brad reflexionó al respecto mientras ponía algo de orden en la casa. Continuaba dándole vueltas más tarde, cuando Flynn y él treparon al muro que circundaba el Risco del Guerrero y se sentaron en lo alto.

Cada uno abrió una cerveza y contemplaron la exótica silueta de la casa, que se recortaba sobre el cielo sombrío. En algunas ventanas brillaban luces, pero mientras bebían en silencio no vieron pasar ninguna figura tras los cristales.

—Probablemente saben que estamos aquí —dijo Flynn al cabo de un rato.

—Si le damos crédito a la teoría de tu novia y los catalogamos como dioses con varios miles de años a la espalda, sí, es casi seguro que saben que estamos aquí.

—Antes tenías la mente más abierta —señaló Flynn.

—Ah, no, en realidad no. Jordan es el que estaría contento de hincarle el diente a esta línea argumental.

—¿Lo has visto últimamente?

—Hace un par de meses. Ha estado viajando mucho, así que nos cuesta poder quedar tan a menudo como solíamos. ¡Joder, Flynn! —Le pasó un brazo por encima del hombro—. Te he echado muchísimo de menos.

—Lo mismo digo. ¿Vas a decirme qué te ha parecido Malory?

—Con estilo, inteligente, y muy, pero que muy apetecible…, a pesar de su dudoso gusto en cuestión de hombres.

Flynn golpeó el muro de piedra con los talones de sus viejas zapatillas de deporte.

—Estoy medio loco por ella.

—¿Loco en serio o loco por un rollete?

—No lo sé. Aún no lo he averiguado. —Contempló la casa y el cuarto de luna que flotaba sobre ella—. Espero que sea lo segundo, porque no podría ir en serio tan pronto.

—Lily era una trepa oportunista con un enorme par de tetas.

—¡Joder, Vane! —No sabía si echarse a reír o tirar a su amigo con un empujón del muro de dos metros. En vez de hacer una de estas dos cosas, se quedó meditabundo—. Yo estaba enamorado de Lily. Íbamos a casarnos.

—Ahora ya no estás enamorado y no os casasteis. Esa ruptura fue una suerte para ti. Ella no era digna de tanto.

Flynn cambió de postura. No podía ver los ojos de Brad con claridad; su color se mezclaba con el de la noche.

—¿Digna de qué?

—De ti.

—Menudas cosas dices.

—Te sentirás mejor con toda esa historia cuando admitas que tengo razón. Ahora volvamos al presente. Me ha gustado... tu Malory, si sigues interesado por mi opinión.

—Pero crees que está chiflada.

«Terreno pantanoso», se dijo Brad. Incluso aunque lo atravesara con un amigo.

—Lo que creo es que se ha visto en medio de unas circunstancias extraordinarias y se ha quedado fascinada con la mística del asunto. ¿Por qué no había de fascinarla?

Flynn tuvo que sonreír.

—Ésa no es más que una manera diplomática, y repugnante, de decir que está chiflada.

—Una vez me diste un puñetazo en la cara por decir que Joley Ridenbecker tenía dientes de castor. No quiero presidir las reuniones del lunes con un ojo morado.

—¿Lo ves? Eres todo un ejecutivo. Si admito que Joley tenía de verdad los dientes como un castor, ¿me creerías si te digo que nunca he conocido a nadie con menos cociente de chifladura que Malory Price?

—De acuerdo, acepto tu palabra. Y debo confesar que todo eso de los cuadros es intrigante. —Señaló hacia la casa con la cerveza y bebió otro trago—. Me gustaría echarle un vistazo al que tienen ahí.

—Podemos acercarnos y llamar a la puerta.

—A la luz del día —decidió Brad—, cuando no hayamos estado bebiendo.

—Seguramente será mejor.

—Mientras tanto, ¿por qué no me cuentas algo más sobre esa tal Zoe?

—No la conozco desde hace mucho, pero investigué un poco su pasado. El de ella y el de Malory. Sólo por si estaban intentando involucrar a Dana en algún extraño chanchullo. Zoe llegó al pueblo hace más de dos años, con su hijo.

—¿Tiene marido?

—No. Es madre soltera, y me parece que muy buena. He conocido a su hijo, un chaval vivaracho, normal y simpático. Ella trabajaba en Peinado Actual, una peluquería femenina de Market. He sabido que es buena en su profesión, agradable con la clientela y fiable. La despidieron al mismo tiempo que a Malory, y más o menos cuando a Dana le redujeron al mínimo el horario de trabajo en la biblioteca. Otra extraña coincidencia. Zoe compró una casa, pequeña como una cajita, cuando se instaló aquí. Por lo visto, ella misma ha hecho la mayor parte de los arreglos.

—¿Tiene novio?

—Que yo sepa, no. Zoe… Espera un minuto. Me has hecho dos preguntas: ¿marido, novio? Mi agudísimo instinto de reportero me lleva a la conclusión de que estás pensando en un rollete.

—O no. Debería volver a casa. Tengo que hacer un montón de cosas durante los próximos dos días. Pero hay una que solucionar aquí. —Dio otro trago de la botella—. ¿Cómo diablos vamos a bajar de esta pared?

—Buena pregunta. —Flynn frunció los labios y examinó el suelo—. Podríamos quedarnos aquí y seguir bebiendo hasta que nos caigamos.

Brad suspiró y apuró su cerveza.

—Es un plan.

10

Malory acababa de salir de la ducha cuando oyó que llamaban a la puerta. Se anudó el albornoz, cogió una toalla y se la enrolló en la cabeza mientras corría a abrir.

—Tod, te has levantado temprano.

—Iba de camino a la cafetería para comerme con los ojos a los oficinistas antes de entrar a trabajar. —Miró por encima del hombro derecho de Malory y después por el izquierdo, y le lanzó una sonrisa lasciva—. ¿Estás acompañada?

Malory lo invitó a pasar abriendo más la puerta.

—No. Estoy sola del todo.

—Ah, qué pena.

—Y que lo digas. —Se remetió los extremos de la toalla para que no se le cayera—. ¿Quieres tomar un café aquí? Ya he puesto la cafetera.

—No, a menos que puedas ofrecerme un café moka con leche desnatada y un bollito de avellanas.

—Lo siento, se me han terminado.

—Bien, tal vez debería limitarme a darte las buenas nuevas y luego seguir mi camino.

A pesar de sus palabras, se sentó en una silla.

—¡Oh! ¿Botas nuevas?

—Son fabulosas, ¿verdad? —Tod estiró las piernas y movió los pies de un lado a otro para admirarlas—. Me están matando, por supuesto, pero no pude resistirme a ellas. Di una vueltecita por Nordstrom's el sábado. Querida, tienes que ir. —Se irguió y agarró la mano de Malory mientras ella se ovillaba en un rincón del sofá—. ¡Qué cachemira! Hay un jersey de cuello vuelto en vincapervinca que te está llamando a gritos.

—¿Vincapervinca? —Soltó un largo y hondo suspiro, como una mujer bajo las manos de un amante diestro—. No digas «cachemira vincapervinca» cuando estoy en medio de una moratoria consumista.

—Mal, si tú no te haces algún regalo, ¿quién te lo hará?

—Eso es verdad, eso es una gran verdad. —Se mordió un labio—. ¿Nordstrom's?

—Y hay un conjunto de suéter y chaqueta de punto color rosa melocotón que está hecho para ti.

—Sabes que estoy totalmente indefensa ante esos conjuntos, Tod. Vas a arruinarme.

—Pararé, pararé. —Alzó las manos—. Pero para transmitirte el boletín informativo matinal, te diré que Pamela ha pisado a fondo una apestosa caca.

—Oh, vaya. —Malory se rebulló entre los cojines—. Cuéntamelo todo. No ahorres detalles.

—Como si pensara hacerlo… Allá vamos. Recibimos una escultura art déco de bronce, una figura femenina con un vestido a la moda de los años veinte: cinta con plumas en el pelo, perlas, magníficos zapatos sin puntera y un largo fular arrastrando. Con detalles ingeniosos y geniales, y una sonrisita pícara y astuta que parecía decir: «Vamos a bailar un charlestón, muchacho». Caí enamorado.

—¿Llamaste a la señora Karterfield de Pittsburgh?

—Ah, ¿lo ves? —Tod clavó un dedo en el aire, como si estuviera demostrando algo—. Naturalmente a ti se te habría ocurrido, o lo habrías hecho personalmente si siguieras al frente, que es lo que debería ser.

—Dejemos eso.

—Sí, por supuesto que llamé a la señora Karterfield, la cual, como era de esperar, me pidió que le reservásemos la escultura hasta que pudiese pasar a verla la semana siguiente. ¿Y qué es lo que ocurre siempre que la señora Karterfield aparece en La Galería para ver una figura art déco?

—Que la compra. Y a menudo al menos otra pieza más. Y si la acompaña alguna amiga, como suele ocurrir, ella misma la arenga hasta que también adquiere algo. Cuando la señora Karterfield viene al pueblo es un día de fiesta.

—Pamela vendió la pieza a sus espaldas.

A Malory le costó diez segundos recuperar la voz.

—¿Qué? ¿Cómo? ¿Por qué? La señora K. es una de nuestras mejores clientas, y siempre es la primera en ver los bronces art déco.

Los labios de Tod se plegaron en una sonrisa desdeñosa.

—«Más vale pájaro en mano.» Eso es lo que la muy gilipollas me soltó cuando lo descubrí. ¿Y cómo lo descubrí? Te lo cuento —anunció con un timbre triunfante en la voz—: lo descubrí ayer, cuando la señora K. se presentó inesperadamente para ver la figura. Me explicó que no había podido esperar, y llegó con dos amigas. ¡Dos, Mal! Podría echarme a llorar.

—¿Qué ocurrió? ¿Qué es lo que dijo?

—La llevé a donde estaba la pieza y vi que tenía un cartel de «vendida» pegado a la base. Di por hecho que se trataba de un error, pero quise comprobarlo. Pamela la había vendido por la mañana. Al parecer, fue cuando yo estaba intentando calmar por teléfono a Alfred, porque Pamela «la Pútrida» lo había acusado de cobrar de más por el embalaje de los desnudos de mármol.

—¿Alfred? ¿Cobrar de más? —Malory se presionó con fuerza las manos contra las sienes—. No puedo resistirlo.

—Fue horrible, absolutamente horrible. Tardé veinte minutos en tranquilizarlo, e incluso después de eso no estaba seguro de que Alfred no irrumpiera en la tienda y la emprendiese a martillazos con Pamela. Quizá debiera haber dejado que lo hiciese. —Tod reflexionó, y después ahuyentó ese pensamiento agitando las manos—. De cualquier modo, mientras yo estaba ocupado con Alfred Pamela vendió la figura de la señora K. a un desconocido. ¡A algún pirata, algún trotamundos proveniente de la calle! —Se echó hacia atrás, poniéndose una mano abierta sobre el pecho—. Todavía no puedo creerlo. Evidentemente, la señora K. estaba muy disgustada y pidió verte. Entonces tuve que explicarle que ya no estabas con nosotros. Y la caca se puso delante del ventilador. ¡Qué momento!

—¿La señora Karterfield quiso verme? Eso es muy agradable.

—Pues se vuelve más agradable. Pamela se quedó tocada, y las dos se metieron en harina. Y de qué manera.

La señora K. quiso saber cómo podían haber vendido un objeto que ella tenía reservado. Pamela se puso insolente y afirmó que no era costumbre de La Galería reservar artículos sin un depósito en efectivo. ¿Te lo imaginas?

—¿Un depósito en efectivo? —Horrorizada, a Malory se le salían los ojos de las órbitas—. ¿Le dijo eso a una de nuestras clientas más antiguas y fiables?

—¡Exactamente! Entonces la señora K. contestó: «Bien, soy clienta de La Galería desde hace quince años, y siempre se ha dado por buena mi palabra. ¿Dónde está James?». Y Pamela: «Le ruego que me disculpe, pero la responsable soy yo». Y la señora K. replicó que si James había colocado a una imbécil al frente, era obvio que estaba senil.

—¡Oh, vaya con la señora K.!

—Mientras tanto, Julia fue corriendo a la trastienda para llamar a James y comunicarle que había un problema de lo más gordo. Pamela y la señora K. estaban a punto de llegar a las manos cuando James entró escopetado. Intentó calmar a las dos, pero estaban demasiado acaloradas. La señora K. aseguraba que no trataría con «esa mujer». Me encanta el modo en que lo pronunció: «Esa mujer». Era como música celestial. Y Pamela decía que La Galería era un negocio y que difícilmente podría funcionar al antojo de una clienta.

—Oh, Dios mío.

—James, frenético, prometía a la señora K. que iba a solucionar el problema, pero ella estaba furiosa. Tenía la cara de color morado. Le soltó a James que no volvería a poner un pie allí mientras «esa mujer» estuviera asociada a La Galería. Y... (esto te va a encantar) que si había permitido que una joya como Malory Price se le escapara de entre los dedos, entonces merecía estar fuera del negocio. Dicho eso, salió con aire majestuoso.

—¿Me llamó «joya»? —Encantada, Malory se abrazó a sí misma—. La adoro. Es una muy buena noticia, Tod. Ésta sí que es una manera de empezar el día por todo lo alto.

—Aún hay más. James está cabreado. ¿Cuándo fue la última vez que lo viste cabreado?

—Hum... Nunca.

—Bingo. —Tod golpeó el aire con un dedo—. James estaba blanco como una sábana y tenía la boca tensa. Con gesto severo y los dientes apretados, le dijo a Pamela... —Tod apretó sus mandíbulas como demostración—: «Necesito hablar contigo. Arriba».

—¿Qué respondió ella?

—Bueno, subió las escaleras despotricando. James la siguió y luego cerró la puerta, lo que resultó muy decepcionante. No pude oír mucho de lo que le decía, aunque subí y estuve merodeando con la esperanza de enterarme. Pero a ella se la oyó perfectamente cuando empezó a dar bramidos. «Estoy haciendo algo de este sitio —aulló—. Tú dijiste que yo era la responsable. Estoy harta de que me restrieguen por la cara el nombre de Malory Price a la primera ocasión. ¿Por qué cojones no te casaste con ella en vez de conmigo?»

—Oh. —Malory pensó en ese panorama durante un par de segundos—. Puaj.

—Luego se echó a llorar y dijo que estaba trabajando muy duro y que nadie lo apreciaba. Y salió corriendo. Yo apenas tuve tiempo de alejarme. Todo aquello era muy agotador, aunque también extrañamente estimulante.

—¿Lloró? Mierda. —Un gusanito de lástima comenzó a reptar por el pecho de Malory—. ¿Eran lágrimas de «estoy muy dolida y muy triste» o de «estoy muy encabronada»?

—Lágrimas de encabronada.

—Ah, vale. —Aplastó al gusanito sin ninguna compasión—. Probablemente me vaya al infierno por esto, ¿verdad?, por sacar tanto placer de toda esta historia.

—Nos agenciaremos juntos un bonito apartamento allí. Pero mientras continuemos vagando por el mundo con nuestra envoltura mortal creo que James va a pedirte que vuelvas. De hecho, Mal, estoy seguro.

—¿En serio? —El corazón le dio un brinco—. ¿Qué dijo?

—No es tanto lo que dijo como lo que no dijo. No salió corriendo en pos de la llorosa Pamela para secar sus brillantes ojos. Lo que hizo fue quedarse en La Galería el resto del día revisando la contabilidad. Estaba muy serio cuando se marchó. De lo más serio. Yo diría que el Reino del Terror de Pamela está llegando a su fin.

—Éste es un buen día. —Malory soltó un larguísimo suspiro—. Un día muy, pero que muy bueno.

—Y yo he de empezar con él. No te preocupes —añadió mientras se ponía en pie—. Te mantendré al día con boletines informativos. Mientras tanto, ¿recuerdas la pintura sobre la que estabas indagando? ¿El retrato?

—¿El qué? Oh, sí. ¿Qué ocurre?

—Te acordarás de que los dos pensábamos que había algo familiar en el cuadro. Ya sé qué es. ¿Recuerdas hace unos cinco años aquel lienzo al óleo sin firma? Aparecía el joven Arturo de Bretaña a punto de extraer *Excalibur* de un altar de piedra.

Malory sintió que unos dedos fríos le rozaban la nuca mientras rememoraba el cuadro.

—¡Dios mío! Me acuerdo, claro que me acuerdo. El color, la intensidad, el modo en que la luz latía alrededor de la espada.

—Resulta innegable que es del mismo estilo y la misma escuela que el que me enseñaste. Hasta podría ser del mismo pintor.

—Sí, sí, podría ser. ¿Cómo lo conseguimos? En el extranjero, ¿verdad? En Irlanda. James pasó varias semanas en Europa adquiriendo obras. Aquélla fue la mejor pieza que se trajo consigo. ¿Quién la compró?

—Incluso mi agudísima memoria tiene sus límites, pero lo he buscado. Julia se la vendió a Jordan Hawke. Es escritor, ¿no? Un chico de esta región. Ahora vive en Nueva York, creo.

El estómago de Malory dio una vuelta, despacio.

—Jordan Hawke.

—Tal vez puedas contactar con Hawke a través de su editor, si quieres hablar con él sobre el cuadro. Bueno, tengo que irme, perita en dulce. —Se inclinó para darle un beso—. Comunícamelo en cuanto James te llame para arrastrarse a tus pies. Quiero todos los detalles.

Cuando Malory llegó al tercer piso de *El Correo* —donde Flynn tenía su despacho— había media docena de personas escribiendo ante el ordenador o hablando por teléfono. Ella vio inmediatamente a Flynn a través de las paredes de cristal.

Caminaba por delante de su escritorio de un lado a otro, pasando de la mano derecha a la izquierda un reluciente muelle Slinky plateado. Parecía estar manteniendo una conversación consigo mismo.

Malory se preguntó cómo podía soportar la falta de intimidad mientras trabajaba, aquella sensación de estar expuesto constantemente a la mirada. «Y además el ruido», pensó. Con todo el tecleo, los timbrazos, las conversaciones y los pitidos, ella se volvería loca intentando formular un solo pensamiento productivo.

No estaba segura de con quién debía hablar. Nadie en especial tenía aspecto de ser un ayudante o un secretario. A pesar del juguete retro con el que Flynn se entretenía en aquel momento, Malory cayó de pronto en la cuenta de que era un hombre ocupado. Un hombre importante. No uno al que ella pudiese ir a visitar sin previo aviso.

Mientras ella seguía allí, indecisa, Flynn se sentó en una esquina del escritorio sin dejar de pasarse el Slinky de la derecha a la izquierda, y vuelta otra vez. Tenía el pelo alborotado, como si hubiese estado jugueteando con él un rato antes de echar mano del muelle.

Llevaba una camisa verde oscuro metida en unos pantalones de sport color caqui y, muy posiblemente, las zapatillas de deporte más viejas que hubiera visto jamás.

Malory notó un rápido cosquilleo en el estómago, seguido por un impotente golpe sordo justo debajo del corazón. Se dijo que no había ningún problema en sentirse atraída por Flynn. Eso era aceptable. Lo que no podía consentir era que aquello llegara al punto al que se estaba dirigiendo a velocidad de vértigo. Eso no era juicioso, ni seguro. Ni siquiera...

Entonces él miró a través de la pared de cristal, sus ojos se encontraron con los de ella durante un ardiente segundo y luego sonrió. El cosquilleo y el golpe sordo se intensificaron.

Flynn giró la muñeca y el Slinky se replegó sobre sí mismo. Luego le hizo un gesto a Malory con la mano libre para que se acercara.

Ella serpenteó entre los escritorios y el barullo. Cuando atravesó la puerta abierta del despacho vio con alivio que Flynn no estaba hablando solo, sino a través de un teléfono de manos libres.

Por la fuerza de la costumbre, cerró la puerta a sus espaldas. Después dirigió la mirada hacia el lugar de donde provenía un ronquido heroico, y vio a *Moe* despatarrado panza arriba entre dos archivadores.

¿Qué haces con un hombre que se lleva a su enorme y estúpido perro a trabajar con él? O para ser más precisos: ¿cómo puedes resistirte a un hombre así?

Flynn alzó un dedo para indicar que tardaría un minuto más, de modo que Malory se tomó ese tiempo para examinar su área de trabajo. Había un tablero de corcho grandísimo en una de las paredes saturado de notas, artículos, fotografías y números de teléfono. Los dedos de Malory se morían de ganas por ponerse a organizar el tablero, al igual que el laberinto de papeles de la mesa.

Los estantes estaban repletos de libros, muchos de los cuales parecían publicaciones de derecho y medicina.

Había guías telefónicas de varios condados de Pensilvania, libros de citas famosas, de cine y de música.

Aparte del Slinky, vio un yoyó y unas cuantas figuritas bélicas de acción. Había bastantes placas y premios —para el periódico y para Flynn personalmente— amontonados juntos, como si no hubiese tenido tiempo de colgarlos. Aunque Malory tampoco sabía dónde los habría colgado ella, pues la poca pared que quedaba libre estaba ocupada por el tablero de corcho y un calendario casi igual de grande que mostraba el mes de septiembre.

Se giró cuando Flynn concluyó la llamada. Y cuando avanzó hacia ella, retrocedió. Él se detuvo.

—¿Problemas?

—No. Quizá. Sí.

—Elige una de las tres cosas —sugirió.

—He sentido un cosquilleo en el estómago al verte aquí dentro.

La sonrisa de Flynn se ensanchó.

—Gracias.

—No, no. No sé si estoy preparada para eso. Tengo muchas cosas en la cabeza. No he venido hasta aquí para hablar de eso, pero… ¿Ves?, ya me he distraído.

—Espera un poco —dijo él cuando el teléfono sonó de nuevo—. Hennessy. Ajá, ajá. ¿Cuándo? No, no hay problema —continuó, y garabateó algo en un bloc que desenterró de en medio del desastre de la mesa—. Me encargaré de eso. —Colgó y después desconectó el teléfono—. Ésta es la única manera de acabar con la bestia. Cuéntame más cosas de ese cosquilleo.

—No. Para empezar, no sé por qué te he hablado de eso. Estoy aquí por Jordan Hawke.

—¿Qué pasa con él?

—Compró un cuadro en La Galería hará unos cinco años.

—¿Un cuadro? ¿Estamos hablando del mismo Jordan Hawke?

—Sí. Es una pintura del joven Arturo a punto de sacar la espada de la roca. Creo..., estoy casi segura de que es obra del mismo autor del cuadro del Risco del Guerrero y del de tu amigo. Necesito verlo otra vez. Fue hace años, y quiero asegurarme de que recuerdo los detalles correctamente y de que no los estoy añadiendo porque me conviene.

—Si tienes razón, es una grandísima coincidencia.

—Si tengo razón, no es una coincidencia en absoluto. Hay una intención en esto, en todo esto. ¿Puedes ponerte en contacto con él?

Como su cerebro estaba funcionando a toda prisa entre los detalles y las posibilidades, Flynn se ocupó otra vez las manos con el Slinky.

—Sí. Si está trabajando, puede costar un poco; pero lo localizaré. No sabía que Jordan hubiese estado en La Galería.

—Su nombre no aparece en nuestra lista de clientes, así que debió de tratarse de un hecho excepcional. En mi opinión, eso sólo lo vuelve más importante. —La emoción le ascendió por la garganta y se plasmó en su voz—. Flynn, yo estuve a punto de comprar ese cuadro. En aquel momento no estaba al alcance de mi presupuesto, pero me puse a hacer cálculos de lo más creativos para justificarme la adquisición. Lo vendieron en mi mañana libre, justo antes de que hubiese decidido ir a hablar con James y preguntarle si podría quedármelo con algún plan de financiación. Tengo que creer que todo esto significa algo.

—Conseguiré localizar a Jordan. Apostaría que lo compró para alguien. Al contrario que Brad, él no está muy metido en el mundo del arte. Tiene tendencia a viajar ligero de equipaje y limita sus compras al mínimo.

—Necesito ver el cuadro otra vez.

—Entendido. Estoy en ello. Averiguaré lo que pueda hoy y te pondré al día durante la cena.

—No. Eso no es una buena idea. En realidad es una idea malísima.

—¿Cenar es una mala idea? La gente ha abrazado con fervor el concepto de comer por la noche a lo largo de la historia. Hay documentación al respecto.

—La parte mala es la de nosotros dos cenando juntos. Necesito reducir la velocidad.

Flynn dejó el juguete. Desplazó el cuerpo y cuando ella reaccionó para mantener la distancia la agarró de la mano y la atrajo hacia sí.

—¿Alguien te está metiendo prisa?

—Más bien algo. —Su pulso empezó a dar brincos en las muñecas, en la garganta, incluso en la parte interna de las rodillas, repentinamente temblorosas. En los ojos de Flynn brillaba cierta calma calculadora que le recordó que él siempre solía pensar en uno o dos pasos más adelante—. Mira, éste es mi problema, no el tuyo, y… Detente —ordenó cuando él le puso la mano en la nuca con firmeza—. Éste no es el mejor lugar para…

—Son periodistas. —Inclinó la cabeza hacia la pared de cristal que había entre su despacho y la sala de redacción—. Y como tales están al corriente de que yo beso a las mujeres.

—Creo que estoy enamorada de ti.

Malory notó que la mano de Flynn daba una sacudida y luego se aflojaba. Vio cómo la alegría y la determinación de su rostro se transformaban en una confusa conmoción. Entonces sintió que los demonios gemelos del dolor y la rabia le apuñalaban el corazón.

—Mira —dijo herida—, ahora lo he convertido también en tu problema.

Se apartó de Flynn, lo que resultó muy sencillo, pues él ya no la tocaba.

—Malory...

—No quiero oírlo. No necesito oírte decir que es demasiado pronto, que va demasiado rápido, que no buscas una relación de ese tipo. No soy idiota, me conozco todas las frases que se usan para dar calabazas. Y yo no me encontraría ahora en esta situación si desde el principio tú hubieras aceptado un no como respuesta.

—Espera un minuto. —El pánico se reflejaba en su rostro y en su voz—. Tomémonos un segundo.

—Tómate un segundo. —La vergüenza iba sobrepasando con rapidez al daño y la rabia—. Tómate una semana, tómate el resto de tu vida. Pero tómatelo en algún lugar donde no esté yo.

Y salió hecha una furia del despacho. Como Flynn seguía atenazado por un miedo aterrador, ni siquiera se planteó ir detrás de ella.

¿Enamorada de él? No estaba previsto que fuera a enamorarse de él. Lo que se suponía es que se dejaría seducir por él y acabaría en su cama, y que sería lo bastante sensata como para mantener las cosas en el plano más sencillo. Se suponía que iba a ser lo bastante cuidadosa, práctica e inteligente para impedir que él se enamorase de ella.

Flynn había elaborado todo un plan, y ahora Malory estaba echándolo a perder. Cuando su compromiso con Lily se fue a pique, se hizo a sí mismo unas promesas muy específicas. La primera de ellas fue asegurarse que no se vería de nuevo en la misma situación, una situación en la que fuese vulnerable a los deseos y caprichos de otra persona; hasta el punto de que los suyos propios habían acabado hechos añicos a su alrededor.

Su vida no era para nada como él había pensado que sería. Las mujeres —su madre, Lily— le habían cambiado el guión. Pero, maldita sea, ahora le gustaba esa vida.

—Mujeres —disgustado, se dejó caer sobre la silla de detrás del escritorio—, no hay forma de entenderlas.

—Hombres, quieren que todas las cosas se hagan a su manera.

Dana levantó su vaso de vino en dirección a Malory:

—Conviértelo en tu canción, hermana.

Horas después de que hubiese salido indignada del despacho de Flynn, Malory estaba aliviando su orgullo herido con una deliciosa botella de Pinot Grigio, compañía femenina y tratamientos de belleza en el confort de su propia casa.

Había unas cuantas cosas de las que hablar, pero no podía pensar en cuadros, llaves y destinos hasta que no hubiese desahogado su cólera.

—No me importa que sea tu hermano. Sigue siendo un hombre.

—Lo es. —Dana miró su copa tristemente—. Lamento decirlo, pero lo es. Toma más patatas fritas.

—Sí. —Con el pelo recogido hacia atrás y la cara cubierta por una mascarilla purificante de arcilla verde, Malory bebió y comió. Observó las tiras de papel de aluminio que Zoe estaba poniendo en el cabello de Dana—. Tal vez yo también debería hacerme reflejos.

—No los necesitas —respondió Zoe, y aplicó tinte a otro mechón de la melena de Dana—. Lo que necesitas es darte forma.

—Pero dar forma implica tijeras.

—Ni siquiera notarás que te he cortado el pelo; sólo parecerá y estará mucho mejor.

—Déjame que antes beba un poco más, y que vea cómo queda cuando hayas finiquitado el de Dana.

—No digas «finiquitar» en una frase sobre mi cabello —advirtió Dana—. ¿Vas a contarnos por qué habéis discutido Flynn y tú?

—Él sólo quiere sexo —respondió con desdén—. Típico.

—Cerdo. —Dana metió la mano en el cuenco de patatas—. Echo muchísimo de menos el sexo.

—Yo también. —Zoe le enrolló otra tira de papel de aluminio—. No sólo la parte del sexo, sino también la parte que lo precede y la de cuando caes en él. Previamente, la ilusión, la anticipación y los nervios. Toda esa piel, los movimientos y los hallazgos. Y esa sensación de estar colmada y flotando después. Eso lo añoro mucho.

—Necesito otra copa. —Malory cogió la botella—. Llevo cuatro meses sin sexo.

—Pues yo te gano. —Dana levantó la mano—. Siete y medio, y seguimos contando.

—¡Qué par de guarrillas! —exclamó Zoe con una carcajada—. Intentadlo un año y medio.

—¡Oh, uf! —Dana alcanzó la botella y llenó hasta arriba su vaso y el de Zoe—. No, muchísimas gracias, pero no creo que quiera probar un año y medio de abstinencia.

—No es tan malo si te mantienes ocupada. —Zoe le dio unas palmaditas en el hombro—. Ahora has de quedarte así un rato. Relájate mientras le retiro la mascarilla a Malory.

—Hagas lo que hagas, asegúrate de dejarme fantástica. Quiero que Flynn sufra la próxima vez que me vea.

—Te lo garantizo.

—La verdad es que es muy amable por tu parte hacernos todo esto.

—Me gusta. Es una buena práctica.

—No digas «práctica» cuando tengo la cabeza repleta de papel de aluminio —protestó Dana con la boca llena de patatas fritas.

—Será estupendo —la tranquilizó Zoe—. Quiero tener un salón que dé un servicio integral, y he de estar segura de que puedo encargarme de todos los tratamientos que deseo ofrecer. Hoy he visto un edificio magnífico. —En su rostro apareció una expresión soñadora mientras aclaraba y secaba la piel de Malory—. Era demasiado grande para lo que necesito, pero estupendo de todos modos. Dos plantas y un enorme desván. Una casa de madera justo en el límite de la zona residencial y comercial de Oak Leaf Drive. Tiene un maravilloso porche cubierto, incluso un jardín en la parte trasera donde podrían ponerse mesas y bancos. Techos altos, sólidos suelos de madera que necesitan pulirse. En la planta baja, las habitaciones parecen volcarse unas en otras, como si el espacio fluyera en una especie de agradable corriente que conserva su intimidad.

—No sabía que ya hubieses empezado a buscar locales —dijo Malory.

—Sólo estoy mirando. De los sitios que he visto, ése es el primero que me ha cautivado, ¿sabes?

—Sí, lo entiendo; pero si resulta demasiado grande y de verdad es el que te gusta, podrías compartirlo con alguien que abriera otro negocio.

Zoe se puso a humedecer con un pulverizador el rostro limpio de Malory.

—He pensado en eso. En realidad, tengo una idea descabellada. No me digáis que estoy loca hasta que haya acabado. Las tres dijimos que lo que querríamos sería tener nuestro propio negocio.

—Oh, pero…

—No hasta que haya acabado —interrumpió Zoe a Malory mientras le aplicaba crema en el contorno de los ojos a toquecitos—. La planta baja tiene dos preciosos miradores, perfectos como escaparates. Hay un vestíbulo central, y a ambos lados están esas agradables habitaciones. Si alguien estuviese interesado en abrir una exquisita galería de arte y artesanía local, no podría encontrar un sitio mejor. Al mismo tiempo, al otro extremo del vestíbulo hay un magnífico conjunto de salas que serían una librería genial, con espacio para una cafetería a la última.

—No he oído nada de un salón de belleza ahí —apuntó Dana, que estaba escuchando con atención.

—Arriba. Cuando alguien vaya a arreglarse el pelo o las uñas, o a disfrutar de cualquiera de nuestros numerosos y extraordinarios tratamientos y servicios, tendrá que pasar por delante de la galería y la librería; al subir y al bajar. Será un momento perfecto para escoger un regalo encantador para la tía Mary, o para elegir un libro que leer mientras la peinan; quizá incluso para tomar una buena copa de vino o una taza de té antes de regresar a casa. Todo está allí, en un escenario fabuloso.

—Sí que has estado pensando —murmuró Malory.

—Desde luego que sí. Incluso tengo un nombre: ConSentidos. La gente necesita regalarse los sentidos de vez en cuando, consentirse un capricho. Podríamos hacer envoltorios y promociones conjuntas. Sé que es una idea loca, especialmente porque no nos conocemos desde hace demasiado tiempo. Pero creo que podría funcionar. Creo que podría ser genial. Sólo quiero que veáis la casa antes de decirme que no.

—A mí me gustaría verla —dijo Dana—. Me siento desgraciada en el trabajo. ¿Y de qué sirve ser desgraciada?

Malory casi podía ver la energía y el entusiasmo que irradiaba Zoe en oleadas. Había una docena de comentarios racionales con los que podía señalar por qué no sólo era una idea loca, sino también problemática. Aunque no tenía corazón para exponerlos, se sintió obligada a rebajar con cuidado aquel excesivo optimismo.

—No quiero fastidiar nada, pero estoy bastante segura de que van a pedirme que vuelva a La Galería. De hecho, mi ex jefe me ha llamado a primera hora de la tarde para preguntarme si mañana podría ir a hablar con él.

—¡Oh! Bien. Eso es estupendo. —Zoe se colocó detrás de la silla de Malory y empezó a pasarle los dedos por el pelo para comprobar su peso y caída—. Sé que te encanta trabajar allí.

—Era como mi hogar. —Malory levantó su mano y la puso sobre la de Zoe—. Lo lamento. Sonaba como una buena idea. Una idea divertida, pero…

—No te preocupes por eso.

—¡Eh! —Dana agitó una mano—. ¿Os acordáis de mí? Yo sigo interesada. Puedo echar una ojeada a ese lugar mañana. Quizá podamos lograr ponerlo en marcha entre las dos.

—Genial. Mal, vamos a mojarte el pelo.

Malory se sentía demasiado culpable para protestar, y con el cabello húmedo permaneció sentada estoicamente mientras Zoe daba tijeretazos.

—Será mejor que os cuente por qué he ido esta mañana al periódico para ver a Flynn, a quien no pienso volver a dirigir la palabra.

Zoe continuó cortando mientras Malory les explicaba lo del cuadro en La Galería y su convicción de que era obra del mismo artista que el del Risco del Guerrero.

—Nunca adivinaríais quién lo compró —prosiguió—: Jordan Hawke.

—¡Jordan Hawke! —chilló Dana—. Mierda, ahora quiero chocolate. Debes de tener algo.

—Provisión de emergencia: cajón del fiambre del frigorífico. ¿Cuál es el problema?

—Estuvimos medio liados hace un millón de años. Joder, joder, joder —repitió Dana mientras abría de un tirón el cajón y encontraba dos tabletas de Godiva—. ¿Tu chocolate de emergencia es Godiva?

—¿Por qué no tener de lo mejor para cuando te sientes de lo peor?

—Buena idea.

—¿Estuviste liada con Jordan Hawke? —quiso saber Zoe—. ¿De un modo romántico?

—Fue hace años, cuando yo era joven y tonta. —Dana desenvolvió la tableta y mordió con ganas—. Una mala ruptura: él se largó. Fin de la historia. Cabrón, gusano, gilipollas. —Dio otro mordisco—. Vale, estoy bien.

—Lo siento, Dana. Si hubiese sabido... Bueno, la verdad es que no sé qué habría hecho. Necesito ver el cuadro.

—No importa. Yo estoy por encima de él, muy por encima.

Pero volvió a coger la tableta de chocolate y le dio un nuevo mordisco.

—He de decir algo, y quizá después de oírlo quieras la segunda tableta de emergencia, Dana. Yo no veo una coincidencia en esto. No puedo racionalizarlo. Nosotras tres... y Flynn, tu hermano. Ahora sus dos mejores amigos. Y uno de esos amigos es un antiguo amante tuyo. Eso conforma un círculo muy estrecho y cerrado.

Dana la miró sin pestañear.

—Déjame dejar constancia de que odio absolutamente esa parte. ¿Tienes otra botella de este vino?

—Sí, en el estante de encima de la nevera.

—Me iré andando a casa o llamaré a Flynn para que venga a recogerme; pero estoy planeando irme de aquí borracha.

—Yo te llevaré a casa —se ofreció Zoe—. Adelante, emborráchate, pero habrás de estar lista para irnos a las diez.

—¡Tu pelo tiene un aspecto fabuloso!

Balanceándose un poco por haber acompañado a Dana en el consumo de vino, Malory agitó los dedos ante el nuevo peinado de su amiga. Los sutiles reflejos dorados acentuaban el tono moreno de la piel de Dana y sus ojos oscuros. Como resultado de lo que habían hecho los dedos mágicos de Zoe, la larga y lacia melena parecía aún más lisa y brillante.

—Confiaré en tu palabra, porque yo estoy bastante ciega.

—El mío también ha quedado magnífico. Zoe, eres un genio.

—Sí, lo soy. —Ruborizada por el éxito, Zoe asintió con la cabeza—. Usa por la noche, durante un par de días, la muestra de crema nutritiva que te he dado —le dijo a Malory—. Ya me dirás qué te parece. Vamos, Dana, veamos si puedo meterte en el coche.

—Hum, vale. Me caéis muy bien, chicas. —Con una sonrisa ebria y sentimental, Dana las rodeó con ambos brazos—. No se me ocurre nadie con quien prefiriera estar metida en este embrollo. Cuando esto haya terminado, deberíamos disfrutar de una velada de peluquería y alcohol una vez al mes. Como un club de lectura.

—Buena idea. Buenas noches, Mal —se despidió Zoe.

—¿Quieres que te ayude con Dana?

—No. —Sujetó a Dana pasándole un brazo por la cintura—. Puedo con ella. Soy más fuerte de lo que parece. Te llamaré mañana.

—¡Yo también! ¿Os he dicho que Jordan Hawke es un capullo?

—Sólo unas quinientas veces. —Zoe salió para conducirla hasta el coche—. Puedes decírmelo otra vez de camino a casa.

Malory cerró la puerta, echó el pestillo lentamente y luego se dirigió a su habitación haciendo eses. Incapaz de resistirse, se plantó delante del espejo e hizo pruebas con su nuevo corte de pelo, colocándoselo de distintas formas y ladeando la cabeza en diferentes ángulos.

No podía decir con exactitud qué le había hecho Zoe, pero, fuera lo que fuese, estaba bien. Tras reflexionar, se dijo que quizá valiese la pena mantener la boca cerrada en vez de estar controlando cada tijeretazo de la peluquera.

Tal vez debería sentirse culpable y beber vino siempre que fuese a la peluquería. Y podía probar esa combinación en otras áreas de su vida: en el dentista, al pedir en un restaurante, con los hombres. No, no, con los hombres no. Se puso mala cara en el espejo. Si no controlas a los hombres, ellos te controlan a ti. Además, no iba a pensar en hombres. No los necesitaba. En ese preciso momento ni siquiera le gustaban.

Por la mañana pasaría una hora trabajando en el enigma de la llave. Después se vestiría, con mucho esmero, muy profesionalmente. Decidió que se pondría un traje: el gris tórtola con una blusa blanco nácar. No, no: el rojo. Sí, el traje rojo. Impactante y profesional.

Fue corriendo al vestidor y buscó en el guardarropa, que estaba organizado minuciosamente según la función y el color. Regresó bailando ante el espejo con el traje en la mano y lo sujetó delante de ella.

—James —empezó a decir mientras intentaba exhibir una expresión comprensiva y distante a la vez—, lamento mucho oír que La Galería está hecha unos zorros sin mí. ¿Que vuelva? Bueno, no sé si eso es posible. Tengo muchas otras ofertas. Oh, por favor, por favor, no me supliques de rodillas. Es muy embarazoso. —Se ahuecó el pelo—. Sí, ya sé que Pamela es de lo peor. Todos lo sabemos. Bien, supongo que si las cosas están tan, pero que tan mal, tendré que echarte una mano. Vamos, vamos, no llores. Todo irá bien. Todo será perfecto de nuevo. Como debería ser.

Soltó una risa burlona y, contenta porque pronto todo su mundo volvería a estar en orden, se dispuso a prepararse para meterse en la cama.

Se desvistió y se obligó a dejar la ropa ordenada en vez tirarla de cualquier manera por el dormitorio. Cuando oyó que llamaban a la puerta principal, sólo llevaba puesto un camisón blanco de seda. Suponiendo que era alguna de sus amigas que se había olvidado algo, descorrió el pestillo y abrió la puerta. Y parpadeó al encontrarse con un Flynn de semblante serio.

—Quiero hablar contigo.

—Pues a lo mejor yo no quiero hablar contigo —replicó ella procurando pronunciar las palabras por separado en vez de arrastrarlas.

—Necesitamos solucionar esto si vamos a... —Se quedó mirándola: el cabello deliciosamente alborotado, el rostro encendido, las esbeltas curvas debajo de la ajustada seda blanca... y la mirada ausente y vidriosa—. ¿Qué? ¿Estás borracha?

—Sólo estoy medio borracha, lo cual es, ni más ni menos, asunto mío y mi derecho. Tu hermana está borracha del todo, pero no tienes por qué preocuparte de ella porque Zoe, que no está borracha en absoluto, la ha llevado a casa.

—Hacen falta incontables cervezas o una botella entera de vino para emborrachar a Dana.

—Eso parece, y en este caso ha sido vino. Ahora que ya hemos dejado claro todo eso, te recordaré que yo sólo estoy medio ebria. Entra y aprovéchate de mí.

Flynn soltó lo que podría haber sido una carcajada y decidió que el mejor sitio para sus manos —bueno, si no el mejor al menos el más sensato— estaba dentro de sus bolsillos.

—Es una invitación encantadora, preciosa, pero... Ella resolvió la cuestión agarrándolo con firmeza de la camisa y atrayéndolo de un buen tirón.

—Entra —repitió, y luego pegó su boca a la de él.

11

Flynn se vio empujado contra la puerta, que se cerró de golpe mientras él tropezaba con sus propios pies. Cuando Malory se empleó a fondo en su garganta con labios y dientes, la sangre ya había dejado de circularle por la cabeza.

—Oh, espera, Mal.

—No quiero esperar. —Sus manos se volvieron tan laboriosas como su boca. ¿De verdad había llegado a pensar que no le gustaban los hombres? Desde luego, aquél en concreto le gustaba. Tanto que anhelaba devorarlo a mordiscos veloces y ávidos—. ¿Cómo se le ocurre a la gente decir siempre que debes esperar? Te deseo...

Le atrapó el lóbulo de la oreja entre los dientes y luego le susurró una petición imaginativa.

—Oh, Dios. —No estaba muy seguro de si aquello era una oración de gracias o una petición de auxilio; pero de lo que sí estaba seguro era de que su fuerza de voluntad tenía un límite muy concreto, y de que estaba acercándose a él a una velocidad vertiginosa—. Vale, vale, vamos a tranquilizarnos un minuto.

Malory restregó su cuerpo contra el de Flynn, y cuando sus ansiosos dedos comenzaron a bajar y bajar, él sintió cómo sus ojos se ponían en blanco poco a poco.

—Párate ya.

—Me paro.

Echó la cabeza atrás para lanzarle una sonrisa maliciosa.

—Sí... Ja, ja... Justo ahí...

Cogió a Malory por las muñecas y, no sin lamentarlo profundamente, le levantó las manos hasta la altura de los hombros. Estaba sin aliento y duro como una piedra.

—Aún estamos a tiempo de tomar una decisión. Podrías odiarme por la mañana, o yo a ti. —Notó la garganta muy seca cuando ella lo miró con ojos centelleantes y curvó los labios en una sonrisa felina—. Dios, estás guapísima cuando estás medio bebida. Ahora deberías irte a la cama.

—De acuerdo. —Se apretó contra él y ejecutó un sugerente contoneo de caderas—. Vamos.

La lujuria formaba un revoltijo de nudos resbaladizos en el estómago de Flynn.

—Voy a alejarme de la bella ebria.

—Uh, uh. —Se puso de puntillas para frotar sus labios contra los de él, y percibió cómo le daba un salto el corazón—. No lograrás atravesar esa puerta. Sé lo que estoy haciendo, y sé lo que quiero. ¿Eso te asusta?

—Bastante, sí. Preciosa, he venido para hablar contigo sobre algo que ahora mismo soy incapaz de recordar. ¿Por qué no preparo un poco de café y...?

—Supongo que tendré que hacerlo yo todo.

Con un airoso ademán, se sacó el camisón por la cabeza y lo arrojó a un lado.

—Oh, Jesús bendito.

Su cuerpo era sonrosado y blanco, delicioso, con esos elegantes rizos dorados que descendían para juguetear con sus pechos. Sus ojos, profundamente azules y de repente llenos de consciencia, se clavaron en los de él mientras volvía a acercársele. Le rodeó el cuello con los brazos; su boca era una tentación ardiente y sedosa.

—No tengas miedo —le susurró—. Me ocuparé muy bien de ti.

—No lo dudo. —De algún modo, sus manos se habían perdido en la sexy mata de cabello rubio. Sintió que su propio cuerpo era un laberinto de ansias y necesidades, y que la razón no podía encontrar la salida—. Malory, no soy un héroe.

—¿Y quién quiere uno? —Con una carcajada, le mordisqueó la mandíbula—. Seamos malos, Flynn. Seamos muy, pero que muy malos.

—Si lo dices de esa manera... —Dio la vuelta para intercambiar sus posiciones, de forma que ella quedó atrapada entre su cuerpo y la puerta—. Espero con toda mi alma que recuerdes quién tuvo la idea de hacer esto, y que yo intenté...

—Cállate y tómame.

Flynn se dijo que, si iba a descender al infierno, haría todo lo que estuviera en sus manos para que el viaje valiese la pena. Agarrándola por las caderas, tiró de ella hacia arriba y captó el resplandor del triunfo en el rostro de Malory antes de que sus bocas se unieran.

Fue como sujetar una mecha encendida, un chisporroteo chispeante, una mujer peligrosa que conocía su propio poder. La piel de Malory ya quemaba, y cuando él empezó a acariciarla, los suaves sonidos que emergieron de su garganta no eran quejidos, sino súplicas. Ya desesperado, Flynn enterró la cara en su pelo y le presionó con la mano entre los muslos.

Ella entró en erupción. Con un grito ronco, le clavó las uñas en la espalda y alzó las caderas con un espasmo. Inmediatamente arrancó la camisa a Flynn, hundió los dientes en su hombro y tiró hacia abajo de sus pantalones.

—En la cama.

Aunque tenía una visión salvaje y erótica de tomarla contra la puerta, el placer terminaría demasiado pronto de hacerlo así. En vez de eso, la rodeó y se quitó los zapatos y los pantalones mientras chocaban contra una esquina de la pared.

A ella no le importaba dónde. Sólo quería seguir sintiendo aquel latigazo de poder, que aquellas maravillosas punzadas palpitantes continuaran dominando su cuerpo. Estaba girando en el torbellino de un mundo loco, de exquisitas sensaciones, y cada toque y cada sabor las incrementaban. Quería notar cómo se estremecían los músculos de Flynn, notar el ardor que le brotaba por los poros; y saber, en lo más profundo de sí misma, que ella era la causante de aquello.

Cayeron sobre la cama como dos locos sin aliento y rodaron en una erótica maraña de miembros entrelazados sobre la colcha de bonitos tonos pastel.

Malory se rió cuando él le agarró las manos y tiró de ellas hasta dejarla con los brazos arriba.

—Vamos a rebajar un poco el ritmo —logró decir Flynn.

Ella se alzó arqueándose.

—¿Por qué?

—Porque voy a hacerte cosas, y eso requiere su tiempo.

Malory se pasó la lengua por el labio superior.

—¿Y por dónde te gustaría empezar?

A él se le tensó el estómago hasta casi dolerle. Bajó la cabeza para empezar por su boca. Carnosa y suave, caliente y húmeda. Se embriagó con ella hasta que los dos acabaron temblando. Después le deslizó la lengua por el hueco de la garganta, donde el pulso le martilleaba. Luego continuó el descenso, hasta que pudo saborear sus delicados y fragantes pechos. Y cuando atrapó uno de sus pezones entre los dientes y tiró de él, ella comenzó a gemir.

Malory se abandonó al placer, a la bendición divina de ser saboreada y explorada. Su cuerpo estaba abierto a él, a su boca hambrienta y sus manos curiosas. Cuando éstas siguieron bajando, Malory se irguió de golpe, transportada por los aires, en la cresta de una violenta oleada de calor, y después se desplomó de nuevo y atrajo a Flynn para mirarlo.

Podía verlo a la luz que entraba desde el vestíbulo, y el corazón empezó a darle saltos ante la intensidad que se reflejaba en su rostro mientras le devolvía la mirada. Un torrente de amor y deleite la recorrió; allí tenía una respuesta, la respuesta a, al menos, una pregunta.

Él era para ella. Transportada, lo envolvió con su cuerpo con una especie de júbilo vertiginoso.

Sus bocas volvieron a unirse en un beso tan profundo y estremecedor que a Flynn le dio un vuelco el corazón dentro del pecho.

Ella olía a algo secreto, a seducción. Los jadeos breves y cautivadores que brotaban de su garganta se le clavaban como diminutos cuchillos de plata. Quería hundirse dentro de ella hasta que el mundo terminara. Y cuando las manos de Malory se desplazaron por su cuerpo, acompañadas de dulces murmullos de aprobación, él se preguntó si el mundo no habría acabado ya.

Ella le rozó el vientre con las uñas, y lo dejó tan nervioso como un semental.

—Te deseo, Flynn. Te deseo dentro de mí. Dime que me deseas.

—Sí. Te deseo —pegó la boca a la suya una vez más—, Malory. Desde el primer minuto.

Sus labios se curvaron debajo de los de él.

—Lo sé. —Arqueó el cuerpo—. Ahora.

Él se preparó; entonces un destello de sensatez se abrió paso a través de la locura.

—Oh, Dios. Preservativo. Cartera. Pantalones. ¿Dónde están mis pantalones?

—Hum..., no hay problema. —Se movió debajo de él, mordisqueándole un hombro mientras abría un cajón de la mesita de noche—. Preservativo. Cajón. Mesita de noche.

—¿Te he mencionado que me encantan las mujeres prácticas y preparadas?

—¿Qué tal si te ayudo con esto?

Se tomó su dulce tiempo, y Flynn tuvo que agarrarse con fuerza a la colcha revuelta para evitar salir volando hasta el techo. Aquella mujer tenía unas manos diabólicas. Él reprimió un gemido. Unas manos maravillosas y diabólicas.

Ella levantó la cabeza y la sacudió para echarse el pelo hacia atrás. Sonrió.

—Ahora —dijo.

Él actuó con rapidez, tumbándola de espaldas y aprisionándola con su cuerpo.

—Ahora —repitió, y la penetró profundamente.

Vio el efecto de la embestida en el rostro de Malory, y sintió sus ondas vibrando a través de él. Los dos se estremecieron, cada uno en un extremo.

Con los ojos clavados en los de él, ella comenzó a moverse; un movimiento ascendente y descendente, tan fluido que era como deslizarse sobre seda. El nombre de Malory resonaba en la cabeza de Flynn como una canción o una plegaria. Se aferró al eco de ese nombre, se aferró a las hebras deshilachadas de control que le quedaban mientras ella se deshacía debajo de él.

Malory se derritió. Oh, Dios, la más deliciosa de las sensaciones. Perderse a sí misma y volverse a encontrar. Se le nubló la mente y, con un último suspiro líquido, alcanzó la cima más alta.

Se aferró a Flynn con más fuerza, y él la siguió.

Flynn no quería pensar. Pensar en aquellas circunstancias no podía ser productivo. Sería mucho mejor para todos los implicados que mantuviese la mente en blanco y se limitase a disfrutar la magnífica sensación de estar encima de una mujer sexy y suave.

Si no pensaba, podría tenerla así lo bastante para poder hacer el amor con ella de nuevo. Luego habría otro momento de no pensar. ¿Quién sabía cuánto tiempo podría prolongarse esa pauta? Quizá indefinidamente.

Cuando ella se movió debajo de él en una especie de estiramiento perezoso, aquello le pareció una buenísima posibilidad.

—Quiero un poco de agua. —Malory le acarició la espalda—. ¿Tú tienes sed?

—No, si eso significa tener que moverse en los próximos cinco o diez años.

Ella le dio un pellizquito en el culo.

—Pues yo sí que tengo sed, así que te va a tocar moverte.

—De acuerdo. —Pero enterró el rostro en su melena rubia y la revolvió durante un largo rato—. Yo te la traeré.

—No hay problema. —Lo empujó con suavidad y se retorció para salir de debajo de él—. Iré yo.

Al dirigirse a la puerta, se detuvo un instante junto al armario y Flynn vislumbró algo ligero y sedoso que descendía ondeando sobre aquel magnífico cuerpo antes de que saliera de la habitación.

—Quizá esté soñando. A lo mejor esto no es más que un espejismo, una fantasía, y en realidad estoy en mi cama con *Moe* roncando en el suelo.

O a lo mejor no.

Se incorporó y se frotó la cara con las manos. Y, desgraciadamente, empezó a pensar. Había ido hasta allí porque se había sentido muy agitado y confuso en general tras la escena que se había desarrollado en su oficina por la mañana.

Y ahora estaba en la cama de Malory, desnudo, y acababan de tener una sesión de sexo, de sexo increíble.

Cuando ella estaba borracha. Bueno, quizá no borracha, pero sí entonada.

Debería haberse marchado. Debería haber encontrado la fortaleza moral para alejarse de una mujer desnuda y deseosa cuando las inhibiciones de esa mujer desnuda y deseosa habían desaparecido gracias al alcohol.

Pero ¿es que acaso él era un santo?

Cuando Malory entró de nuevo sin nada más que una bata corta de color rojo, Flynn la miró con el entrecejo fruncido.

—Soy un ser humano. Soy un hombre.

—Sí. Creo que eso ha quedado demostrado sin ningún lugar a dudas.

Se sentó en el borde de la cama y le tendió el vaso de agua que llevaba en la mano.

—Estabas desnuda. —Cogió el vaso y bebió a grandes tragos—. Te has echado encima de mí.

Ella ladeó la cabeza.

—¿Adónde pretendes llegar?

—Si te arrepientes de esto…

—¿Y por qué habría de arrepentirme? —Tomó de nuevo el vaso y apuró la mísera cantidad de agua que él había dejado—. Me has dado lo que quería de ti. He estado bebiendo, Flynn, pero sabía lo que me hacía.

—Pues entonces, bien. Vale. Es sólo que, después de lo que has dicho esta mañana…

—¿Que estoy enamorada de ti? —Dejó el vaso sobre el posavasos que tenía en la mesita de noche—. Estoy enamorada de ti.

Diversas emociones recorrieron a Flynn, demasiado veloces y ardientes para descifrarlas. Pero sobre todas ellas había una capa de miedo en estado puro.

—Malory… —el miedo empezó a subirle por la garganta cuando ella continuó observándolo con calma—, escucha, no deseo hacerte daño.

—Pues no me lo hagas. —Le apretó la mano de un modo consolador—. En realidad tú tienes más por lo que preocuparte que yo.

—¿En serio?

—Sí, así es. Yo te amo, lo que significa, por supuesto, que quiero que tú me ames también. No siempre consigo lo que quiero, pero suelo encontrar el modo de lograrlo. Casi siempre, de hecho. Así que, según mi punto de vista, tú acabarás enamorado de mí. Y como esa idea te aterroriza, tú tienes más por lo que preocuparte que yo. —Le pasó una mano por el pecho—. Estás en muy buena forma para ser alguien que trabaja detrás de un escritorio.

Él le agarró la mano antes de que pudiese ir hacia abajo.

—Centrémonos en esto. Toda esa historia del amor no está entre mis cartas.

—Tuviste una mala experiencia. —Se inclinó para darle un leve beso—. Es lógico que esas cosas dejen una señal. Pero eres un tipo afortunado: puedo ser muy paciente. Y amable —añadió, mientras se desplazaba para sentarse a horcajadas sobre él—. Y de lo más resuelta.

—Oh, vamos, Malory…

—¿Por qué no te relajas y disfrutas de las ventajas adicionales de ser cortejado?

Excitado, nervioso, agradecido, permitió que ella lo tumbara.

—Es muy difícil oponerse a eso.

—Además de una pérdida de tiempo. —Se desató la bata y dejó que se le deslizara por los hombros. Recorrió el torso de Flynn con las manos y después le cogió el rostro para besarlo hasta perder el sentido—. Voy a casarme contigo —murmuró. Y se echó a reír cuando él se sobresaltó, conmocionado—. No te inquietes. Te acostumbrarás a la idea.

Todavía riendo, ahogó con la boca su ininteligible respuesta.

Malory se sentía muy bien. Mientras cantaba en la ducha, pensó que no era sólo por haber hecho el amor. Aunque difícilmente podía descartar eso. Siempre se sentía bien, segura, cuando tenía un propósito nítido y bien definido.

La búsqueda de la llave era un asunto muy nebuloso que resultaba tan confuso como energizante. Pero convencer a Flynn de que estaban hechos el uno para el otro era un objetivo tan claro como el agua, un objetivo al que podía hincarle el diente.

No tenía ni idea de por qué se había enamorado de él, y por esa razón sabía que era un sentimiento auténtico.

Desde luego, él no encajaba en su imagen del hombre de sus sueños. No preparaba platos de gourmet, ni hablaba con fluidez francés ni italiano, ni le gustaba pasar el tiempo libre visitando museos. No usaba trajes a medida ni leía poesía. Bueno, al menos ella no pensaba que leyera poesía.

Siempre había planeado enamorarse de un hombre que contara con algunos de esos atributos. Y, por supuesto, según sus previsiones, el hombre adecuado la cortejaría, la hechizaría, la seduciría y luego le prometería amor eterno en el momento perfecto y de un modo romántico.

Antes de Flynn, había analizado y diseccionado todas sus relaciones, fijándose en todos sus defectos hasta descubrir que el entramado tenía al menos una docena de agujeros. Al final había dado igual, porque ninguna de aquellas uniones era la buena.

No tenía ningún deseo de preocuparse por los defectos de Flynn. Sólo sabía que el corazón le había hecho «paf» cuando menos se lo esperaba. Y eso le gustaba.

Debía admitir que también le gustaba la idea de que él estuviese aterrorizado. Era fascinante, era todo un desafío convertirse en la parte activa, para variar: ser la agresora y tener a un hombre algo desequilibrado a base de sinceridad.

Cuando, alrededor de las tres de la madrugada, Flynn había logrado por fin salir de la cama a trompicones, Malory percibió su miedo y confusión, y también su anhelo de quedarse con ella.

«Dejémoslo sufrir un ratito», decidió.

Se divirtió llamando a la floristería del pueblo para encargar que llevaran una docena de rosas rojas a la oficina de Flynn. Casi salió bailando de su apartamento para dirigirse a la cita con James.

—Bueno, esta mañana derrochamos luz y frescura —la saludó Tod cuando ella entró grácilmente en La Galería.

—No sólo eso. —Le cogió la cara entre las manos y le dio un sonoro beso—. ¿James está aquí?

—Arriba, esperándote. Cielo, tienes un aspecto fabuloso. Tan bueno como para comerte.

—Me siento tan buena como para que me coman.

Le dio una palmadita en la mejilla y luego subió las escaleras. Llamó a la puerta del despacho y entró.

—Hola, James.

—Malory —se levantó de su sillón tras la mesa con las dos manos extendidas—, muchísimas gracias por venir.

—De nada. —Se sentó en la silla que él le indicaba—. ¿Cómo van las cosas?

Con una expresión angustiada, James también se sentó.

—Estoy seguro de que habrás oído algo sobre las dificultades que tuvo Pamela con la señora Karterfield. Fue un terrible malentendido que temo que pueda costarle a La Galería una valiosa clienta.

Malory se obligó a mostrarse apesadumbrada mientras su mente daba saltos de regocijo.

—Sí, lamento mucho que las cosas… —«no digas: "Se hayan ido a la porra", Mal», se ordenó a sí misma, y prosiguió de inmediato—: …, que hayan sido un poco complicadas en esta transición.

—Sí, complicadas. Pamela siente un gran entusiasmo por La Galería, pero me temo que aún está aprendiendo. Ahora veo que le di demasiada autonomía demasiado pronto.

Para no golpear el aire con los puños, Malory entrelazó sosegadamente las manos sobre el regazo.

—Pamela tenía una visión muy definida y precisa.

—Sí, sí. —James jugueteó con su pluma de oro y se toqueteó la corbata—. Creo que sus esfuerzos podrían emplearse en un área más periférica que la de la relación personal con los clientes. Sé que hubo cierta tirantez entre vosotras dos.

«Calma», se recordó ella.

—Yo también tenía una visión muy definida y precisa que, por desgracia, chocaba con la de Pamela. De modo que sí, digamos que había una considerable tirantez entre nosotras.

—Bueno —James se aclaró la garganta—, quizá dejé que Pamela me influyese con su opinión. Pensé, sinceramente, que podría ser beneficioso para ti explorar tus talentos, experimentar. Sin embargo, veo que no tuve en cuenta tu afecto y lealtad a La Galería, ni cuánto podría dolerte que te forzaran a abandonar el nido.

—Confieso que me dolió mucho.

Pero matizó esa afirmación con la más dulce de las sonrisas.

—He estado reflexionando sobre todo esto en los últimos días. Me gustaría mucho que volvieras, Malory, para reanudar tus labores de dirección. Y con un incremento salarial del diez por ciento.

—Eso es algo que no me esperaba. —Hubo de imaginar que tenía el trasero pegado al asiento para no levantarse de un salto y bailar la danza de la victoria—. Me siento halagada, pero… ¿puedo ser sincera?

—Por supuesto.

—La tirantez de la que hemos hablado seguirá estando ahí. Debo admitir que en los últimos meses no fui feliz aquí. Tu decisión de... expulsarme del nido me causó dolor y miedo, pero una vez fuera tuve la oportunidad de mirar hacia atrás y reparar en que el nido se había convertido en un lugar..., digamos que un poco concurrido.

—Entiendo. —Alzó las manos y las unió debajo de la barbilla—. Te prometo que Pamela no interferirá en tus órdenes ni en las normas que han regido desde hace mucho aquí. La tuya será la última palabra, a excepción de la mía, por supuesto, en cuestión de adquisiciones, exposiciones, elección de artistas y todo lo demás. Igual que antes.

Era exactamente lo que ella había deseado. Más todavía —se dio cuenta de ello al calcular el aumento salarial—. Volvería a hacer lo que mejor hacía, con una considerable gratificación económica, y contaría con la satisfacción personal, aunque poco atractiva, de fastidiar a Pamela.

Habría ganado, y sin disparar ni un tiro.

—Gracias, James. No puedo explicarte cuánto significa para mí que quieras que regrese, que confíes en mí.

—Magnífico, magnífico. —Le dedicó una amplia sonrisa—. Puedes empezar ahora mismo, hoy, si te va bien. Será como si las dos últimas semanas no hubiesen existido jamás.

Como si no hubiesen existido jamás.

El estómago le dio un violento tirón. Luego, de repente, fue como si la Malory sensata se apartase a un lado para ver, conmocionada, cómo la Malory temeraria ocupaba su lugar.

—Pero no puedo regresar. Siempre te estaré agradecida por todo lo que me has enseñado, por todas las oportunidades que me diste... La última fue la de sacarme por la puerta de un empujón para que abandonase mi zona de comodidad. Voy a abrir mi propio negocio. —«¡Oh, Dios mío, voy a abrir mi propio negocio!», pensó—. No será algo tan distinguido como La Galería, sino más pequeño, más... —estuvo a punto de decir «asequible», pero se corrigió a tiempo—, algo más sencillo. Me centraré sobre todo en artistas locales y artesanos.

—Malory, debes ser consciente de cuánto tiempo y energía consumen este tipo de negocios, y aún más, del riesgo económico que implican.

No había ninguna duda: James era presa del pánico.

—Lo sé, y resulta que ahora no me inquieta tanto como antes correr riesgos. En realidad, la idea de arriesgarme me entusiasma. Pero gracias, muchísimas gracias por todo lo que has hecho por mí. Ahora tengo que irme.

Se puso en pie deprisa, temiendo cambiar de opinión. Allí estaba su red de seguridad extendida debajo de ella, lista para recogerla. Y ella iba a rebasarla, a adentrarse en un terreno donde el suelo quedaba muy lejos y era muy duro.

—Malory, desearía que te tomaras un tiempo para sopesar mi oferta.

—¿Sabes qué ocurre cuando miras siempre antes de saltar? —Le tocó una mano antes de precipitarse hacia la puerta—. Que casi nunca das el salto.

Malory no perdió el tiempo. Buscó la dirección que les había dado Zoe y aparcó detrás del coche de Dana en una calle de doble sentido.

«Buena situación», concluyó la Malory práctica, de nuevo al mando.

La casa era un encanto. «Acogedora», pensó. Y ellas tres, trabajando allí juntas, seguro que le infundirían nuevo vigor. Pintarían el porche y plantarían una vid trepadora. Probablemente Zoe ya tendría un aluvión de ideas al respecto.

El sendero de acceso necesitaba una reparación o que lo sustituyeran. Anotó esos detalles en la tablilla sujetapapeles que había llevado consigo. ¿Maceteros en las ventanas? Sí, con plantas de temporada.

¿Y no sería más llamativa la entrada si reemplazaban por una vidriera el cristal transparente de la ventana que había sobre la puerta principal? Algo diseñado específicamente para ellas. Tenía algunos contactos en esa área.

Sin dejar de tomar notas, abrió la puerta.

El vestíbulo podía convertirse en un escaparate para los tres negocios. Sí, había formas de hacerlo situando los expositores de manera ingeniosa, manteniendo un tono amistoso e informal mientras anunciaban sus productos y servicios.

La luz era buena. Los suelos, un tesoro una vez que los hubiesen reparado. Las paredes..., bueno, el problema se resolvería con pintura.

Deambuló por la planta baja, encantada con las habitaciones. Parecían volcarse unas en otras. Justo como había dicho Zoe.

Era una manera excelente de fundir los negocios.

Después de llenar varias páginas con apuntes, volvió atrás; en ese mismo instante, Dana y Zoe bajaban por las escaleras.

—Con el tiempo me gustaría acondicionar el baño principal para incluir una ducha sueca y una zona de aromaterapia —estaba diciendo Zoe—, pero de momento… Malory, hola.

—Hola. —Bajó el sujetapapeles—. Yo también estoy en esto.

—¡Lo sabía! —Con un grito, Zoe bajó los últimos peldaños volando y agarró a Malory con fuerza—. Lo sabía. ¿Has visto la casa? ¿Ya la has inspeccionado? ¿No es fantástica? ¿No es perfecta?

—Sí, sí y sí. No he estado arriba, pero aquí abajo… Me encanta —dijo.

Dana seguía en las escaleras, con los labios fruncidos en una mueca especulativa.

—¿Por qué has cambiado de opinión?

—No lo sé. Al menos no lo sé de un modo lógico o razonable. Cuando James me ha ofrecido recuperar mi empleo, con un aumento, he pensado: «Gracias a Dios, todo volverá a la normalidad ahora». —Soltó aire y, estrechando el sujetapapeles contra el pecho, giró en un círculo—. Luego, no sé, me he oído a mí misma diciéndole que no podía regresar, que iba a abrir mi propio negocio. Supongo que me he dado cuenta de que no deseo que todo vuelva a la normalidad. Quiero hacer esto, y quiero hacerlo con vosotras dos. Eso es todo lo que sé.

—Hemos de estar absolutamente seguras. Zoe, cuéntale lo que me has dicho sobre la casa.

—Bueno, el propietario está deseando alquilarla, pero está buscando un comprador. El hecho es que, en términos financieros, tiene mucho más sentido comprarla.

—¿Comprarla? —El abismo sobre el que estaba saltando se tornó más amplio—. ¿Cuánto?

Zoe dijo una cantidad, y al ver que Malory palidecía se apresuró a añadir:

—Pero es sólo el precio de salida. Además, he estado haciendo números y, si comparas los pagos de una hipoteca a treinta años al tipo de interés actual con el alquiler mensual propuesto, no es para tanto. Y es un patrimonio, una inversión. Y luego están las deducciones tributarias.

—Malory, no dejes que empiece con las deducciones tributarias —le aconsejó Dana—. Comenzará a salirte el cerebro por las orejas. Sólo cree lo que te digo: Zoe tiene el tema dominado.

—Necesitamos un abogado para formar una sociedad legal —continuó Zoe—. Después hacemos un fondo común con nuestro dinero. Con eso tendremos suficiente para la entrada, sobre todo una vez que hayamos negociado una rebaja en el precio inicial. Y aún nos quedará bastante para mantenernos. Pediremos un crédito para acondicionar la propiedad y para los costes de la puesta en marcha. Podemos hacerlo.

—Te creo. Y supongo que por eso me duele el estómago. —Malory se lo apretó con una mano; después miró a Dana—. ¿Compramos?

—Que Dios nos ayude. Compramos —confirmó.

—Imagino que deberíamos darnos la mano o algo así —apuntó Zoe mientras alargaba la suya.

—Esperad. Antes de eso, tendría que contaros algo. —Malory carraspeó—. Anoche me acosté con Flynn. Hicimos el amor… tres veces.

—¿Tres? —Dana se sentó en la escalera de golpe—. Ah, vaya. ¿Flynn?

—¿Eso es un problema para ti?

—Soy su hermana, no su madre. —Pero se frotó las sienes—. ¿Anoche no estabas borracha?

—No. La borracha eras tú. Yo sólo estaba un poco entonada. Y debo añadir que al notar que yo estaba entonada Flynn intentó, con bastante empeño, comportarse como un caballero y marcharse.

—Eso es muy tierno —afirmó Zoe.

—Incluso después de que yo me desnudase y saltase sobre él.

—Eso es… ¡Guau!

Con una carcajada, Malory le dio una palmadita a Zoe en el hombro. Pero Dana siguió callada.

—No me desnudé y salté sobre él sólo porque estaba entonada y…, bueno…, cachonda. Estoy enamorada de él. No conozco los porqués de eso, al igual que ignoro por qué quiero comprar esta casa con vosotras dos. Es algo que surge de lo más profundo de mi ser. Es así. Estoy enamorada de Flynn y voy a casarme con él.

—¡Malory! Eso es maravilloso. —Dejándose llevar por su lado romántico, Zoe le echó los brazos al cuello—. Estoy muy contenta por ti.

—No saques todavía el ramo de azahar, aún tengo que convencerlo de que no puede vivir sin mí. —Dio unos pasos adelante—. Estoy enamorada de él, Dana.

—Sí, ya me he enterado.

—Sé que eso podría complicar nuestra amistad, y cualquier relación empresarial que planeáramos emprender.

—¿Y si es así?

—Entonces lo lamentaré. Habré de echarme atrás en lo de nuestra amistad, y también en los planes comerciales. Pero voy a conservar a Flynn, tanto si a él le gusta como si no.

Dana torció los labios mientras se ponía en pie.

—Me huele a mí que Flynn está perdido. Bueno, ¿qué? ¿Nos damos la mano para cerrar el trato y salimos a buscar un abogado o qué?

12

No estaba segura de cómo se sentía. No estaba segura de lo que hacía. Pero ese tipo de pequeños inconvenientes nunca había detenido a Dana.

En cuanto pudo, se dedicó a buscar a Flynn. No lo encontró en su oficina. Siguió su rastro hasta el veterinario, donde le dijeron que hacía sólo quince minutos que él y *Moe* se habían marchado. Eso le produjo tal irritación que acabó decidiendo que estaba enfadada con su hermano, aunque no tenía ninguna razón concreta para estarlo.

Pero para cuando llegó a casa de Flynn ya estaba disfrutando de su mal humor.

Entró, cerró de un portazo y se dirigió a grandes zancadas al salón, donde Flynn y su perro estaban tirados de cualquier manera como dos muertos.

—Necesito hablar contigo, Casanova.

—No grites. —Flynn no se movió del sofá. En el suelo, a su lado, *Moe* gimoteó—. A *Moe* han tenido que ponerle sus inyecciones. Los dos estamos traumatizados. Vete. Vuelve mañana.

—Sí, enseguida, en cuanto haya encontrado un instrumento afilado para clavártelo en el culo. ¿Cómo se te ocurre tirarte a Malory cuando sabes perfectamente bien que ha de mantener la cabeza centrada en su misión?

—No lo sé. Quizá tenga algo que ver con el hecho de que me di de bruces con su cuerpo desnudo. Y no me la tiré. Me opongo a usar el término «tirármela». Aparte de que todo esto no es asunto tuyo.

—Es asunto mío porque Malory acaba de convertirse en mi socia empresarial. Y porque antes de eso ya estábamos juntas en el asunto de las llaves, y también porque esa chica me cae muy bien y se ha enamorado de ti. Eso revela una sorprendente falta de gusto, pero, sin embargo, así es.

En el estómago de Flynn se instaló maliciosamente un sentimiento de culpabilidad.

—Yo no tengo la culpa de que crea que se ha enamorado de mí.

—Yo no he dicho «cree». Malory no es idiota, a pesar de su pésimo gusto en hombres. Conoce bien su mente y su corazón. Y si tú no vas a tener en consideración sus sentimientos después de haberte bajado la bragueta...

—Por el amor de Dios, dame un respiro. —Se incorporó y enterró la cara entre las manos—. Ella no quiere escucharme. Y fue ella quien me bajó la bragueta.

—Sí, y tú no eras más que un inocente transeúnte.

—No sirve de nada que me machaques con esta historia. He pasado un tiempo considerable machacándome yo mismo por todo lo que ha ocurrido. No sé qué cojones hacer.

Dana se sentó en el cajón de embalaje y se inclinó hacia su hermano.

—¿Qué quieres hacer?

—No lo sé. Me ha enviado flores.

—¿Cómo?

—Malory me ha enviado una docena de rosas esta mañana. La tarjeta decía: «Piensa en mí». ¿Cómo diablos podría no pensar en ella?

—¿Rosas? —La idea le hizo gracia—. ¿Dónde están?

Flynn se retorció.

—Hum. Las he puesto en mi dormitorio. ¡Qué bobo! Esta inversión de papeles no está bien. No es algo natural. Creo que contradice abiertamente innumerables reglas de orden científico. Necesito que las cosas vuelvan a su curso normal. De algún modo a su curso. Deja de mirarme con esa sonrisa.

—Estás colgado.

—No estoy colgado. Y ése es otro término que me niego a usar. Alguien con un título en Biblioteconomía debería ser capaz de encontrar palabras más apropiadas.

—Malory es perfecta para ti. —Lo besó en la mejilla—. Felicidades. Ya no estoy enfadada contigo.

—No me importa con quién te enfades. Y no se trata de quién es perfecto para mí. Yo no soy perfecto para nadie. Soy un holgazán. Soy desconsiderado y egoísta. Me gusta tener una vida libre, flexible y poco estructurada.

—Eres un holgazán, no te lo discuto; pero no eres desconsiderado ni egoísta. Es esa desconsiderada y egoísta zorra de Lily la que te metió esa idea en la cabeza. Si te lo crees, lo que eres entonces es idiota.

—Y en ese caso, ¿deseas un holgazán idiota para tu nueva amiga?

—Quizá. Te quiero, Flynn.

—Bueno, últimamente lo estoy oyendo mucho. —Le dio unos golpecitos en la nariz con un dedo—. Yo también.

—No. Di: «Te quiero».

—Venga.

—Las dos palabras, Flynn. Suéltalas.

—Te quiero. Ahora vete.

—Aún no he acabado.

Flynn gimió y se derrumbó de nuevo en el sofá.

—*Moe* y yo estamos intentando dormir una siestecita, por nuestra salud mental.

—Ella nunca te quiso, Flynn. A Lily le gustaba lo que tú eras en el valle. Le gustaba que la vieran contigo, y también sacar provecho de tus ideas. Quizá seas idiota, pero eres bastante listo en algunos temas. Lily te utilizó.

—¿Y se supone que eso sirve para que me sienta mejor? ¿El hecho de saber que permití que me utilizara?

—Se supone que sirve para que dejes de culparte por lo que sucedió con Lily.

—No me culpo a mí mismo. Odio a las mujeres. —Le enseñó los dientes con una sonrisa despiadada—. Lo único que quiero es golpearlas. ¿Ahora te marcharás de una vez?

—Tienes rosas rojas en el dormitorio.

—Oh, vamos.

—Colgado —repitió, y le hundió un dedo en el estómago.

Él aguantó aquel gesto fraternal como un hombre.

—Déjame preguntarte algo: ¿a alguien le gustaba Lily?

—No.

Flynn soltó un suspiró y miró al techo.

—Sólo quería asegurarme.

Cuando oyeron que llamaban a la puerta, Flynn se puso a lanzar improperios y Dana se levantó de un salto.

—Yo abriré. —Después añadió canturreando—: Quizá sean más flores.

Divertida, abrió la puerta principal. Entonces fue su turno de soltar improperios mucho más imaginativos y brutales que los de su hermano.

—Eh, Larga, qué boquita tienes.

Jordan Hawke, tan atractivo como el diablo —y según Dana el doble de maligno—, le guiñó un ojo y entró de nuevo en su vida.

Dana consideró durante un breve momento la idea de ponerle la zancadilla. En vez de eso lo agarró del brazo e imaginó que se lo retorcía como si fuera de caramelo masticable.

—Eh, nadie te ha pedido que pases.

—¿Ahora vives aquí?

Desplazó el cuerpo con un movimiento lento y reposado. Siempre había sabido moverse. Con su más de metro noventa, le sacaba más de doce centímetros a Dana. Tiempo atrás ella había encontrado eso excitante, pero en ese momento se le antojó simplemente fastidioso.

No se había puesto gordo ni feo, ni había sido víctima de la habitual calvicie masculina. Por desgracia. En vez de eso, aún estaba esbelto y guapísimo, y su espeso pelo negro seguía revuelto de una forma muy sexy alrededor de su rostro moreno y huesudo, con sus chispeantes ojos azules. Sus labios estaban bien dibujados y eran gruesos, y, como Dana sabía bien, muy ingeniosos.

En ese momento se curvaron en una leve sonrisa burlona que Dana deseó reventar.

—Tienes buen aspecto, Larga.

Fue a pasarle una mano por el pelo y, sin poder evitarlo, ella reaccionó apartando la cabeza rápidamente.

—Quietas las manos. Y no, no vivo aquí. ¿Qué quieres?

—Una cita con Julia Roberts, una oportunidad para tocar con Bruce Springsteen y la E Street Band y una cerveza muy, pero que muy fría. ¿Y tú?

—Leer los detalles de tu lenta y dolorosa muerte. ¿Qué estás haciendo aquí?

—Molestarte, por lo que veo. Pero eso es un efecto secundario irremediable. ¿Está Flynn en casa?

No esperó una respuesta; se separó de ella y se encaminó al salón. *Moe* despertó y le dedicó un gruñido poco entusiasta.

—Eso es, *Moe* —dijo Dana alegre—, dale un mordisco.

Sin preocuparse en absoluto por la posibilidad de que lo atacara una mole en forma de perro, Jordan se puso en cuclillas.

—Así que éste es el famoso *Moe*.

Olvidado ya el trauma de haber ido al veterinario, *Moe* se levantó de golpe, se abalanzó sobre Jordan, le puso las patas delanteras sobre los hombros y le dio un beso de bienvenida.

Al oír la risa de Jordan mezclada con los ladridos jubilosos de *Moe*, Dana sólo pudo apretar los dientes.

—Eres un tío enorme, ¿eh, chaval? Mira qué cara. —Revolvió el pelo de *Moe*, le rascó las orejas y luego se giró hacia Flynn—. ¿Cómo va eso?

—Bien. No sabía que ibas a venir tan pronto.

—Tenía algo de tiempo. ¿Hay cerveza?

—Claro.

—Odio interrumpir esta emotiva y sentida reunión. —la voz de Dana era como un punzón dirigido a la nuca de Jordan—, pero ¿qué coño hace éste aquí?

—Pasar un tiempo con mis amigos, en mi pueblo natal. —Jordan se puso en pie—. ¿Aún puedo dormir aquí?

—Por supuesto. —Flynn se despegó del sofá—. Tío, es estupendo verte.

—Lo mismo digo. Una gran casa. Un perro genial. Un sofá horrible.

Con una carcajada, Flynn rodeó con los brazos a su viejo amigo.

—En serio que es fantástico verte.

Durante un momento, sólo un breve momento, mientras contemplaba a aquellos dos hombres adultos fundidos en un abrazo, el corazón de Dana se ablandó. Fuera lo que fuese lo que podría decir sobre Jordan Hawke —y la lista era muy extensa—, éste era y siempre había sido amigo de Flynn. Un hermano, suponía, tanto como un amigo.

Después aquellos ojos azules se encontraron con los suyos, y el corazón se le endureció de nuevo.

—¿Qué te parece una cerveza, Larga? Podríais ponerme al día y contarme cómo os habéis comprometido a buscar unas llaves imaginarias.

Dana lanzó a su hermano una mirada acusatoria y después levantó la barbilla.

—Al contrario que vosotros dos, yo tengo cosas que hacer.

—¿No quieres ver el cuadro?

Eso casi la detuvo, pero ceder a la curiosidad habría arruinado su salida. Continuó caminando hacia la puerta y se marchó sin volver la vista atrás.

Tenía cosas que hacer, cierto. Y la primera era modelar un muñeco de cera con la forma de Jordan y clavarle alfileres en las zonas más sensibles.

—¿Por qué has tenido que cabrearla? —preguntó Flynn.

—Sólo con respirar ya la cabreo. —Y saberlo le perforaba el estómago—. ¿Cómo es que no vive aquí? Esta casa es lo bastante grande para los dos.

—No para Dana. —Se encogió de hombros—. Ella quiere su propio espacio y bla, bla, bla. Ya la conoces. Una vez que se le mete una idea en la cabeza, no se la sacarías ni con una palanca.

—Dímelo a mí.

Como *Moe* estaba dando vueltas a su alrededor, Flynn cogió una galleta para perros y se la lanzó antes de sacar las cervezas.

—Entonces, ¿has traído el cuadro?

—Sí. No sé qué podrá decirte.

—Yo tampoco; pero espero que le diga algo a Malory.

—¿Y cuándo voy a conocer a esa tal Malory?

Jordan se apoyó en la encimera.

—No lo sé. Pronto.

—Pensaba que había un plazo para resolver el asunto de la llave.

—Sí, sí. Aún nos quedan dos semanas.

—¿Hay algún problema, colega?

—No. Quizá. Nos hemos acostado, y está convirtiéndose en algo serio muy rápidamente. No puedo pensar.

—¿Cómo es ella?

—Inteligente, divertida, sexy.

—Has puesto «sexy» en tercer lugar. —Lo señaló con la cerveza—. Sí que es serio. ¿Qué más?

—Yo diría que es resuelta. —Comenzó a pasearse—. Con una especie de naturaleza ordenada. Sincera. No le van los jueguecitos. Con los pies en la tierra. Sí, con los pies en la tierra, y por eso el que se haya involucrado en esta historia de las llaves hace que todo parezca posible. Tiene los ojos azules, unos grandes ojos azules.

Flynn suspiró.

—De nuevo, el físico ha aparecido al final de la lista. Estás loco por ella.

Incómodo, Flynn alzó su cerveza.

—Hay distintos grados de locura.

—Eso es verdad, pero si ella ha logrado tenerte tan inquieto, me temo que ya estás metido en la charca, y que el agua te llega a las rodillas. ¿Por qué no la llamas? Podría venir a echarle un vistazo al cuadro y yo podría echarle un vistazo a ella.

—Dejémoslo para mañana.

—Te da miedo. Me parece que el agua te llega a la cintura, y sigue subiendo.

—Cierra el pico. Sólo pensaba que estaría bien que Brad trajese también su pintura para que pudiésemos examinarlas a conciencia los tres juntos. A ver qué se nos ocurre sin el elemento femenino.

—Apruebo la moción. ¿Tienes algo de comer aquí?

—La verdad es que no, pero tengo memorizados todos los números de locales de comida a domicilio. Elige lo que prefieras.

—Sorpréndeme. Yo voy a buscar mi cuadro.

No era tan diferente de su adolescencia, a menos que se tuviese en consideración que el salón en el que estaban despatarrados pertenecía a uno de ellos y no a uno de sus padres.

Como Flynn se había encargado de escoger, estaban tomando comida italiana, pero la cerveza había sido reemplazada por una botella de Johnnie Walker Blue que Brad había llevado consigo.

Los cuadros estaban apoyados contra la pared, uno al lado del otro, mientras que ellos tres estaban sentados en el suelo. *Moe* había ocupado el sofá.

—Yo no sé mucho de arte… —empezó Flynn.

—… pero sabes lo que te gusta —terminó Brad.

—No iba a caer tan bajo con un tópico tan manido.

—En realidad, es una declaración válida —coincidió Jordan—. El arte, por su propia naturaleza, es subjetivo. *La lata de sopa Campbell* de Andy Warhol, *La persistencia de la memoria* de Dalí, la *Mona Lisa* de Da Vinci… Todo depende del cristal con que lo mires.

—Tan imposible es comparar los *Nenúfares* de Monet con *La mujer de azul* de Picasso como comparar a Dashiell Hammett con Steinbeck —añadió Brad—. Todo está en el estilo, el propósito y la percepción.

Flynn puso los ojos en blanco y se volvió hacia Brad.

—Lo que iba a decir antes de que vosotros dos empezarais esta pequeña escaramuza intelectual era que a mí me parece que los dos cuadros los pintó la misma persona. O que, si fueron dos personas distintas, una estaba imitando el estilo de la otra.

—¡Oh! —Brad dio vueltas al licor de su copa y sonrió—. Vale. Coincido con esa opinión. ¿Y qué nos dice eso?

—Nos diría mucho si someten a examen el cuadro de Jordan. Ya sabemos que el del Risco del Guerrero y el de Brad fueron realizados con más de quinientos años de diferencia. Necesitamos saber dónde encaja el de Jordan.

—En el siglo XV.

Flynn giró la cabeza y se quedó mirando a Jordan.

—¿Ya te lo han fechado?

—Encargué el examen dos años después de comprarlo. Tenía que asegurar unas cuantas cosas. Y resultó que valía varias veces más de lo que había pagado por él. Si te paras a pensarlo, es bastante raro, pues La Galería tiene fama de ser cara.

—¿Por qué lo compraste? —preguntó Brad.

—No sé cuántas veces me he preguntado eso mismo. Ni siquiera sé por qué entre en La Galería aquella mañana. No era una de mis paradas habituales. Entonces lo vi, y me atrapó sin más. Ese instante en que se contiene el aliento justo antes de que se desate el destino, entre la inocencia y el poder. El muchacho sacará la espada. Tú ya lo sabes. Y en ese momento el mundo cambia. Nace Camelot, y el destino de Arturo queda escrito. Él unirá un pueblo, será traicionado por una mujer y un amigo y engendrará al hombre que acabará con su vida. En el momento de la pintura es un chaval. En el siguiente será un rey.

—Algunos argumentarían que nació rey.

Jordan negó con la cabeza ante el comentario de Brad.

—No hasta que pone las manos sobre la empuñadura de la espada. Podría haberse alejado de aquel lugar. Me pregunto si lo habría hecho de haber sabido todo lo que iba a acontecer. Gloria y grandeza, sin duda, y un poco de paz, pero después engaño, falsedad, guerra. Y una muerte temprana.

—Bien, eso es muy alentador. —Flynn empezó a servirse otra copa. De pronto se detuvo y miró de nuevo hacia los cuadros—. Espera un minuto. Quizá vayas por buen camino. En la pintura de Brad se muestra el efecto del destino, el momento posterior del que has hablado. ¿Se habría casado el rey dios con la joven mortal y habría engendrado tres hijas si hubiera conocido su destino? Trata de elecciones, de qué dirección tomar.

—¿Y si es así? —repuso Brad—. Eso no nos dice gran cosa.

—Nos proporciona un tema. Si aceptamos que los cuadros son pistas para localizar las llaves, entonces tenemos que seguir el tema. Quizá la primera llave se encuentre en un lugar donde se tomó una decisión, una que cambió el curso de algunas vidas.

—Flynn… —Jordan vaciló, dio vueltas a su bebida—, ¿de verdad crees en la existencia de esas llaves?

—Desde luego que sí. Y si vosotros hubierais estado aquí desde el principio ahora creeríais tanto como yo. No hay manera de explicarlo, Jordan, al igual que no puedes explicar por qué ese chico es la única persona del mundo que podría sacar a *Excalibur* de la roca.

—¿Y tú? —le preguntó Jordan a Brad.

—Yo estoy intentando mantener la mente abierta. Debes tener en cuenta las coincidencias, o lo que parecen ser coincidencias. Tú y yo compramos estas pinturas. Hemos vuelto los dos al valle con ellas. Flynn está involucrado personalmente con dos de las mujeres invitadas al Risco del Guerrero. Jordan y Dana fueron pareja. Y yo compré el cuadro porque me cautivó un rostro…, el rostro de Zoe. Es algo que me ha dejado fuera de juego. Y que este pequeño cotilleo quede entre nosotros tres.

—¿Estás interesado en Zoe? —preguntó Flynn.

—Sí, lo que es cojonudo, pues ella parece haberme aborrecido al instante. Cosa que no comprendo —añadió un tanto acalorado—. Las mujeres no me aborrecen de buenas a primeras.

—No, suele llevarles un tiempo —coincidió Jordan—. Y entonces te aborrecen.

—Al contrario. Soy de los que saben conseguir lo que quieren. Normalmente.

—Sí, ya recuerdo cómo conseguiste lo que querías de Marsha Kent.

—Tenía diecisiete años —protestó Brad—. Que te den por ahí.

—¿Aún llevas la marca de su patada en el culo? —continuó Jordan.

—¿Y tú la de Dana en las pelotas?

El rostro de Jordan se crispó.

—Me la has devuelto a base de bien. Pregunta: ¿las otras dos mujeres del cuadro se parecen tanto a las reales como se parece Dana?

—Oh, sí —respondió Flynn—. En una actitud diferente, pero las caras son clavadas.

—¿No hay duda sobre la antigüedad de la pieza, Brad?

—Ninguna.

Jordan permaneció un rato en silencio, acunando su copa, examinando el rostro de Dana. Tan inmóvil, tan pálido, tan vacío...

—De acuerdo. Daré un paso adelante para dejar la lógica atrás y adentrarme en otra zona. Somos seis y hay tres llaves. Y nos quedan dos semanas para encontrar la primera, ¿no? —Volvió a coger la botella—. Esto está chupado.

Dejando a un lado el enigma que debían resolver, Flynn pensó que era estupendo tener de nuevo cerca a sus amigos. Era estupendo saber, mientras se arrastraba hacia la cama a altas horas de la madrugada, que Jordan se arrastraba a su vez hacia el colchón de la habitación libre y que Brad ya estaba dormido como un tronco en el sofá, escoltado por *Moe*.

Siempre le había dado la impresión de que no había nada que no pudiesen hacer juntos. Ya fuese luchar contra imaginarios extraterrestres invasores, aprender a desabrochar el sujetador de una chica con una sola mano o conducir campo a través en un Buick viejo. Nunca se habían fallado.

Cuando la madre de Jordan murió, él y Brad estaban allí, después de pasar interminables noches en vela con su amigo en el hospital.

Cuando Lily lo dejó, lo único de lo que Flynn había seguido estando seguro era de sus amigos.

«A lo largo de buenos tiempos y tiempos no tan buenos», pensó sentimentalmente. Siempre habían podido contar los unos con los otros. La distancia física nunca había significado nada.

Pero era mejor, muchísimo mejor, tenerlos allí. Con ellos al lado, la primera llave ya estaba prácticamente en la cerradura.

Cerró los ojos y se quedó dormido de inmediato.

La casa estaba oscura y hacía un frío glacial. Flynn podía ver cómo su respiración se condensaba en un vapor blanco mientras deambulaba sin rumbo fijo por negros pasillos que no dejaban de girar. Había estallado una tormenta espantosa, crujidos y explosiones sacudían el aire, relámpagos y rayos veloces y furiosos zigzagueaban en la oscuridad.

En el sueño, él sabía que estaba recorriendo el interior del Risco del Guerrero. Aunque apenas podía ver nada, reconocía el lugar, los recodos de los corredores y el tacto de las paredes por las que deslizaba los dedos. Incluso aunque jamás hubiera pasado por allí.

Pudo ver cómo la lluvia golpeaba con violencia contra una ventana del primer piso, pudo ver cómo destellaba con un reflejo azulado a la luz de los relámpagos. Y vio el espectro borroso de su propio rostro en el cristal.

Gritó y su voz se multiplicó en un eco una y otra vez, como una incesante ola. No hubo respuesta. Aun así, sabía que no estaba solo.

Algo avanzaba por aquellos pasillos junto a él. A su espalda, acechándolo. Fuera de su vista, fuera de su alcance. Algo tenebroso que lo obligó a seguir escaleras arriba.

En su corazón se instaló el miedo.

Había puertas a ambos lados del corredor, pero todas parecían estar cerradas con llave. Flynn probó a abrirlas girando las manijas, tirando de ellas, con los dedos rígidos por el frío.

Lo que lo perseguía, fuera lo que fuese, se aproximó más, sigilosamente. Flynn pudo oír su respiración horrible, como un sonido líquido que se mezclaba con sus propios jadeos angustiados.

Tenía que salir de allí, alejarse. De modo que empezó a correr dando enormes zancadas a través de la oscuridad sacudida por la tormenta, mientras que lo que le iba a la zaga lo seguía con un ruido seco sobre el suelo de madera, como de garras ansiosas.

Salió de golpe a un parapeto en medio de la tormenta, cuyos rayos se abatían como lanzas y dejaban humeando la piedra de los muros. El aire quemaba y helaba, y las gotas de lluvia lo azotaron como si fueran fragmentos de vidrio.

Sin ningún sitio al que huir, con una serpiente de pavor enroscada en el estómago, Flynn se dio la vuelta para luchar.

Pero la sombra era muy grande y estaba muy cerca. Lo cubrió antes siquiera de que pudiese alzar los puños. El frío lo partió en dos y lo obligó a caer arrodillado.

Sintió que estaban arrancándole algo, sintió un dolor salvaje, sordo, horroroso e indescriptible. Y supo que lo que le habían arrebatado era su alma.

Flynn se despertó, temblando de frío, sudoroso, envuelto en los restos del horror y con el sol dándole en toda la cara.

Luchando por respirar, se sentó en la cama. Había tenido su dosis lógica de pesadillas, pero jamás una de tal intensidad. Jamás una en la que hubiese sentido un dolor auténtico.

Aún podía sentirlo, y apretó los dientes por las agudas cuchilladas que le atravesaban el estómago y el pecho.

Trató de decirse que aquello era debido a la combinación de tomar pizza con whisky y trasnochar. Pero no se lo creyó.

Cuando el dolor empezó a remitir, salió cautelosamente de la cama, se dirigió al cuarto de baño con la misma prudencia que un anciano y abrió al máximo el grifo del agua caliente de la ducha. Estaba congelado.

Fue a abrir el botiquín con espejo y vio el reflejo de su rostro. La palidez de la piel, el velo vidrioso de la conmoción en los ojos… ya eran bastante malos. Pero no eran nada comparados con el resto.

Estaba completamente calado. Tenía el pelo empapado, la piel cubierta de gotas de agua. «Como un hombre que hubiese estado bajo una tormenta», pensó, y se sentó en el inodoro porque las piernas habían dejado de sostenerlo.

No se trataba de una simple pesadilla. Había estado dentro del Risco del Guerrero. Había salido a aquel parapeto. Y no había estado solo.

Aquello era algo más que la mera búsqueda de unas llaves mágicas. Algo más que resolver un enigma por la promesa de un cofre de oro al final. Allí había algo más. Algo poderoso. Poderoso y oscuro.

Iba a averiguar qué demonios estaba sucediendo antes de que ninguno de ellos fuese más lejos.

Se metió en la ducha y dejó que el agua caliente lo golpeara hasta que el calor le barrió el frío de los huesos. Al acabar, ya más calmado, se tomó una aspirina y se puso unos pantalones de deporte.

Bajaría a preparar café, y luego sería capaz de pensar. Una vez que tuviese la cabeza despejada, despertaría a sus amigos y les pediría su opinión.

Quizá fuese hora de subir los tres juntos al Risco del Guerrero para sacarles la verdad a Rowena y Pitte.

Estaba a mitad de las escaleras cuando llamaron a la puerta y *Moe* salió ladrando a toda velocidad, como el cancerbero del infierno.

—Vale, vale. Cállate ya.

El Johnnie Walker no le había provocado resaca, pero la pesadilla lo había dejado muy tocado. Sujetó a *Moe* por el collar y tiró de él hacia atrás mientras abría con la otra mano.

Ella parecía un rayo de sol. Ése fue su único pensamiento claro mientras se quedaba mirando a Malory. Vestida con un bonito traje azul de falda corta, le sonrió. Luego dio unos pasos adelante y le echó los brazos al cuello.

—Buenos días —lo saludó, y le dejó la mente en blanco al pegar los labios a los suyos.

Los dedos de Flynn que agarraban el collar de *Moe* se aflojaron, y luego lo soltaron del todo para hundirse en el cabello de Malory. Las angustias y miedos con que había despertado se esfumaron también.

En ese momento sintió como si de nuevo nada pudiese estar fuera de su alcance.

Moe desistió de su intento por colocarse entre los dos y se dedicó a dar saltos y a ladrar para atraer su atención.

—Jesús bendito, Hennessy, ¿no puedes hacer algo para que tu perro...?

Jordan enmudeció en lo alto de la escalera. Ante la puerta estaba su amigo con una mujer, bañados ambos por la luz del sol matutino, sumergidos el uno en el otro.

Incluso cuando Flynn relajó un poco el abrazo y alzó la mirada hacia él, tenía el aspecto de un hombre que está deseando volver a zambullirse con gran felicidad.

—Buenos días. Lamento interrumpir. Tú debes de ser Malory.

—Sí, debo de ser yo. —Tenía el cerebro un poco embotado por el beso, pero estaba casi segura de estar viendo a un hombre muy atractivo que no llevaba más que unos bóxers de color negro—. Lo siento. No sabía que Flynn tuviese compañía... ¡Oh! —el cerebro se le despejó—, tú eres Jordan Hawke. Yo soy una gran admiradora tuya.

—Gracias.

—Espera. —Flynn levantó una mano cuando Jordan empezó a bajar—. ¿Qué tal si te pones unos pantalones?

—Claro.

—Ven conmigo —le dijo a Malory—. *Moe* necesita salir.

Dándole un tirón, Flynn logró separarla del lugar en que se había quedado embobada mientras contemplaba a Jordan. Pero ella volvió a quedarse sin habla en la puerta del salón.

Brad estaba en el sofá, boca abajo, con un brazo y una pierna colgando. Iba ataviado como Jordan, sólo que sus bóxers eran blancos.

Malory pensó que era muy interesante comprobar que el vástago del imperio Vane tenía un trasero magnífico.

—¿Fiesta del pijama? —aventuró.

—Los chicos no hacemos fiestas del pijama. Nos limitamos a estar juntos a nuestro aire. *¡Moe!* —llamó al perro, que se había acercado a lamer el pedazo de la cara de Brad que no estaba enterrado en los cojines—. Brad siempre consigue dormir, sean cuales sean las condiciones.

—Eso parece. Es bonito que tengas a tus amigos de nuevo aquí.

—Sí.

La condujo a la cocina. *Moe* se les adelantó y se puso a bailotear delante de la puerta trasera como si llevara horas esperando. Salió como una centella en cuanto Flynn abrió.

—¿Quieres que prepare café? —se ofreció Malory.

—¿Sí? ¿Lo harías?

—Es parte del servicio. —El tarro del café ya estaba sobre la encimera, así que puso el suficiente para una buena jarra—. Si te casas conmigo, prepararé el café todas las mañanas. Por supuesto, espero que tú te encargues de sacar la basura por las noches. —Le lanzó una sonrisa burlona por encima del hombro—. Soy partidaria del reparto de las tareas domésticas.

—Ajá.

—Y se tiene un acceso ilimitado al sexo.

—Ésa es una gran ventaja.

Malory soltó una carcajada mientras medía la cantidad de agua.

—Me gusta ponerte nervioso. Creo que nunca había puesto nervioso a un hombre. Por otro lado… —encendió la cafetera y se dio la vuelta—, nunca había estado enamorada. No de esta manera.

—Malory…

—Soy una mujer muy resuelta, Flynn.

—¡Oh! Sí, eso ha quedado perfectamente claro. —Retrocedió unos pasos cuando ella avanzó hacia él—. Pero creo que deberíamos…

—¿Qué?

Le deslizó los dedos por el pecho.

—¿Ves? Ya ni me acuerdo de lo que quiero decir cuando empiezas a mirarme.

—A mí me parece que ésa es una buena señal.

Pasó levemente sus labios por los de Flynn.

—Me temo que estoy convirtiendo en una costumbre el interrumpiros —dijo Jordan entrando en la cocina—. Lo lamento.

—No pasa nada. —Malory se echó el pelo hacia atrás y fue a buscar tazas limpias—. Sólo he venido para pedirle a Flynn que se case conmigo. Es agradable conocer a otro de sus amigos. ¿Vas a quedarte mucho tiempo en el pueblo?

—Depende. ¿Qué ha contestado cuando se lo has pedido?

—Oh, le cuesta mucho formar frases completas cuando yo menciono el amor o el matrimonio. Resulta raro teniendo en cuenta que es periodista, ¿no?

—¿Sabéis? Yo sigo aquí, ¿eh? —intervino Flynn.

—¿Eso es café? —Brad entró a trompicones, parpadeó cuando reparó en Malory y se escabulló también a trompicones—. Perdón —añadió mientras huía.

Reprimiendo una risa, ella pasó un trapo por las tazas.

—Esta casa está llena de hombres apuestos, y los he visto a todos sin ropa. Desde luego, mi vida ha cambiado. ¿Cómo tomas el café, Jordan?

—Solo. —Apoyó una cadera en la encimera mientras ella le servía—. Flynn me dijo que eras inteligente, divertida y sexy. Tenía razón.

—Gracias. Debo irme ya. Tengo una cita para firmar unos papeles.

—¿Para qué? —preguntó Flynn.

—Son los documentos de la sociedad con Dana y Zoe. Pensaba que Dana te lo había contado.

—¿Contarme qué?

—Que vamos a comprar la casa para abrir el negocio.

—¿Qué casa? ¿Qué negocio?

—La casa de Oak Leaf. Y nuestro negocio. Negocios, supongo. Mi galería, la librería de Dana y el salón de belleza de Zoe. Vamos a llamarlo ConSentidos.

—Tiene gancho —aprobó Jordan.

—No puedo creer que esté metiéndome en esto. —Se apretó el estómago—. No es muy propio de mí. Estoy aterrorizada. Bueno, no quiero llegar tarde. —Se acercó a Flynn, cogió su desconcertado rostro entre las manos y lo besó de nuevo—. Te llamaré más tarde. Esperamos que escribas un artículo sobre nuestra nueva empresa. Ha sido un placer conocerte, Jordan.

—Ha sido un grandísimo placer conocerte a ti, Malory. —La observó mientras recorría el vestíbulo hacia la puerta—. Bonitas piernas, ojos matadores y un brillo capaz de iluminar una caverna. Tienes una mujer llena de vida, colega.

Los labios de Flynn aún vibraban por el beso.

—Y ahora que la tengo, ¿qué voy a hacer con ella?

—Seguro que encontrarás una respuesta. —Apuró su taza de café—. O ella la encontrará.

—Sí. —Flynn se pasó una mano por el corazón. Había como un revoloteo en su interior—. Necesito más café, y después necesito hablar contigo y con Brad. No vais a creeros lo que he soñado esta noche.

13

—No puedo creer que no te lo hayan enseñado. —Dana hurgó en su bolso hasta encontrar la llave de la casa de Flynn.

—Yo tampoco. Ni siquiera se me ha ocurrido —añadió Malory, mientras la irritación la impulsaba desde el coche hasta la puerta de Flynn—. He dado por supuesto que el cuadro de Jordan llegaría a través de una empresa de mensajería. Además, estaban los tres medio desnudos. Eso me ha distraído.

—No te culpes. —Zoe le dio una palmadita de ánimo en la espalda—. De todos modos, podrás verlo ahora.

—Están tramando algo —dijo Dana entre dientes—. Puedo sentirlo. Cuando esos tres se reúnen, siempre traman algo. —Giró la llave en la cerradura y empujó la puerta para abrirla. Esperó unos segundos—. No hay nadie en casa.

—Estaban levantándose cuando he venido, hace un par de horas. —Malory entró sin el menor reparo—. Y ahora que lo pienso, Flynn tenía toda la pinta de tener algo entre manos.

—Intentarán excluirnos. —Lista para echar pestes sobre los hombres en general, y muerta de ganas por hacerlo, Dana volvió a guardarse las llaves en el bolso—.

Es el típico comportamiento de su especie. «Oh, nosotros sabemos más, no agobies tu linda cabeza, pequeña dama.»

—Odio eso. —Encendida de rabia, Zoe soltó el aire con los dientes apretados—. Como el modo en que el mecánico del taller sonríe con suficiencia y te suelta que le explicará el problema del coche a tu marido.

Dana tomó aire por la nariz.

—Eso me da por el culo.

—Si queréis saber mi opinión, el culpable debe de ser ese Bradley Vane. —Zoe se puso en jarras apretando los puños—. Es la clase de tío que trata de dirigirlo todo y a todos. Lo calé desde el primer instante.

—No. Será Jordan. —De una patada, Dana apartó un zapato que había en su camino—. Es un incitador.

—Es responsabilidad de Flynn —discrepó Malory—. Es su casa, son sus amigos y... Oh, Dios mío.

La luz incidía sesgadamente en los dos cuadros, que estaban apoyados en la pared sin ningún cuidado, tal y como los había dejado Flynn. El corazón de Malory se contrajo de admiración y envidia al verlos.

Se aproximó muy despacio, como se aproximaría a un amante que la deslumbrara y excitara. Le dolía la garganta cuando se arrodilló en el suelo delante de ellos.

—Son preciosos —dijo Zoe detrás de ella.

—Son mucho más que eso. —Con delicadeza, Malory alzó el retrato de Arturo y lo giró hacia la luz—. No es sólo cuestión de talento. El talento puede ser técnico, puede lograr una especie de perfección, de equilibrio proporcionado.

Pensó que ella se había acercado a eso cuando pintaba. Casi había dominado la perfección técnica, pero se había quedado a kilómetros de distancia de esa magia que convierte una imagen en arte.

—Es una genialidad cuando el talento puede sobrepasar la técnica y transformarse en emoción —continuó—. En un mensaje o en simple belleza. Cuando tienes eso, alumbras el mundo. ¿Podéis percibir cómo palpita su corazón? —preguntó mientras examinaba al joven Arturo—. Sus músculos se estremecen al ir a coger la empuñadura. Ése es el poder del artista. Yo daría cualquier cosa, cualquier cosa, por ser capaz de crear algo así.

La recorrió un escalofrío, como dos serpientes idénticas de calor y frío. Durante unos segundos sus dedos parecieron arder. Y durante esos segundos algo en su interior se abrió y se encendió, y pudo ver cómo podría hacerse. Cómo debería hacerse. Cómo ella podría verterse en el lienzo para engendrar arte.

Saberlo la colmó hasta los topes, la dejó sin aliento.

Después, en un instante, desapareció.

—¿Mal? ¿Malory? —Zoe se acuclilló a su lado y la cogió por los hombros—. ¿Qué ocurre?

—¿Qué? Nada. Me he mareado un minuto.

—Se te han puesto los ojos muy raros. Estaban dilatados y oscuros.

—Habrá sido la luz.

Pero seguía intranquila cuando abrió el bolso para sacar su lupa. Utilizando la luz natural, inició un examen lento y minucioso de ambas pinturas.

Había una sombra, sólo la insinuación de una forma, que acechaba en lo más profundo de la vegetación del bosque. Y dos figuras —un hombre y una mujer—

que observaban al chico, la espada, la roca, desde un plano más alejado. De una cadena que la mujer llevaba a la cintura colgaban tres llaves.

—¿Qué piensas? —preguntó Dana.

—Pienso que tenemos dos opciones. —Sopesándolas, Malory se echó hacia atrás y giró los hombros—. Podemos convencer a Brad y Jordan para que envíen los cuadros a expertos que puedan verificar si el artista es o no el mismo. Haciendo eso, nos arriesgamos a que todo esto se nos escape de las manos.

—¿Y cuál es la otra opción? —quiso saber Zoe.

—Podéis aceptar mi palabra. Todo lo que sé, todo lo que he estudiado y aprendido me indica que una misma persona pintó estas dos obras. Y que es la misma que hizo el cuadro que hay en el Risco del Guerrero.

—Si admitimos eso, ¿qué hacemos al respecto? —preguntó Dana.

—Averiguar qué es lo que nos dicen los cuadros. Y volver al Risco del Guerrero para preguntar a Rowena y Pitte cómo es posible que al menos dos de las pinturas se hayan realizado con siglos de diferencia.

—Eso nos lleva a una tercera posibilidad —apuntó Zoe con calma—: aceptamos la magia de esta misión. Creemos.

—Siempre tengo tiempo para atender a tres hombres guapos.

A Rowena sólo le faltó ronronear mientras conducía a Flynn, Brad y Jordan hasta la sala que se hallaba dominada por el retrato de las Hijas de Cristal.

Hizo una pausa y esperó hasta que toda la atención estuvo centrada en la pieza.

—Imagino que la pintura le interesa, señor Vane. He oído decir que su familia posee una extensa y ecléctica colección de arte.

Él contempló el cuadro sin pestañear, contempló la figura que llevaba una pequeña espada y un perrito. Los ojos de Zoe le devolvieron la mirada.

—Sí, así es.

—¿Y le han transmitido a usted ese interés?

—Sí. En realidad, creo que tengo un cuadro del mismo artista.

Ella se sentó; una sonrisa secreta jugueteó en sus labios mientras extendía la larga falda de su vestido blanco.

—¿En serio? ¡Qué pequeño es el mundo!

—Y aún se vuelve más pequeño —intervino Jordan—. Parece que yo tengo otro que también podría ser obra de este pintor.

—Fascinante. ¡Ah! —Hizo un gesto cuando una criada entró empujando un carrito—. ¿Café? He supuesto que sería mejor recibido que el té. A los hombres americanos no les va mucho el té, ¿verdad?

—¿No vas a preguntar por el tema del otro cuadro? —Flynn se sentó junto a ella.

—Estoy segura de que me lo diréis. ¿Nata? ¿Azúcar?

—Solo. Yo creo que es una pérdida de tiempo, pues estoy convencido de que ya lo sabes. ¿Quién es el pintor, Rowena?

Ella sirvió el café con mano firme, llenando las tazas hasta un centímetro del borde sin apartar los ojos de los de Flynn.

—¿Te ha pedido Malory que vengas aquí hoy?

—No. ¿Por qué?

—La misión es suya, al igual que las preguntas. Estas cosas tienen sus reglas. Si te hubiese pedido que la representaras, sería muy distinto. ¿Has traído a tu perro?

—Sí. Está fuera.

El rostro de Rowena se tiñó de nostalgia.

—No me importa que entre.

—Vestido blanco, perrazo negro. Quizá quieras volver a pensártelo. Rowena, Malory no nos ha pedido que viniésemos, pero ella y las otras saben que estamos ayudando a investigar. No hay ningún problema por su parte.

—Pero no les habéis contado que pensabais subir para hablar conmigo. Los hombres suelen cometer el error de suponer que las mujeres desean que las descarguen de sus responsabilidades y obligaciones. —Su rostro era abierto y amigable; en su voz había un dejo de hilaridad—. ¿Por qué será?

—No hemos venido para debatir la dinámica hombre-mujer —empezó Jordan.

—¿Qué más hay, en realidad? El hombre por el hombre, la mujer por la mujer, desde luego —continuó Rowena con un elegante ademán de manos—. Pero todo se sustenta en las personas, en lo que son las unas para las otras. ¿Qué harían por y para la otra? Si Malory tiene dudas e inquietudes sobre los cuadros, debe plantearlas. Tú no encontrarás la llave por ella, Flynn. No es tu tarea.

—Anoche soñé que estaba en esta casa. Sólo que no fue un sueño. Fue algo más.

Vio que los ojos de Rowena cambiaban, se oscurecían por la impresión. O por algo más, algo más grande.

—Un sueño de ese tipo no es raro en estas circunstancias.

—Sólo he estado en el vestíbulo y en dos salas de esta mansión. Al menos hasta anoche. Puedo decirte cuántas habitaciones hay en el primer piso, y que hay una escalera en el ala este que lleva al segundo piso y cuyo poste de arranque está tallado en forma de dragón. No pude verlo bien en la oscuridad, pero lo toqué.

—Espera, por favor.

Se levantó deprisa y salió apresuradamente de la estancia.

—El negocio que tienes aquí es muy extraño, Flynn. —Jordan revolvió las bonitas galletas que había dispuestas en una bandeja—. Hay algo familiar en esa mujer. La he visto antes en algún lugar.

—¿Dónde? —preguntó Brad.

—No lo sé. Ya me acordaré. Es guapísima. Una cara como ésa no se olvida. ¿Y por qué la ha alterado que tú hayas tenido un sueño? Porque se ha alterado, aunque a su manera elegante.

—Tiene miedo. —Brad se acercó al cuadro—. Ha pasado de maliciosa a asustada en menos que canta un gallo. Ella conoce la respuesta al enigma de las pinturas, y se lo estaba pasando de maravilla jugando con nosotros hasta que Flynn le ha contado la aventura de su sueño.

—Y ni siquiera he llegado a la mejor parte. —Flynn se puso en pie para explorar la habitación antes de que regresase Rowena—. Aquí pasa algo.

—¿Ahora caes en la cuenta, chaval?

Flynn le dedicó una mirada a Brad mientras abría un mueble bar lacado.

—No lo digo en el sentido obvio. Rowena es una mujer con autodominio y control —dijo mientras señalaba con el pulgar hacia la puerta—. Serena. Con confianza y seguridad en sí misma. La mujer que acaba de salir volando de aquí no era ninguna de esas cosas. Chicos, aquí dentro hay algunas bebidas de primera clase.

—¿Le apetece una copa, señor Hennessy?

Aunque se estremeció un poco, Flynn se giró hacia la entrada y respondió con serenidad a Pitte:

—No, gracias. Es un poco temprano para mí. —Cerró el mueble bar—. ¿Qué tal?

Rowena puso una mano sobre el brazo de Pitte antes de que él pudiese contestar.

—Termina —le ordenó a Flynn—. Termina de contar el sueño.

—Hablemos *quid pro quo*. —Inclinando la cabeza, Flynn se encaminó de nuevo al sofá y se sentó—. Vosotros queréis oír el resto del sueño y nosotros queremos saber quién pintó los cuadros. Yo os muestro mis cartas y vosotros me mostráis las vuestras.

—¿Pretende regatear con nosotros?

Flynn se quedó sorprendido ante el timbre atónito y escandalizado de la voz de Pitte.

—Sí.

—No está permitido. —De nuevo, Rowena tocó el brazo de Pitte. Pero por la mirada sulfurosa e impaciente que él le dirigió, Flynn supo que ella no podría contenerlo mucho tiempo más—. No podemos darte respuestas sólo porque nos hagas preguntas. Hay límites, hay pautas que seguir. Es importante que sepamos qué te ocurría.

—Dadme algo a cambio.

Pitte exclamó algo de forma brusca, y, aunque el idioma era un misterio para él, Flynn reconocía un juramento en cuanto lo oía. Después hubo un brillante fogonazo y una corriente eléctrica por el aire. Cautelosamente, Flynn bajó la vista hasta su regazo, donde en ese momento descansaban fajos precintados de billetes de cien dólares.

—¡Ah, bonito truco!

—Tenéis que estar de guasa. —Jordan ya había dado un salto y se agachó para coger uno de aquellos fajos. Lo agitó y luego se dio con él golpecitos en la palma de la mano mientras miraba a Pitte—. Desde luego que ya es hora de obtener algunas respuestas.

—¿Les hace falta más? —bramó Pitte, y Rowena se giró hacia él con una especie de deslumbrante furia femenina.

Las palabras que se lanzaron el uno al otro eran ininteligibles. Flynn pensó que sería gaélico. Quizá galés. Pero lo fundamental estaba bastante claro. Su genio sacudió la habitación.

—Vale, tomémonos un respiro. —Con tres zancadas resueltas, Brad se adelantó y se situó en medio de la pareja—. Esto no va a ninguna parte. —Su voz era reposada y controlada, y motivó que Pitte y Rowena le gruñeran. Aun así, él permaneció donde estaba y se giró hacia Flynn—. Nuestro anfitrión acaba de sacar... ¿Cuánto?

—Parecen unos cinco mil dólares.

—Cinco de los grandes salidos de la nada..., y, muchacho, tengo algunos accionistas a los que les gustaría hablar contigo. Por lo visto nuestro anfitrión cree que quieres dinero en efectivo a cambio. ¿Eso es verdad?

—Por duro que resulte rechazar cinco mil dólares mágicos, no. —Podía admitir que le dolía, pero Flynn depositó los fajos en la mesa—. Estoy preocupado por tres mujeres que no le han hecho daño a nadie, y estoy un poco preocupado por mí mismo. Quiero saber qué está ocurriendo.

—Cuéntanos el resto y nosotros te contaremos lo que nos sea posible. Cuéntanoslo voluntariamente —añadió Rowena acercándose a él—. Preferiría no tener que hacerte hablar.

Irritado, Flynn se inclinó hacia delante.

—¿Hacerme hablar?

Cuando respondió, la voz de Rowena fue de un frío invernal, frente al ardor de la de Flynn.

—Querido, yo podría hacer que parparas como un pato, pero, como imagino que diría tu valiente y sensato amigo, eso no nos llevaría a ninguna parte. ¿Acaso crees que nosotros deseamos algún mal para vosotros o vuestras mujeres? En absoluto. No le deseamos mal a nadie. Eso puedo garantizártelo. —Rowena se giró y ladeó la cabeza—. Pitte, has insultado a nuestro invitado con esa exhibición de mal gusto. Pídele disculpas.

—¿Que me disculpe?

—Sí.

Ella se sentó de nuevo y se sacudió la falda. Esperó. Pitte enseñó los dientes. Se dio golpecitos nerviosos en los muslos.

—Las mujeres son una maldición para los hombres.

—¿Verdad que sí? —coincidió Jordan.

—Lamento haberla ofendido. —Después hizo un giro de muñeca. El dinero se esfumó—. ¿Mejor?

—No hay un modo razonable de contestar a esa pregunta, de modo que haré otra en su lugar —repuso Flynn—. ¿Quiénes diablos sois?

—No estamos aquí para responder a sus interrogaciones. —Pitte fue hacia la jarra de plata y se sirvió café en una taza de Dresde—. Incluso un periodista…, y ya te advertí que sería un estorbo —añadió en un aparte, dirigiéndose a Rowena—, debería tener en cuenta ciertas normas de conducta cuando está de visita en casa de otra persona.

—¿Y qué tal si digo yo quiénes sois…? —empezó Flynn, pero se interrumpió al oír un alegre ladrido que resonó contra las paredes segundos antes de que llegase *Moe*—. ¡Oh, mierda!

—¡Aquí está! —Rowena abrió los brazos para darle la bienvenida, y *Moe* ya estaba instalado entre ellos cuando aparecieron las tres amigas.

—Lamento irrumpir aquí de esta manera —Malory barrió la habitación con la mirada y se detuvo en Flynn—, pero es que resulta que ciertas personas piensan que deberían arrebatar el control a las mujeres.

—Eso no es exactamente así.

—¿Ah, no? ¿Y cómo es exactamente?

—Sólo estamos siguiendo vuestro ejemplo. Estabais muy ocupadas precipitándoos en sociedades empresariales y comprando casas.

—En los últimos días he estado precipitándome en muchas cosas. Quizá podríamos discutir el hecho de que me haya precipitado en meterte en mi cama.

Escocido por el aguijón de la vergüenza y la irritación, Flynn se puso en pie.

—Sí, claro que podríamos; pero a lo mejor sería más conveniente encontrar un momento y un lugar más apropiados.

—¿Te atreves a hablar de lo que es apropiado cuando tú y tu pandilla de la testosterona habéis intentado haceros cargo de mis responsabilidades y mi tarea? Sólo porque esté enamorada de ti, sólo porque me haya acostado contigo, no significa que vaya a quedarme sentada mientras tú diriges mi vida.

—¿Quién está dirigiendo la vida de quién? —Frustrado, Flynn extendió los brazos—. Eres tú quien ha planificado la mía. Estoy metido en esto, Malory, tanto si quiero como si no. Y estoy aquí para averiguar qué implica eso. Y si lleva a donde yo creo que lleva, debes dejarlo. Todas vosotras —miró con fiereza a Dana y Zoe— debéis dejarlo.

—¿Quién te ha nombrado jefe? —preguntó Dana—. Cuando yo tenía diez años no podías decirme qué debía hacer, y desde luego no vas a lograrlo a estas alturas.

—Oh, estáis a la que salta —exclamó—. Habéis hecho que esto parezca un juego. —Lanzó esa acusación a Rowena—. Casi una especie de búsqueda romántica. Pero no les habéis contado qué están arriesgando.

—¿De qué estás hablando? —Malory le clavó un dedo en el hombro.

—Los sueños —sin hacer ningún caso a Malory, Flynn siguió dirigiéndose a Rowena— son advertencias, ¿verdad?

—No has acabado de contarnos el tuyo. Quizá deberíamos sentarnos todos y tú podrías empezar desde el principio.

—¿Has tenido un sueño? ¿Como el mío? —Malory volvió a clavarle un dedo—. ¿Por qué no me lo habías dicho?

—Cierra la boca un momento. —Flynn ya había perdido la paciencia y la empujó hacia el sofá—. Quédate callada —le ordenó—. No quiero oír nada hasta que haya terminado.

Comenzó por el principio, cuando deambulaba por la casa con la sensación de estar vigilado y ser perseguido. Relató la experiencia del parapeto, el pánico y el dolor, y finalizó con el momento en que se había despertado en su cama empapado de agua de lluvia.

—Ese..., ese ser quería mi alma, quería que yo supiera que ése podía ser el precio por estar implicado en esta historia.

—Eso no estaba contemplado. —Pitte apretó con fuerza una de las manos de Rowena y le habló como si no hubiese nadie más en la habitación—: Las cosas no pueden ser así. Ellas no han de sufrir ningún daño. Ésa fue la primera y la más sagrada de las promesas.

—No podemos saberlo. Como no se nos permite atravesar la Cortina, no podemos saber cuál es la situación actual allí. Si él ha roto el juramento, debe de creer que puede eludir las consecuencias. Debe de creer que... ellas son las elegidas —dijo Rowena en un susurro—, que puede hacerse, que ellas pueden triunfar. Él ha abierto la Cortina para detenerlas, y la ha traspasado.

—Si fracasan…

—No pueden fracasar. —Se dio la vuelta con una gran determinación en el rostro—. Os protegeremos.

—¿En serio? —Temblorosa, Malory entrelazó las manos sobre el regazo y se retorció los dedos hasta que el dolor le despejó el cerebro—. ¿Del mismo modo en que protegisteis a las Hijas de Cristal? La maestra y el guerrero. Sois vosotros, de alguna manera. —Se levantó y se acercó al cuadro—. Estáis aquí —dijo señalando a la pareja del fondo—. Y aquí, en esta habitación. En este lugar. Y pensáis que lo que se esconde ahí, entre las sombras de los árboles, también está aquí. No se le ve la cara.

—Tiene más de una. —Rowena habló en un tono práctico que sonó absolutamente escalofriante.

—Tú pintaste este cuadro, y los otros dos que tenemos.

—Pintar es una de mis pasiones —confirmó—. Una de las constantes. Pitte —se giró hacia él—, saben mucho.

—Yo no sé nada de nada —declaró Dana.

—Ven aquí, a la zona escéptica de la sala —la invitó Jordan.

—Lo que importa ahora es lo que sabe Malory. —Rowena alzó una mano—. Y que lo que tengo será empleado para manteneros a salvo.

—Eso no basta. —Flynn sacudió la cabeza—. Malory renuncia. Todos renunciamos. Si queréis que os devolvamos el dinero…

—Perdona —lo cortó Malory—, pero yo puedo hablar por mí misma. Esto no es una cuestión de reembolso, ¿verdad? —le preguntó a Rowena—. No hay vuelta atrás, nada de decir: «Huy, los riesgos son mayores de lo que creía. Fin del juego».

—Llegamos a un acuerdo.

—Sin que se expusiera toda la verdad —intervino Brad—. Sea cual sea el contrato que hayan firmado estas mujeres, no tendrá validez legal.

—La cuestión no es legal —replicó Malory impaciente—, sino moral. Aún más, se trata del destino. Por lo que soy y por lo que sé, formo parte de esto. Y si encuentro la primera llave, una de ellas será la siguiente. —Miró a Dana y Zoe—. Una de ellas correrá un riesgo durante la próxima fase de la luna.

—Sí.

—Vosotros sabéis dónde están las llaves —estalló Flynn—. Dádselas y ya está. Acabad con esto.

—¿Acaso creen que si eso fuera posible continuaríamos en esta prisión? —Con un gesto que reflejaba a la vez disgusto y amargura, Pitte estiró los brazos—. Año tras año, siglo tras siglo, milenio tras milenio atrapados en un mundo que no es el nuestro. ¿Creen que viviríamos entre ustedes por propia voluntad? ¿Que hemos puesto en sus manos nuestro destino, el destino de las que están a nuestro cargo, porque lo deseamos? Estamos atados a este mundo, atados a esta única tarea. Y ahora ustedes también.

—No podéis ir a casa. —Después de la atronadora voz de Pitte, la voz serena de Zoe sonó como un martillazo—. Nosotros somos vuestro hogar. No teníais ningún derecho a engañarnos para que fuésemos parte de esta historia sin contarnos antes todos los peligros que suponía.

—No lo sabíamos. —Rowena tendió las manos.

—Para ser un par de dioses, hay muchas cosas que no sabéis y que no podéis hacer.

Los ojos de Pitte echaban chispas cuando se volvió hacia Flynn.

—Quizá le gustase ver una demostración de lo que podemos hacer, señor Hennessy.

Apretando ya los puños, Flynn dio un paso al frente.

—Adelante.

—Señores... —El profundo suspiro de Rowena fue como un torrente de agua fría diseñado para rebajar la temperatura ascendente de la estancia—. Los hombres, sean cuales sean sus orígenes, son lamentablemente previsibles en algunas cosas. En cualquier caso, no es vuestro orgullo o masculinidad lo que corre un riesgo aquí. Flynn, en todos los mundos hay leyes entretejidas con su estructura.

—Pues derriba la estructura. Quebranta la ley.

—Si estuviese a mi alcance entregaros las llaves en este momento, eso no resolvería nada.

—No funcionarían —afirmó Malory, y Rowena le dedicó un gesto de aprobación.

—Tú lo entiendes.

—Creo que sí. Si este hechizo... ¿Es un hechizo?

—Es la forma más sencilla de llamarlo —contestó Rowena.

—Si se rompe, ha de ser a través de nosotras. Mujeres, mujeres mortales. Utilizando nuestro cerebro, ingenio y energía, y los recursos de nuestro mundo. En caso contrario, ninguna llave abrirá la caja. Porque... nosotras somos las auténticas llaves. La respuesta está en nosotras.

—Estás muy cerca de donde necesitas estar. —Una avalancha de emociones recorría el rostro de Rowena. Se levantó y puso las manos sobre los brazos de Malory—. Más cerca de lo que nadie ha estado nunca.

—Pero no lo bastante cerca. Todavía no. Y ya ha pasado la mitad de mi tiempo. Necesito haceros algunas preguntas. En privado.

—Eh, que somos todas para una —le recordó Dana. Malory le dirigió una súplica silenciosa—. De acuerdo, de acuerdo. Esperaremos fuera.

—Yo me quedaré contigo.

Flynn le puso una mano en el hombro, pero ella se zafó.

—He dicho en privado. No quiero que estés aquí.

Él la miró helado e inexpresivo.

—Bien. Entonces me apartaré de tu camino.

Con evidente pena, Rowena dio un empujoncito a *Moe* para que se marchara con su dueño. Luego frunció el entrecejo al oír el violento portazo con que Flynn abandonaba la casa.

—Tu hombre tiene un corazón sensible, y más fácil de herir que el tuyo.

—¿Es mi hombre? —Antes de que Rowena pudiese hablar, Malory sacudió la cabeza—. Lo primero es lo primero. ¿Por qué fui conducida al otro lado de la Cortina?

—Él quería mostrarte su poder.

—¿Quién es él?

Rowena vaciló; luego, cuando Pitte asintió con la cabeza, respondió:

—Es Kane, un brujo. La figura oscura.

—Es el que se oculta entre las sombras, el que yo vi en mi sueño. El ladrón de almas.

—Se mostró ante ti para asustarte. No tendría necesidad de asustarte si tú no pudieses lograr el éxito.

—¿Por qué le hizo daño a Flynn?

—Porque tú lo amas.

—¿Lo amo? —La voz de Malory se tornó ronca por la emoción—. ¿O me han hecho creerlo? ¿Y si no es más que una trampa?

—¡Ah! —Rowena soltó el aire con delicadeza—. Quizá no estés tan cerca como yo creía. ¿No conoces tu propio corazón, Malory?

—Conozco a Flynn desde hace dos semanas y ya siento que mi vida no estará bien jamás si él no forma parte de ella. Pero ¿eso es real? Al cabo de mis cuatro semanas, ¿aún sentiré lo mismo? —Se apretó el corazón—. ¿O me arrebatarán ese sentimiento? ¿Es peor que te arranquen el alma a que te arranquen el corazón?

—Yo creo que no, pues se alimentan entre sí. Y no puedo darte la respuesta, porque ya la tienes, sólo has de decidir mirarla.

—Dime una cosa: ¿estará Flynn a salvo si me separo de él? Si le cierro mi corazón, ¿estará a salvo?

—¿Renunciaría a él para protegerlo? —preguntó Pitte.

—Sí.

Meditabundo, Pitte se acercó al mueble bar lacado y sacó una botella de coñac.

—¿Y le explicaría el porqué?

—No. Él nunca…

—Ah, así que lo engañaría. —Con una leve sonrisa, Pitte llenó una copa de coñac—. Y justificaría esa mentira diciendo que lo hace por su propio bien. Las mujeres, sean del mundo que sean, son previsibles —concluyó mientras dedicaba un gesto burlón a Rowena.

—El amor —lo corrigió ella— es una fuerza constante en cualquier universo. Tus decisiones, tus elecciones —le dijo a Malory—, deben ser tuyas. Pero tu hombre no te agradecerá ningún sacrificio que realices por protegerlo. —Le devolvió a Pitte un gesto burlón—. Nunca lo agradecen. Ahora vete. —Tocó la mejilla de Malory—. Descansa un poco la mente, hasta que puedas pensar con claridad al respecto. Y tienes mi palabra, haremos todo lo que esté en nuestras manos para cuidaros, a ti, a tu hombre y a tus amigos.

—No las conozco —Malory señaló el retrato—, pero conozco a las personas que me esperan fuera. Debéis saber que si me viese en la obligación de escoger, escogería a quienes conozco.

Pitte aguardó hasta que estuvieron solos para llevarle una copa de coñac a Rowena.

—Te he amado a través del tiempo y de distintos mundos.

—Y yo a ti, corazón mío.

—Pero nunca te he entendido. Podrías haber contestado a su pregunta sobre el amor y haber tranquilizado su corazón.

—Será mucho más sabia, y más feliz, si ella misma encuentra la respuesta. ¿Cuánto podemos hacer por ellos?

Pitte se inclinó y le besó la frente.

—Todo lo posible.

14

Malory admitió que necesitaba tiempo. Había estado montada en una montaña rusa desde el principio del mes, y, aunque había resultado emocionante vivir a base de descensos vertiginosos y giros repentinos, necesitaba un respiro.

Mientras entraba en su apartamento, pensó que nada en su vida era como había sido. Ella siempre había confiado en la consistencia, y ese elemento se le había escurrido entre los dedos.

O lo había apartado en un impulso.

Ya no tenía La Galería. No estaba completamente segura de conservar su sensatez. En uno de aquellos descensos o giros había dejado de ser la Malory juiciosa y fiable y se había convertido en la irracional, impulsiva y fantasiosa Malory Price..., una mujer que creía en la magia y en el amor a primera vista.

«Bueno, vale, a tercera vista», se corrigió a sí misma mientras corría las cortinas y se metía en la cama; pero esencialmente era lo mismo.

Había cogido un dinero que podría haber estirado durante muchos meses de escasez y lo había invertido en una empresa con otras dos mujeres a las que no conocía unas semanas antes. Y había confiado en ellas incondicionalmente. Sin reservas.

Estaba a punto de embarcarse en un negocio propio sin ninguna mercancía, ni un plan sólido ni red de seguridad. Contra toda lógica, esa idea la hacía feliz.

Aun así, el corazón le palpitaba y tenía el estómago revuelto por la posibilidad de que pudiese no estar enamorada de verdad; de que la dicha llena de confianza y placer que le proporcionaba Flynn fuese sólo una ilusión.

Si esa ilusión se rompía en mil pedazos, temía sufrir por ello el resto de su vida.

Ahuecó la almohada debajo de la cabeza, se hizo un ovillo y rezó por quedarse dormida.

Hacía sol y calor cuando despertó, y el aire olía a rosas de verano. Malory se acurrucó un momento. Las sábanas tibias retenían el leve aroma de su hombre y la suave deriva del silencio.

Rodó sobre sí misma perezosamente y parpadeó. Algo raro le rondaba el pensamiento. No algo desagradable, sólo raro.

Un sueño. El sueño más extraño.

Se incorporó y se estiró, percibiendo la saludable tensión de los músculos. Desnuda, y cómoda con su desnudez, se levantó, olfateó las rosas amarillas que había sobre el tocador y cogió la bata. Se detuvo frente a la ventana para admirar su jardín y sumergirse en el fragante aire. Abrió más la ventana y dejó que el canto de los pájaros la siguiera mientras salía de la habitación.

El sentimiento raro ya se estaba desvaneciendo —al igual que los sueños al despertar— cuando se deslizó escaleras abajo, pasando la mano por la sedosa madera de la barandilla. Las luces de colores de la ventana que había sobre la puerta se proyectaban juguetonas sobre el suelo. Más flores, orquídeas blancas de perfume exótico, sobresalían de un antiguo jarrón que descansaba en la mesita de la entrada.

Junto al jarrón estaban las llaves de él, en el pequeño cuenco de mosaico que ella le había comprado con ese propósito.

Atravesó la casa de camino a la cocina, y allí sonrió. Él estaba ante los fogones metiendo una maltrecha rebanada de pan en la sartén. Había una bandeja a su lado dispuesta ya con una copa larga llena de espumoso zumo, un jarrón estrecho con una rosa y la bonita taza de café de Malory.

La puerta del patio estaba abierta. A través de ella podía oír que los pájaros continuaban cantando y los esporádicos y alegres ladridos del perro. Dichosa, se acercó con sigilo, pasó los brazos por la cintura de Flynn y pegó los labios a su nuca.

—Ten cuidado. Mi esposa puede despertarse en cualquier momento.

—Corramos ese riesgo.

Él se giró y la estrechó con un largo y profundo beso. Ella sintió que el corazón le daba saltos y le ardía la sangre, mientras pensaba: «Perfecto. Es todo perfecto».

—Iba a sorprenderte. —Flynn le deslizó una mano por la espalda mientras se separaba un poco—. Desayuno en la cama: el especial Hennessy.

—Conviértelo en una sorpresa mejor y toma el desayuno en la cama conmigo.

—Creo que podrías convencerme. Espera.

Cogió la espátula y le dio la vuelta a la torrija.

—Hum... Son más de las ocho. No deberías haberme dejado dormir tanto.

—Anoche no te dejé dormir mucho. —Le guiñó un ojo—. Me parecía justo que recuperaras un poco por la mañana. Has estado trabajando muy duro, Mal, preparando tu exposición.

—Ya casi he terminado.

—Cuando esto haya pasado, voy a llevarme a mi increíblemente bella y talentosa mujer a unas bien merecidas vacaciones. ¿Recuerdas la semana que pasamos en Florencia?

Días llenos de sol y noches llenas de amor.

—¿Cómo podría olvidarla? ¿Estás seguro de que podrás tomarte unos días libres? Yo no soy la única que ha estado ocupada.

—Sacaremos tiempo. —Dejó la torrija en una bandeja—. ¿Por qué no vas a recoger el periódico y luego volvemos a la cama una hora... o dos?

Unos sollozos soñolientos empezaron a sonar a través del intercomunicador que había sobre la encimera. Flynn miró hacia allí.

—O quizá no.

—Yo iré. Reúnete conmigo arriba.

Salió a toda prisa, reparando a medias en los cuadros que colgaban de las paredes: la escena callejera que había pintado en Florencia, la marina desde Outer Banks, el retrato de Flynn sentado al escritorio de su oficina.

Giró hacia la habitación de los niños. Allí las paredes también estaban decoradas con obras suyas: las coloridas escenas de cuentos de hadas que había pintado durante el embarazo.

En la cuna de relucientes barrotes, su pequeño lloraba reclamando atención.

—Sí, cielo, mamá ya está aquí.

Lo cogió y lo apretó contra su pecho.

Mientras lo arrullaba y se balanceaba, pensó que el niño tendría el cabello de su padre. Ya se le estaba oscureciendo, con esos reflejos castaños que relucían cuando la luz incidía sobre él.

Él también era perfecto. Absolutamente perfecto.

Pero mientras lo llevaba hacia la mesa para cambiarlo se le aflojaron las piernas.

¿Cómo se llamaba? ¿Cuál era el nombre de su hijo? Aterrorizada, lo estrechó con más fuerza, luego giró sobre sí misma cuando oyó que Flynn se asomaba por la puerta.

—Estás preciosa, Malory. Te quiero.

—Flynn. —Le pasaba algo en los ojos. Era como si pudiese ver a través de él, como si él se estuviese desvaneciendo—. Algo va mal.

—Nada va mal. Todo está perfectamente bien. Todo es justo como tú deseabas que fuese.

—No es real, ¿verdad? —Las lágrimas empezaron a escocerle en los ojos—. No es real.

—Podría serlo.

Hubo un destello luminoso, y Malory se encontró en un estudio inundado de luz. Había cuadros amontonados contra las paredes o en caballetes. Estaba frente a uno, brillante en color y forma. Tenía un pincel en la mano que mojó en su paleta.

—Yo he hecho esto —susurró mientras contemplaba el cuadro.

Era un bosque brumoso, con una luz verdosa. La figura que avanzaba por el sendero iba sola. Malory pensó que no estaba sola, sino que era una persona solitaria. Tenía su hogar al final del camino, y un poco de tiempo para disfrutar de la quietud y la magia de los bosques.

Su mano había hecho eso. Su mente, su corazón. Podía sentirlo, al igual que podía sentir y recordar todas las pinceladas de todos los lienzos de la estancia.

El poder de la creación, la gloria que conllevaba con todo su dolor y placer.

—Puedo hacerlo. —Con una especie de regocijo frenético, continuó pintando—. Tengo que hacerlo.

El júbilo era como una droga, y lo ansiaba. Sabía cómo mezclar el tono de color preciso, cuándo extenderlo, cuándo dedicarse a los detalles más delicados. Cómo crear esa luz, esa sombra, de modo que uno pudiese sentir que podía adentrarse en su interior, recorrer el sendero y encontrar su hogar al final del camino.

Pero mientras pintaba también empezaron a rodarle lágrimas por las mejillas.

—No es real.

—Podría serlo.

El pincel cayó al suelo y lo manchó de pintura, mientras ella se daba la vuelta.

Él estaba a su lado, bañado por los rayos del sol. Y aun así era oscuro. Sus cabellos, negros y relucientes, le caían como dos alas sobre los hombros. Sus ojos eran de un intenso gris piedra. Pómulos altos y pronunciados, mejillas hundidas y una boca carnosa y seductoramente perversa.

«Es hermoso», pensó Malory. ¿Cómo podía ser hermoso?

—¿Pensabas que tendría aspecto de demonio? ¿Como algo salido de una pesadilla? —Su tono divertido sólo le añadió más encanto—. ¿Por qué habría de ser así? Ellos han hecho que tengas una pobre opinión de mí, ¿verdad?

—Tú eres Kane. —El miedo había anidado en ella, y sus frías manos le rodeaban la garganta—. Tú robaste las almas de las Hijas de Cristal.

—Eso no debería importarte. —Su voz también era hermosa. Melódica, balsámica—. Tú eres una mujer corriente en un mundo corriente. No sabes nada de mí ni de mi mundo. Yo no te deseo ningún mal. Más bien al contrario. —Con la gracia de un bailarín, se desplazó por la estancia; sus botas no producían ningún ruido en el suelo salpicado de pintura—. Éste es tu trabajo.

—No.

—Oh, sí, y lo sabes. —Alzó un lienzo, examinó las líneas sinuosas de una sirena recostada en una roca—. Recuerdas haber pintado este cuadro, y los otros. Ahora sabes qué se siente al tener ese poder. El arte convierte en dioses a los hombres. —Dejó el lienzo en su sitio—. O a las mujeres. ¿Qué somos, en mi mundo, excepto artistas y poetas, magos y guerreros? ¿Tú quieres conservar ese poder?

Malory intentó enjugarse las lágrimas y observó su obra a través de ellas.

—Sí.

—Puedes tenerlo, todo el poder y más. El hombre que deseas, la vida, la familia. Te daré todo eso. El niño que sostenías en brazos puede ser real. Todo puede pertenecerte.

—¿A qué precio?

—A uno muy pequeño. —Deslizó un dedo por su mejilla húmeda, y la lágrima que le robó llameó en la punta de su dedo—. Muy, pero que muy pequeño. Sólo has de permanecer en el interior de este sueño. Despertar y dormirte dentro de él, caminar, hablar, comer, amar. Todo lo que puedas anhelar estará aquí para ti. La perfección… sin dolor ni muerte.

Ella soltó un suspiro tembloroso.

—No hay llaves en este sueño.

—Eres una mujer lista. ¿Por qué te preocupas por unas llaves, por unas diosas bastardas que no tienen nada que ver contigo? ¿Por qué te pones en peligro a ti misma y a los tuyos por unas chicas imbéciles que no deberían haber nacido? ¿Renunciarías a tu propio sueño por unas desconocidas?

—No quiero un sueño. Quiero mi vida. No canjearé mi vida por tus ilusiones.

La piel de Kane se tornó blanca; sus ojos, negros.

—¡Pues piérdelo todo!

Malory chilló cuando él alargó sus manos hacia ella y de nuevo cuando el frío la acuchilló. Después sintió como si tiraran de su cuerpo mientras daba vueltas, y despertó jadeante, ya liberada, en su cama.

Oyó golpes en la puerta y gritos. Saltó de la cama aterrorizada. Se abalanzó hacia el salón a trompicones, y allí vio a Flynn, al otro lado de la puerta del patio, a punto de estrellar una silla contra el cristal. La soltó cuando ella le abrió la puerta.

—¿Quién está aquí? —La agarró por los hombros, la levantó en vilo y la apartó—. ¿Quién te ha hecho daño?

—Aquí no hay nadie.

—Estabas chillando. Te he oído chillar.

Entró corriendo en el dormitorio con los puños preparados.

—He tenido una pesadilla. No ha sido más que un mal sueño. Aquí no hay nadie aparte de mí. Tengo que sentarme.

Se aferró al sofá y se sentó lentamente.

Las piernas de Flynn también estaban un poco débiles. Malory había gritado como si algo la estuviese desgarrando. Él ya había tenido su buena ración de terror por la noche, pero no había sido nada comparada con lo que había sentido en lo más hondo desde el otro lado de la puerta de cristal.

Fue a la cocina y llenó un vaso de agua.

—Toma, bebe un poco. Despacio.

—Estaré bien dentro de un minuto. Me he despertado y tú estabas dando golpes y voceando. Todo está aún un poco confuso.

—Estás temblando. —Miró a su alrededor y vio un chal de felpilla. Lo echó por encima de los hombros de Malory y se sentó a su lado—. Cuéntame el sueño.

Ella sacudió la cabeza.

—No. Ahora mismo no quiero hablar de eso ni pensar en ello. Sólo quiero estar sola un rato. No te quiero aquí.

—Es la segunda vez que me dices eso hoy; pero en esta ocasión no va a servirte de nada. De hecho voy a llamar a Jordan para avisarle de que esta noche me quedo aquí.

—Éste es mi apartamento. Nadie se queda a menos que yo lo invite.

—Te equivocas de nuevo. Desvístete y métete en la cama. Te prepararé sopa o algo.

—No quiero sopa, no te quiero aquí. Y desde luego no quiero que me mimen.

—Entonces ¿qué cojones quieres? —Se puso en pie de golpe, vibrando de rabia y frustración—. Un minuto te tengo encima diciéndome que estás enamorada de mí y que quieres pasar tu vida conmigo, y al minuto siguiente me echas a patadas. Estoy harto de las mujeres, de sus señales equívocas, de sus mentes caprichosas y de sus malditas expectativas hacia mí. Ahora mismo vas a hacer lo que yo quiero, es decir, meterte en la cama mientras te preparo algo de comer.

Ella se le quedó mirando. Una docena de palabras insultantes y venenosas le treparon por la garganta, pero se le perdieron todas cuando rompió a llorar.

—Oh, Dios. —Flynn se frotó el rostro con las manos—. Buen trabajo, Hennessy. Te mereces un aplauso.

Fue hasta la ventana a grandes zancadas y miró hacia fuera mientras ella lloraba desenfrenadamente a su espalda.

—Lo lamento. No sé qué hacer contigo. No puedo resistirlo. No me quieres aquí, de acuerdo. Llamaré a Dana; no quiero que te quedes sola.

—Yo tampoco sé qué hacer conmigo. —Sacó un paquete de pañuelos de papel de un cajón—. Si te he enviado señales equívocas, no ha sido de forma deliberada.

—Se secó la cara, pero las lágrimas siguieron brotando—. No tengo una mente caprichosa..., al menos no la tenía. Y no sé cuáles son mis malditas expectativas sobre ti. Ni siquiera sé cuáles son ahora mis malditas expectativas sobre mí misma. Y antes no era así. Estoy asustada. Me asusta lo que está ocurriendo a mi alrededor y dentro de mí. Y me asusta porque no sé qué es real. No sé si tú estás aquí de verdad.

Él volvió sobre sus pasos y se sentó de nuevo junto a ella.

—Estoy aquí —dijo mientras le cogía la mano con firmeza—. Esto es real.

—Flynn —recobró el control mirando sus dos manos unidas—, toda mi vida he deseado algunas cosas. Quería pintar. Desde que tengo recuerdos, quería ser artista. Una artista maravillosa. Estudié, trabajé y nunca llegué a alcanzar mi objetivo. Carezco de ese don. —Cerró los ojos—. Aceptar eso me dolió más de lo que puedo expresar. —Más sosegada, suspiró y miró a Flynn—. Lo mejor que podía hacer era trabajar con el arte, estar rodeada de él, encontrar una finalidad a ese amor. —Apretó una mano sobre el corazón—. Y descubrí que era buena en eso.

—¿No crees que hay algo noble en hacer aquello para lo que de verdad vales, aunque no fuese tu primera elección?

—Es una bonita idea, pero resulta muy duro prescindir de un sueño. Imagino que tú lo sabes.

—Sí, lo sé.

—Mi otro anhelo era amar a alguien y ser amada por él. Absolutamente. Saber, cuando me acostara por la noche y me levantara por la mañana, que ese alguien estaría conmigo. Que me comprendería y me desearía. Tampoco en eso he tenido demasiada suerte. Podía conocer a alguien y podía parecer que conectábamos. Pero nunca me llegó a lo más hondo. Nunca sentí ese salto, esa quemadura que se transforma en una maravillosa y creciente calidez; eso que sucede cuando sabes que esa persona es la que estabas esperando. Hasta que te conocí. No digas nada —se apresuró a pedir—, necesito terminar. —Volvió a beber agua para refrescarse la garganta—. Cuando esperas algo durante toda tu vida y lo encuentras, es como un milagro. Todas las partes de tu interior que han permanecido al acecho se despliegan y comienzan a palpitar. Antes de eso estabas bien; tenías objetivos y metas, y todo funcionaba como es debido. Pero luego hay mucho más. No puedes explicar qué es ese más, pero sabes que si lo pierdes nunca podrás volver a rellenar esos espacios vacíos del mismo modo. Jamás. Eso es terrorífico. Temo que lo que hay en mi interior sea una trampa. Temo despertar mañana y que lo que palpita aquí dentro se haya detenido, que esté silencioso de nuevo; temo no sentirme así. No sentirme como he deseado sentirme toda mi vida. —Sus ojos estaban secos por fin; su mano, firme mientras dejaba el vaso—. Puedo soportar que tú no me ames. Siempre queda la esperanza de que acabes amándome. Pero no sé si puedo soportar no amarte. Sería como..., como si me hubiesen arrebatado algo. No sé si puedo resistir estar como estaba antes.

Él le pasó una mano por el pelo y luego la atrajo para que apoyara la cabeza en su hombro.

—Nadie me ha amado nunca, no de la manera que tú dices. No sé qué puedo hacer al respecto, Malory, pero yo tampoco quiero perderte.

—He visto cómo podrían ser las cosas, pero no era verdad. Un simple día normal y corriente era tan perfecto como una piedra preciosa en la palma de la mano. Él me ha hecho verlo y sentirlo. Y ambicionarlo.

Flynn se recostó y giró con las manos el rostro de ella hacia él.

—¿Hablas del sueño?

Malory asintió.

—Me ha dolido más que ninguna otra cosa que haya tenido que dejar. Es un precio muy alto, Flynn.

—¿Puedes contármelo?

—Creo que debo hacerlo. Estaba cansada. Sentía como si me hubiesen sometido a un examen emocional. Sólo quería tumbarme un poco, alejarme de todo durante un rato.

Empezó a narrarle el sueño: la experiencia de despertar con una sensación de completo bienestar, de moverse por una casa rebosante de amor y encontrarlo a él en la cocina preparándole el desayuno.

—Eso debería haberte dado una pista: ¿yo cocinando? Menudo fallo.

—Estabas preparándome torrijas. Es mi placer favorito en las mañanas de holgazanería. Hemos hablado de irnos de vacaciones y yo he rememorado los lugares en que habíamos estado, lo que habíamos hecho allí. Esos recuerdos estaban dentro de mí. Entonces se ha despertado el bebé.

—¿Bebé? —Su rostro se cubrió de una palidez glacial—. ¿Teníamos…? ¿Había… un bebé?

—Yo he subido a sacar a nuestro hijo de la cuna.

—¿Hijo?

—Sí, era un chico. En todas las paredes de la casa había cuadros míos. Eran preciosos, y yo me acordaba de haberlos pintado. Al igual que me acordaba de haber pintado los de la habitación de los niños. He cogido al pequeño colmada de un amor..., un amor tremendo por él. Y entonces..., y entonces resulta que no sabía su nombre. No podía llamarlo. Podía sentir su forma entre mis brazos, la suavidad y calidez de su piel; pero no conocía su nombre. Tú has aparecido en la puerta, y yo podía ver a través de ti. He sabido que no era real. Nada de aquello era real. —Tuvo que ponerse en pie, moverse. Fue a descorrer de nuevo las cortinas—. En el mismo momento en que he empezado a notar dolor, estaba en un estudio. En mi estudio, rodeada de mi obra. Podía oler la pintura y el aguarrás. Tenía un pincel en la mano y sabía cómo usarlo. Sabía todo lo que siempre había deseado saber. Era muy potente, como tener en brazos al niño que yo había engendrado. E igual de falso. Y él estaba allí.

—¿Quién estaba allí?

Malory respiró hondo y se giró.

—Se llama Kane. Es el ladrón de almas. Me ha hablado. Yo podría poseer todo aquello: la vida, el amor, el talento. Podría ser auténtico. Si yo permanecía allí, nunca tendría que renunciar a aquello. Tú y yo nos amaríamos. Tendríamos un hijo. Yo pintaría. Sería todo perfecto. Vive en el interior de un sueño y el sueño se convierte en realidad.

—¿Te ha tocado? —Se le acercó corriendo en busca de posibles heridas—. ¿Te ha hecho daño?

—Este mundo o aquél —dijo ella, de nuevo serena—. Era mi elección. Yo quería quedarme, pero no podía. No deseo un sueño, Flynn; da igual lo perfecto que sea. Si no es real, no significa nada. Y si me hubiese quedado, ¿no habría sido otra forma de entregarle mi alma?

—Estabas gritando. —Conmocionado, Flynn apoyó su frente en la de ella—. Estabas gritando.

—Ha intentado quitármela, pero yo he oído que me llamabas a voces. ¿Por qué has venido?

—Estabas enfadada conmigo, y no quería que lo estuvieras.

—Molesta —corrigió ella, y lo rodeó con sus brazos—. Y aún lo estoy, pero resulta un poco duro pasar por todo esto llena de irritación. Quiero que te quedes. Tengo miedo de dormirme, de volver atrás y no ser esta vez lo bastante fuerte para salir de nuevo.

—Eres lo bastante fuerte. Y si te hace falta, yo te ayudaré a salir.

—Esto podría no ser real tampoco. —Alzó su boca hacia la de él—. Pero te necesito.

Él le levantó las manos y las besó.

—Eso es lo único de lo que estoy seguro en este maldito lío. Malory, sea lo que sea lo que siento por ti, es real.

—Si no puedes decirme qué es lo que sientes, entonces muéstramelo. —Lo atrajo hacia sí—. Muéstramelo ahora.

Todas las emociones conflictivas, las necesidades, las dudas y los deseos se vertieron en el beso. Y mientras ella los aceptaba, y lo aceptaba a él, él se sintió bien. La ternura se extendió por todo su ser cuando la estrechó y la acunó entre sus brazos.

—Quiero mantenerte a salvo. No me importa si eso te irrita. —La llevó al dormitorio, la acostó en la cama y empezó a desvestirla—. Y si hace falta, seguiré interponiéndome en tu camino.

—No necesito a alguien que mire por mí. —Alzó una mano hasta su mejilla—. Sólo necesito que tú me mires a mí.

—Malory, te estoy mirando desde el principio, incluso cuando tú no estás cerca.

Ella sonrió y arqueó el cuerpo para que él pudiese quitarle la blusa.

—Eso que has dicho es un poco raro, pero es bonito. Túmbate conmigo.

Estaban uno al lado del otro, con las caras juntas.

—Ahora mismo me siento bastante a salvo, y no es particularmente irritante.

—Quizá te sientas demasiado a salvo.

Le pasó un dedo por la curva de los pechos.

—Quizá. —Suspiró cuando él enterró el rostro en su cuello—. Eso no me asusta lo más mínimo. Tendrás que esforzarte mucho más.

Flynn rodó sobre ella y la inmovilizó, luego devoró sus labios.

—¡Oh, buen trabajo! —dijo ella a duras penas.

Se estremeció (eso bastó para que él se excitara), con la piel sonrosada y caliente. Flynn podía quedarse clavado a ella, a sus sabores y texturas. Podía perderse en aquel impulso torrencial de darle placer.

Estaba atado a ella. A lo mejor lo estaba ya incluso antes de conocerla. ¿Podría ser que todos los errores que había cometido, todos los cambios de dirección, estuviesen destinados a conducirlo hasta aquel momento y aquella mujer?

¿Había alguna posibilidad de elección?

Malory percibió que él iba a echarse atrás.

—No, no te vayas —le suplicó—. Déjame amarte. Necesito amarte.

Lo envolvió con sus brazos, utilizó su boca para seducirlo. En ese instante estaba dispuesta a prescindir del orgullo en favor del poder sin el menor reparo. Mientras su cuerpo se movía sinuosamente debajo del de Flynn, sintió cómo él vibraba.

Las manos acariciaron. Los labios tomaron. Gemidos entrecortados rasgaron el aire, que se había vuelto cargado y denso. Besos prolongados y profundos crecieron en intensidad y finalizaron en jadeos ansiosos.

Ahora él estaba con ella, unido a un ritmo demasiado primario para resistirlo. Los martillazos de su corazón amenazaban con romperle el pecho, y aun así no bastaba.

Quería darse un atracón de sus sabores, ahogarse en aquel mar de anhelos. En un momento ella se mostraba maleable y rendida, y al siguiente estaba tensa como un puño apretado. Cuando ella pronunció su nombre con un sollozo ahogado, él creyó que podía enloquecer.

Malory se puso sobre Flynn. Sujetándole las manos, lo guió hacia su interior, deslizándose muy lentamente, enmarañando su sistema nervioso.

—Malory.

Ella sacudió la cabeza y se inclinó para rozarle los labios con los suyos.

—Deséame.

—Te deseo.

—Déjame llevarte. Mira cómo te llevo.

Se arqueó hacia atrás, acariciándose el torso, los pechos, el cabello. Y comenzó a galopar.

Él sintió un golpe de calor, como el estallido de una caldera que le convertía los músculos en gelatina y le abrasaba los huesos. Ella se erguía sobre él, esbelta y fuerte, blanca y dorada. Ella lo rodeaba, lo poseía. Lo espoleaba hacia la demencia.

El poder y el placer la consumieron. Aumentó el ritmo y cabalgó con más rapidez y potencia, hasta que su visión no fue más que un borrón de colores. «Vivos», era todo lo que podía pensar. Ellos dos estaban vivos. La sangre le ardía en las venas y palpitaba en su frenético corazón. Un sudor bueno y saludable le cubría la piel. Podía percibir el sabor de Flynn en los labios, y sentirlo a él latiendo en el centro de su cuerpo.

Aquello era la vida.

Se aferró a ella, se aferró incluso cuando la gloria llegó a ser irresistible. Hasta que el cuerpo de Flynn cedió, y ella lo dejó ir.

Flynn hizo lo prometido con la sopa, aunque pudo notar que a Malory le divertía verlo en su cocina removiendo el contenido de un cazo. Después puso música y luces tenues. No con ánimo de seducción, sino porque deseaba desesperadamente que ella siguiese relajada.

Tenía preguntas, un buen montón de preguntas sobre el sueño. La parte de él que sentía que plantear cuestiones era una obligación humana combatía con la parte que quería arropar a Malory y tenerla tranquila y a salvo un rato.

—Podría salir a por unos cuantos vídeos —sugirió—, y nos quedamos aquí sin hacer nada.

—No te vayas a ningún lado. —Se acurrucó más contra él en el sofá—. No hace falta que me distraigas, Flynn. Al final tendremos que hablar del sueño.

—No es necesario que sea ahora mismo.

—Yo pensaba que un periodista se dedicaría a buscar y reunir todos los elementos que merecieran llegar a la imprenta.

—Como *El Correo* no va a publicar ninguna historia sobre los mitos celtas en el valle hasta que todo haya acabado, no hay ninguna prisa.

—¿Y si estuvieses trabajando para el *New York Times*?

—Eso sería distinto. —Le acarició el pelo y tomó un sorbo de vino—. En ese caso sería duro y escéptico, y te instigaría a ti o a cualquiera para que desembuchara. Y probablemente estaría nervioso y estresado. Quizá tuviese un problema con la bebida. Estaría a punto de divorciarme por segunda vez. Y creo que me gustaría el bourbon, y habría una pelirroja a mi lado.

—¿Cómo crees de verdad que habrían sido las cosas si te hubieses marchado a Nueva York?

—No lo sé. Me gusta pensar que habría hecho un buen trabajo. Un trabajo importante.

—¿Piensas que el que haces aquí no lo es?

—Sirve a un propósito.

—Un propósito importante. No sólo mantienes informada y entretenida a la gente, también has continuado con una tradición conservando el empleo de muchas personas. La plantilla del periódico, los repartidores, sus familias, ¿adónde habrían ido si te hubieses marchado?

—Yo no era el único que podía dirigirlo.

—A lo mejor eras el único que se suponía que iba a dirigirlo. ¿Te irías ahora si pudieras?

Él lo pensó.

—No. Tomé una decisión. La mayor parte del tiempo me alegro de haber optado por quedarme. Sólo dudo de vez en cuando.

—Yo no sabía pintar. Nadie me dijo que no podía hacerlo ni me forzó a abandonar. Es sólo que no era lo bastante buena. Debe de ser muy diferente cuando eres lo bastante bueno pero alguien te dice que no puedes.

—No fue exactamente así.

—¿Y cómo fue?

—Has de entender a mi madre. Ella hace planes muy precisos. Cuando mi padre murió, bueno, supongo que eso arruinó su plan A.

—Flynn…

—No estoy diciendo que no lo amase ni que no lamentase su pérdida. Por supuesto que lo amaba y lo lloró. Al igual que yo. Él la hacía reír. Creo que no la oí reír de verdad durante todo un año después de su muerte.

—Flynn —eso le rompía el corazón—, lo siento mucho.

—Ella es dura. Algo que puedes afirmar de Elizabeth Flynn Hennessy es que no es ninguna flojucha.

—Tú la quieres. —Malory le pasó una mano por el pelo—. No estaba muy segura de eso.

—Por supuesto que la quiero; pero no me oirás decir que fue fácil vivir con ella. De todos modos, cuando se recuperó fue la hora del plan B. Una buena parte del plan consistía en pasarme el control del periódico cuando llegase el momento. Entonces no me supuso ningún problema, pues se me antojó que ese momento quedaba lejísimos aún. Y que podría lidiar con la cuestión, y con mi madre, a su debido tiempo. Me gustaba pasarme por *El Correo*, aprender a dominar el periodismo, pero también la publicidad.

—Pero querías triunfar en Nueva York.

—Yo era demasiado bueno para un pueblo de mala muerte como Pleasant Valley. Tenía demasiado que decir, demasiado que hacer. Premios Pulitzer que ganar. Entonces mi madre se casó con Joe, el padre de Dana. Es un tipo estupendo.

—¿Hace reír a tu madre?

—Sí, vaya que sí. Formamos una buena familia nosotros cuatro. No sé si lo aprecié bastante en su momento. Con Joe allí, se redujo parte de la presión que había sobre mí. Imagino que todos dimos por hecho que ellos dos juntos se ocuparían del periódico durante décadas.

—¿Joe es periodista?

—Sí, llevaba años trabajando en *El Correo*. Solía bromear con que se había casado con el jefe. Él y mi madre formaban un buen equipo profesional, así que parecía que todo iba a funcionar perfecto. Después de la universidad, yo decidí adquirir experiencia aquí durante un par de años, para marcharme después a Nueva York y ofrecer allí mis inestimables habilidades y servicios. Conocí a Lily, y eso fue como la guinda del pastel.

—¿Qué ocurrió?

—Joe cayó enfermo. Si miro atrás, supongo que mi madre estaría desesperada ante la idea de poder perder de nuevo al hombre que amaba. Pero no le va mucho el exhibicionismo emocional. Es contenida y sencilla, pero posee la sabiduría de la experiencia. Me cuesta imaginar lo que supuso para ella. Tuvieron que mudarse. Él tendría más oportunidades de ganar tiempo si se alejaban de este clima y del estrés. Así que o yo me quedaba aquí o había que cerrar el periódico.

—Ella esperaba que te quedaras.

Flynn recordó lo que había dicho sobre expectativas.

—Sí. Que cumpliese con mi obligación. Estuve cabreado con ella durante un año, y otro año irritado. En algún punto del tercero empecé a resignarme. No sé exactamente cuándo eso se transformó en…, supongo que podríamos llamarlo satisfacción. Para cuando advertí que estaba satisfecho, compré la casa. Y luego llegó *Moe*.

—Yo diría que has abandonado los planes de tu madre y ahora estás metido en tus propios planes.

Flynn soltó una carcajada.

—Qué cabroncete soy. Sí, creo que sí.

15

Había muy pocas cosas que sacaran a Dana de la cama. El trabajo, por supuesto, era el estímulo principal. Pero cuando tenía la mañana libre, lo que elegía en general como entretenimiento era dormir.

Renunciar a eso por una petición de Flynn demostraba, en su opinión, un extremado afecto fraternal. Y eso debería proporcionarle sus buenos puntos, que podría canjear en un momento futuro de necesidad.

Llamó a la puerta de Malory a las siete y media, vestida con una camiseta de Groucho Marx, unos tejanos desgarrados y un par de zapatillas Oakley.

Como conocía bien a su hermana, Flynn abrió la puerta y le puso en las manos una humeante taza de café.

—Eres un encanto. Eres una joya. Eres mi cofre del tesoro personal.

—Que te jodan. —Entró echando humo, se sentó en el sofá y empezó a oler el café—. ¿Dónde está Mal?

—Durmiendo todavía.

—¿Tiene *bagels*?

—No lo sé, no he mirado. Debería haber mirado —dijo enseguida—. Soy un cabrón egoísta que sólo piensa en sí mismo.

—Perdona, pero me habría gustado decirte eso yo misma.

—Sólo pretendía ahorrarte el tiempo y el esfuerzo. Tengo que irme. Necesito estar en el periódico dentro de..., ¡mierda!, veintiséis minutos —exclamó mirando el reloj.

—Dime solamente por qué estoy en el apartamento de Malory bebiendo café y esperando que haya *bagels* mientras ella está durmiendo.

—No tengo tiempo para extenderme. Ha vivido una experiencia muy dura y no quiero que se quede sola. Ni un momento, Dana.

—Cielos, Flynn. ¿Acaso alguien la ha atacado?

—Podríamos decir que sí. Emocionalmente hablando. Y no he sido yo —añadió mientras se dirigía a la puerta—. No te separes de ella, ¿vale? Me escaparé en cuanto pueda, aunque hoy tengo la agenda a rebosar. Déjala dormir, y después, no sé, mantenla ocupada. Llamaré.

Atravesó la puerta del patio y se alejó a todo correr mientras Dana lo miraba con el entrecejo fruncido.

—Para ser periodista, eres muy rácano con los detalles.

Decidiendo sacar el máximo provecho, se levantó para ir a explorar la cocina de Malory. Estaba dando el primer mordisco entusiasta a un *bagel* con semillas de amapola cuando apareció Malory.

Con los ojos hinchados, advirtió Dana. Un poco pálida. Y con un aspecto bastante desaliñado. Aunque se imaginó que lo del desaliño sería a causa de Flynn.

—Hola. ¿Quieres la otra mitad del *bagel*?

Obviamente atontada, Malory parpadeó.

—Hola. ¿Dónde está Flynn?

—Ha tenido que irse corriendo. Como representante del periodismo y todo eso. ¿Quieres café?

—Sí. —Se frotó los ojos y trató de pensar—. ¿Qué estás haciendo aquí, Dana?

—No tienes ni idea. Flynn me ha llamado a una hora intempestiva, hace unos cuarenta minutos, y me ha pedido que viniera. Se ha quedado corto en detalles, pero largo en súplicas, de modo que he movido el culo hasta aquí. ¿Qué ocurre?

—Imagino que está preocupado por mí. —Se paró a pensarlo y llegó a la conclusión de que no le molestaba—. Eso es muy tierno.

—Sí, es un cielo. ¿Por qué está preocupado por ti?

—Creo que será mejor que nos sentemos.

Se lo contó todo a Dana.

—¿Qué aspecto tenía?

—Bien, una cara impactante, inclinada hacia el lado ascético. Espera un minuto..., creo que puedo hacerte un boceto.

Se levantó para sacar un bloc y un lápiz de un cajón y luego volvió a sentarse.

—Tenía unos rasgos muy definidos, así que no me resultará muy difícil. Pero más que su aspecto, lo especial era lo que transmitía. Era persuasivo. Incluso carismático.

—¿Y qué hay de la casa en la que estabais? —insistió Dana mientras Malory dibujaba.

—Sólo tuve impresiones. En el sueño parecía muy familiar, como lo es tu propia casa, así que no reparé en muchos detalles. Dos pisos con un jardín en la parte de atrás, un bonito jardín. Cocina soleada.

—¿No era la casa de Flynn?

Malory alzó la vista.

—No —respondió lentamente—. No, no lo era. No había pensado en eso. Lo lógico habría sido que lo fuese, ¿verdad? Si es mi fantasía, ¿por qué no estábamos viviendo en la casa de Flynn? Es magnífica, y ya está en mi cabeza.

—Quizá él no pueda utilizarla porque ya está ocupada, y… No sé. Probablemente no sea importante.

—Yo creo que todo es importante. Todo lo que vi, sentí y oí. Sólo que aún no sé cuánto. Aquí está… —Le dio la vuelta al bloc—. Es un poco esquemático, pero es lo mejor que puedo dibujarlo. De todos modos, es una aproximación bastante aceptable.

—¡Guau! —Dana juntó los labios y silbó—. Así que Kane el brujo es un tío bueno.

—Me da miedo, Dana.

—No podría hacerte daño, no de verdad. No pudo cuando lo intentó en serio.

—Esta vez no. Pero estaba dentro de mi cabeza. Fue como una invasión. —Apretó los labios—. Una especie de violación. Él sabe lo que siento y lo que deseo.

—Yo te diré lo que no sabía: no sabía que tú ibas a decirle que le diesen por el culo.

Malory se recostó.

—Tienes razón. Él ignoraba que yo lo rechazaría, o que entendería, incluso en el sueño, que él quería atraparme en algún lugar, maravilloso, eso sí, donde yo no pudiese encontrar la llave. Esas dos cosas lo sorprendieron e irritaron. Y eso significa que Kane no lo sabe todo.

Considerablemente reacia, Dana acompañó a Malory cuando ésta decidió trabajar en casa de Flynn. Tenía sentido, dado que los dos cuadros estaban allí; pero también estaba allí Jordan Hawke.

Sus esperanzas de que hubiese salido se desvanecieron cuando vio el antiguo Thunderbird en el camino de acceso a la casa.

—Siempre se lo ha montado bien con los coches —masculló, y, aunque pasó con altivez delante del Thunderbird, admiró en secreto sus líneas, el trazo de sus aletas de cola y el resplandor del cromo.

Habría pagado por estar detrás del volante y poner en marcha aquel motor en una recta.

—No sé por qué este gilipollas tiene coche cuando vive en Manhattan.

Malory reconoció el tono cargado de mal humor y amargura y se detuvo ante la puerta.

—¿Esto será un problema para ti? A lo mejor podemos arreglarlo para ver los cuadros cuando no esté Jordan.

—Por mí no hay ningún problema. Él no existe en mi realidad. Hace mucho que lo ahogué en un tanque lleno con el virus del Ébola. Fue una tarea complicada, pero extrañamente satisfactoria.

—Entonces, adelante.

Malory alzó una mano para llamar, pero Dana la apartó.

—Yo no llamo a la puerta de mi hermano. —Insertó su propia llave en la cerradura—. Me da igual a qué imbéciles pueda tener invitados.

Entró como una tromba, preparada para una confrontación. Al no ver a Jordan, poco dispuesta a perder fuelle, cerró de un portazo.

—¡Dana! —la reprendió Malory.

—¡Huy, huy! Se me ha escapado. —Con los pulgares enganchados en los bolsillos, fue a grandes zancadas al salón—. Siguen en el mismo sitio en que los dejamos —dijo, con un gesto de la cabeza hacia los cuadros—. Y ¿sabes qué? Tampoco veo nada diferente en ellos. Ya hemos terminado por hoy. Vamos de compras o algo.

—Quiero hacerles un examen más minucioso y revisar todas las notas de la investigación. Pero no hay ninguna razón para que te quedes conmigo.

—Se lo he prometido a Flynn.

—Flynn es un agonías.

—Bueno, sí, pero se lo he prometido. —Al percibir un movimiento a su espalda, en el umbral, Dana se puso tensa—. Y, al contrario que otras personas, yo mantengo mis promesas.

—Y guardas rencor con el mismo fervor —apuntó Jordan—. Hola, señoras. ¿Qué puedo hacer por ustedes?

—Me gustaría examinar las pinturas y mis notas de nuevo —respondió Malory—. Espero que no te importe.

—¿Quién es él para que le importe? Él no vive aquí.

—Eso es verdad. —Jordan, alto y duro, con vaqueros y camiseta de color negro, se apoyó en la jamba de la puerta—. Estáis en vuestra casa.

—¿No tienes nada mejor que hacer que espiar? —soltó Dana—. Escribir un supuesto libro, despellejar a un editor.

—Ya nos conoces a los escritores comerciales de pacotilla: nos limitamos a redactar los libros en un par de semanas y a holgazanear después con los derechos de autor.

—No me importa que vosotros dos queráis pelear, de verdad que no me importa. —Malory depositó su portafolios rebosante de papeles sobre el cajón de embalaje—. Pero podríais hacerlo en otra habitación.

—No estamos peleando —replicó Jordan—. No son más que los juegos preliminares.

—En tus sueños.

—Larga, en mis sueños sueles llevar bastante menos ropa. Avísame si necesitas que te ayude con algo, Malory.

Se irguió y se marchó.

—Enseguida vuelvo —le dijo Dana a Malory, y salió detrás de Jordan como un cohete—. A la cocina, celebridad.

Fue disparada hasta allí y esperó con los dientes apretados a que él llegara.

Él se movía a su propio ritmo, como siempre. Mientras se acercaba, Dana echaba chispas. Ya estaba preparando el primer aldabonazo cuando Jordan llegó a su altura, la cogió por las caderas y le cubrió la boca con su boca.

Un estallido de calor la atravesó de arriba abajo.

Como siempre, también.

Fuego, relámpagos y promesas bailaron juntos en una especie de cometa fundido que explotó en su cerebro y dejó inutilizado su sistema nervioso.

Esta vez no, esta vez no. Nunca más.

Empleando una fuerza considerable, se lo quitó de encima. No iba a abofetearlo, sería demasiado previsible y femenino; pero estuvo a punto de darle un puñetazo.

—Lo siento. Pensaba que me habías llamado para esto.

—Inténtalo de nuevo y acabarás sangrando por varias heridas mortales.

Jordan se encogió de hombros y fue hacia la cafetera como si nada.

—Claro, es culpa mía.

—Desde luego que sí. Cualquier derecho que tuvieras a tocarme expiró hace ya mucho. Quizá seas parte de esto, porque resulta que compraste ese maldito cuadro, y te toleraré por esa razón. Y porque eres amigo de Flynn. Pero mientras estés aquí, atente a las reglas.

Él sirvió dos tazas de café y dejó la de Dana sobre la encimera.

—¿Por qué no me las explicas con detalle?

—No me tocarás jamás. Si estoy a punto de cruzar delante de un autobús en marcha, tú ni tirarás de mí hacia la acera.

—De acuerdo, prefieres que te atropelle un autobús a que te ponga la mano encima. Anotado. ¿La siguiente?

—Eres un hijo de la gran puta.

Algo que podría ser un destello de pesadumbre cruzó el rostro de Jordan.

—Lo sé. Mira, veamos las cosas con un poco de distancia. Flynn es importante para nosotros dos, y esto es importante para Flynn. La mujer que hay ahí es importante para Flynn, y también es importante para ti. Aquí estamos todos conectados, tanto si lo queremos como si no. De modo que intentemos entenderlo. Flynn ha estado aquí esta mañana, no más de tres minutos. Por eso no he podido enterarme de mucho, ni tampoco me enteré demasiado anoche, cuando llamó para decir que Malory tenía problemas. Ponme al corriente.

—Si Malory quiere que lo sepas, ya te lo dirá.

«Tiéndele una rama de olivo —pensó él— y te la clavará en la garganta.»

—Sigues siendo dura de pelar.

—Es un asunto personal —le espetó—. Íntimo. Ella no te conoce. —A pesar de los miles de juramentos que había hecho, se le anegaron los ojos—. Y yo tampoco.

Aquella simple mirada llorosa agujereó el corazón de Jordan.

—Dana.

Cuando él dio un paso adelante, ella agarró el cuchillo del pan de la encimera.

—Vuelve a ponerme las manos encima y te las dejaré colgando de las muñecas.

Él se quedó donde estaba y se metió las manos en los bolsillos.

—¿Y por qué no me hundes el cuchillo en el corazón y te libras de una vez de mí?

—Limítate a permanecer lejos de mí. Flynn no quiere que Malory se quede sola. Puedes considerar que ahora es tu turno, porque yo me marcho.

—Ya que voy a hacer de perro guardián, me ayudaría saber de quién he de protegerla.

—De brujos grandes y malos. —Abrió de un fuerte tirón la puerta trasera—. Si le ocurre algo a Malory, no sólo te clavaré el cuchillo en el corazón, también te lo cortaré en pedacitos y se lo daré de comer al perro.

—Siempre fuiste buena en imágenes verbales —dijo arrastrando las palabras después de que ella hubiese salido dando un portazo.

Se frotó el estómago. Ella se lo había dejado hecho un nudo..., algo en lo que también era fastidiosamente buena. Miró el café que Dana no había tocado. Aunque sabía que era una tontería simbólica, cogió la taza y la vació en el fregadero.

—Por el desagüe, Larga. Igual que nosotros dos.

Malory examinó los cuadros hasta que se le empañó la vista. Tomó más notas y luego se estiró en el suelo mirando al techo. Mezcló en su cabeza todo lo que sabía, con la esperanza de que formara un diseño nuevo y más claro.

Una diosa cantora, sombras y luz, lo que estaba dentro de ella y fuera de ella. Mirar y ver lo que no había visto. El amor forjaba la llave.

Dios mío.

Tres pinturas, tres llaves. ¿Significaba eso que había una pista, una señal, una dirección en cada cuadro para cada llave? ¿O era la suma de lo que había en las tres obras lo que conducía a la primera llave? ¿A su llave?

Fuera lo que fuese, se le escapaba.

En los tres cuadros había elementos comunes. El tema legendario, por supuesto. El uso del bosque y las sombras. La figura oculta entre los árboles, que sería Kane.

¿Por qué estaba Kane en el retrato de Arturo? ¿Había sido realmente testigo de aquel acontecimiento, o su inclusión, al igual que la de Rowena y Pitte, era simbólica?

Aun así, incluso con esos elementos comunes, el retrato artúrico no parecía formar parte de lo que tenía la seguridad de que era un conjunto. ¿Había otra obra para completar la tríada de las Hijas de Cristal?

¿Dónde la encontraría y qué le diría cuando la encontrase?

Rodó sobre sí misma y estudió el cuadro del joven Arturo una vez más. La paloma blanca en el extremo superior derecho. ¿Un símbolo de Ginebra? ¿El principio del fin de ese momento luminoso?

Traición por amor. Las consecuencias del amor.

¿No estaba ella misma lidiando con las consecuencias del amor en ese mismo instante? El alma simbolizaba tanto el amor y la belleza como el corazón. Emociones, poesía, arte, música. Magia. Elementos conmovedores.

Sin alma no había consecuencias, ni belleza.

Si la diosa podía cantar, ¿no significaría eso que aún tenía su alma?

La llave podría estar en un lugar donde hubiese arte, o amor. Belleza o música. O donde existiera la posibilidad de conservarlo o descartarlo.

¿Un museo, entonces? ¿Una galería? «La Galería», pensó, y se puso en pie de un salto.

—¡Dana!

Fue corriendo a la cocina, pero frenó en seco al encontrarse con Jordan, sentado ante la arañada mesa y trabajando con un ordenador portátil muy delgado y pequeño.

—Perdona. Pensaba que Dana estaría aquí.

—Se ha marchado hace horas.

—¿Horas? —Malory se pasó una mano por la cara, como si despertara de un sueño—. He perdido la noción del tiempo.

—A mí me ocurre a menudo. ¿Quieres café? —Miró hacia la cafetera que estaba sobre la encimera y la vio vacía—. Lo único que has de hacer es prepararlo.

—No; lo que necesito en realidad... Estás trabajando. Lamento interrumpirte.

—No hay problema. Estoy teniendo uno de esos días en que fantaseo con dedicarme a una profesión alternativa, como leñador en el río Yukón o camarero en un centro turístico tropical.

—Son opciones bastante dispares.

—Cualquiera de ellas se me antoja más divertida que lo que estoy haciendo ahora.

Malory reparó en la taza de café vacía y en el cenicero medio lleno que había al lado del llamativo portátil sobre la mesa de picnic de segunda mano, en una cocina formidablemente fea.

—A lo mejor el entorno no es el más propicio para la creatividad.

—Cuando las cosas van bien, te daría igual estar en una alcantarilla con un bloc de notas y un lápiz Ticonderoga.

—Supongo que tienes razón, pero me pregunto si no estarás encerrado en esta... lamentable habitación porque me estás vigilando.

—Depende. —Se recostó en la silla jugueteando con su menguante paquete de cigarrillos—. Si eso no te molesta, la respuesta es sí. Pero si te da por saco, en ese caso no sé de qué estás hablando.

Ella ladeó la cabeza.

—¿Y si te dijera que ahora debo marcharme, que hay algo que necesito comprobar?

Él le dirigió una sonrisa relajada, una que Malory pensó que podría pasar por inocente en un rostro menos malicioso.

—Yo te contestaría: «¿Hay algún problema si te acompaño?». Podría irme bien salir un rato de esta casa. ¿Adónde vas?

—A La Galería. Se me ha ocurrido que la llave ha de estar ligada al arte, la belleza, la pintura. La Galería es el mejor lugar de la zona en el que buscar.

—¡Ajá! Así que piensas entrar en un local comercial público en horas de trabajo, y crees que a nadie le va a importar que te pongas a hurgar y revolver entre las mercancías del almacén y en las oficinas.

—Bueno, si lo planteas así... —Abatida, se sentó frente a él—. ¿Tú crees que todo esto no es más que una especie de locura?

Jordan recordó cómo había visto aparecer y desaparecer varios miles de dólares.

—No necesariamente.

—¿Y si te dijese que podría hallar el modo de entrar en La Galería fuera de las horas de trabajo?

—Diría que no te habrían elegido para formar parte de esta historia si no fueses una mujer creativa, con una mente flexible y que está deseando correr algunos riesgos.

—Me gusta esa descripción. No sé si es válida siempre, pero ahora lo es. Necesito hacer unas llamadas telefónicas. ¿Y sabes una cosa, Jordan? Pienso que demuestras tener una fuerte personalidad y un gran sentido de la lealtad al desperdiciar un día cuidando a una desconocida sólo porque te lo ha pedido un amigo.

Malory cogió las llaves que Tod le tendía y lo recompensó con un fuerte abrazo.

—Te debo una bien grande.

—Eso parece, pero yo me conformaría con algún tipo de explicación.

—En cuanto pueda. Te lo prometo.

—Tesoro, todo esto se está poniendo muy raro. Te despiden, después tú pirateas los archivos de Pamela. Rechazas la invitación de volver a tu casa y hogar con un jugoso aumento salarial. Y ahora vas a merodear por aquí después del cierre.

—¿Sabes qué? —Malory hizo tintinear las llaves en la mano—. Ésa no es la parte realmente rara. Lo único que puedo decirte es que estoy haciendo algo importante, y con la mejor de las intenciones. No voy a hacer ningún daño a La Galería ni a James, y muchísimo menos a ti.

—Nunca he pensado lo contrario.

—Te devolveré las llaves esta misma noche. O a primera hora de la mañana, como muy tarde.

Tod miró a través de la ventana hacia la acera, donde se paseaba Flynn.

—¿Esto tiene algo que ver con fetiches o fantasías sexuales?

—No.

—Qué lástima. Me largo. Voy a ir a tomarme un delicioso martini, o quizá dos, y a olvidarme de todo esto.

—Hazlo.

Tod se dirigió a la puerta, después se detuvo y se volvió a mirar a Malory.

—Hagas lo que hagas, Mal, ten cuidado.

—Lo tendré, te lo prometo.

Malory esperó, y vio cómo Tod hablaba con Flynn antes de alejarse como si nada. Después abrió la puerta y le hizo un gesto a Flynn para que entrara; luego cerró la puerta con llave y marcó el código de seguridad.

—¿Qué te ha dicho Tod?

—Que si te metía en algún problema me colgaría de las pelotas y luego cortaría varias partes de mi cuerpo con tijeras de manicura.

—¡Ay, menuda idea!

—Ni que lo digas. —Miró por la ventana para asegurarse de que Tod se había marchado—. Y déjame decirte que si hubiese estado pensando meterte en algún tipo de problema, esa imagen habría sido una fuerza disuasoria.

—Supongo que, en lo que a esto se refiere, soy yo la que podría estar metiéndote en problemas a ti. Según el ángulo legal, el ángulo delictivo, lo que peligra aquí es tu reputación como editor y redactor jefe de *El Correo*. No tienes por qué hacer esto.

—Estoy en esto. Las tijeras de manicura son esas pequeñas, puntiagudas y curvadas, ¿verdad?

—Ésas son.

Él soltó el aire con los dientes cerrados.

—Sí, me lo temía. ¿Por dónde empezamos?

—Yo diría que por arriba. Podemos ir trabajando de arriba abajo. Si damos por hecho que las llaves de los cuadros serán proporcionales, medirán algo más de siete centímetros.

—Son pequeñas.

—Sí, bastante pequeñas. Uno de los extremos es como una sola y simple gota —continuó, entregándole un boceto—. El otro extremo está decorado con este complejo diseño. Es un motivo celta, una espiral triple llamada *triskeles*. Zoe encontró el dibujo en uno de los libros de Dana.

—Vosotras tres formáis un buen equipo.

—Eso parece. La llave es de oro, probablemente oro macizo. Será difícil que no la reconozcamos si la vemos.

Flynn miró hacia la sala de exposición principal, de techo abovedado y generoso espacio. Había cuadros, por supuesto, y otras piezas de arte: vitrinas y mesas, cajones, cofres y mostradores con infinitos huecos.

—Aquí hay muchos sitios en los que podría esconderse una llave.

—Pues espera a llegar a los almacenes y la zona de recepción y envío.

Empezaron con los despachos. Malory dejó a un lado la culpabilidad mientras registraba cajones y hurgaba entre objetos personales. Se dijo que aquél no era momento para andarse con melindres. Se metió bajo la mesa de James para buscar debajo de ella.

—¿De verdad crees que gente como Rowena o Pitte, o quienquiera que sea el dios encargado de ocultar las llaves, pegaría la llave secreta con papel celo en el fondo del cajón de un escritorio?

Ella lo miró malhumorada mientras devolvía el cajón a su sitio.

—No creo que podamos permitirnos pasar por alto ninguna posibilidad.

Flynn pensó que Malory estaba muy guapa sentada en el suelo, con el pelo recogido atrás y un mohín en la boca. Se preguntó si se habría vestido de negro por pensar que era lo adecuado en aquellas circunstancias.

Sería muy propio de ella.

—Tienes bastante razón, pero repasaríamos más deprisa esas posibilidades si contáramos con todo el equipo.

—No puedo meter aquí a un montón de gente. No estaría bien. —Y la culpabilidad por lo que estaba haciendo le arañó la conciencia como uñas astilladas—. Ya es bastante malo que estés tú aquí. No puedes usar nada de lo que veas para un artículo.

Flynn se acuclilló a su lado y la miró con unos ojos que se habían vuelto tan fríos como el invierno.

—¿Es eso lo que crees?

—Es lógico que esa idea me haya pasado por la cabeza. —Se levantó para coger un cuadro de la pared—. Eres periodista —prosiguió, mientras examinaba el marco y el reverso—. Le debo algo a este lugar, a James. Sólo digo que no quiero que lo involucres.

Volvió a colgar el cuadro y tomó otro.

—A lo mejor tendrías que hacerme una lista de las cosas sobre las que está bien que escriba y las que no. Según tu opinión.

—No hace falta que te pongas gruñón.

—Oh, sí que hace falta. He invertido una buena parte de mi tiempo y mi energía en esto, y no he publicado ni una palabra. Malory, no cuestiones mi ética profesional sólo porque estés cuestionándote la tuya. Y no me digas jamás qué puedo o no puedo escribir.

—No se trata más que de un comentario para que esto sea extraoficial.

—No, de eso nada. Se trata de respetar y confiar en alguien a quien afirmas amar. Voy a empezar con la sala contigua. Creo que nos irá mejor si trabajamos por separado.

Malory se preguntó cómo se las habría arreglado para fastidiarlo de aquel modo. Descolgó el último cuadro y se obligó a concentrarse.

Resultaba obvio que Flynn era demasiado susceptible. Ella le había hecho una petición de lo más razonable, y si él quería enfurruñarse por eso era su problema.

Empleó los veinte minutos siguientes en explorar el despacho palmo a palmo, y en tranquilizarse con la convicción de que Flynn había reaccionado de forma exagerada.

No hablaron en la hora que siguió y, aunque eran dos personas que realizaban la misma labor en un mismo espacio, lograron evitar el contacto.

Para cuando empezaron en la planta baja, habían desarrollado un ritmo de trabajo, pero continuaron sin cruzar ni una palabra.

Era una tarea tediosa y frustrante. Revisar todos los cuadros, todas las esculturas, todos los pedestales y objetos de arte. Bajar las escaleras paso a paso, examinar las molduras…

Malory se dirigió al almacén. Fue doloroso y emocionante a la vez encontrarse con piezas de reciente adquisición, o ver otras que se habían vendido después de que dejase La Galería y que esperaban a ser empaquetadas y enviadas por mensajería.

Una vez ella había estado al tanto de todos los pasos y las fases del negocio, había tenido libertad para comprar artículos y negociar su precio. En su corazón, La Galería había sido suya. No podía contar las veces que se había quedado trabajando después de que cerraran. Nadie habría dudado de su derecho a estar allí. No habría necesitado pedir las llaves a un amigo, ni sentirse culpable.

«Ni cuestionarme mi ética», admitió.

Se dijo que no debería haber sentido aquel pesar tan horrible. Pesar por la parte de su vida que le habían sustraído. Tal vez estaba loca por rechazar la oferta de volver a su puesto. Tal vez estaba cometiendo un error grandísimo al desviarse de lo que era sensato, palpable. Podría hablar de nuevo con James y decirle que había cambiado de opinión. Podría regresar a la rutina, a lo que siempre había tenido.

Y nunca volvería a ser lo mismo.

Ahí estaba el pesar. Su vida había cambiado de forma irrevocable. Y ella no había tenido tiempo para lamentar esa pérdida. Lo hizo en ese instante, con todas las obras que tocó, todos los minutos que pasó en el lugar que había sido la parte más importante de su vida.

Revivió miles de recuerdos; muchos pertenecían a la rutina del día a día y no habían significado nada en su momento. Y todo eso se lo habían arrebatado de repente.

Flynn abrió la puerta.

—¿Dónde quieres que…?

Se interrumpió cuando Malory se dio la vuelta hacia él. Tenía los ojos secos, pero desconsolados. Llevaba en brazos una tosca figura de piedra como si fuera un niño.

—¿Qué ocurre?

—Echo mucho de menos este lugar. Es como si algo hubiese muerto. —Depositó la escultura en un estante con gran delicadeza—. Yo adquirí esta pieza, hará unos cuatro meses. Es de un artista nuevo. Es joven, y posee todo el ardor y el temperamento que transmite su obra. Es de un pequeño pueblo de Maryland y ha tenido cierta fama local, pero ninguna galería importante mostraba interés por él. Yo me sentí bien dándole una auténtica primera oportunidad, y pensando en lo que él podría hacer, lo que podríamos hacer juntos en el futuro. —Deslizó un dedo por la piedra—. Alguien ha comprado esta pieza. Yo ya no he tenido nada que ver con eso, ni siquiera reconozco el nombre del comprador en la factura. Ya no es mío en ningún sentido.

—No habría estado aquí ni se habría vendido si no hubiera sido por ti.

—Quizá; pero esos días han quedado atrás. Aquí ya no hay sitio para mí. Lamento lo que te he dicho antes. Lo lamento mucho. He herido tus sentimientos.

—Olvídalo.

—No. —Respiró hondo—. No voy a decir que no me inquiete el modo en que tú puedas manejar esto al final. Tampoco puedo asegurar que tenga completa confianza en ti. Eso está reñido con amarte, y no puedo explicarlo. Al igual que no puedo explicar cómo sé que la llave no está aquí. Cómo lo he sabido en cuanto he entrado para coger las llaves de Tod. Aún tengo que seguir mirando, acabar lo que he empezado. Pero no está aquí, Flynn. Ahora no hay nada para mí aquí.

16

Flynn cerró la puerta de su despacho, la señal de que estaba escribiendo y no debían molestarlo. No es que nadie prestara demasiada atención a esa señal, pero aun así ése era su propósito.

Dejó que la idea para la columna fluyera por sí misma, como una corriente serpenteante de pensamiento que canalizaría de una forma más disciplinada en la segunda fase del proceso.

¿Qué definía al artista? ¿Eran artistas sólo quienes creaban lo que se percibía como hermoso o impactante, quienes realizaban piezas que suponían un impacto visceral? ¿En literatura, música, pintura o teatro?

Si era así, ¿eso convertía al resto del mundo en nada más que público? ¿Observadores pasivos cuya única contribución era el aplauso o la crítica?

¿Qué era el artista sin espectadores?

Flynn se dijo que ése no era su tipo de columna habitual, pero llevaba dándole vueltas en la cabeza desde la noche en que él y Malory rastrearon La Galería. Ya había llegado el momento de dejarlo salir.

Aún podía ver el aspecto de Malory en aquel almacén. Una figura de piedra en los brazos y los ojos arrasados de pesar. En los tres días transcurridos desde entonces, ella se había mantenido a distancia de él y de todos los demás. Oh, aseguraba estar ocupada examinando diferentes ángulos de su misión y poniendo de nuevo orden en su vida, pero era de boquilla.

Desde el punto de vista de Flynn, en la vida de Malory nunca había habido verdadero desorden.

No obstante, ella se negaba a salir. Y no lo dejaba entrar.

Quizá la columna fuese una especie de mensaje para ella.

Flynn giró los hombros y tamborileó con los dedos en el extremo de la mesa hasta que su mente volvió al tema y encontró las palabras adecuadas.

¿Acaso el niño que aprendía a formar su nombre con letras por primera vez no era una especie de artista? Un artista que estaba explorando el intelecto, la coordinación y el ego. Cuando el niño apretaba un grueso lápiz o una cera brillante en el puño y trazaba esas letras sobre un papel, ¿no estaba creando un símbolo de sí mismo con líneas rectas y curvas? Éste es quien soy, y nadie más es igual.

Hay arte en esa afirmación, y en la consecución.

¿Y qué decir de la mujer que se las arreglaba para poner una comida caliente en la mesa todas las noches? Para un chef Cordon Bleu ésa podría ser una hazaña pedestre, pero para los que se sentían desconcertados ante las instrucciones de un bote de sopa instantánea, tener pastel de carne, puré de patatas y judías verdes, todo a la vez, en la mesa era un arte genial y misterioso.

—¿Flynn?

—Estoy trabajando —soltó sin alzar la vista.

—No eres el único.

Rhoda cerró la puerta a su espalda, atravesó el despacho y se sentó en una silla. Cruzó los brazos sobre el pecho y apuñaló con la mirada a Flynn a través de sus gafas de montura cuadrada.

Pero sin el público, listo para consumir el arte y deseoso de hacerlo, el arte queda reducido a sobras endurecidas de las que hay que deshacerse...

—¡Mierda! —exclamó Rhoda.

Flynn se despegó del teclado.

—¿Qué?

—Has eliminado tres centímetros de mi artículo.

A Flynn le entraron unas ganas irrefrenables de coger el muelle Slinky y de enrollarlo en la reseca garganta de Rhoda.

—Dijiste que iba a ocupar treinta centímetros.

—Y lo que me diste fueron veintisiete centímetros de sustancia y tres de relleno. Y yo suprimí el relleno. Era un buen texto, Rhoda. Ahora es un texto mucho mejor.

—Quiero saber por qué estás siempre metiéndote conmigo, por qué estás siempre recortando mis reportajes. Apenas pones un pero al trabajo de John o Carla, mientras que a mí me los pones todos.

—John se ocupa de los deportes. Lleva cubriendo los deportes una década. Para él son como una ciencia que domina bien.

«Arte y ciencia», pensó, e hizo una anotación rápida para recordar ampliarlo en la columna. Y el deporte... Cualquiera que se fijara en cómo un lanzador de béisbol da forma con el pie al barro del montículo hasta que tiene la forma exacta, la textura, la inclinación...

—¡Flynn!

—¿Qué, qué? —Volvió a la realidad y rebobinó la cinta de su cerebro—. Corrijo a Carla cuando lo necesita. Rhoda, tengo el tiempo justo para acabar un artículo. Si quieres que sigamos con esto, concertemos una cita para mañana.

La boca de Rhoda se redujo a una simple línea.

—Si no solucionamos esto ahora, mañana no vendré.

En vez de coger su figurita de Luke Skywalker e imaginar que el caballero Jedi blandía su espada láser y borraba la mueca de superioridad de la cara de Rhoda, Flynn se recostó en la silla.

Decidió que había llegado la hora de que la borrase él mismo.

—De acuerdo. En primer lugar, te diré que estoy hasta las narices de que me amenaces con irte. Si no eres feliz aquí ni con el modo en que llevo el periódico, entonces vete.

Rhoda se puso de color escarlata.

—Tu madre jamás…

—Yo no soy mi madre. Ahora me toca a mí. Yo dirijo *El Correo*. Hace ya cuatro años que lo dirijo, y tengo la intención de seguir dirigiéndolo mucho tiempo. Acostúmbrate a eso.

A ella se le humedecieron los ojos, y como a Flynn las lágrimas le suponían un mal trago, luchó por actuar como si no las hubiese visto.

—¿Algo más? —preguntó con frialdad.

—Yo llevo trabajando aquí incluso desde antes de que tú pudieses leer el jodido periódico.

—Quizá sea ése nuestro problema. Te convenía más cuando mi madre estaba al frente. Ahora te conviene más seguir pensando en mí como en un estorbo pasajero, además de incompetente.

Rhoda se quedó boquiabierta y, al parecer, conmocionada de verdad.

—Yo no pienso que seas incompetente. Sólo creo…

—… que no debería interferir en tu trabajo —había recuperado el tono cordial, pero su expresión continuaba siendo fría—, que debería hacer lo que me dices tú en vez de lo que opino yo. Eso no va a pasar.

—Si crees que mi trabajo no es bueno, entonces…

—Siéntate —le ordenó cuando ella empezó a levantarse.

Flynn conocía el percal. Rhoda saldría hecha un basilisco, se pondría a dar golpes con lo que fuera, lo miraría de forma asesina a través del cristal y después entregaría el próximo artículo justo cuando faltasen escasos minutos para cerrar la edición.

—Resulta que pienso que haces un buen trabajo. Tampoco es que eso te importe mucho, viniendo como viene de mí, porque tú no tienes ningún respeto por mi capacidad ni mi autoridad, y tampoco confías en mí. Supongo que será duro para ti porque eres periodista y éste es el único diario del pueblo, y yo estoy al cargo. No veo que ninguno de esos factores vaya a cambiar. La próxima vez que te pida treinta centímetros, dame treinta de sustancia y no habrá ningún problema. —Dio golpecitos con la punta del boli sobre la mesa mientras Rhoda lo miraba conteniendo la respiración. «Perry White podría haberlo manejado mejor», se dijo, pero pensó que no se había quedado muy lejos—. ¿Algo más?

—Voy a tomarme el resto del día libre.

—No, de eso nada. —Se giró hacia el teclado—. Quiero ese reportaje sobre la expansión de la escuela primaria en mi mesa a las dos. Cierra la puerta cuando salgas.

Flynn se puso a escribir de nuevo y le alegró que la puerta se cerrara con un simple chasquido en vez de con un portazo. Aguardó treinta segundos y después rodó con su silla lo suficiente para mirar por la pared de cristal. Rhoda estaba sentada ante su mesa, como paralizada.

Odiaba aquel tipo de confrontaciones. Esa mujer solía darle gominolas a escondidas cuando él iba a la redacción al salir de la escuela. Se dijo que aquella situación era un asco mientras se frotaba las sienes y fingía concentrarse en su trabajo. Al igual que era un asco ser adulto.

A mediodía se escapó una hora para reunirse con Brad y Jordan en Main Street Diner. El lugar no había cambiado mucho desde los días en que los tres acudían allí después de un partido de fútbol o para mantener sesiones de charlas nocturnas que duraban hasta tarde y giraban en torno a las chicas y lo que harían con sus vidas.

El aire seguía conservando el fuerte aroma del plato insignia de la cafetería, pollo frito, y sobre el mostrador aún había un expositor de cuatro alturas en el que se colocaban los pasteles del día. Cuando Flynn miró la hamburguesa que había pedido por la fuerza de la costumbre, se preguntó si lo que había permanecido fijo al pasado era el local o él mismo.

Observó el sándwich de dos pisos de Brad con el entrecejo fruncido.

—Cámbiamelo.

—¿Quieres mi sándwich?

—Quiero tu sándwich. Cámbiamelo.

Para solventar el asunto, Flynn intercambió los platos.

—Si no querías una hamburguesa, ¿por qué la has pedido?

—Porque soy una víctima de los hábitos y las tradiciones.

—¿Y comerte mi sándwich resolverá eso?

—Es un comienzo. También he empezado a romper con la rutina esta mañana en el periódico apretándole las tuercas a Rhoda. Estoy casi seguro de que en cuanto se recupere de la conmoción se pondrá a planear mi fallecimiento.

—¿Cómo es que has preferido el sándwich de Brad al mío? —preguntó Jordan.

—Porque no me gusta el Reuben.

Jordan reflexionó, y después cambió su plato por el de Brad.

—Joder, ¿ya hemos terminado con el trueque o qué?

Brad miró el Reuben con mala cara, pero luego pensó que tenía una pinta bastante buena.

Flynn, aunque ya estaba deseando recuperar su hamburguesa, cogió el sándwich.

—¿Vosotros creéis que quedarte toda la vida en tu pueblo natal te mantiene ligado en exceso al pasado, resistente en exceso a cambiar y crecer, y que por tanto inhibe tu capacidad para funcionar como un adulto maduro?

—No sabía que íbamos a tener un debate filosófico. —Pero, deseoso de participar en el juego, Jordan caviló sobre el asunto mientras se ponía ketchup en la hamburguesa—. Podría decirse que quedarte en tu pueblo natal significa que estás cómodo en él y que has desarrollado raíces y lazos fuertes. O sólo que eres demasiado vago y complaciente para mover el culo y abandonarlo.

—Me gusta estar aquí. Me costó un tiempo descubrirlo. Y hasta hace poco me complacía bastante cómo iban las cosas. Pero la complacencia ha quedado relegada a un segundo plano desde principios de mes.

—¿Por las llaves? —preguntó Brad—. ¿O por Malory?

—Una cosa va con la otra. Las llaves, menuda aventura, ¿no? Sir Galahad y el Santo Grial. Indiana Jones y el arca perdida.

—Elmer Fudd y Bugs Bunny —añadió Jordan.

—Justo, eso es. —«Siempre puedes contar con que Jordan te comprenda», pensó Flynn con ironía—. Nuestras vidas no van a sufrir si no las encontramos. No verdaderamente.

—Un año —apuntó Brad—. Ésa es una cláusula de penalización bastante severa, según mi modo de verlo.

—De acuerdo, sí. —Flynn cogió una patata frita del montón que había al lado de su sándwich—. Pero me cuesta bastante imaginarme a Rowena o Pitte castigando a las chicas.

—Quizá no sean ellos los encargados de hacerlo —señaló Jordan—. A lo mejor no son más que un conducto, por decirlo de algún modo, hacia la recompensa o el castigo. ¿Por qué damos por supuesto que ellos pueden elegir?

—Tratemos de pensar de un modo positivo —replicó Flynn—. La idea de encontrar las llaves, y lo que ocurra después, es estimulante.

—Además está la parte del enigma, y siempre es dificilísimo darle la espalda a un enigma.

Flynn asintió en dirección a Brad y se removió en su asiento.

—Y también está la magia. El hecho de aceptar que la magia, en alguna de sus formas, es real. No una ilusión, sino una auténtica patada en el culo al orden natural. ¿No es alucinante? Eso es lo que dejamos atrás cuando nos convertimos en adultos. La creencia despreocupada en la magia. Esta historia nos ha devuelto eso.

—¿Tú quieres verlo como un regalo o como una carga? —inquirió Jordan—. Porque las dos opciones valen.

—Gracias de nuevo, don Optimista. Pero sí, también sé eso. Estamos acercándonos al fin del plazo. Queda poco más de una semana. Si no encontramos la llave, quizá paguemos por ello, quizá no. Pero nunca lo sabremos.

—No puedes menospreciar las posibles consecuencias del fracaso —terció Brad.

—Estoy tratando de creer que nadie va a destrozar la vida de tres mujeres inocentes por intentarlo y fallar.

—Deberías volver al inicio de todo esto, cuando la vida de tres mujeres inocentes, fueran semidiosas o no, fue destrozada por el simple hecho de existir. —Jordan puso sal en lo que habían sido las patatas de Flynn—. Lo siento, colega.

—Y añade que las mujeres del cuadro se parecen a las mujeres que nosotros conocemos. —Brad tamborileó con los dedos sobre la mesa—. Hay una razón para eso, y esa razón las coloca justo en el medio de todo.

—No voy a dejar que le ocurra nada a Malory. Ni a ninguna de ellas —declaró Flynn.

Jordan alzó su vaso de té helado.

—¿Hasta dónde ha llegado tu locura por ella?

—Ésa es otra cuestión. Que aún no he resuelto.

—Bien, nosotros te ayudaremos. —Jordan le guiñó un ojo a Brad—. ¿Para qué están los amigos si no? ¿Cómo es el sexo?

—¿Por qué eso es siempre lo primero para ti? —repuso Flynn—. Es una conducta de toda la vida.

—Porque soy un tío. Y si tú crees que las mujeres no sitúan el sexo en lo más alto de su lista, entonces eres un idiota patético y lamentable.

—Es fantástico. —Flynn pagó con desdén el desdén de Jordan—. Te morirías de ganas por tener esa complicidad sexual con una mujer hermosa. Pero no es eso lo único que hay entre nosotros. También mantenemos auténticas conversaciones, con y sin ropa.

—¿Incluso conversaciones telefónicas? —quiso saber Brad—. ¿Que duren más de cinco minutos?

—Sí, ¿por?

—Sólo estamos haciendo la lista. ¿Le has hecho algo de comer? No vale algo que haya pasado por el microondas, sino por los fogones de la cocina.

—Sólo le preparé un poco de sopa cuando…

—Eso cuenta. ¿La has llevado a ver alguna película para chicas?

Frunciendo el entrecejo, Flynn cogió un triángulo de sándwich.

—No sé si podría calificarse como película para chicas. —Volvió a dejar el trozo de sándwich—. De acuerdo, sí. Una vez, pero fue…

—Sin explicaciones. Esta parte del cuestionario se limita a verdadero o falso. Podemos pasar a la sección de ensayo —anunció Jordan—. Represéntate tu vida dentro de, digamos, cinco años. ¿Así estará bien? —le preguntó a Brad.

—Algunos requieren diez, pero creo que podemos ser más indulgentes. Cinco estará bien.

—De acuerdo. Flynn, represéntate tu vida dentro de cinco años. ¿Puedes visualizarla por completo sin Malory en ella?

—No sé cómo se supone que voy a ver lo de dentro de cinco años si ni siquiera estoy seguro de lo que estaré haciendo dentro de cinco días.

Pero podía, podía ver su casa con algunos de los planes a largo plazo que tenía para ella ya realizados. Podía verse a sí mismo en el periódico, sacando a *Moe*, paseando con Dana. Y podía ver a Malory en todos lados: bajando la escalera de su casa, acercándose al periódico para reunirse con él, echando a *Moe* de la cocina.

Palideció un poco.

—¡Oh, vaya!

—Ella está ahí, ¿verdad? —preguntó Jordan.

—Está ahí, sí.

—Felicidades, hijo. —Jordan le dio una palmada en el hombro—. Estás enamorado.

—Espera un momento. ¿Y si aún no estoy preparado?

—Mala suerte —contestó Brad.

Brad lo sabía todo sobre la suerte, y llegó a la conclusión de que la suya lo favorecía cuando al salir de la cafetería vio a Zoe detenida ante el semáforo.

Llevaba unas grandes gafas de sol y movía los labios de tal modo que supuso que estaba cantando al ritmo del equipo de música del coche.

No podía considerarse acoso en el sentido estricto del término si se montaba en su coche, zigzagueaba entre el tráfico y la seguía. El hecho de que le cortara el paso a una furgoneta fue del todo accidental.

Era razonable, incluso importante, que ellos dos se conociesen mejor. Difícilmente podría ayudar a Flynn si no conocía a las mujeres con las que estaba conectado.

Eso tenía sentido.

No tenía nada que ver con la obsesión. Sólo porque hubiese comprado una pintura en la que aparecía el rostro de Zoe, sólo porque no pudiese sacarse ese rostro de la cabeza, eso no significaba que estuviera obsesionado. Únicamente estaba interesado.

Y si se había puesto a practicar en voz baja distintas frases introductorias, no era más que porque comprendía el valor de la comunicación. Desde luego que no estaba nervioso por hablar con una mujer. Hablaba con mujeres todo el tiempo. Las mujeres hablaban con él todo el tiempo, en realidad. Estaba considerado como uno de los solteros más cotizados —¡Dios!, detestaba esa palabra— del país. Las mujeres se desviaban de su camino para hablar con él.

Si Zoe McCourt no podía emplear cinco minutos en una conversación educada, bien, entonces ella se lo perdería.

Cuando ella detuvo su coche junto a una acera, él ya se había convertido en un amasijo de nervios e irritación. La mirada levemente molesta que Zoe le dirigió cuando paró detrás de su automóvil fue el remate.

Sintiéndose estúpido e insultado, se apeó del coche.

—¿Me estás siguiendo? —preguntó Zoe.

—¿Perdona? —Como defensa, su voz era fría y rotunda—. Creo que sobrevaloras tus encantos. Flynn está preocupado por Malory. Te he visto y he pensado que podrías decirme cómo se encuentra tu amiga.

Zoe continuó observándolo con recelo mientras abría el maletero. Sus vaqueros estaban lo bastante ajustados para brindarle a Brad una interesante visión de un firme trasero femenino. Llevaba una chaqueta corta, roja y ceñida, con un top, igualmente ceñido, de rayas que terminaba tres centímetros antes de la cinturilla del pantalón.

Brad reparó, con cierta fascinación, en que lucía un piercing en el ombligo: una diminuta varita de plata. Sintió cómo le ardían los dedos en deseos de tocarla.

—Antes he pasado a verla.

—¿Eh? ¿A quién? Ah, Malory. —Lo que le ardió entonces fue la nuca, y se maldijo a sí mismo—. ¿Cómo está?

—Parece cansada, y un poco en baja forma.

—Lo lamento. —Se acercó cuando ella empezó a descargar el maletero—. Deja que te eche una mano.

—Yo puedo con esto.

—Estoy seguro de que puedes. —Resolvió la cuestión cogiéndole los dos gruesos libros de muestras de papel pintado—. Pero no veo ninguna razón por la que debas hacerlo. ¿Estás redecorando?

Zoe sacó un catálogo de colores de pintura, una pequeña caja de herramientas —que él recogió—, un bloc de notas y algunos trozos de baldosas.

—Hemos adquirido esta casa. Vamos a abrir aquí nuestros negocios. Necesita trabajo.

Él se dirigió a la entrada, dejando que ella cerrase el maletero. Sí, necesitaba trabajo, pero tenía un aspecto resistente y el terreno estaba bien situado. Una ubicación interesante y un aparcamiento decente.

—Parece tener una buena estructura —apuntó—. ¿Te han examinado los cimientos?

—Sí.

—¿Y la instalación eléctrica?

Zoe sacó las llaves que le había entregado el agente inmobiliario.

—Sólo porque sea mujer no significa que no sepa comprar una casa. He mirado varias propiedades y ésta era la de mayor valor y mejor situación. Gran parte del trabajo que necesita es cosmético. —Abrió la puerta—. Puedes dejar todo eso en el suelo. Gracias. Le diré a Malory que has preguntado por ella.

Brad siguió adelante, de modo que ella tuvo que apartarse. Aunque le costó cierto esfuerzo, se negó a permitir que su mirada volviera a bajar al ombligo de Zoe.

—¿Siempre te irritas cuando alguien pretende ayudarte?

—Me irrito cuando alguien cree que no puedo arreglármelas sola. Mira, no tengo mucho tiempo para hacer lo que tengo que hacer aquí. Debo empezar ya.

—Entonces no me interpondré en tu camino. —Examinó el techo, el suelo y las paredes mientras recorría el área de la entrada—. Bonito espacio. —No detectó ningún tipo de humedad, pero allí hacía un frío indudable. No estaba seguro de si se trataba de una caldera defectuosa o de la frialdad que emanaba de Zoe—. ¿A qué parte vas?

—Arriba.

—De acuerdo. —Empezó a subir las escaleras, casi divertido por la forma impaciente en que Zoe había tomado aire—. Bonitas escaleras. Es imposible equivocarse con el pino blanco.

Advirtió que parte de las molduras debían reponerse y que la ventana de doble hoja que había en lo alto de la escalera tenía que ser sustituida. Zoe tendría que verlo e instalar, quizá, un cristal doble para gozar de aislamiento.

Las paredes habían perdido el lustre y había algunas grietas por el asentamiento de la construcción; pero eso era fácil de ver.

Le gustó el modo en que las habitaciones se dividían y comunicaban entre sí, y se preguntó si Zoe eliminaría algunas de las puertas de centro hueco o las reemplazaría por algo más sólido y en consonancia con las vibraciones de la casa.

¿Y qué haría con la luz? Él no sabía nada de peluquerías ni de salones de belleza, pero le parecía lógico pensar que sería esencial una iluminación buena y potente.

—Disculpa, necesito mi caja de herramientas.

—¿Qué? Oh, lo siento. —Se la pasó y luego deslizó los dedos por el marco de la ventana, astillado y desconchado—. ¿Sabes? Aquí podrías utilizar cerezo, como contraste. Maderas diferentes, dejando el veteado natural, colores cálidos. No vas a cubrir estos suelos, ¿verdad?

Ella sacó la cinta métrica.

—No.

¿Por qué no se marchaba?. Ella tenía trabajo que hacer, cosas en que pensar. Y sobre todo quería estar sola en su precioso edificio planeando, decidiendo y soñando cómo estaría todo cuando hubiese terminado. Los colores, las texturas, los tonos, los olores. Todo.

Y allí estaba él, en medio de su camino, paseándose. Toda una distracción, masculino y guapísimo, con su traje perfecto y sus zapatos caros. Él olía, ¡oh!, de un modo muy sutil a jabón y loción para después del afeitado de primerísima calidad y muy caros. Probablemente había pagado más por una pastilla de jabón que ella por los vaqueros y la camiseta que llevaba. Y él pensaba que podía dar vueltas por allí, impregnando el aire de Zoe, haciendo que se sintiera torpe e inferior.

—¿Qué planes tienes para esta habitación?

Ella anotó unas medidas y siguió dándole la espalda.

—Éste es el salón principal. Es para peluquería, manicura y maquillaje. —Como él no respondió nada, Zoe se sintió impulsada a mirar por encima del hombro. Brad estaba observando el techo de forma contemplativa—. ¿Qué?

—Tenemos esos focos móviles que van en raíles. Son muy prácticos, aunque con un aspecto divertido. La ventaja es que pueden fijarse en distintas direcciones. ¿Aquí vas por lo divertido o por lo elegante?

—No veo por qué no puede ser las dos cosas.

—Cierto. ¿Colores suaves o vivos?

—Aquí vivos, suaves en las salas de tratamientos. Mira, Bradley…

—¡Ay!, eso ha sonado como si lo dijese mi madre. —Ya se había acuclillado y estaba hojeando un catálogo de muestras; le dedicó una sonrisa burlona—. ¿Las mujeres tenéis un centro de entrenamiento donde aprendéis a desarrollar ese tono hiriente?

—Los hombres no están autorizados a recibir esa información. Si te lo dijera, debería matarte. Y no tengo tiempo para eso. Vamos a cerrar el trato de la propiedad dentro de un mes, y quiero tener finalizados mis planes para poder empezar con ellos en cuanto sea posible.

—Puedo ayudarte.

—Sé lo que estoy haciendo y cómo lo quiero. Lo que no sé es por qué supones que…

—Espera, chica, eres muy susceptible. —Uno pensaría que una mujer que usaba vaqueros muy ajustados y se adornaba el ombligo había de ser algo más accesible—. Estoy en el negocio, ¿recuerdas? —Dio un golpecito sobre el logotipo de Reyes de Casa del catálogo de muestras—. No sólo eso, también me gusta ayudar a que una casa encuentre su potencial. Puedo echarte una mano con algo de trabajo y material.

—No estoy buscando limosna.

Brad apartó el libro y se puso en pie lentamente.

—He hablado de echarte una mano, no de darte limosna. ¿Qué es lo que te molesta tanto de mí?

—Todo. Es injusto —se encogió de hombros—, pero es la verdad. No comprendo a las personas como tú, así que tiendo a desconfiar de ellas.

—¿Las personas como yo?

—Ricas, privilegiadas, que dirigen imperios americanos. Lo lamento, estoy segura de que tendrás algunas cualidades buenas o no serías amigo de Flynn. Pero tú y yo no tenemos nada en común. Además, ahora hay demasiadas cosas de las que debo ocuparme como para perder el tiempo jugando. Así que dejemos una cosa bien clara antes de seguir adelante: no voy a acostarme contigo.

—Bien, vale, en ese caso es evidente que ya no me merece la pena continuar viviendo.

Ella tuvo ganas de sonreír, casi lo hizo; pero tenía razones para saber que esas frases eran muy engañosas.

—¿Vas a decirme que no esperabas meterte en la cama conmigo?

Él tomó aire antes de hablar. Zoe se había colgado las gafas de sol en la uve del escote y sus ojos alargados y leonados lo miraban sin parpadear.

—Los dos sabemos que no hay forma de responder correctamente a esa pregunta. Es la madre de las preguntas trampa. Otras de la misma categoría son: «¿crees que esto me hace gorda?», «¿te parece que esa chica es guapa?» y «si no sabes de qué estoy hablando, desde luego no voy a decírtelo».

Entonces Zoe tuvo que morderse el labio para no soltar una carcajada.

—Lo último no era una pregunta.

—No deja de ser un misterio y una trampa. Así que sólo te diré que te encuentro muy atractiva. Y que tenemos más en común de lo que crees, empezando por el círculo de amigos. Estoy deseando ayudaros con este lugar a ti, a Malory y a Dana. Ninguna de vosotras tiene que tener sexo conmigo a cambio. Aunque si las tres quisierais juntaros para organizar una simpática orgía de buen gusto no os diría que no. Mientras tanto, dejaré que vuelvas a tu trabajo. —Salió, pero cuando empezaba a bajar las escaleras dijo, como quien no quiere la cosa—: Por cierto, el mes que viene en Reyes de Casa habrá una promoción en productos para las paredes, papel y pintura. Quince por ciento de descuento en todos los artículos.

Zoe corrió hacia la escalera.

—¿Qué días?

—Dejaré que lo averigües tú.

Así que ella no iba a acostarse con él. Brad sacudió la cabeza mientras se dirigía a su coche. Ésa había sido una afirmación desafortunada por parte de Zoe. Obviamente, ella ignoraba que la única cosa que ningún Vane podía resistir era un desafío directo.

Él solo había planeado invitarla a cenar; pero mientras alzaba la vista hacia las ventanas del primer piso decidió que debería tomarse algo más de tiempo y desarrollar una estrategia.

Zoe McCourt estaba a punto de sufrir un asedio.

Zoe tenía otras cosas en las que pensar. Iba retrasada, pero eso no era una novedad. Siempre parecía haber un montón de cosas que hacer, recordar y arreglar antes de salir por la puerta.

—Dale estas galletas a la madre de Chuck. Ella las repartirá. —Detuvo el coche a dos manzanas de distancia de su propia casa y miró a su hijo con expresión severa—. Hablo en serio, Simon. No tengo tiempo para llevárselas yo misma. Si me acerco a la puerta, me tendrá ahí veinte minutos, y ya llego tarde.

—Vale, vale. Podría haber venido andando.

—Sí, pero entonces yo no habría podido hacer esto.

Lo agarró y le hundió los dedos en las costillas hasta que él gritó.

—¡Mamá!

—¡Simon! —contestó ella en el mismo tono exasperado.

El niño se reía cuando bajó del coche y cogió su bolsa del asiento trasero.

—Piensa en la madre de Chuck, y no tengas a todo el mundo levantado hasta las tantas. ¿Llevas el número de Malory?

—Sí, llevo el número de Malory. Y sé cómo marcar el número de los bomberos y salir corriendo de la casa si le prendo fuego a algo mientras estoy jugando con cerillas.

—Buen chico. Ven aquí y dame un beso.

Él arrastró los pies de forma teatral al acercarse a la ventanilla, con la cabeza gacha para ocultar una sonrisa.

—Hazlo deprisa. Alguien podría vernos.

—Pues diles que no te estaba besando, sino que te estaba gritando. —Le estampó un beso y reprimió las ganas de abrazarlo—. Nos vemos mañana. Pásalo bien, cielo.

—Tú también, cielo.

Soltó una risilla y salió disparado.

Con la habilidad de una madre, Zoe dio marcha atrás mientras observaba a su hijo hasta que éste estuvo dentro y a salvo.

Luego se dirigió hacia el apartamento de Malory para pasar la noche en casa de una amiga por primera vez desde que era adulta.

17

Malory sabía qué estaba ocurriendo. Nadie quería que estuviese sola, y sus nuevas amigas estaban preocupadas por ella. Zoe había mostrado tal entusiasmo ante la propuesta de que pasaran una noche juntas para poner ideas en común que Malory había sido incapaz de negarse.

El simple hecho de que habría querido negarse, que habría querido quedarse agazapada en su madriguera, la obligó a admitir que necesitaba un cambio. Ella nunca había sido de esas personas a las que les gusta estar solas, ni tampoco una mujer contemplativa. Al contrario, cuando algo la inquietaba, salía, veía a gente, compraba cosas, daba fiestas.

La petición de Zoe de dormir juntas proporcionó a Malory el impulso que precisaba para hacer todo eso. Compró comida y velas nuevas, bonitas y con aromas cítricos. También jabones perfumados y toallas nuevas y muy historiadas para las invitadas, y por último un buen vino.

Limpió el apartamento, que había tenido un poco descuidado, distribuyó una mezcla de especias en varios cuencos y se acicaló del modo meticuloso en que las mujeres se acicalan para otras mujeres.

Cuando llegó Dana, ya había dispuesto en bandejas queso, fruta y exquisitos *crackers*, había encendido las velas y había puesto música a un volumen bajo.

—¡Guau, qué elegante está todo! Debería haberme vestido mejor.

—Tienes un aspecto fantástico. —Decidida a estar alegre, Malory dio un beso en la mejilla a Dana—. Aprecio mucho que hagáis esto.

—¿Que hagamos qué?

—Venir a estar conmigo, a elevarme la moral. He estado un poco decaída en los últimos días.

—Ninguna sabía que esta historia iba a absorbernos tanta energía. —Le pasó a Malory una bolsa de supermercado y luego dejó en el suelo la maletita de fin de semana—. He comprado más provisiones. Vino, nachos Cheez-It, trufas de chocolate y palomitas de maíz. Ya sabes, los cuatro grupos de alimentos principales. —Examinó la selección de películas que había junto a la zona de ocio—. ¿Alquilas todas las pelis que se hacen para chicas?

—Todas las que están disponibles en DVD. ¿Te apetece un poco de vino?

—No tendrás que retorcerme un brazo para que diga que sí. ¿Perfume nuevo?

—No. Deben de ser las velas.

—Es muy agradable. Ésa es Zoe. Mejor sirve otra copa.

Zoe cruzó las puertas del patio cargada con bolsas.

—Galletas —dijo casi sin aliento—, vídeos, aromaterapia y pastel de café para el desayuno.

—Buen trabajo. —Dana le cogió una de las bolsas y le entregó una copa de vino. Después se le acercó más y dijo—: ¿Cómo consigues que tus pestañas tengan esa pinta, que estén tan espesas y puntiagudas?

—Ya te lo enseñaré. Esto es divertido. Hoy he estado en la casa para tomar medidas y ver algunas muestras en ese espacio y con su propia luz. Tengo catálogos de papel de pared y de pintura en el coche, por si luego queréis que les echemos un vistazo. Me he encontrado con Bradley Vane al llegar allí. ¿Cuál es su historia?

—Niño mimado con conciencia social. —Dana atacó el queso Brie—. Estrella de atletismo en el instituto y la universidad. Especialidad en pista. Estudiante laureado, pero no un empollón. Semicomprometido un par de veces, pero en ambas ocasiones logró escapar antes de verse atado. Es amigo de Flynn más o menos desde que nacieron. Con un cuerpo excelente, algo que yo he tenido la fortuna de ver a lo largo de varias etapas. ¿Estás interesada en verlo tú misma?

—En absoluto. No he tenido mucha suerte con los hombres, de modo que el único que habrá en mi vida de momento es Simon. ¡Oh, me chifla esta canción! —Se quitó los zapatos para bailar—. Mal, ¿cómo van las cosas con Flynn?

—Bueno, lo quiero, lo cual me irrita bastante. Me encantaría poder bailar así.

—¿Así cómo?

—Ser toda piernas largas y caderas sueltas.

—Pues venga —Zoe dejó su copa de vino y le tendió las manos—, vamos a practicar. Has de hacer una de estas dos cosas: fingir que nadie te está mirando o fingir que un chico, un chico increíblemente sexy, te está mirando. Elijas lo que elijas, según tu estado de ánimo, déjate llevar.

—¿Cómo resulta que al final las chicas siempre acaban bailando con las chicas? —se preguntó Malory mientras trataba de mover las caderas de forma independiente al resto del cuerpo, como parecía hacer Zoe.

—Porque somos mejores en eso.

—En realidad —dijo Dana mientras tomaba un racimo de uvas verdes—, es una especie de rito social y sexual. Las hembras interpretan, tientan e incitan; los machos observan, fantasean y seleccionan. O son seleccionados. Tambores en la selva o la Dave Matthews Band, todo viene a ser lo mismo.

—¿Vas a bailar? —le preguntó Malory.

—Claro.

Metiéndose otro grano de uva en la boca, Dana se levantó. Sus caderas y hombros se balancearon con un ritmo sinuoso mientras se acercaba a Zoe. Se mezclaron en una danza que era, en opinión de Malory, sexy y liberadora a la vez.

—Ahora sí que me habéis superado.

—Lo estás haciendo muy bien. Suelta las rodillas. Y hablando de rituales, tengo una idea. Pero... —Zoe cogió su copa de nuevo— creo que deberíamos tomar un poco más de vino antes de que os la cuente.

—No puedes hacer eso —protestó Dana—. No lo soporto. ¿Cuál es esa idea? —Le quitó la copa a Zoe y dio un trago deprisa—. Mira, he bebido más. Cuéntame.

—De acuerdo. Sentémonos.

Recordando su papel de anfitriona, Malory llevó el vino y la bandeja de comida a la mesita de centro.

—Si ese ritual tiene algo que ver con la depilación a la cera, necesitaré mucho más vino antes.

—No. —Zoe se rió—. Pero domino una técnica casi indolora con cera caliente. Puedo hacerte unas ingles brasileñas sin que nadie suelte ni una lágrima.

—¿Brasileñas?

—Consiste en despejar el área del biquini. Se deja sólo una pequeña línea de vello, de modo que puedes ponerte el tanga más minúsculo sin parecer, bueno, desastrada.

—¡Oh! —Instintivamente, Malory cruzó las manos sobre el pubis—. Ni aunque usaras morfina y grilletes.

—En serio, es todo cuestión de juego de muñeca —explicó Zoe—. Bueno, pues... volvamos a lo que estaba diciendo —continuó—. Sé que todas hemos estado leyendo, buscando e intentando hallar teorías e ideas para ayudar a Malory a encontrar la primera llave.

—Y las dos habéis sido geniales. De verdad. Sólo que tengo la sensación de que se me escapa algo, algo pequeño que podría despejar el camino.

—Quizá a todas se nos haya escapado algo —replicó Zoe—. La propia leyenda. Una mujer mortal se une a un dios celta y se convierte en reina. Poder femenino. Tiene tres hijas. De nuevo mujeres. Uno de los guardianes es de sexo femenino.

—Bueno, es una probabilidad a partes iguales —señaló Dana—. Incluso para los dioses.

—Espera. De modo que cuando las almas son robadas y encerradas por un hombre, se dice que tres mortales, tres mujeres mortales, han de encontrar y utilizar las llaves.

—Lo siento, Zoe, pero no te sigo. Ya sabemos todo eso.

Malory cogió una uva con desgana.

—Vayamos un poco más lejos. Los dioses de la tradición celta son, bien, más terrenales que, digamos, los griegos y los romanos. Son más hechiceros y magos que... ¿Cuál es la palabra? Hum, seres omniscientes. ¿Lo he dicho bien? —le preguntó a Dana.

—Sí.

—Están ligados a la tierra, a la naturaleza. Como, bueno, como las brujas. Hay magia blanca y negra, pero las dos utilizan fuerzas y elementos naturales. Y ahora es cuando tenéis que salir de la realidad establecida.

—Estamos fuera de la realidad establecida desde el 4 de septiembre —afirmó Dana.

—¿Y si resulta que nos eligieron porque somos..., bueno, porque somos brujas?

Malory miró el nivel de la copa de vino de Zoe frunciendo el entrecejo.

—¿Cuánto tuviste que beber hasta llegar a esa conclusión?

—No, pensadlo. Parecemos brujas. Quizá estemos relacionadas de algún modo con su... línea de sangre o algo así. Quizá tengamos poderes, sólo que no lo sabemos.

—La leyenda habla de mujeres mortales —le recordó Malory.

—Las brujas no son necesariamente inmortales. No son más que personas con algo más. He estado leyendo. En Wicca, las brujas pasan por tres estadios: la doncella, la madre y la anciana. Y rinden homenaje a la diosa. Ellas...

—La de Wicca es una religión reciente —repuso Dana.

—Pero sus raíces son antiguas. Y el tres es un número mágico. Nosotras somos tres.

—En serio, yo creo que si fuese bruja lo sabría. —Malory reflexionó mientras bebía vino—. Y si he sido incapaz de advertirlo en casi treinta años, ¿qué se supone que debo hacer ahora? ¿Hacer un conjuro? ¿Lanzar un hechizo?

—Convertir a Jordan en una mierda. Perdona —Dana se encogió de hombros cuando Malory la miró fijamente—, sólo estaba soñando despierta.

—Podríamos probarlo juntas. He comprado algunas cosas. —Zoe se puso en pie de un salto y abrió su bolsa—. Velas rituales —dijo mientras revolvía en su interior—, incienso, sal de mesa.

—¿Sal de mesa? —Perpleja, Malory cogió la caja azul oscuro de sal Morton y observó el dibujo de la alegre chica con una sombrilla.

—Con ella puedes formar un círculo protector. Mantiene alejados a los malos espíritus. Y varitas. Bueno, más o menos. Compré un bate de béisbol y lo corté para hacerlas.

—Martha Stewart, la diosa de las amas de casa norteamericanas, se encuentra con Glenda, el hada buena. —Dana alzó una de las finas varitas de madera y la agitó—. ¿No debería esparcir polvos mágicos?

—Bebe más vino —le ordenó Zoe—. Cristales, amatista y cuarzo rosa, y esta magnífica bola.

Levantó una esfera de cristal.

—¿De dónde has sacado todo este botín? —preguntó Malory.

—De la tienda de *new age* del centro comercial. Cartas de tarot…, celtas, porque parecían las más adecuadas. Y…

—¡Un tablero de ouija! —Dana saltó sobre él—. Vaya, oh, vaya. No había visto uno de éstos desde que era una cría.

—Lo he encontrado en la tienda de juguetes. En el local de *new age* no tienen.

—Cuando era pequeña hicimos una fiesta del pijama un día. Tomamos Pepsi y M&M. Encendimos velas y todas preguntamos el nombre del chico con que nos casaríamos. El mío resultó llamarse PTZBAH. —Dana soltó un suspiro sentimental—. Fue muy bonito, de verdad. Hagamos primero la ouija —sugirió—. Por los viejos tiempos.

—De acuerdo, pero tenemos que hacerlo como es debido. Vamos a tomárnoslo en serio.

Zoe se levantó para apagar las luces y la música.

—Me pregunto si PTZBAH seguirá ahí.

Dana se deslizó hasta el suelo y abrió la caja.

—Espera. Hemos de disponer el ritual. Tengo un libro.

Se sentaron en círculo en el suelo.

—Debemos vaciar la mente —indicó Zoe—. Visualizad cómo se abren vuestros chakras.

—Yo nunca abro mis chakras en público.

Dana soltó una risita impenitente, hasta que Malory le dio un golpe en la rodilla.

—Y encendemos nuestras velas rituales. La blanca para la pureza, la amarilla para la memoria y la púrpura para el poder. —Zoe se mordió el labio mientras prendía con cuidado las mechas—. Colocad los cristales. La amatista para... ¡mecachis! —Cogió el libro y pasó las hojas—. Aquí: la amatista para la intuición. Y el incienso. El cuarzo rosa para el poder psíquico y la adivinación.

—Es precioso —declaró Malory—. Tranquilizador.

—Creo que deberíamos turnarnos todas con las cartas del tarot, y quizá probar con algunos cánticos, pero antes hagamos feliz a Dana y comencemos con esto. —Zoe colocó el tablero entre ellas y situó el puntero en el centro—. Debemos concentrarnos, fijar nuestra mente y nuestros poderes en una pregunta.

—¿Puede ser sobre el amor de mi vida? Añoro muchísimo a PTZBAH.

—No. —Zoe reprimió una carcajada y trató de parecer severa—. Éste es un asunto serio. Queremos la situación de la primera llave. Debería formular la pregunta Malory, pero tú y yo hemos de pensar en lo mismo.

—Cerremos los ojos. —Malory se frotó los dedos en los pantalones y respiró hondo—. ¿Listas?

Todas pusieron las yemas de los dedos sobre el puntero y permanecieron en silencio.

—¿Deberíamos dirigirnos al más allá? —susurró Malory—. ¿Presentar nuestros respetos, pedir consejo? ¿Qué?

Zoe abrió un ojo.

—Quizá deberías dirigirte a los que están detrás de la Cortina de los Sueños.

—A sus moradores —sugirió Dana—. Es una buena idea. Llama a los moradores del otro lado de la Cortina de los Sueños para que te guíen.

—De acuerdo, allá voy. Ahora las dos calladas y quietas. Concentración. —Malory aguardó diez segundos en silencio—. Convocamos a los moradores del otro lado de la Cortina de los Sueños para que nos brinden su ayuda y su guía en nuestra, eh…, nuestra búsqueda.

—Diles que eres una de las elegidas —le siseó Zoe, y Dana le exigió silencio.

—Soy una de las elegidas, una de las buscadoras de la llave. El tiempo es escaso. Os pido que me mostréis el camino hasta la llave para que podamos liberar las almas de… Dana, no muevas el puntero.

—No lo hago, en serio.

Con la boca seca, Malory abrió los ojos y vio cómo el puntero vibraba bajo sus dedos.

—¡Las velas! —susurró Zoe—. ¡Oh, caray, mirad las velas!

Las llamas se habían estirado, convertidas en un trío de fino oro ribeteado de rojo. La luz empezó a palpitar acompasadamente. Una corriente fría recorrió la habitación e hizo bailar las llamas.

—¡Esto es tremendo! —exclamó Dana—. Quiero decir tremendo de verdad.

—Se está moviendo.

El puntero se desplazó bajo los temblorosos dedos de Malory. Ella no oyó nada más que el rugido de la sangre en el interior de su cabeza mientras lo veía deslizarse de una letra a otra.

VUESTRA MUERTE

Malory aún tenía el grito estrangulado en la garganta cuando en la sala se produjo un estallido repentino de luz y viento. Oyó chillar a alguien y levantó un brazo para protegerse los ojos mientras surgía una forma de un remolino de aire.

El tablero se rompió en mil pedazos, como si fuera de cristal.

—¿A qué estáis jugando? —Rowena se hallaba en medio de ellas tres, con el afilado tacón de su zapato hundido en un fragmento del tablero—. ¿No tenéis la cordura suficiente para no abrir una puerta a asuntos que no podéis comprender y de los que no sabéis defenderos? —Con un suspiro de irritación, salió majestuosamente del círculo y cogió la botella de vino—. Querría un vaso, por favor.

—¿Cómo has entrado aquí? ¿Cómo lo sabías?

Malory se puso en pie, aunque tenía las piernas como de gelatina.

—Tienes la suerte de que haya entrado y de que supiera lo que ocurría. —Tomó la caja de sal y la colocó sobre los restos del tablero—. Recógelo todo —le ordenó a Zoe—. Después quémalo. Agradecería mucho una copa de vino.

Le entregó la botella a Malory y se sentó en el sofá. Indignada, Malory fue a la cocina como una furia y sacó una copa del armario. Volvió al salón y puso el vino en las manos de Rowena.

—No te he invitado a mi casa.

—Al contrario, me has invitado a mí y a quienquiera que decida atravesar esa abertura.

—Entonces somos brujas.

La expresión de Rowena cambió al ver el rostro embelesado de Zoe.

—No. No del modo que tú imaginas. —Su tono de voz se tornó más suave, como el de una profesora paciente con un alumno ansioso—. Aunque todas las mujeres tienen algo de magia. Aun así, al uniros, vuestros poderes se han triplicado, y habéis reunido la suficiente capacidad, el suficiente deseo para lanzar una invocación. Yo no soy la única que ha respondido. Tú lo has sentido a él —le dijo a Malory—. Y ya lo habías sentido antes.

—Kane. —Se sujetó los codos y se estremeció al recordar el frío que se había filtrado en su interior—. Él ha movido el puntero, no hemos sido nosotras. Estaba jugando con las tres.

—Ha amenazado a Malory. —Olvidado ya el entusiasmo, Zoe se puso de pie—. ¿Qué vas a hacer al respecto?

—Todo lo que pueda.

—Quizá eso no baste. —Dana alargó la mano para entrelazarla con la de Malory—. Te he oído gritar. Y he visto tu cara en ese momento. Tú has sentido algo que Zoe y yo no hemos sentido, y era auténtico terror. Auténtico dolor.

—Es el frío. Es... No puedo describirlo.

—La ausencia de toda calidez —murmuró Rowena—, de toda esperanza, de toda vida. Pero él no puede tocarte a menos que tú se lo permitas.

—¿Permitírselo? ¿Cómo narices va ella a...? —Zoe se interrumpió y miró hacia el tablero roto que había a sus pies—. ¡Oh, Dios! Lo lamento, Mal, lo lamento muchísimo.

—No es culpa tuya. No lo es.

Cogió la mano de Zoe y las tres permanecieron unidas un instante. Rowena las observó mientras bebía vino y sonrió para sí.

—Estábamos buscando respuestas, Zoe —continuó Malory—, y tú has tenido una idea. Y eso es más de lo que he tenido yo en los últimos días. Hemos probado algo. Quizá fuera algo equivocado —añadió mientras se giraba como un rayo hacia Rowena—, pero eso no significa que tengas derecho a tratarnos así.

—Tienes toda la razón. Te pido disculpas. —Rowena se inclinó para extender queso Brie en un *cracker* y luego dio un golpecito con un dedo a la baraja del tarot, sobre la que parpadeó una luz que se extinguió enseguida—. Esto no os hará ningún daño. Podéis desarrollar la habilidad de leer las cartas, o incluso descubrir que estáis dotadas para descifrarlas.

—Tú... —Zoe apretó los labios—. Si no hubieses venido cuando has venido...

—Es mi responsabilidad, y mi deseo, manteneros libres de todo mal. Cuando y como pueda. Ahora debería irme y dejar que sigáis con vuestra velada. —Se levantó y miró a su alrededor—. Tienes una casa preciosa, Malory. Es muy apropiada para ti.

Sintiéndose descortés e infantil, Malory soltó el aire con un resoplido.

—¿Por qué no te quedas y te acabas el vino?

En el rostro de Rowena se reflejó la sorpresa.

—Eso es muy amable por tu parte. Me gustaría. Hace mucho tiempo que no disfruto de la compañía de otras mujeres. Lo echo de menos.

A Malory no le resultó muy extraño, después de la incomodidad inicial, tener a una mujer de miles de años sentada en su salón y bebiendo su vino.

Para cuando comenzaron con las trufas, quedó patente que las mujeres —diosas o mortales— eran todas iguales.

—No suelo tocarlo —dijo Rowena cuando Zoe empezó a peinarle la melena para hacerle un elegante recogido alto—. No es uno de mis talentos, así que acostumbro a llevarlo suelto. Me lo he cortado en alguna ocasión y siempre me he arrepentido.

—No todo el mundo puede llevarlo de un modo tan sencillo como tú y, aun así, parecer tan majestuosa.

Rowena se miraba en el espejo de mano mientras Zoe trabajaba; luego ladeó el espejo para examinar a su estilista.

—Me encantaría tener tu pelo. Es muy llamativo.

—¿No podrías? Quiero decir que, si deseas un aspecto en concreto, ¿no podrías con tan sólo...? —Agitó los dedos e hizo reír a Rowena.

—Ése no es uno de mis dones.

—¿Y qué hay de Pitte? —Dana rodó sobre el sofá—. ¿Cuáles son los suyos?

—Él es un guerrero, lleno de orgullo, arrogancia y voluntad. Es exasperante y enaltecedor. —Bajó el espejo—. Zoe, eres una artista.

—Oh, me gusta jugar con el pelo. —Se colocó frente a Rowena y le dejó sueltos algunos mechones alrededor del rostro—. Una pinta estupenda para una reunión del consejo directivo o para la juerga posterior a la entrega de los Oscar. Sexy, femenina e impactante.

Bueno, tú ya irradias todo eso sin que haya que hacerte nada.

—Perdona, pero tengo que preguntártelo —dijo Dana—: ¿cómo es estar con el mismo tipo durante, bueno, básicamente para siempre?

—Él es el único hombre que deseo —respondió Rowena.

—Oh, vamos, vamos. Habrás tenido cientos de fantasías con otros hombres en los últimos dos milenios.

—Por supuesto. —Rowena dejó el espejo y sus labios se curvaron en una sonrisa soñadora—. Una vez hubo un joven camarero en Roma. Qué cara y qué cuerpo. Con unos ojos tan oscuros que parecía que pudiese ver mundos ahogándose en ellos. Él me servía café y un bollo. Me llamaba *bella donna* con una sonrisa de complicidad. Mientras yo me comía el bollo, imaginaba estar mordiendo su jugoso labio inferior. —Apretó los suyos y luego se echó a reír—. Lo pinté en mi estudio, y dejaba que flirtease conmigo de forma descarada. Después de cada sesión tenía que sacarlo casi a empujones, y entonces separaba a Pitte de lo que estuviese haciendo y lo seducía.

—Nunca lo has engañado.

—Amo a mi hombre —dijo Rowena sencillamente—. Estamos ligados en cuerpo, alma y corazón. Hay en eso una magia más potente que cualquier hechizo, más perversa que cualquier maldición. —Alargó una mano para posarla sobre la de Zoe—. Tú amaste a un muchacho y él te dio un hijo. Por esa razón siempre lo amarás, incluso cuando fue débil y te traicionó.

—Simon es mi mundo.

—Y tú lo has convertido en un mundo luminoso y adorable. Te envidio muchísimo por tu hijo. Y tú —se puso en pie, se acercó a Dana y le pasó los dedos por el pelo—, tú amaste a alguien que ya no era un muchacho, pero tampoco fue un hombre del todo. Por esa razón, nunca lo has perdonado.

—¿Y por qué habría de hacerlo?

—Ésa es la cuestión.

—¿Y yo qué? —preguntó Malory, y Rowena se sentó en el brazo del sofá y le posó una mano en el hombro.

—Tú amas mucho a ese hombre, de un modo tan rápido e intenso que dudas de tu propio corazón. Por esa razón, no puedes confiar en él.

—¿Cómo voy a confiar en lo que no tiene sentido?

—Mientras necesites hacerte preguntas, no obtendrás la respuesta. —Se inclinó y la besó en la frente—. Gracias por permitirme estar en tu casa, por compartir vuestro ser conmigo. Ten, coge esto.

Sostenía una piedra en la palma de la mano, una piedra azul pálido que ofreció a Malory.

—¿Qué es?

—Un pequeño talismán. Colócala debajo de tu almohada esta noche. Dormirás bien. Debo irme. —Sonrió un poco y se llevó la mano al pelo mientras se ponía en pie e iba hacia las puertas de cristal—. Me pregunto qué opinará Pitte de mi peinado. Buenas noches.

Abrió la cristalera y se internó en la noche. Zoe esperó tres segundos y luego salió disparada hacia la puerta. Se puso las manos a los lados de la cara y la pegó al cristal.

—Pues vaya, pensaba que desaparecería con un «¡puf!» o algo así, pero se va caminando como una persona normal.

—Parece bastante normal. —Dana se estiró para coger las palomitas de maíz—. Para ser una diosa con unos cuantos miles de años a sus espaldas, claro.

—Pero triste. —Malory giró la piedra azul en la palma de la mano—. En la superficie hay mucha sofisticación y alegría frívola, pero debajo hay una gran tristeza. Zoe, hablaba en serio cuando ha dicho que te envidiaba por tener a Simon.

—Es curioso pensar en eso. —Zoe se alejó, cogió un cepillo, un peine y horquillas y fue a colocarse detrás del sofá—. Rowena vive en ese enorme, bueno, castillo en realidad, lleno de cosas divinas. —Empezó a cepillar el cabello de Dana—. Es hermosa, incluso sabia diría yo. Es rica y tiene un hombre al que ama. Ha viajado y puede pintar esos magníficos cuadros. —Separó el pelo de Dana en secciones y se puso a trenzarlo—. Pero envidia a alguien como yo sólo porque tengo un hijo. ¿Pensáis que ella no puede tenerlos? Yo no he querido indagar, es algo muy personal. Pero me pregunto por qué no podría. Si es capaz de hacer todas las cosas que hace, ¿por qué no iba a poder tener un hijo?

—Quizá Pitte no quiera niños. —Dana se encogió de hombros—. Algunas personas no quieren. ¿Qué estás haciendo ahí detrás, Zoe?

—Un nuevo peinado. Estoy intercalando algunas trenzas muy finas. Debería quedar juvenil y efectista. ¿Y tú?

—¿Yo qué?

—¿Quieres tener hijos?

Dana mordisqueó palomitas de maíz mientras reflexionaba.

—Sí. Me gustaría tener un par. Imagino que si en los próximos años no encuentro a un hombre al que pueda soportar a largo plazo, lo llevaré a cabo yo sola. Ya sabes, haciendo el amor con la ciencia médica.

—¿Harías eso? —Fascinada, Malory metió la mano en el cuenco de palomitas—. Criar a un niño sola…, es decir, a propósito —añadió mirando a Zoe—. Ya sabéis a qué me refiero.

—Por supuesto que lo haría. —Dana colocó el cuenco entre las dos—. ¿Por qué no? Estoy sana, y creo que sería una buena madre y que tengo mucho que ofrecer a un crío. Querría asegurarme de contar con una seguridad económica sólida, pero si, cuando me acerque a los… digamos treinta y cinco años, no hay un hombre en mi vida, lo haré por mi cuenta.

—Ese sistema excluye la parte del romance —apuntó Malory.

—Quizá, pero da resultado. Tienes que mirarlo con perspectiva. Si hay algo que deseas, que deseas en lo más hondo, no puedes permitir que nada te impida lograrlo.

Malory pensó en su sueño, en el bebé que había sostenido entre los brazos. En la luz que había colmado su mundo y su corazón.

—Incluso cuando deseas algo de verdad de verdad hay límites.

—Bueno, hay que evitar el asesinato y cierto tipo de delitos. Estoy hablando de elecciones importantes, de recorrer la distancia que nos separa de ellas y de lidiar con los resultados. ¿Y qué nos dices de ti, Zoe? ¿Volverías a hacer lo de criar a un niño sola? —preguntó Dana.

—Creo que no tengo intención de repetirlo. Es duro. No hay nadie con quien compartir la carga, una carga que en ocasiones parece imposible para una sola persona. Además, no hay nadie que mire al niño como tú y sienta lo que tú sientes. Nadie que comparta ese amor y ese orgullo y, no sé, esa sorpresa.

—¿Estabas asustada? —le preguntó Malory.

—Sí. Oh, sí. Sigo asustándome. Creo que se supone que ha de dar algo de miedo porque es muy importante. ¿Tú quieres tener hijos, Mal?

—Sí. —Frotó la piedra suavemente entre los dedos—. Más de lo que creía.

Hacia las tres, Dana y Zoe estaban durmiendo en su cama, mientras ella se dedicaba a recoger lo peor del desastre, demasiado inquieta para instalarse en el sofá. Había demasiados pensamientos, demasiadas imágenes dándole vueltas en la cabeza.

Examinó de nuevo la pequeña piedra azul. Quizá funcionara. Había aceptado cosas más tremendas que ponerse un pedazo de mineral debajo de la almohada como cura para el insomnio que estaba atormentándola.

O quizá no. Quizá en realidad no había aceptado nada de todo aquello, no en el sentido profundo del que hablaba Dana. Estaba exhausta, pero aun así se sentía reacia a colocar la piedra debajo de la almohada e intentarlo.

Afirmaba amar a Flynn, pero a pesar de ello estaba a la espera, manteniendo a resguardo una pequeña parte de sí misma, aguardando a que el sentimiento pasase. Y al mismo tiempo le molestaba y le dolía que él no cayera enamorado de ella sin más para compensar la situación.

Después de todo, ¿cómo iba a conservar el equilibrio, trazar planes y tener su vida en orden si todo no era equivalente entre ellos dos?

Todo se inscribía en un lugar, ¿no? Todo tenía su espacio. Y si no se ajustaba a la perfección, bueno, no eras tú quien iba a cambiar. Eso le correspondía al otro.

Con un suspiro, se derrumbó en el sofá. Había perseguido el sueño de una carrera artística como una posesa porque, aunque el destino no había cooperado dándole talento, ella no estaba dispuesta a admitir que todos aquellos años de estudio y trabajo habían sido un desperdicio.

Ella se había encargado de que todo encajara.

Se había quedado en La Galería porque era cómodo, porque era sensato y conveniente. Había proclamado que algún día se pondría a trabajar por cuenta propia; pero no lo decía en serio. Era un riesgo demasiado grande, demasiado complicado. Si Pamela no hubiese aparecido, continuaría en La Galería.

¿Y por qué aborrecía a Pamela con todas las fibras de su ser? De acuerdo, la mujer era prepotente y tenía el mismo gusto que una trucha recocida, pero una persona más flexible que Malory Price habría hallado el modo de vivir con ello. Aborrecía a Pamela principalmente porque había roto el equilibrio y había trastocado el camino que ella tenía trazado.

Ella no había encajado.

Ahora estaba empezando el negocio con Dana y Zoe. Ella era la que había llegado con menos entusiasmo. Oh, al final se les había unido, pero ¿cuántas veces se había cuestionado esa decisión desde entonces? ¿Cuántas veces había considerado echarse atrás porque era demasiado duro ver cómo podría ser cuando estuviese todo arreglado?

Y no se había ocupado de que eso progresara. No había regresado a la casa, ni había hecho planes, ni había tanteado el terreno en busca de artistas y artesanos.

Caray, ni siquiera había enviado su solicitud para obtener una licencia comercial. Porque en cuanto lo hiciese estaría comprometida.

Estaba utilizando la llave como excusa para no dar el paso final. Oh, estaba buscándola, empleando su tiempo y su energía en la misión. Algo que se tomaba muy en serio era la responsabilidad.

Ese mismo instante, en el que estaba sola y despierta a las tres de la madrugada, era el momento de admitir un hecho innegable: su vida podía haber cambiado en una docena de formas extrañas y fascinantes en las tres últimas semanas, pero ella no había cambiado en absoluto.

Colocó la piedra debajo de la almohada.

—Aún hay tiempo —murmuró, y se hizo un ovillo para dormir.

18

Cuando Malory se despertó, el apartamento estaba tan silencioso como una tumba. Se quedó inmóvil un instante, observando las lanzas de luz que se colaban por un resquicio de las cortinas del patio y se clavaban en el suelo.

«Ya es por la mañana», pensó. Plena mañana. No recordaba haber caído dormida. Y lo que era mejor, mucho mejor, no recordaba haber estado dando vueltas y más vueltas, desesperada por dormirse.

Lentamente metió la mano debajo de la almohada para tocar la piedra. Frunció el entrecejo, buscó a tientas más a fondo y luego se incorporó para levantar la almohada. Allí no había ninguna piedra. Miró bajo los cojines, en el suelo, debajo del sofá, antes de sentarse de nuevo con una mueca de confusión.

Las piedras no desaparecían así como así.

O quizá sí. Una vez que habían cumplido con su propósito. Había dormido, y muy bien, ¿verdad? Tal como le habían prometido. De hecho, se sentía de maravilla. Como si hubiese disfrutado de unas agradables y relajantes vacaciones.

—De acuerdo, gracias, Rowena.

Estiró los brazos y respiró hondo. Y percibió un inconfundible aroma a café.

A menos que el regalo incluyera un café matutino, alguien más debía de haberse levantado.

Fue hasta la cocina y se encontró con una grata sorpresa. La tarta de café de Zoe estaba sobre la encimera, en una bonita bandeja y protegida con film transparente. La cafetera estaba caliente y llena en sus tres cuartas partes. Entre las dos, cuidadosamente doblado, el periódico matinal.

Malory cogió la nota que había debajo de la fuente y leyó lo que Zoe le había escrito con algo que era una exótica mezcla entre letra de imprenta y cursiva.

¡Buenos días! He tenido que irme: reunión con los profesores a las diez.

«A las diez», pensó Malory, y lanzó una mirada ausente al reloj de la cocina. Se quedó con la boca abierta cuando vio que eran casi las once.

—¿Cómo es posible? ¿Cómo puede ser?

No quería despertaros a ninguna de las dos, así que he intentado no hacer ruido.

—Debes de haberte movido como un fantasma —repuso Malory en voz alta.

Dana tiene que estar en el trabajo a las dos. Sólo por si acaso, le he puesto tu despertador en la habitación. Se lo he puesto a las doce para que no vaya con prisas y pueda desayunar.

Lo he pasado estupendamente. Quería deciros, a las dos, que, ocurra lo que ocurra, me alegro mucho de haberos encontrado. O de que nos encontráramos las unas a las otras. Sea como sea, me siento muy agradecida por que seáis mis amigas.

Quizá la próxima vez podamos reunirnos en mi casa.

Con cariño,

Zoe

—Parece que hoy es un día de regalos.

Sonriendo, Malory dejó la nota donde estaba para que Dana pudiese leerla también. Con ganas de alargar su buen humor, se cortó un pedazo de tarta y se sirvió una taza de café. Lo puso todo en una bandeja, añadió el periódico y un vasito de zumo y la llevó al patio.

El otoño ya revoloteaba en el aire. Siempre le había encantado el leve aroma ahumado que el otoño arrastraba consigo cuando las hojas comenzaban a mostrar indicios de los colores vibrantes que iban a exhibir.

Mientras tomaba un trozo de tarta de café recordó que tenía que comprar macetas de crisantemos. Ya llevaba retraso en eso. Y también calabazas para hacer arreglos festivos. Recogería hojas de árbol, de arce, cuando se hubiesen vuelto de color escarlata.

Podía agenciarse algunas cosas de sobra y elaborar algo divertido para el porche de Flynn.

Sorbió el café mientras echaba una ojeada a la primera página del periódico. Leerlo era una experiencia distinta ahora que conocía a Flynn. Se preguntó cómo decidiría él qué iba dónde y cómo lo organizaría —historias, anuncios, imágenes, caracteres, tono— para crear un todo cohesionado.

Masticó y bebió mientras iba leyendo, y de repente el corazón le dio un salto cuando tropezó con la columna de Flynn.

Era muy raro que no la hubiese visto antes, ¿no? Semana tras semana. ¿Qué es lo que habría pensado? «Chico guapo, bonitos ojos» o algo así de despreocupado y poco memorable. Habría leído su columna, y habría tenido que estar de acuerdo o en desacuerdo. No tenía ni idea del trabajo y el esfuerzo que Flynn le dedicaba, ni cómo su mente analizaba el tema sobre el que escribía cada semana.

Ahora que lo conocía era distinto; ahora podría oír su voz pronunciando aquellas palabras. Podría visualizar el rostro de Flynn y sus expresiones. Y tener cierto acceso al modo en que trabajaba aquel cerebro tan flexible.

«¿Qué define al artista?», leyó.

Cuando terminó la columna y estaba a punto de leerla por segunda vez, Malory había vuelto a enamorarse perdidamente de Flynn.

Flynn estaba sentado en la esquina de un escritorio y escuchaba a uno de sus reporteros, que le estaba proponiendo la idea de realizar un artículo sobre un hombre del pueblo que coleccionaba payasos. Payasos de peluche, esculturas de payasos, cuadros de payasos. Payasos de porcelana, payasos de plástico, payasos con perros. Payasos que cantaban o bailaban, o que conducían pequeños coches de payaso.

—Tiene más de cinco mil, sin contar los objetos relacionados con los payasos.

Flynn dejó de escuchar un momento, pues la simple idea de cinco mil payasos juntos en un mismo lugar tenía algo de espeluznante. Los imaginó unidos en un ejército de payasos que hacía la guerra con botellas de soda y bates de goma. Con todas esas narizotas rojas y sus carcajadas de maníacos. Y esas enormes y pavorosas sonrisas.

—¿Por qué? —preguntó.

—¿Por qué?

—¿Por qué tiene cinco mil payasos?

—¡Oh! —Tim, un joven periodista que solía utilizar tirantes y demasiada gomina, se recostó en su silla con un crujido—. Verás, su padre inició la colección allá por los años veinte, ¿sabes? Es como un asunto generacional. Él mismo empezó a añadir artículos, ¿sabes?, hacia los años cincuenta, y luego todo el lote pasó a sus manos cuando su padre murió. ¿Sabes?, algunas de las piezas son como de un museo serio. Esos artículos se venden por un pastón en eBay.

—De acuerdo. Dedícale un reportaje. Llévate un fotógrafo. Quiero una imagen de la colección al completo con su dueño en medio. Y otra de él con un par de las piezas más interesantes. Pídele que te cuente la historia o el significado de algunos objetos en concreto. Dale bombo a la conexión padre-hijo, pero comienza con el número de payasos y un par de ejemplos en los extremos de la escala monetaria. Podría ir bien en el suplemento especial del fin de semana. Y, Tim, procura eliminar todos los «¿sabes?» y los «como» cuando lo entrevistes.

—Entendido.

Flynn alzó la vista y vio a Malory entre dos escritorios con una maceta descomunal de crisantemos de color óxido en los brazos. Algo en el brillo de sus ojos hizo que el resto de la sala se difuminara.

—Hola —la saludó—. ¿Dedicándote a la jardinería?

—Quizá. ¿Es un mal momento?

—No. Vamos a mi despacho. ¿Qué sientes ante los payasos?

—Indignación cuando están pintados sobre terciopelo negro.

—Buen punto. Tim —llamó girándose—, haz algunas fotos de las pinturas de payasos sobre terciopelo negro. De lo sublime a lo ridículo y vuelta a empezar —añadió—. Podría estar bien.

Malory entró en su despacho delante de él y siguió hasta la ventana para dejar las flores en el alféizar.

—Quería…

—Espera. —Flynn alzó un dedo mientras escuchaba el aviso que transmitía la emisora de la policía—. Enseguida me lo cuentas —le dijo a Malory, y sacó la cabeza por la puerta—. Shelly, hay un AT en el bloque quinientos de Crescent. La policía local y los servicios médicos ya van para allá. Llévate a Mark.

—¿AT? —repitió Malory cuando él se volvió de nuevo hacia ella.

—Accidente de tráfico.

—¡Oh! Esta misma mañana estaba pensando en cuánto tienes que organizar, sopesar y dar forma para poder sacar el periódico todos los días. —Se inclinó para darle una palmadita a *Moe*, que roncaba en el suelo—. Y aún te las arreglas para tener una vida al mismo tiempo.

—En cierto modo.

—No. Tienes una vida muy buena, Flynn. Amigos, familia, un trabajo que te satisface, una casa, un perro bobo. Admiro eso. —Se incorporó—. Te admiro.

—¡Guau! Anoche debiste de pasarlo realmente bien.

—Así es. Ya te lo contaré, pero no quiero olvidar lo que he venido a decirte.

—¿Y bien?

—Y bien. —Se acercó a Flynn y le puso las manos sobre los hombros. Luego le dio un beso. Un beso muy, pero que muy largo y cálido—. Gracias.

La piel de Flynn comenzó a vibrar.

—¿Por qué? Porque si es por algo bueno de verdad, quizá debas agradecérmelo otra vez.

—De acuerdo.

Esta vez entrelazó las manos detrás de la cabeza de Flynn y añadió algo de calor a la calidez.

Fuera del despacho prorrumpieron en aplausos.

—Cristo, tendré que instalar persianas aquí. —Probó con el truco psicológico de cerrar la puerta—. No me importa ser un héroe, pero tal vez deberías contarme a qué dragón he matado.

—He leído tu columna esta mañana.

—¿Sí? Normalmente, cuando a alguien le gusta mi columna se limita a decir: «Buen trabajo, Hennessy». Prefiero tu sistema.

—«No es sólo el artista que coge el pincel el que pinta el cuadro —citó—. Son quienes lo miran y ven el poder y la belleza, la fuerza y la pasión, los que dan vida a las pinceladas y el color.» Gracias.

—Estoy a tu disposición.

—Cada vez que empiece a compadecerme de mí misma por no estar viviendo en París y revolucionando el mundo del arte, cogeré tu columna y me recordaré lo que tengo. Lo que soy.

—Yo creo que eres extraordinaria.

—Hoy yo también lo creo. He despertado sintiéndome mejor que en muchos días. Es sorprendente lo que puede hacer una noche de sueño reparador..., o una piedrecita azul debajo de la almohada.

—Me he perdido.

—No tiene importancia. Es sólo algo que me dio Rowena. Anoche se unió a nuestra velada.

—¿Sí? ¿Y qué llevaba?

Riendo, Malory se sentó en una esquina del escritorio.

—No se quedó lo bastante para disfrutar de la diversión del pase de pijamas, pero podría decirse que llegó justo a tiempo. Nosotras tres nos habíamos puesto a jugar con un tablero de ouija.

—¡No hablarás en serio!

—Sí, hablo en serio. Zoe tuvo la idea de que a lo mejor éramos brujas y no lo sabíamos. Que por eso nos habían elegido..., y la verdad es que tiene su lógica. En cualquier caso, las cosas se volvieron un poco raras. Creció la llama de las velas, sopló un fuerte viento... y Kane entró. Rowena dijo que habíamos abierto una puerta, como si fuera una invitación.

—¡Maldita sea, Malory! ¡Joder! ¿Cómo se te ocurre ponerte a jugar con..., con fuerzas místicas? Kane ya te ha atacado una vez. Podría haberte hecho daño.

Malory pensó que Flynn tenía un rostro increíble. Un rostro genial. Podía pasar de interesado a divertido o a furioso en sólo medio segundo.

—Eso es algo que Rowena dejó muy claro anoche. No vale la pena que te enfades conmigo ahora.

—Antes de ahora no había tenido la oportunidad de enfadarme contigo.

—Eso es verdad. —Gruñó cuando *Moe*, que se había despertado con el estallido de Flynn, trató de subírsele al regazo—. Tienes toda la razón del mundo al decir que no deberíamos habernos puesto a jugar con algo que no comprendíamos. Lo lamento, créeme, y no es algo que piense repetir.

Él alargó la mano para darle un tironcito del pelo.

—Estoy intentando tener una discusión contigo. Lo menos que puedes hacer es cooperar.

—Hoy estoy demasiado contenta para discutir. Si quieres, lo dejamos para algún día de la semana que viene. Además, sólo he pasado a traerte las flores. Ya he interrumpido demasiado tu jornada laboral.

Flynn miró hacia los crisantemos: el segundo ramo de flores que le regalaba.

—Desde luego que estás contenta hoy.

—¿Por qué no habría de estarlo? Soy una mujer enamorada que ha tomado lo que yo creo que son buenas decisiones sobre…

—¿Sobre? —preguntó él al ver que se quedaba absorta.

—Elecciones —farfulló Malory—. Momentos de decisión, momentos de verdad. ¿Por qué no habré pensado antes en eso? Quizá fuese tu casa, pero mi percepción de la perfección le dio la vuelta en el sueño. Se encargó de que encajara. Más mía que tuya. O quizá no tenga nada que ver con eso. Y precisamente seas tú.

—¿El qué?

—La llave. Necesito examinar tu casa. ¿Eso sería un problema?

—Ah…

Impaciente de pronto, Malory rechazó sus dudas agitando las manos.

—Mira, si tienes algo personal o embarazoso escondido, como revistas porno o artilugios sexuales innovadores, te daré la ocasión de quitármelos de delante. O te prometo actuar como si no los hubiese visto.

—Las revistas porno y los artilugios sexuales innovadores los tengo a buen recaudo en la caja fuerte. Y me temo que no puedo revelarte la combinación.

Ella se aproximó a él y le deslizó las manos por el pecho.

—Sé que esto es mucho pedir. A mí no me gustaría tener a nadie husmeando entre mis cosas mientras yo estoy fuera.

—No es que haya mucho donde husmear, pero no quiero que luego me des la tabarra con que he de salir corriendo a comprarme ropa interior nueva y usar la que tengo como trapos para el polvo.

—Yo no soy tu madre. ¿Puedes decirle a Jordan que voy para allá?

—Hoy ha salido a no sé dónde. —Se sacó el llavero del bolsillo y extrajo la llave de la casa—. ¿Crees que aún estarás allí cuando yo llegue?

—¿Por qué no me aseguro de seguir allí para entonces?

—¿Por qué no? Llamaré a Jordan y le diré que no se acerque. Esta noche puede dormir en casa de Brad, y así yo podré tenerte toda para mí.

Malory cogió la llave y le rozó suavemente los labios con los suyos.

—Estoy deseando que me tengas toda para ti.

El brillo malicioso de su mirada tuvo a Flynn riendo durante una hora después de su partida.

Malory subió saltando los peldaños que llevaban a la puerta de Flynn. Se dijo que iba a ser sistemática, lenta y meticulosa.

Debería haber pensado antes en eso. Era como unir los puntos.

Los cuadros reflejaban momentos de cambio, de destino. Era indudable que su vida había cambiado al enamorarse de Flynn. «Y ésta es la casa de Flynn», pensó mientras entraba. ¿Acaso no había dicho él que la compró en el mismo instante en que aceptó su destino?

Inmóvil, tratando de absorber las vibraciones del lugar, recordó que debía mirar en el interior y en el exterior. ¿Dentro de la casa y fuera, en el jardín? ¿O era algo más metafórico, relacionado con lo que había visto en su sueño?

Luz y sombras. La casa estaba llena de las dos.

Agradeció que, en cambio, no estuviese llena de cosas. El estilo espartano de Flynn simplificaría mucho la búsqueda.

Empezó por el salón, torciendo el gesto automáticamente al ver el sofá. Miró debajo de los cojines, encontró ochenta céntimos en monedas, un encendedor Bic, una edición en rústica de una novela de Robert Parker y migas de galletas.

Incapaz de soportarlo, cogió el aspirador y un trapo y se puso a limpiar mientras buscaba.

Aquel proceso de dos al precio de uno la tuvo más de una hora en la cocina. Al final Malory estaba sudada y la cocina relucía, pero no había tropezado con nada que se pareciese a una llave.

Resolvió continuar en el primer piso. Recordó que su sueño había comenzado y terminado escaleras arriba. Quizá fuese simbólico. Y seguro que allí no podía haber nada en un estado tan lamentable como el de la cocina.

Un vistazo al cuarto de baño la desengañó al instante. Decidió que incluso el amor (a un hombre y al orden) tenía sus límites, y cerró la puerta sin entrar siquiera.

Llegó al despacho de Flynn y se quedó inmediatamente encantada. Todos los negros pensamientos de que Flynn era un cerdo se desvanecieron.

No es que estuviese limpio. Cualquiera podría ver que necesitaba que le quitaran bien el polvo, y en los rincones había suficientes bolas de pelo de perro como para tejer una manta de punto. Pero las paredes eran luminosas, el escritorio era precioso y los pósters enmarcados mostraban un ojo para el arte y el estilo que no pensaba que él tuviera.

—Así que tienes un montón de lados maravillosos, ¿eh?

Pasó los dedos por el escritorio, impresionada por las pilas de documentos, divertida con las figuritas articuladas.

Era un buen espacio de trabajo. Un buen espacio para pensar. Imaginó que a él le tenía sin cuidado el estado de la cocina. Su sofá no era más que un lugar en el que echar una cabezada o estirarse para leer un libro. Pero se preocupaba de lo que lo rodeaba cuando era importante para él.

Belleza, sabiduría, valor. A Malory le habían dicho que necesitaría los tres. En su sueño había belleza: amor, hogar, arte. Después el conocimiento de que era una ilusión. Y finalmente el valor para romper la ilusión.

Quizá eso formaba parte del asunto.

El amor forjaría la llave.

Bueno, ella quería a Flynn. Aceptaba que quería a Flynn. Pues, entonces, ¿dónde estaba la maldita llave?

Giró en círculo, después se acercó a observar mejor la colección artística de Flynn. Pin-ups. Él era tan..., tan típicamente masculino... Y también inteligente.

Las fotografías tenían cierto impacto sexual, pero con una inocencia subyacente. Las piernas de Betty Grable, la larga melena de Rita Hayworth, el inolvidable rostro de Marilyn Monroe. Leyendas, tanto por su hermosura como por su talento. Diosas de la pantalla.

Diosas.

Le temblaban los dedos cuando descolgó el primer retrato. Tenía que estar en lo cierto. Tenía que ser eso.

Pero examinó todas las láminas, todos los marcos, y luego la habitación centímetro a centímetro, y no encontró nada.

Negándose a sentirse desanimada, se sentó ante la mesa. Estaba cerca. A sólo un paso, en una u otra dirección, pero cerca. Ya contaba con todas las piezas, de eso estaba segura. Sólo necesitaba hallar el diseño correcto y encajarlas en su lugar correspondiente.

Necesitaba tomar un poco de aire, dejar que todo diese vueltas en su cabeza entre tanto sin pensar en ello.

Haría alguna cosa normal mientras su cerebro rumiaba.

No, algo normal no. Algo inspirado. Algo artístico.

Flynn decidió que ya era hora de invertir de nuevo los papeles y devolverlos a su lugar original, de modo que, de camino a casa, se paró a comprar flores para Malory. En el aire ya se percibía el otoño, que había empezado a mostrar su presencia en el color de los árboles. En las colinas de alrededor había algo de bruma, y con el verde de las hojas se entremezclaban rojos, dorados y grises.

Por encima de las colinas, esa noche se elevaría una luna de tres cuartos.

Flynn se preguntó si Malory pensaría en eso, y si eso la preocuparía.

Por supuesto que sí. Sería imposible lo contrario en una mujer como Malory. Aun así, la había visto contenta en su oficina, y él tenía la intención de prolongar ese estado de ánimo.

La llevaría a cenar. Tal vez a Pittsburgh, para cambiar de escenario. Un largo trayecto en coche, una elegante cena… Eso le gustaría, la distraería…

En cuanto atravesó la puerta, supo que algo había cambiado.

Olía… bien.

«Un poco a limón», pensó mientras se acercaba al salón. Un poco picante. Con un trasfondo femenino.

¿Acaso las mujeres emanaban una especie de fragancia cuando llevaban unas horas en un lugar?

—¿Mal?

—¡Aquí! ¡En la cocina!

Moe se le había adelantado, y cuando él llegó Malory ya estaba dándole una galleta, una palmadita y un firme empujón hacia la puerta trasera. Flynn no estaba seguro de por qué se le hizo la boca agua, si por el olor que brotaba de los fogones o por la mujer que llevaba un delantal blanco.

Dios, ¿quién habría dicho que un delantal podía ser sexy?

—Hola. ¿Qué estás haciendo?

—Cocinando. —Cerró la puerta trasera—. Ya sé que es un uso un poco excéntrico para una cocina, pero llámame loca. ¿Flores? —Sus ojos se dulcificaron, casi húmedos—. Son preciosas.

—Tú también. ¿Cocinando? —Se olvidó de sus planes embrionarios para la noche sin ningún reparo—. ¿Algo que podría parecerse a una cena?

—Debería. —Cogió las flores y besó a Flynn por encima de ellas—. He decidido deslumbrarte con mis talentos culinarios, así que he ido a la tienda de ultramarinos. Aquí no tenías nada que mereciera el nombre de auténtica comida.

—Cereales, hay montones de cereales.

—Lo he visto. —Como en aquella casa no había ningún jarrón, Malory llenó una jarra de plástico con agua para las flores. Se sintió muy orgullosa de sí misma por ser capaz de hacerlo sin morirse de vergüenza—. Y también he visto que no tenías ninguno de los artilugios más comunes para cocinar. Ni una triste cuchara de madera.

—Yo no entiendo por qué se hacen cucharas de madera. ¿No hemos progresado lo bastante para dejar de tallar instrumentos a partir de los árboles? —Tomó una de la encimera y después frunció el entrecejo—. Aquí hay algo diferente. Alguna cosa ha cambiado.

—Está limpio.

Flynn miró alrededor con la conmoción pintada en el rostro.

—Está limpio. ¿Qué has hecho? ¿Contratar a una brigada de elfos? ¿Cuánto cobran por hora?

—Trabajan a cambio de flores. —Las olió y se dijo que, después de todo, estaban muy bonitas en la jarra de plástico—. Les has pagado con creces.

—Has limpiado. Eso es muy… raro.

—En realidad es muy impertinente, pero es que me he dejado llevar.

—No, «impertinente» no es la expresión que se me ocurre. —Le cogió las manos y le besó los dedos—. La expresión es «¡guau!». ¿Debería estar avergonzado?

—Yo no lo estaré si tú no lo estás.

—Hecho. —La atrajo hacia sí y le frotó la mejilla con la suya—. Y estás cocinando. En los fogones.

—Quería ocupar la cabeza en otras cosas durante un rato.

—Y yo también. Iba a jugar mi carta de «salgamos a cenar a un sitio elegante», pero la tuya la ha superado.

—Puedes guardártela en la manga para otro momento. Ordenar cosas me ayuda a aclararme las ideas, y había mucho que ordenar aquí. No he encontrado la llave.

—Sí, ya me lo figuraba. Lo siento.

—Estoy cerca. —Se quedó mirando el vapor que surgía de una cazuela como si la respuesta pudiese aparecer allí—. Tengo la sensación de que se me escapa algo. Bueno, ya hablaremos de eso. La cena está casi lista. ¿Por qué no sirves el vino? Creo que complementará bien al pastel de carne.

—Vale. —Flynn cogió la botella, que ya estaba respirando sobre la encimera, y luego volvió a dejarla—. ¿Pastel de carne? ¿Has hecho pastel de carne?

—Y también puré de patatas…, dentro de poco —añadió mientras enchufaba la batidora de varillas que había llevado de su propia casa—. Y judías verdes. Me ha parecido armonioso, teniendo en cuenta tu columna. Y he dado por hecho que, ya que lo nombrabas, te gustaba el pastel de carne.

—Soy un chico. Nosotros vivimos para el pastel de carne. —Ridículamente conmovido, le acarició la mejilla—. Malory, debería haberte traído más flores.

Ella se echó a reír y se volvió hacia las patatas que había hervido.

—Ésas servirán, gracias. La verdad es que éste es mi primer pastel de carne. Yo soy más de preparar cualquier tipo de pasta o salteados con pollo; pero le he pedido la receta a Zoe, que me ha jurado que es infalible y perfecta para los chicos. Asegura que Simon prácticamente lo sorbe.

—Intentaré acordarme de masticar.

Después la tomó del brazo para que se girase hacia él y le deslizó las manos por el cuerpo en dirección ascendente, hasta llegar a la mandíbula. Puso los labios sobre los suyos suavemente, hundiéndose con ella en el beso como podrían hundirse en un lecho de plumas.

El corazón de Malory dio un vuelco a cámara lenta, mientras se le nublaba el cerebro. La espátula de goma que sujetaba cayó al suelo cuando se le aflojaron los dedos; todo dentro de ella se fundió, y se fundió contra él, en él.

Flynn lo percibió, ese estremecimiento y esa entrega, esa rendición a sí misma tanto como a él. Cuando se separaron, los ojos azules de Malory estaban empañados. Flynn comprendió que era la mujer la que tenía el poder de hacer que un hombre se sintiese como un dios.

—Flynn.

Él le pasó los labios por la frente.

—Malory.

—Yo… he olvidado lo que estaba haciendo.

Flynn se agachó para recoger la espátula.

—Creo que estabas haciendo puré de patatas.

—¡Oh, eso es! Patatas.

Sintiéndose embriagada, fue al fregadero para lavar la espátula.

—Esto debe de ser lo más bonito que ha hecho alguien por mí en toda mi vida.

—Te quiero. —Malory apretó los labios con fuerza y miró por la ventana—. No digas nada. No deseo que ninguno de los dos se sienta incómodo. He estado pensando mucho en esto. Sé que me he precipitado y he insistido. Nada de eso es muy propio de mí —dijo con cierta brusquedad mientras regresaba al lado de la batidora.

—Malory…

—De verdad, no es necesario que digas nada. Para mí sería suficiente, más que suficiente por ahora, si te limitaras a aceptarlo, quizá a disfrutarlo un poco. Me parece que el amor no debería ser un arma, una estratagema ni una carga. Su belleza reside en que es un regalo, sin cuerdas que aten a él. Al igual que esta comida. —Sonrió, aunque la fijeza con que él la miraba la ponía un poco nerviosa—. Así que, ¿por qué no sirves el vino y después sacas los platos? Y los dos lo disfrutaremos.

—De acuerdo.

Flynn pensó que podía esperar. Quizá debía esperar. En cualquier caso, las palabras que tenía en la cabeza sonaban desafinadas si las comparaba con la simplicidad de las de Malory.

De modo que disfrutarían el uno del otro, y de la comida que ella había preparado en su cocina, extraña y hogareña con las flores frescas dispuestas en una jarra de plástico.

Tal como eran los principios, aquél poseía elementos de los dos. Resultaba muy interesante observar cómo uno se las arreglaba para complementar al otro.

—¿Sabes? Si me hicieses una lista de las cosas que debería tener aquí, podría conseguirlas.

Malory arqueó las cejas, tomó la copa de vino que él le ofrecía y luego sacó un pequeño bloc de notas del bolsillo del delantal.

—Éste ya está casi lleno. Pensaba esperar hasta que estuvieses adormecido en medio de la autocomplacencia, gracias a la carne y las patatas.

Flynn hojeó el bloc y reparó en que los artículos se agrupaban en distintas listas con encabezamientos específicos: alimentación, productos de droguería —con distintos apartados: cocina, cuarto de baño, lavadora— y artículos para el hogar.

Dios, aquella mujer era irresistible.

—¿Crees que voy a necesitar un préstamo?

—Considéralo como una inversión. —Le quitó el bloc y volvió a guardárselo en el bolsillo; luego se concentró en las patatas—. Oh, por cierto, me ha gustado mucho la colección de arte que hay en tu estudio.

—¿Arte? —Le hizo falta un minuto para comprenderla—. Ah, mis chicas. ¿En serio?

—Es algo ingenioso, nostálgico, sexy, con estilo. También la habitación es magnífica, y debo admitir que eso ha sido un alivio para mí si consideramos cómo está el resto de la casa. Ha bastado para que no me hundiese en la miseria cuando mi teoría sobre la llave no ha resultado como esperaba. —Vertió las judías, que había cocido con una pizca de albahaca, en una fuente de servir y se la pasó a Flynn—. Monroe, Grable, Hayworth, etcétera. Diosas de la pantalla. Diosa, llave.

—Buena deducción.

—Sí, eso me ha parecido, pero no ha habido suerte. —Le alargó la fuente de puré, y después, usando unos agarradores que había comprado, sacó el pastel de carne del horno—. De todos modos sigo pensando que estoy en el buen camino, y esto me ha dado la oportunidad de conocer tu lugar de reflexión. —Se sentó y paseó la mirada por la mesa—. Espero que tengas hambre.

Sirvieron los platos. Al primer bocado de pastel de carne, Flynn suspiró.

—Has hecho bien sacando a *Moe*. Me habría dolido atormentarlo con esto, porque no hay ninguna posibilidad de que pueda probarlo. Mi enhorabuena a la artista.

Malory descubrió el placer que proporcionaba ver cómo alguien a quien amabas comía lo que habías preparado. El placer de compartir una simple cena en la mesa de la cocina al final del día.

Nunca había tenido la sensación de que le faltara algo por cenar sola o con alguien de vez en cuando. Pero de pronto le resultó fácil verse compartiendo ese momento con Flynn noche tras noche, año tras año.

—Flynn, me dijiste que compraste esta casa en el momento en que aceptaste que deseabas quedarte en el valle. ¿Tuviste...? ¿Tienes una visión de cómo la quieres?

—No sé si puede llamarse visión. Me gustaron su aspecto, sus líneas y su gran jardín. Hay algo en la idea de tener un jardín grande que hace que me sienta próspero y seguro. —Se recostó en la silla—. Imagino que tendré que remodelar por completo esta cocina antes o después, introducirla en el nuevo milenio. Y comprar mobiliario para el resto de la casa. Pero parece que nunca llega el momento apropiado. Supongo que se debe a que sólo estamos *Moe* y yo. —Sirvió más vino en las dos copas—. Si tienes alguna idea, estoy abierto a las sugerencias.

—Yo siempre tengo ideas, y deberías tener cuidado antes de decirme que adelante. Pero no te lo preguntaba por eso. Yo tuve una visión con el edificio que compramos Dana, Zoe y yo. En cuanto puse un pie en aquel lugar, vi cómo funcionaría, qué necesitaba de mí, qué podía proporcionarle yo. Y no he vuelto desde entonces.

—Has estado bastante ocupada.

—No es eso. No he vuelto deliberadamente. Esa actitud no es típica de mí. Lo normal cuando tengo un proyecto es que no pueda esperar y lo emprenda inmediatamente, que ponga manos a la obra, que organice y elabore listas. Di el primer paso y firmé en la línea de puntos, pero aún no he dado el siguiente.

—Es un gran compromiso, Mal.

—A mí no me dan miedo los compromisos. Joder, me crezco con ellos. Pero con éste he tenido un poco de miedo. Voy a ir mañana para allá a echarle un vistazo. Al parecer, los anteriores propietarios dejaron un montón de trastos que no querían en el desván. Zoe me ha pedido que vaya a revisarlo antes de que ella empiece a sacar cosas.

—¿Qué clase de desván? ¿Un desván oscuro y espeluznante o un enorme y divertido desván de la abuela?

—No tengo ni idea. No he estado allí arriba. —Le avergonzaba admitirlo—. No he pasado de la planta baja, lo cual es ridículo si tenemos en cuenta que soy propietaria de un tercio del inmueble. O que lo seré. Voy a cambiar eso. Cambiar es mi mejor virtud.

—¿Quieres que vaya contigo? Me gustaría ver la casa, de todos modos.

—Estaba deseando que dijeras eso. —Alargó la mano para apretar la de Flynn—. Gracias. Ahora, como has pedido ideas para esta casa, te sugeriría que comenzaras por el salón, que es la zona en la que se supone que pasas más tiempo.

—Vas a volver a insultar a mi sofá, ¿no es cierto?

—No creo que tenga la capacidad de formular el insulto que tu sofá se merece. Pero podrías empezar a pensar en mesas de verdad, lámparas, alfombras, cortinas.

—Yo estaba pensando en encargar un puñado de cosas por catálogo.

Malory lo miró un rato largo de forma cáustica.

—Tratas de asustarme, pero no funcionará. Y como tú te has ofrecido generosamente a ayudarme mañana, yo te devolveré el favor. Será un placer echarte una mano en la tarea de convertir ese espacio en un auténtico salón.

Como a Flynn sólo le había faltado lamer el plato después de la segunda ración, resistió la tentación de tomar una tercera.

—¿Es una trampa, una especie de táctica para arrastrarme a una tienda de muebles?

—No, pero es una bonita manera de redondear el asunto, ¿verdad? Puedo darte mi opinión mientras lavamos los platos.

Se levantó para empezar a recoger la mesa, pero Flynn la cogió de la mano.

—Vayamos a verlo ahora, y dime qué tiene de malo mi enfoque sencillo y minimalista.

—Después de fregar los platos.

—De eso nada. Ahora. —La empujó para sacarla de la cocina, riéndose de la lucha que mostraba el rostro de Malory mientras se volvía para mirar los platos sucios—. Seguirán ahí cuando regresemos. Confía en mí. No hará ningún daño que los limpiemos fuera del orden lógico.

—Sí, sí lo hará. Un poco. Bueno, cinco minutos. Una consulta condensada. Primero, hiciste un buen trabajo con las paredes. Es una estancia de buen tamaño y la complementa bien un color fuerte, que podrías realzar con otros colores intensos en las cortinas y... ¿Qué estás haciendo? —preguntó cuando él empezó a desabrocharle la blusa.

—Desnudarte.

—Perdona —le dio un manotazo—, cobro un extra por las consultas de decoración desnuda.

—Cárgalo en la factura.

La alzó en vilo.

—Esto era una trampa, ¿verdad? Una táctica para quitarme la ropa y hacer lo que quieras conmigo.

—Desde luego es una bonita manera de redondear el asunto, ¿no te parece?

La tumbó en el sofá y se zambulló en ella.

19

Flynn la hizo reír mordiéndole la mandíbula y manteniéndola inmovilizada mientras ella trataba de zafarse en broma.

—Sabes aún mejor que el pastel de carne.

—Si eso es lo mejor que se te ocurre, entonces vas a fregar los platos tú solito.

—Tus amenazas no me asustan. —Le pasó los dedos por las costillas y hacia los pechos—. Hay un lavavajillas en algún lugar de esa cocina.

—Sí, es verdad. Y tú habías guardado dentro un paquete de comida para perros.

—¿Así que es ahí donde había ido a parar?

Le mordisqueó el lóbulo de la oreja.

—Ahora lo tienes en el armario del lavadero, que es el lugar que le corresponde. —Giró un poco la cabeza para permitirle un mejor acceso a su cuello—. Está claro que no te has enterado de que se fabrican todo tipo de contenedores muy prácticos, e incluso bonitos, para almacenar cosas como la comida para perros.

—¿En serio? Me parece que me va a costar mucho trabajo sacarte esas preocupaciones domésticas de la cabeza; pero me encantan los desafíos después de una buena comida. Vamos a deshacernos de esto. —Tiró de la blusa de Malory y luego emitió un sonido gutural de aprobación mientras acariciaba el encaje de color salmón de su sujetador—. Me gusta esto. Lo dejaremos un poco más donde está.

—Podríamos continuar con esto arriba. He estado limpiando debajo de los cojines y me he enterado de que este monstruo es capaz de tragarse cualquier cosa. Quizá nosotros seamos los siguientes.

—Yo te protegeré.

Sustituyó los dedos por los labios y los deslizó por la piel y el encaje. Los enormes cojines cedieron bajo su peso y los acunaron mientras Flynn la saboreaba. Ella se retorció y se agitó en una resistencia fingida, un juego erótico que los excitó a ambos.

El cerebro de Malory empezó a nublarse mientras él le mordía el torso.

—¿Qué piensas de las brasileñas?

Perplejo, Flynn alzó la cabeza.

—¿Qué? ¿Las personas o las nueces?

Malory se quedó mirándolo, asombrada al advertir que había hablado en voz alta y encantada con la respuesta de Flynn. Se estremeció de la risa que le subía desde el estómago mientras lo agarraba y le cubría la cara de besos.

—Nada. No importa. Ven. —Le quitó la camisa—. Ahora estamos empatados.

Le encantaba sentir la piel de Flynn debajo de sus manos, sus firmes hombros, sus músculos. Le encantaba, ¡oh, sí!, sentir las manos de él en su propia piel. Delicadas o bruscas, precipitadas o pacientes.

Y mientras la luz del ocaso se colaba por las ventanas, mientras él surcaba su cuerpo, Malory cerró los ojos y dejó que la sensación la embargara.

Revoloteos y tirones, ardor y escalofríos. Eran emociones separadas que se fundían en una sola y uniforme. Los dedos de Flynn danzaron por su vientre y la hicieron estremecerse antes de quitarle los pantalones.

Luego su lengua se deslizó por su cuerpo, cada vez más abajo, dentro de ella, y la llevó volando a la cima.

Malory pronunció su nombre con un gemido mientras su cuerpo se tensaba como un arco debajo del de él. Repitió su nombre con un suspiro mientras parecía disolverse entre sus manos.

Flynn quería, como había querido antes en la cocina, darle cualquier cosa, cualquier cosa que ella desease, que necesitase, incluso más de lo que pudiese imaginar.

Nunca había sabido cómo era que te ofreciesen un amor incondicional, ni saber que ese amor te estaba esperando. Nunca lo había echado de menos, porque ignoraba que existiera.

Y ahora tenía entre sus brazos a la mujer que se lo había entregado.

Ella era su milagro, su magia. Su llave.

Pegó los labios a sus hombros, su garganta, cabalgó a lomos de aquellas emociones cuando ella lo estrechó.

Las palabras se amontonaban en su cabeza, pero ninguna bastaba. Flynn buscó la boca de Malory, sujetó sus caderas y la colmó.

Calentita, relajada y somnolienta, Malory se hizo un ovillo contra Flynn. Le apetecía quedarse arrebujada en aquel delicioso brote formado por las emanaciones del sexo, ir a la deriva al ritmo del zumbido que emitía su propia piel. Las tareas domésticas podían esperar, eternamente si hacía falta. O al menos mientras pudiese seguir allí acurrucada percibiendo los latidos del corazón de Flynn contra ella.

Se preguntó por qué no permanecían así hasta caer dormidos, desnudos, calientes y envueltos por los vapores del amor como si fuesen nubes mullidas y sedosas.

Se estiró perezosamente cuando él le acarició la espalda.

—Hum..., quedémonos aquí toda la noche, como un par de osos en una cueva.

—¿Estás contenta?

Ella alzó el rostro para sonreírle.

—Por supuesto que sí. —Volvió a ovillarse—. Tan contenta que estoy convenciéndome de que no hay platos esperando para que los laven ni una mesa que recoger.

—No has estado muy contenta en los últimos días.

—No, supongo que no. —Colocó la cabeza en el hombro de Flynn para estar más cómoda—. Sentía que había perdido el rumbo y que a mi alrededor todo se movía y cambiaba tan deprisa que me estaba quedando atrás. Luego se me ocurrió que si no cambiaba, al menos debía abrirme al cambio, sin importar la dirección. Porque no estaba yendo a ningún sitio.

—Hay algunas cosas que quiero decirte, si te ves capaz de manejar unos cuantos cambios más.

Inquieta por el tono serio de Flynn, Malory se preparó para oír lo que fuera.

—De acuerdo.

—Sobre Lily.

Flynn sintió cómo ella se ponía rígida, la instantánea tensión de sus músculos, y también percibió su deseo de volver a relajarse.

—Quizá éste no sea el mejor momento para hablarme de otra mujer, especialmente de una a la que querías y con la que pensabas casarte.

—Yo creo que sí es el momento. Ella y yo nos fuimos conociendo durante meses de un modo informal, y después de un modo íntimo a lo largo de casi un año. Conectamos en distintos niveles: profesional, social, sexual…

El delicioso y cálido brote de Malory se desintegró y ella empezó a notar frío.

—Flynn…

—Escúchame. Fue la relación adulta más larga que he tenido con una mujer. Una relación seria con proyectos de futuro. Yo pensaba que estábamos enamorados el uno del otro.

—Ella te hizo daño. Lo sé y lo siento, pero…

—Silencio. —Le dio un golpecito con el dedo en la coronilla—. Ella no me amaba, o, si acaso, el suyo era un amor con requisitos muy específicos. Así que no podríamos decir que era un regalo. —Se quedó callado un momento, seleccionando sus palabras con mucho cuidado—. No es fácil mirarse al espejo y aceptar que te falta algo, algo que impide que la persona a la que quieres te ame.

Malory trató de mantenerse firme.

—No, no es así.

—E incluso cuando llegas a aceptarlo, cuando te das cuenta de que no es eso exactamente, de que también hay algo que falta en la otra persona, algo que falta en todo el asunto, te has dejado la ilusión por el camino. Te vuelves mucho más prudente a la hora de probar de nuevo.

—Lo entiendo.

—Y al final resulta que no vas a ningún sitio —afirmó—. Jordan me dijo algo el otro día que me hizo pensar mucho. Me preguntó si en algún momento me había imaginado la vida con Lily. Ya sabes, visualizar cómo estaríamos después de llevar juntos unos años. Pude ver el futuro inmediato, el traslado a Nueva York. Cómo encontraríamos trabajo en nuestras respectivas áreas, un lugar en el que vivir, y después caí en que eso era todo. Eso era lo máximo que podía ver. No cómo viviríamos ni qué haríamos aparte de ese cuadro difuso; no cómo seríamos después de una década. No era difícil representarme mi vida sin ella, quizá fuese más difícil retomar mi vida después de que me abandonara. Muchas magulladuras en el orgullo y el ego. Mucha rabia y dolor. Y la consecuencia de sentir que probablemente yo no estaba hecho para todo eso del amor y el matrimonio.

El corazón de Malory se había encogido, por ellos dos.

—No tienes que explicarme nada.

—Aún no he terminado. Ya lo llevaba bastante bien. Tenía mi vida en orden…, aunque te cueste creerlo, pero a mí me servía. Entonces *Moe* te derribó en la acera y todo empezó a cambiar. No es ningún secreto que me sentí atraído por ti desde el primer instante, y que esperaba que termináramos desnudos en este sofá antes o después. Pero al principio eso era lo máximo que podía ver entre tú y yo. —Le tocó la cara para que la alzase. Quería que Malory lo mirara, quería ver su rostro—. Te conozco desde hace menos de un mes. En muchos puntos básicos contemplamos las cosas desde ángulos opuestos. Pero puedo ver mi vida contigo, al igual que puedes mirar por la ventana y ver tu pequeño mundo ante ti. Puedo ver cómo sería dentro de un año, o dentro de veinte, contigo, conmigo, con lo que hagamos. —Le deslizó los dedos por la mejilla sólo para sentir su forma—. Lo que no puedo ver es cómo podría continuar mi vida desde este momento si tú no estás en ella. —Vio cómo los ojos de Malory se llenaban de lágrimas y cómo éstas se desbordaban—. Te quiero. —Le secó una lágrima con el pulgar—. No tengo un plan general para lo que suceda a partir de ahora. Sólo sé que te quiero.

A Malory la embargó un cúmulo de emociones tan brillantes e intensas que le extrañó que no brotaran de su interior convertidas en luces de colores. Temiendo descontrolarse, se esforzó en sonreír.

—He de pedirte algo muy importante.

—Lo que quieras.

—Prométeme que jamás te desharás de este sofá.

Flynn se echó a reír y pegó la cara a su mejilla.

—Acabarás arrepintiéndote de eso.

—No, no voy a arrepentirme de nada.

Malory se sentó en el porche delantero de la casa que sería suya en un tercio con las dos mujeres que se habían convertido en sus amigas y socias.

El cielo se había oscurecido desde su llegada; las nubes se superponían y amontonaban, formando distintas capas de color gris.

Malory supuso que se avecinaba una tormenta y le complació la idea de estar dentro de la casa mientras la lluvia golpeaba contra el tejado; pero antes necesitaba sentarse mientras el aire se cargaba de electricidad y las primeras ráfagas de viento inclinaban los árboles.

Más que nada, lo que necesitaba era compartir su dicha y su nerviosismo con sus amigas.

—Me quiere. —Pensaba que nunca se cansaría de decirlo en voz alta—. Flynn me quiere.

—Qué romántico.

Zoe hurgó en su bolso, sacó un pañuelo de papel y se sonó la nariz.

—Sí lo ha sido. ¿Sabes?, hubo un tiempo en que no me lo habría parecido. Yo tenía una idea muy detallada en la cabeza. Luz de velas, música, yo y el hombre perfecto en una habitación elegante. O al aire libre, en un entorno espectacular. Todo tendría que haberse preparado al milímetro. —Sacudiendo la cabeza, se rió de sí misma—. Por eso sé que esto es auténtico, porque no había nada elegante ni perfecto. Tenía que ser como ha sido. Tenía que ser Flynn.

—Joder, me cuesta relacionar ese brillo de tus ojos con Flynn. —Dana apoyó la barbilla en la mano cerrada—. Es muy bonito y todo eso, porque yo también lo quiero. Pero es Flynn, mi imbécil favorito. Nunca me lo había imaginado como un personaje romántico. —Se volvió hacia Zoe—. ¿Qué diantres lleva ese pastel de carne? Creo que debería probar tu receta.

—Yo estoy pensando lo mismo. —Dio una palmadita a Malory en la rodilla—. Me alegro muchísimo por ti. Me gustaba la pareja que hacíais desde el principio.

—Eh, ¿vas a ir a vivir con él? —Dana pareció más animada—. Eso sacaría a Jordan más deprisa de la escena.

—Lo siento, aún no hemos llegado a ese punto. De momento estamos regodeándonos en el «nos queremos». Y eso, vecinas y amigas, es todo un cambio para mí. No estoy haciendo planes ni listas. Tan sólo lo disfruto. ¡Dios, siento como si pudiese comerme el mundo! Esto me lleva a la segunda parte de la sesión. Lamento no haber contribuido en ninguno de los planes para la casa ni haber colaborado dando ideas para arreglarla y ponerla a punto.

—Yo me preguntaba si irías a echarte atrás —reconoció Dana.

—He llegado a pensarlo. Siento no habéroslo dicho. Supongo que tenía que descubrir por mí misma lo que estaba haciendo y por qué. Ahora ya lo sé. Voy a abrir mi propio negocio porque cuanto más aplazas tus sueños menos posibilidades tienes de convertirlos en realidad. Voy a meterme en una sociedad con dos mujeres a las que adoro. No sólo no pienso decepcionaros, tampoco pienso decepcionarme a mí misma. —Se puso en pie y con las manos en las caderas se giró para mirar hacia la casa—. No sé si estoy preparada para esto, pero sí que lo estoy para intentarlo. Tampoco sé si encontraré la llave en el tiempo que me queda, pero sé que también lo habré intentado.

—Yo sé lo que creo. —Zoe se levantó para unirse a ella—. Si no fuera por la llave, ahora tú no estarías con

Flynn, ni nosotras estaríamos juntas, ni habríamos comprado este sitio. Por eso yo tengo la oportunidad de hacer algo especial, para mí misma y para Simon. No la tendría sin vosotras dos.

—Dejadme empezar diciendo que podemos saltarnos lo del abrazo en grupo. —A pesar de lo dicho, Dana se les unió—. Yo siento lo mismo. No existiría esta posibilidad sin vosotras y el idiota de mi hermano no tendría a una dama con clase enamorada de él. Todo esto empieza con la llave. Y te digo que la encontrarás, Malory. —Alzó la vista cuando comenzó a llover—. Ahora pongámonos a cubierto.

Ya dentro, se detuvieron en un semicírculo.

—¿Juntas o separadas? —preguntó Malory.

—Juntas —respondió Zoe.

—¿Arriba o abajo?

—Arriba. —Dana miró a sus amigas, que asintieron—. ¿Has dicho que Flynn iba a venir, Mal?

—Sí, pensaba escaparse del trabajo una hora.

—Entonces podemos emplearlo como mula de carga para lo que queramos sacar del desván.

—Algunas de las cosas que hay ahí arriba son estupendas. —El rostro de Zoe se iluminó de entusiasmo mientras subían las escaleras—. A primera vista parece sólo un montón de trastos, pero creo que en cuanto nos pongamos manos a la obra descubriremos objetos que podemos utilizar. Hay una vieja silla de mimbre que podríamos reparar y pintar. Quedaría de maravilla en el porche. Y un par de lámparas de pie. Las pantallas están hechas una porquería, pero podemos limpiar los pies y darles un tratamiento para que parezcan antiguos.

Malory dejó de escucharla mientras subía. La ventana de lo alto estaba mojada por la lluvia y gris por el polvo. El corazón empezó a latirle como si fuera un puño golpeando contra las costillas.

—Éste es el lugar —susurró.

—Sí, éste es. —Dana se puso en jarras mientras miraba alrededor—. Será nuestro y del banco dentro de unas semanas.

—No. Éste es el lugar de mi sueño, ésta es la casa. ¿Cómo he podido ser tan tonta para no darme cuenta, para no comprenderlo? —La emoción se reflejaba en su voz, precipitando las palabras—. No era la de Flynn, sino la mía. Yo soy la llave, ¿no fue eso lo que dijo Rowena? —Se giró hacia sus amigas con los ojos brillantes—. Belleza, sabiduría y valor. Eso somos nosotras tres, eso es este lugar. Y el sueño era mi fantasía, mi idea de la perfección, por eso se desarrollaba en mi casa. —Se puso una mano sobre el corazón como si temiera que fuese a salírsele del pecho—. La llave está aquí. En este sitio.

Al instante siguiente estaba sola. Detrás de ella, el hueco de la escalera comenzó a llenarse con una débil luz azul. Como la niebla, fue rodando hacia Malory, reptando sobre el suelo hasta rodearle los tobillos con su fría humedad. Inmovilizada por la impresión, llamó a gritos, pero su voz sonó hueca en un eco burlón.

Con el corazón desbocado, miró hacia las habitaciones que había a los lados. La inquietante bruma azul serpenteaba y se retorcía mientras iba cubriendo las paredes y las ventanas, bloqueando incluso la sombría luz de la tormenta.

«¡Corre! —le aconsejo su mente con un susurro frenético—. Corre, sal de aquí ahora, antes de que sea demasiado tarde.» Ella era una mujer común con una vida común.

Se aferró a la barandilla y bajó el primer peldaño. Aún podía ver la puerta a través de aquella cortina azul que devoraba con rapidez la verdadera luz. Al otro lado de la puerta estaba el mundo real, su mundo. Sólo tenía que abrirla y salir a la normalidad para que todo volviese a estar en su sitio.

Eso era lo que ella quería, ¿no? Una vida normal. ¿En su sueño no aparecía eso? Matrimonio y familia. Torrijas para desayunar y flores en el tocador. Una bonita vida de placeres sencillos construida a base de amor y afecto estaba esperándola detrás de la puerta.

Bajó la escalera como si estuviera en trance. De algún modo podía ver más allá de la puerta, a través de ella, un día perfecto de otoño. En los árboles había un reflejo dorado por la puesta del sol; el aire era fresco y cortante. Aunque el corazón le seguía martilleando dentro del pecho, sus labios se curvaron en una sonrisa soñadora mientras alargaba la mano hacia la puerta.

—Esto es un error. —Oyó su propia voz, extrañamente firme y tranquila—. Es otra trampa. —Una parte de ella se estremeció, conmocionada, mientras le daba la espalda a la puerta y a la perfecta vida que la aguardaba allá fuera—. Lo que hay al otro lado no es real, pero esto sí. Ahora éste es nuestro lugar.

Atónita al ver que había estado a punto de abandonar a sus amigas, llamó a Dana y Zoe de nuevo. ¿Dónde las habría metido Kane? ¿Qué espejismo las había separado? Asustada por ellas, corrió escaleras arriba. Su carrera rasgó la bruma azul, que volvió a cerrarse detrás de ella en repugnantes volutas.

Para orientarse, Malory fue hasta la ventana que había junto a la escalera y frotó el cristal para eliminar aquella gélida neblina. Se le entumecieron los dedos, pero pudo ver que la tormenta seguía activa. La lluvia caía con violencia desde un cielo amoratado. Su coche estaba en la entrada, donde lo había aparcado. Al otro lado de la calle, una mujer con un paraguas rojo y una bolsa de comestibles iba a toda prisa hacia una casa.

Se dijo que aquello sí era real. Aquello era la vida, complicada e inconveniente. Y regresaría a ella. Hallaría la forma de regresar; pero antes tenía un trabajo que hacer.

Cuando se giró hacia la derecha, un escalofrío le recorrió la piel. Deseó tener una chaqueta, una linterna. A sus amigas, a Flynn. Se obligó a no correr, a no precipitarse a ciegas. La habitación era un laberinto de pasillos imposibles.

No importaba. Era otro truco más que pretendía confundirla y atemorizarla. En algún sitio de aquella casa estaba la llave, y también sus amigas. Las encontraría.

Cuando echó a andar, el pavor le arañó la garganta. El aire estaba en silencio, incluso sus pasos solitarios quedaban amortiguados por la bruma azulada. ¿Qué daba más miedo al ser humano que sentirse aterido, extraviado y solo? Kane estaba utilizando eso contra ella, jugando con ella a partir de sus propios instintos.

Porque no podía tocarla, a menos que ella se lo permitiera.

—No vas a conseguir que salga corriendo —gritó—. Sé quién soy y dónde estoy, y no lograrás que salga corriendo.

Oyó que alguien la llamaba, sólo una tenue onda que atravesó la densa atmósfera. Guiándose por ese ruido, giró de nuevo.

El frío se intensificó; la niebla formaba remolinos húmedos. Malory tenía la ropa empapada y la piel helada. Pensó que la llamada podría haber sido otra trampa. Ya no podía oír nada, excepto la sangre que le palpitaba dentro de la cabeza.

Casi daba igual qué dirección tomase. Podría estar andando sin fin en círculos o quedarse quieta. Ya no se trataba de hallar el camino o de que la desviaran de él. Llegó a la conclusión de que se trataba de un combate de voluntades.

La llave estaba allí. Malory tenía la intención de encontrarla. Kane tenía la intención de detenerla.

—Debe de resultarte humillante enfrentarte a una mujer mortal. Malgastar todo tu poder y tus habilidades en alguien como yo. Aun así, todo lo que haces se limita a esta irritante luz azul, como de efectos especiales.

Un rabioso destello rojizo perfiló la niebla. Aunque a Malory le había dado un vuelco el corazón, apretó los dientes y siguió adelante. Quizá no fuese sensato provocar a un hechicero, pero, aparte del riesgo, reparó en una consecuencia indirecta: pudo ver otra puerta donde se fundían las luces azul y roja.

«El desván», pensó. Tenía que ser eso. Nada de pasillos y recodos ilusorios, sino la verdadera sustancia de la casa.

Fijó la vista en ese punto mientras se dirigía hacia él. Cuando la bruma se agitó, espesándose y ondulándose, Malory no se inmutó y mantuvo la imagen de la puerta en la cabeza.

Por fin, casi sin aliento, hundió una mano en la niebla y sus dedos se cerraron en torno a un viejo pomo de cristal.

Una acogedora corriente de calidez se derramó sobre ella mientras abría la puerta. Avanzó en la oscuridad mientras la bruma azul se arrastraba a sus espaldas.

Fuera, Flynn circulaba en medio de la furibunda tormenta. Conducía inclinándose hacia delante para mirar a través de la cortina de agua que los limpiaparabrisas apenas podían apartar.

En el asiento trasero, *Moe* lloriqueaba como un bebé.

—Vamos, cobardica, no es más que un poco de lluvia. —Un rayo se abrió paso a través de un cielo negro, seguido por la explosión de un trueno tan potente como un cañonazo—. Y unos pocos rayos. —Flynn maldijo y mantuvo derecho el volante a pulso cuando el coche dio una sacudida y unos cuantos bandazos—. Y un poco de viento —añadió. Con unas rachas tan fuertes como las de un temporal.

Al salir de la oficina no le había parecido más que una breve tormenta eléctrica; pero iba empeorando con cada metro que recorría. Cuando los gemidos de *Moe* se convirtieron en aullidos lastimeros, Flynn empezó a preocuparse por si Malory, Dana o Zoe, quizá incluso las tres, se hubieran visto atrapadas por la tormenta.

Después se recordó a sí mismo que en ese momento ya debían de estar en la casa; pero habría jurado que la furia de los elementos era peor, considerablemente peor, en aquel extremo del pueblo. La niebla había descendido sobre las colinas y las había cubierto de un gris tan grueso y denso como la lana. La visibilidad disminuía y se vio obligado a reducir más la velocidad. Incluso a aquel paso de tortuga, el coche derrapó peligrosamente en una curva.

—Nos pondremos a un lado —le dijo a *Moe*—. Nos pararemos y esperaremos a que acabe.

La ansiedad que le había trepado por la columna vertebral no se calmó cuando aparcó junto a una acera, sino que se le agarró a la nuca como si tuviese garras. El sonido de la lluvia golpeando como puños contra el techo del automóvil parecía martillearle dentro del cerebro.

—Algo va mal.

Se puso en marcha de nuevo, aferrando el volante cuando el viento zarandeaba el coche. Por la espalda le bajaba un sudor nacido del esfuerzo y la inquietud. Durante las tres siguientes manzanas se sintió como un hombre que combatiera en una guerra.

Notó cierto alivio al ver los automóviles de las chicas en la entrada de la casa. «Están bien», se dijo. Estaban dentro. No había ningún problema. Era un idiota.

—Ya te había dicho que no tenías por qué preocuparte —le dijo a *Moe*—. Ahora tienes dos opciones: o eres valiente y me acompañas, o te quedas aquí solo temblando de miedo. Tú decides, colega.

El alivio se desvaneció en cuanto se detuvo junto al arcén y miró hacia la casa. Si la tormenta tenía un epicentro, estaba allí. Nubes negras bullían sobre el tejado y vertían toda la potencia de su furia. Mientras él miraba, un rayo se abatió sobre el jardín delantero como una flecha en llamas. En el césped quedó una mancha de hierba chamuscada.

—¡Malory!

Flynn no sabía si había hablado, si había gritado o si su cerebro había aullado ese nombre, pero abrió de golpe la portezuela del coche y se internó en la violencia surrealista de la tormenta.

El viento lo hizo retroceder de una bofetada, de un revés tan impactante que notó el sabor de la sangre en la boca. Los rayos retumbaban como fuego de mortero justo delante de él y el aire olía a quemado. Cegado por la lluvia torrencial, Flynn se encorvó y fue hacia la casa tambaleándose.

Subió a trompicones la escalera mientras repetía el nombre de Malory una y otra vez, como una salmodia, y vio la luz azul que se colaba por los resquicios de la puerta.

El pomo quemaba de tan frío y se negaba a girar bajo su mano. Flynn retrocedió y luego embistió contra la puerta. Una vez, dos, y al tercer asalto la puerta cedió.

De un salto, se metió en aquella bruma azulada.

—¡Malory! —Se apartó el pelo chorreante de la cara—. ¡Dana!

Se dio la vuelta cuando algo le rozó las piernas, y alzó los puños. Los bajó maldiciendo al advertir que sólo era un perro mojado.

—Maldita sea, *Moe*. Ahora no tengo tiempo para...

Se interrumpió cuando *Moe* gruñó desde lo más hondo de la garganta. Soltó un ladrido feroz y luego se precipitó escaleras arriba.

Flynn lo siguió a toda prisa. Y entró en su oficina.

—Si quieres que haga un trabajo decente al cubrir el festival de plantas decorativas, necesitaré la primera página del suplemento del fin de semana y una llamada con los acontecimientos afines. —Rhoda cruzó los brazos en una postura combativa—. La entrevista de Tim a don Payaso debería ir en la página dos.

Flynn notó un leve zumbido en los oídos y vio que tenía una taza de café en la mano. Se quedó mirando la cara irritada de Rhoda. Podía oler el café y el perfume White Shoulders que Rhoda solía ponerse. Detrás de él, su escáner chirriaba, y *Moe* roncaba como una máquina de vapor.

—Esto es una mierda.

—No tienes por qué emplear ese lenguaje conmigo —espetó Rhoda.

—No: esto es una mierda. Yo no estoy aquí. Y tú tampoco.

—Ya es hora de que me trates con un poco de respeto. Tú sólo diriges este periódico porque tu madre quiso evitar que hicieras el ridículo en Nueva York. Reportero de la gran ciudad, y un cuerno. Tú no eres más que un chico de pueblo de poca monta. Es lo que has sido y lo que serás.

—Bésame el culo —la invitó Flynn, y le tiró el café, con taza y todo, a la cara.

Rhoda soltó un pequeño grito y Flynn se vio de nuevo rodeado de bruma azul.

Agitado, se dirigió otra vez hacia donde sonaban los ladridos de *Moe*.

A través de aquella niebla movediza, vislumbró a Dana de rodillas y abrazada al cuello de *Moe*.

—Oh, Dios. Gracias, Dios. ¡Flynn! —Se levantó y lo abrazó, como había abrazado a *Moe*—. ¡No puedo encontrarlas, no puedo encontrarlas! Yo estaba aquí, y después ya no estaba, y ahora vuelvo a estar. —La histeria se reflejaba en su voz convulsa—. Estábamos juntas aquí mismo, y luego ya no estábamos.

—Para, para. —Se separó de ella y la sacudió por los hombros—. Respira.

—Lo siento, lo siento mucho. —Se estremeció y luego se frotó la cara con las manos—. Estaba en el trabajo, pero no estaba. No podía ser. Era como estar en las nubes, moviéndome pero incapaz de precisar qué iba mal. Después he oído ladrar a *Moe*. Lo he oído ladrar y he recordado. Estábamos aquí. Entonces he vuelto y me he visto en medio de esto…, sea lo que sea, y no he podido encontrarlas. —Trató de calmarse—. La llave. Malory ha dicho que la llave está aquí. Y creo que tiene razón.

—Vete. Sal de aquí y espérame en el coche.

Dana respiró hondo y volvió a estremecerse.

—Estoy acojonada, pero no voy a dejarlas aquí. Ni a ti tampoco, Flynn. Dios, te sangra la boca.

Él se la limpió con el dorso de la mano.

—No es nada. De acuerdo, permaneceremos juntos.

La cogió de la mano y entrelazaron sus dedos.

Lo oyeron los dos a la vez, los golpes de unos puños contra la madera. Con *Moe* a la cabeza de nuevo, salieron corriendo de la habitación.

Zoe estaba delante de la puerta del desván, aporreándola.

—¡Aquí! —llamó—. Malory está ahí arriba. Sé que está ahí, pero no puedo entrar.

—¡Apártate! —le ordenó Flynn.

—¿Estás bien? —Dana se aferró al brazo de Zoe—. ¿Estás herida?

—No. Estaba en casa, Dana. Trasteando en la cocina mientras pensaba qué preparar de cena. Dios mío, ¿cuánto tiempo? ¿Cuánto tiempo hemos estado separadas? ¿Cuánto tiempo lleva Malory sola ahí arriba?

20

Tenía miedo. La ayudaba admitirlo, aceptarlo, saber que tenía más miedo del que había sentido en toda su vida y darse cuenta de que estaba resuelta a no rendirse.

La calidez se fue desvaneciendo conforme la luz era absorbida por aquella tonalidad azul. Los dedos de niebla reptaron por las vigas del techo, por las paredes sin enlucir, por el suelo polvoriento.

A través de la bruma, Malory podía ver el pálido vaho de su propia respiración. Se recordó que era real, aquello era real, un signo de vida. La prueba de su propia humanidad.

El desván era una estancia larga y espaciosa, con dos ventanas mugrientas en cada extremo de un techo inclinado en un ángulo cerrado. Pero lo reconoció. En su sueño, el desván tenía tragaluces y ventanas amplias. Sus cuadros estaban apilados contra las paredes, pintadas en un suave tono beis. El suelo estaba libre de polvo, moteado con un alegre arco iris de gotas de color y salpicaduras. El aire estaba impregnado de la calidez del verano y el olor de la trementina.

Ahora estaba frío y húmedo. En vez de cuadros, contra las paredes había amontonadas cajas de embalaje, sillas y lámparas viejas; lo que había almacenado allí eran los restos de otras vidas. Pero podía ver —¡oh, sí, muy claramente!— cómo podría haber sido.

Mientras se lo imaginaba, empezó a tomar forma. Cálido, inundado de luz, avivado con colores. Allí, sobre su mesa de trabajo, junto con sus pinceles y espátulas, estaba el pequeño jarrón blanco con las bocas de dragón rosas que ella había cortado de su propio jardín esa misma mañana. Recordaba haber salido después de que Flynn se marchara al periódico, recordaba haber recogido esas dulces y deliciosas flores para que la acompañaran mientras trabajaba. Mientras trabajaba en su estudio, donde la esperaba un lienzo en blanco. Pensó en eso soñadoramente. Sabía, ¡oh, sí!, sabía cómo llenarlo.

Se acercó al caballete, que estaba aguardándola, cogió su paleta y empezó a mezclar los pigmentos.

El sol se derramaba por las ventanas. Había muchas abiertas para cumplir una doble función: la práctica de mantener bien ventilada la estancia y por el simple placer de sentir la brisa. Una música apasionada salía del estéreo; lo que pretendía pintar requería pasión.

Ya podía verlo en su mente, sentir su poder acumulándose como antes de una tormenta.

Tomó un pincel y lo impregnó de color con movimientos circulares.

Su corazón se elevó. La magnitud de la dicha era casi insoportable. Ella podría estallar en mil pedazos si no la traspasaba al lienzo. La imagen estaba grabada en su cerebro como una escena tallada en cristal. Trazo tras trazo, el color se fundió con color y ella comenzó a darle vida.

—Sabes que éste ha sido siempre mi mayor sueño —dijo para entablar conversación mientras trabajaba—. Desde que puedo recordar, he deseado pintar. Poseer el talento, la visión, la capacidad de ser una artista importante.

—Ahora posees todo eso.

Malory cambió de pincel y miró a Kane antes de volver el rostro hacia el cuadro.

—Sí, así es.

—Has sido muy sabia al tomar la decisión correcta al final. ¿Comerciante? —Se echó a reír, desdeñando la idea con un ademán de la mano—. ¿Qué poder hay en eso? ¿Dónde está la gloria en vender lo que han creado otros cuando tú misma puedes crear? Aquí puedes ser y tener todo lo que quieras.

—Sí, lo he entendido. Y tú me has mostrado cómo. —Le lanzó una mirada pícara—. ¿Qué más puedo desear?

—¿Quieres al hombre? —Kane se encogió de hombros con elegancia—. Aquí está atado a ti, como un esclavo del amor.

—¿Y si yo hubiese elegido otro sistema?

—Los hombres son criaturas caprichosas. ¿Cómo si no vas a estar segura de él? Ahora tú pintas tu mundo como pintas un cuadro. Tal como tú desees.

—¿Y fama? ¿Fortuna?

Kane curvó los labios.

—Así es siempre con los mortales. Dicen que el amor es lo que más importa, más incluso que la vida. Pero lo que de verdad ansían es riqueza y gloria. Entonces tómalo todo.

—¿Y tú? ¿Qué tomarás tú?

—Yo ya lo he tomado.

Malory asintió y volvió a cambiar de pincel.

—Ahora tendrás que perdonarme, necesito concentración.

Pintó bajo la cálida luz del sol mientas la música subía de volumen.

Flynn golpeó la puerta con el hombro y después agarró el pomo, dispuesto a arremeter por segunda vez. El pomo giró suavemente en su mano.

Zoe le dirigió una sonrisa nerviosa.

—Debo de haberlo aflojado para ti.

—Quedaos aquí.

—No malgastes saliva —le advirtió Dana, y fue tras él.

Ahora la luz parecía palpitar, de algún modo más densa y animada. Los gruñidos de *Moe* se transformaron en unos gemidos apagados.

Flynn vio a Malory en el extremo más alejado del desván. El alivio que sintió fue como un martillazo en el corazón.

—¡Malory! Gracias a Dios. —Siguió adelante y chocó contra un sólido muro de bruma—. Es una especie de barrera. —Frenético, empezó a empujar y golpearlo—. Está atrapada ahí dentro.

—Yo creo que somos nosotros quienes estamos atrapados aquí fuera. —Zoe apretó las manos contra la niebla—. Malory no nos oye.

—Hemos de conseguir que nos oiga. —Dana miró alrededor en busca de algo que estrellar contra la bruma—. Debe de estar en algún otro sitio dentro de su cabeza, como nosotros antes. Hemos de lograr que nos oiga para devolverla a la realidad.

Moe enloqueció dando saltos y tratando de rasgar y morder el muro de bruma. Sus ladridos retumbaban como disparos, pero Malory continuaba inmóvil de espaldas a ellos.

—Tiene que haber alguna manera. —Zoe se arrodilló y deslizó los dedos por la niebla—. Está helada. Mirad cómo Malory tiembla de frío. ¡Debemos sacarla de ahí!

—¡Malory! —Rabioso de impotencia, Flynn se puso a aporrear el muro hasta que le sangraron las manos—. No pienso dejar que esto ocurra. Tienes que oírme. Te quiero. Maldita sea, Malory, te quiero. Escúchame.

—¡Espera! —Dana lo agarró por el hombro—. Se ha movido. La he visto moverse. Continúa hablándole, Flynn. No pares de hablarle.

Haciendo un esfuerzo por calmarse, él pegó la frente al muro.

—Te quiero, Malory. Has de darnos una oportunidad, ver hasta dónde podemos llegar juntos tú y yo. Te necesito conmigo, así que o sales de ahí o me dejas entrar.

Malory frunció los labios ante la imagen que iba tomando forma en el lienzo.

—¿Has oído algo? —preguntó abstraída.

—No hay nada. —Kane sonrió mirando a los tres mortales que se hallaban al otro lado de la niebla—. Nada en absoluto. ¿Qué estás pintando?

—No, no, no. —Juguetona, agitó un dedo para detenerlo—. Soy muy maniática. No me gusta que nadie vea mi trabajo antes de que lo haya terminado. Es mi mundo —le recordó sin dejar de dar pinceladas—. Son mis reglas.

Kane se encogió de hombros con gran elegancia.

—Como tú digas.

—Oh, vamos, no te enfurruñes. Ya casi he acabado. —Ahora trabajaba deprisa, deseando ver la imagen de su cerebro vertida en el lienzo. Pensó que era su obra maestra. Nada de lo que hiciese después de eso sería más importante—. El arte no depende sólo del cristal con que se mire —dijo—. Además, depende del artista, del tema, del propósito y de quienes lo ven.

El pulso le daba saltos y se le atrancaba, pero su mano siguió firme y segura. Durante un momento eterno, cerró su mente a todo lo que no fueran colores, texturas y formas.

Cuando se apartó, sus ojos brillaban de triunfo.

—Es lo mejor que he hecho nunca —afirmó—. Quizá lo mejor que haga jamás. Me pregunto qué opinarás tú. —Lo invitó a acercarse con un gesto—. Luz y sombra —añadió mientras Kane se aproximaba—. Mirando dentro y fuera. Desde mi interior hacia el exterior y sobre el lienzo. Lo que dice mi corazón. Voy a llamarlo *La diosa cantora*.

Había pintado su propio rostro. Su rostro y el de la primera Hija de Cristal. Se hallaba en medio de un bosque lleno de resplandeciente luz dorada, suavizada por sombras verdes, con un río que se deslizaba sobre las piedras como lágrimas.

Sus hermanas estaban detrás de ella sentadas en el suelo, con las manos entrelazadas.

Venora, porque ahora sabía que la joven se llamaba Venora, sujetaba su arpa con el rostro alzado hacia el cielo, y casi podía oírse la canción que entonaba.

—¿Pensabas que me conformaría con una fría ilusión cuando puedo tener lo auténtico? ¿Pensabas que canjearía mi vida, y sus almas, por un sueño? Subestimas a los mortales, Kane.

Cuando él se giró hacia ella encendido de ira, Malory rezó para no haberse sobreestimado a sí misma, ni a Rowena.

—La primera llave es mía.

Mientras decía eso, alargó la mano hacia el cuadro y la introdujo dentro de él. Un sorprendente estallido de calor le subió por el brazo cuando sus dedos se cerraron sobre la llave que había pintado a los pies de la diosa.

La llave destellaba en un rayo de luz que cortaba las sombras como una espada de oro. Sintió su forma, su materia, y luego, con un grito victorioso, la sacó.

—Ésta es mi elección. Y tú puedes irte al infierno.

La niebla vibró cuando él la maldijo. Y cuando levantó una mano para atacarla, Flynn y *Moe* irrumpieron a través del muro. Con un bombardeo de ladridos secos y entrecortados, el animal saltó.

Kane se desdibujó como una sombra en la oscuridad y desapareció.

Cuando Flynn cogió a Malory en brazos, la luz del sol empezó a brillar por las pequeñas ventanas y en los aleros la lluvia goteó musicalmente. La habitación no era más que un desván lleno de polvo y trastos viejos.

La obra que Malory había creado con amor, sabiduría y valor se había esfumado.

—Te tengo. —Flynn hundió el rostro en su cabello mientras *Moe* brincaba en torno a los dos—. Ya estás bien. Te tengo.

—Lo sé, lo sé. —Malory comenzó a llorar en silencio, mirando la llave que tenía entre los dedos apretados—. La he pintado. —La alzó para mostrársela a Zoe y Dana—. Tengo la llave.

Como Malory insistió, Flynn la llevó directamente al Risco del Guerrero; Dana y Zoe los seguían. La había envuelto en una manta que llevaba en el maletero del coche, que por desgracia olía a *Moe*, y mantuvo la calefacción al máximo. Aun así, ella no dejaba de temblar.

—Necesitas un baño caliente o algo así. Té o sopa. —Estiró una mano, que aún no estaba firme del todo, y se la pasó por el pelo—. No sé. Coñac.

—Tomaré todo lo que haga falta —prometió ella— en cuanto la llave esté en el lugar que le corresponde. No podré relajarme hasta que pueda soltarla. —La sujetaba en un puño bien cerrado contra el pecho—. No sé cómo es posible que esté en mi mano.

—Yo tampoco. Quizá si me lo explicases podríamos entenderlo los dos.

—Kane intentaba confundirme, de modo que nos ha separado para que me sintiese perdida, sola y asustada. Pero debe de tener ciertos límites. No ha logrado mantenernos a las tres, y a ti, dentro de sus espejismos. No a todos a la vez. Estamos conectados, y somos más fuertes de lo que él suponía. Al menos eso es lo que yo creo.

—A mí me cuadra. Hay que reconocerle que su réplica de Rhoda era casi perfecta.

—Yo lo había puesto furioso, bastante furioso, me parece. Sabía que la llave estaba en la casa. —Se arrebujó más en la manta, pero no generó ni el más leve calor—. No te lo estoy contando en el mejor estilo periodístico.

—No te preocupes por eso. Ya lo corregiré más tarde. ¿Cómo lo has sabido?

—El desván es el sitio en que hice una elección cuando él me mostró todas las cosas que yo deseaba. Me he dado cuenta de que era la misma casa de mi sueño al subir las escaleras con Dana y Zoe. Y el estudio, el estudio de pintura estaba en el último piso, en el desván. Tenía que ser donde yo había vivido mi momento decisivo..., como en los cuadros. Al principio he pensado que tendríamos que husmear entre todo lo que hubiese allí, y que encontraríamos algo que encajara con la pista. Pero era más que eso, y menos.

Cerró los ojos y suspiró.

—Estás agotada. Descansa hasta que lleguemos. Podemos hablar después.

—No. Estoy bien. Ha sido tan extraño, Flynn, cuando he subido hasta allí y lo he comprendido todo... Era mi espacio..., en la realidad y en mi sueño. Y el modo en que Kane ha vuelto a conformarlo, intentando introducirme en él. He dejado que creyera que lo había logrado. Yo pensaba en la pista y de pronto he visto el cuadro en mi cabeza. Sabía cómo pintarlo, con todas sus pinceladas. El tercero que completaba el conjunto. La llave no estaba en el mundo que Kane había creado para mí —dijo mientras se giraba hacia Flynn—; pero sí estaría en lo que yo creara si tenía el coraje de hacerlo. Si podía ver su belleza y convertirla en una realidad. Él me ha proporcionado el poder para incluir la llave en la fantasía.

«Para forjarla con amor», pensó.

—Seguro que eso le ha dado por el culo.

Malory se echó a reír.

—Sí, y es un placer adicional. Te he oído.

—¿Qué?

—Te he oído llamarme. A todos vosotros, pero especialmente a ti. No podía contestar. Lo lamento mucho, porque sé que estabais asustados por mí; pero no podía permitir que Kane supiera que os oía.

Flynn cubrió la mano de Malory con la suya.

—No podía llegar a ti. No sabía lo que era el miedo hasta ese momento, cuando no podía llegar a ti.

—Al principio yo temía que no fuese más que uno de sus trucos. Temía venirme abajo si me giraba y os veía. Pobres manos. —Levantó la de Flynn y, con delicadeza, posó sus labios sobre los nudillos despellejados—. Mi héroe. Mis héroes —se corrigió, mirando en el asiento trasero a *Moe*.

No le soltó la mano mientras traspasaban las puertas de hierro del Risco del Guerrero.

Rowena salió con las manos cruzadas sobre un jersey rojo fuego. Malory pudo ver el brillo de las lágrimas en sus ojos mientras bajaba las escaleras del pórtico para recibirlos.

—¿Estás sana y salva?

Tocó la mejilla de Malory, y el frío del que no había podido desprenderse se transformó en una gloriosa calidez.

—Sí, estoy bien. He…

—No, todavía no. Tus manos. —Puso sus palmas debajo de las de Flynn y las alzó—. Esto te dejará cicatriz —dijo—. Aquí, debajo del tercer nudillo de la mano izquierda, un símbolo: Flynn, heraldo y guerrero. —Luego fue a abrir la portezuela trasera del coche para que *Moe* pudiese salir a saludarla con coletazos y lametones—. ¡Ah, aquí está el fiero y valiente *Moe*! —Lo abrazó y luego se sentó sobre los talones, escuchándolo con atención mientras él ladraba y gruñía—. Sí, menuda aventura has vivido. —Se incorporó y, descansando una mano sobre la cabeza del perro, sonrió a Dana y a Zoe—. Todos vosotros la habéis vivido. Por favor, pasad.

Moe no necesitó que se lo pidiesen dos veces. Subió los peldaños brincando y cruzó el umbral, donde estaba Pitte. Éste arqueó elegantemente una ceja mientras el perro patinaba por el suelo del vestíbulo, y luego se giró hacia Rowena.

Ella se limitó a soltar una carcajada y rodeó a Flynn con un brazo.

—Tengo un regalo para el leal y valeroso *Moe*, si me lo permites.

—Por supuesto. Mira, agradecemos vuestra hospitalidad, pero Malory está rendida, así que…

—Estoy bien. En serio.

—No os retendremos mucho tiempo. —Pitte los invitó con un gesto a entrar en la que Malory consideraba la sala del cuadro—. Estamos en deuda contigo, una deuda imposible de saldar. Lo que has hecho hoy, ocurra lo que ocurra mañana, jamás será olvidado.

Alzó el rostro de Malory con un largo dedo y posó sus labios sobre los de ella. Zoe dio un empujoncito a Dana.

—Creo que en esta historia del «todas para una» nos están estafando.

Pitte levantó la mirada, y su sonrisa repentina estaba llena de vida y encanto.

—Mi mujer es una criatura celosa.

—En absoluto —protestó Rowena. Luego cogió de una mesa un collar magníficamente trenzado—. Estos símbolos hablan de valor y un corazón fiel. Los colores también son simbólicos: rojo por el valor, azul por la amistad y negro por la protección.

Se acuclilló para quitarle a *Moe* su collar descolorido y pelado y sustituirlo por el nuevo. Durante todo el proceso, el perro aguantó el tipo con lo que a Flynn se le antojó la inquebrantable dignidad de un soldado al recibir una condecoración.

—Eso es. ¡Qué guapo estás! —Rowena lo besó en la nariz y luego se puso en pie—. ¿Me lo traerás de vez en cuando para que lo vea? —le preguntó a Flynn.

—Claro que sí.

—Kane te subestimó. Os subestimó a todos vosotros: corazón, espíritu y columna vertebral.

—Es improbable que vuelva a hacerlo —señaló Pitte, pero Rowena sacudió la cabeza.

—Éste es un momento de felicidad. Tú eres la primera —le dijo a Malory.

—Lo sé. Quería entregaros esto inmediatamente. —Alargó la mano con la llave, pero se detuvo de pronto—. Espera. ¿Quieres decir que soy la primera? ¿La primera persona que ha encontrado una llave?

Sin decir nada, Rowena se volvió hacia Pitte. Él se dirigió a un arcón que había debajo de la ventana y levantó la tapa. La luz azul que surgió de allí provocó que a Malory se le retorciese el estómago. Pero luego advirtió que era distinta de la bruma; aquélla era más brillante y profunda.

Después Pitte sacó una caja de cristal, de la que emanaba aquella luz, y a Malory se le formó un nudo en la garganta.

—La Urna de las Almas.

—Tú eres la primera —repitió Pitte depositándola sobre un pedestal de mármol—. La primera mortal que gira la primera llave.

Se situó al lado de la urna. Malory pensó que volvía a ser el soldado, el guerrero en guardia. Rowena se colocó al otro lado, de modo que ambos flanquearon la caja y las luces azuladas que serpenteaban en su interior.

—Esto es algo que debes hacer tú —dijo Rowena en tono sosegado—. Siempre ha sido algo que debías hacer tú.

Malory apretó con más fuerza la llave dentro de su puño. Su pecho estaba tan henchido que le dolía, y hasta parecía incapaz de contener los latidos desbocados de su corazón. Trató de respirar hondo para calmarse, pero apenas pudo tomar aire. Conforme se acercaba, tuvo la impresión de que aquellas luces colmaban su visión, y luego la estancia. Y después el mundo.

Sus dedos querían temblar, pero ella los controló. No haría aquello con mano vacilante.

Introdujo la llave en la primera de las tres cerraduras insertadas en el cristal. Vio cómo la luz se extendía por el metal y por sus dedos, brillante como la esperanza. Y entonces giró la llave.

Hubo un sonido..., Malory creyó que hubo un sonido; pero no fue más que un suspiro amortiguado. Mientras se apagaba, la llave se disolvió entre sus dedos.

La primera cerradura se desvaneció, y quedaron dos.

—Ha desaparecido, así sin más.

—Otro símbolo para nosotros —dijo Rowena mientras posaba con delicadeza una mano sobre la urna—. Para ellas. Quedan dos.

—¿Tenemos...? —Dana pensó que dentro de aquellas paredes de cristal estaban llorando. Casi podía oírlas, y eso le partió el corazón—. ¿Tenemos que decidir ahora cuál de nosotras es la siguiente?

—No, hoy no. Debéis dar un descanso a vuestra mente y vuestro corazón. —Se giró hacia Pitte—. En el salón hay champán. ¿Acompañas a nuestros invitados? Me gustaría tener unas palabras a solas con Malory antes de unirnos a vosotros. —Tomó ella misma la urna de cristal y la depositó con cuidado en el arcón. Cuando se quedó sola con Malory, se dio la vuelta—. Pitte ha dicho que teníamos una deuda contigo que jamás podríamos saldar. Y es verdad.

—Yo me comprometí a buscar la llave, y me pagasteis por eso —la corrigió Malory. Miró hacia el arcón, imaginó la caja que descansaba en su interior—. Ahora me parece mal haber aceptado el dinero.

—El dinero no es nada para nosotros, te lo aseguro. Algunas lo aceptaron y no hicieron nada. Otras lo intentaron y fracasaron. Además, tú has hecho algo valiente e interesante con el dinero. —Se acercó para coger las manos de Malory entre las suyas—. Pero cuando he hablado de una deuda no me refería a dólares ni a céntimos. Si no fuese por mí, no existiría la Urna de las Almas, ni llaves ni cerraduras. Hoy no habrías tenido que enfrentarte a lo que te has enfrentado.

—Tú las quieres. —Señaló hacia el arcón.

—Como a hermanas. Unas encantadoras hermanas pequeñas. Bueno... —se puso delante del cuadro—, tengo la esperanza de volver a verlas así. Puedo hacerte un regalo, Malory. Tengo ese derecho. Has rechazado lo que te ofrecía Kane.

—No era real.

—Puede serlo. —Se giró hacia ella—. Yo puedo convertirlo en realidad. Lo que sentías, lo que había dentro de ti. Puedo darte el poder que tenías en su espejismo.

Turbada, Malory se agarró al brazo de una silla. Después se sentó poco a poco.

—Puedes darme el don de pintar.

—Comprendo esa necesidad, tanto como la alegría y el dolor de sentir esa belleza en las entrañas, deseando salir. —Se echó a reír—. O peleando por sacarla, lo cual es casi igual de fantástico. Puedes tenerlo. Ése es mi regalo para ti.

Durante un momento esa idea hormigueó dentro de Malory, embriagadora como el vino, seductora como el amor. Y vio a Rowena mirándola, tranquila, serena, con una dulce sonrisa en los labios.

—Me darías el tuyo. —Acababa de entenderlo—. Eso es lo que quieres decir. Me darías tu talento, tu habilidad, tu visión.

—Serían tuyos.

—No, nunca serían míos. Y siempre lo sabría. Yo..., yo las he pintado porque podía verlas. Al igual que pude verlas en mi primer sueño. Como si yo estuviese allí mismo, dentro del cuadro. Y he pintado la llave. La he forjado, he sido capaz porque amaba lo bastante para renunciar. He escogido la luz en vez de la sombra. ¿No es eso?

—Sí.

—Después de haber hecho esa elección, y sabiendo que era lo correcto, no puedo tomar lo que es tuyo; pero muchas gracias —dijo levantándose—. Es bonito saber que puedo ser feliz haciendo lo que hago. Voy a abrir una tienda preciosa y a tener éxito con mi negocio. Voy a vivir una vida estupenda.

—No lo dudo. Entonces ¿te llevarías esto? —preguntó Rowena, y sonrió cuando Malory soltó un grito ahogado.

—*¡La diosa cantora!* —Se abalanzó sobre el lienzo enmarcado que había sobre una mesa—. El cuadro que he hecho cuando Kane...

—Lo has pintado tú. —Rowena se le acercó y le puso una mano en el hombro—. Fueran las que fueran sus trampas, la visión es tuya, y es tu corazón el que ha hallado la respuesta; pero si tener este cuadro, verlo, te resulta doloroso, puedo sacarlo de aquí.

—No, no es doloroso. Es un regalo magnífico. Rowena, esto era una ilusión, y tú lo has transformado en real. Es sólido. Existe. —Preparándose para lo que pudiese oír, retrocedió y clavó sus ojos en los de Rowena—. ¿Puedes...? ¿Has hecho lo mismo con las emociones?

—¿Tu pregunta es si tus sentimientos por Flynn son reales?

—No. Sé que lo son. —Se apretó el corazón con una mano—. Esto no es una ilusión. Pero los suyos por mí… Si eso es una especie de recompensa…, no es justo para él, y no puedo aceptarlo.

—Renunciarías a él.

—No. —Su expresión se tornó combativa—. Dios, no. Lo que haría sería lidiar con eso, y con él, hasta que se enamorase de mí. Si puedo encontrar una llave mística, seguro que puedo lograr que Michael Flynn Hennessy descubra que soy lo mejor que podrá pasarle jamás. Porque lo soy —añadió—, desde luego que lo soy.

—Me gusta mucho tu forma de ser, Malory —dijo Rowena sonriendo—. Y te prometo una cosa: cuando Flynn entre aquí otra vez, lo que sienta o no sienta será un reflejo de lo que hay en su corazón. El resto es cosa tuya. Espera, te lo enviaré.

—Rowena, ¿cuándo empezará el segundo asalto?

—Pronto —contestó alzando la voz mientras salía de la estancia—, muy pronto.

Mientras examinaba el retrato, Malory se preguntó quién sería la siguiente. ¿Qué riesgos correría la segunda? ¿Qué ganaría o perdería en la búsqueda?

Levantando su cuadro, pensó que ella había perdido un amor, un amor apenas saboreado. Y ahora, con Flynn, tenía que arriesgar otro, el amor más vital de su existencia.

—Te he traído un poco de este chispeante champán —dijo Flynn, que entraba con dos copas altas y rebosantes—. Te estás perdiendo la fiesta. Pitte ha llegado incluso a reírse. Ha sido algo memorable.

—Necesitaba un par de minutos.

Dejó el cuadro y cogió la copa que él le tendía.

—¿Qué es eso? ¿Una de las obras de Rowena? —Le pasó un brazo por el hombro amigablemente y Malory sintió cómo el cuerpo de Flynn se tensaba al comprender lo que estaba viendo—. ¿Es tuyo? ¿Esto es lo que has hecho? El cuadro que has pintado en el desván, con la llave, está aquí. —Rozó la llave de oro, ahora sólo pintada, a los pies de la diosa—. Es increíble.

—Todavía más si fueras quien ha metido la mano en el cuadro para sacar una llave mágica.

—No. Quiero decir, sí, desde luego. Pero me refería a la pieza. Es una preciosidad, Malory. Joder, es formidable. Has renunciado a esto. —Habló suavemente, después se giró hacia ella—. La increíble eres tú.

—Puedo quedarme con él. Rowena ha entrechocado los talones o fruncido la nariz, o lo que sea que haga, y lo ha materializado para regalármelo. Significa mucho para mí tenerlo, Flynn…

Necesitaba beber algo, poner un poco de distancia entre ellos. Independientemente de lo que le hubiese dicho a Rowena, era consciente de que estaba a punto de hacer algo mucho más desgarrador que renunciar al talento con la pintura y los pinceles.

—Éste ha sido un mes extraño, para todos nosotros.

—Y que lo digas —coincidió él.

—La mayor parte de lo que ha sucedido está más allá de cualquier cosa que pudiéramos haber imaginado, que pudiéramos haber creído hace unas semanas. Y lo que ha ocurrido me ha cambiado. De un modo positivo —añadió volviéndose hacia él—, me gusta pensar que de un modo positivo.

—Si vas a decirme que has girado la llave en esa cerradura y ahora ya no me quieres, lo siento mucho por ti. Porque estás ligada.

—No, yo... ¿Ligada? —repitió—. ¿A qué te refieres con eso?

—Ligada a mí, a mi espantoso sofá y al pesado de mi perro. No vas a poder zafarte de todo eso, Malory.

—No uses ese tono conmigo. —Dejó la copa de champán—. Y no creas ni durante un minuto que puedes plantarte aquí y decirme que estoy ligada a ti, porque eres tú quien está ligado a mí.

Flynn dejó su copa al lado de la de Malory.

—¿Es cierto eso?

—Es absolutamente cierto. He burlado a un diabólico dios celta. Tú eres un juego de niños para mí.

—¿Quieres pelear?

—Quizá.

Se agarraron el uno al otro. Con la boca de Flynn en la suya, Malory dejó escapar un suspiro ahogado. Y se aferró a la vida. Se echó hacia atrás, pero siguió rodeándole el cuello con los brazos.

—Soy exactamente perfecta para ti, Flynn.

—Pues entonces resulta muy práctico que yo esté enamorado de ti. Tú eres mi llave, Mal. La única llave para todas las cerraduras.

—¿Sabes qué me apetece ahora mismo? Me apetece un baño caliente, una sopa y una siesta en un sofá espantoso.

—Hoy es tu día de suerte. Puedo ofrecerte todo eso.

La cogió de la mano y salieron de la sala.

Más tarde, Rowena recostó la cabeza sobre el hombro de Pitte mientras veían alejarse los coches por el camino.

—Es un buen día —le dijo—. Sé que no ha acabado todo; pero hoy es un buen día.

—Nos queda algo de tiempo antes de empezar con la siguiente.

—Unos cuantos días, y luego cuatro semanas. Kane las estará vigilando con más atención esta vez.

—Nosotros también.

—La belleza ha prevalecido. Ahora se pondrán a prueba la sabiduría y el valor. En realidad hay muy poco que nosotros podamos hacer para ayudar; pero estos mortales son fuertes y listos.

—Unas criaturas curiosas —apostilló Pitte.

—Sí. —Rowena le sonrió—. Curiosas e incesantemente fascinantes.

Regresaron al interior de la casa y la puerta se cerró tras ellos. Al final del sendero, las verjas de hierro se movieron en silencio hasta quedar cerradas. Los guerreros que las flanqueaban permanecerían alerta a lo largo de la siguiente fase de la luna.

Pase a la siguiente página para leer un avance de

La Llave de la Sabiduría

La segunda novela de la nueva Trilogía de las Llaves,
de Nora Roberts

1

Dana Steele se consideraba una mujer flexible y libre de prejuicios, con una ración considerable de paciencia, tolerancia y humor.

Bastantes personas no estarían de acuerdo con este autorretrato.

Pero ¿qué sabían?

En un mes, y sin que se debiera a nada que se hubiera propuesto, su vida había dado un giro que la había sacado de su curso habitual y había entrado en un territorio tan extraño e inexplorado que no podía explicarse la ruta ni el motivo ni siquiera a sí misma.

¿No se dejaba llevar?

Había encajado el golpe cuando Joan, la maligna directora de la biblioteca, promovió a su propia sobrina política, descartando a otras candidatas más cualificadas, más responsables, más astutas y por cierto más atractivas. Lo había asimilado, ¿no era verdad?, y había hecho su trabajo.

Cuando esa promoción totalmente inmerecida causó unas restricciones que hicieron que se redujeran al mínimo las horas de trabajo y la nómina de cierta empleada más cualificada, ¿acaso había dado una paliza brutal a la despreciable Joan y a la siempre coqueta Sandi?

No, no lo había hecho, lo que a juicio de Dana demostraba su extremo autocontrol.

Cuando la sanguijuela de su ávido casero le aumentó el alquiler coincidiendo con la disminución de su salario, ¿lo cogió con ambas manos por su flaco cuello y apretó hasta que los ojos le salieran de las órbitas?

Una vez más había demostrado un autocontrol de proporciones heroicas.

Estas virtudes podían haber sido su recompensa, pero Dana disfrutaba de unos beneficios más tangibles.

Quien dijo aquello de que una puerta se abre cuando una ventana se cierra no conocía demasiado a los dioses celtas. La puerta de Dana no se había abierto: había explotado con tal violencia que se había salido de sus goznes.

Después de todo lo que había visto y hecho en las últimas cuatro semanas, tras haberse visto envuelta en tantos acontecimientos durante ese tiempo, resultaba difícil creer que Dana se encontraba tumbada en el asiento trasero del coche de su hermano recorriendo otra vez el abrupto y serpenteante camino que llevaba a la enorme mansión del Risco del Guerrero. ¡Y lo que la esperaba allí!

La primera vez que había visitado el Risco había sido después de recibir una invitación para «tomar cócteles y conversar». La misteriosa invitación provenía de Rowena y Pitte, y, además de ella, sólo la habían recibido otras dos mujeres. En esta ocasión el tiempo no era tormentoso, como entonces. En aquel momento se encontraba sola. En cambio, esta vez sabía exactamente a lo que se enfrentaba.

Con indiferencia, abrió una libreta que llevaba consigo y leyó el resumen que tenía escrito de la historia que había escuchado en su primera visita al Risco del Guerrero.

El joven dios celta que se convertiría en rey se enamora de una joven de raza humana durante su estancia tradicional en la dimensión de los mortales (lo que relaciono con el descanso primaveral). Los padres del joven semental lo consienten, se saltan las normas y le permiten que lleve a la doncella consigo al reino de los dioses, al otro lado de lo que recibe el nombre de Cortina de los Sueños o Cortina del Poder.

Algunos de los dioses aceptan la situación, pero otros se enfadan. Surgen guerras, rencillas e intrigas políticas.

El joven dios se proclama rey y corona reina a su esposa humana. Tienen tres hijas.

Cada una de las hijas —eran semidiosas— tiene un talento o don específico: una, el arte y la belleza; otra, la sabiduría y la verdad; y la tercera, la valentía y el coraje.

Las hermanas crecen juntas y felices y llegan a la adolescencia, tra-la-la, bajo la mirada vigilante de la maestra y el guerrero guardián, a quienes el dios rey ha asignado esa tarea.

La maestra y el guerrero se enamoran, lo que hace que se debilite la vigilancia que ejercen sobre las muchachas.

En el ínterin, los malvados diseñan sus planes. No les complace que seres humanos o semihumanos habiten su mundo enrarecido, en especial si ostentan posiciones de poder. Las fuerzas oscuras se ponen a trabajar. Un brujo de mente especialmente perversa —quizá relacionado con Joan, la de la biblioteca— asume el mando. Un hechizo cae sobre las tres hermanas mientras la maestra y el guerrero se miran con arrobo. Sus almas han sido robadas y encerradas bajo llave en un cofre de cristal conocido como la Urna de las Almas. Ésta sólo puede ser abierta con tres llaves utilizadas por manos humanas. Si bien los dioses saben dónde encontrar las llaves, ellos no pueden romper el hechizo ni liberar las tres almas.

Se destierra a la maestra y el guerrero y son enviados a través de la Cortina de los Sueños al mundo humano. Allí, en cada generación nacen tres mujeres de raza humana que tienen los medios para encontrar las tres llaves y poner fin a la maldición. La maestra y el guerrero tienen que encontrar a esas mujeres, y ellas deben tener la posibilidad de aceptar la búsqueda o rechazarla.

Cada una de esas tres mujeres debe encontrar una llave en el plazo de una fase lunar. Si la primera de ellas fracasa, el juego termina, lo que entraña un castigo: cada una perderá un año no determinado de su vida. Si la primera mujer tiene éxito, la segunda prosigue la búsqueda, y de igual manera la tercera de ellas. Al comienzo de cada ciclo de cuatro semanas la maestra y el guerrero les revelan una pista irritantemente críptica: la única ayuda que se les permite dar a las tres mujeres elegidas.

Si se completa la búsqueda, la Urna de las Almas se abrirá y las Hijas de Cristal recuperarán su libertad. Y cada una de las tres mujeres recibirá la bonita suma de un millón de dólares.

Una bonita historia, reflexionó Dana. Bonita mientras ignoraba que no era ficción, sino realidad. Bonita mientras no sabía que ella misma era una de las tres mujeres que tenían los medios de abrir la Urna de las Almas.

En el momento en que lo supo, todo se complicó.

Añadamos un dios hechicero, moreno y poderoso llamado Kane que realmente quiere que una fracase y que puede hacer que veas algo que no está presente —o que no veas lo que sí lo está—, y todo se vuelve más difícil todavía.

Aunque también tiene aspectos positivos. Esa primera noche Dana había conocido a dos mujeres que habían resultado ser dos personas muy interesantes, y pronto sintió que las conocía de toda la vida. Dana pensó que eso estaba muy bien, puesto que las tres trabajarían en el mismo asunto.

Además, una de las mujeres resultó ser para su hermano el amor de su vida.

Malory Price, la mujer organizada con corazón de artista, no sólo había ganado la partida a un brujo milenario, sino que también había encontrado la llave y abierto la cerradura de la Urna de las Almas.

Y todo en menos de cuatro semanas.

Sería muy difícil para Dana y su compañera Zoe igualar esa hazaña.

Por suerte, reflexionó Dana, tanto ella como Zoe no vivían un romance que las distrajera. Y ella no tenía un hijo del que preocuparse, como Zoe.

De ninguna manera. Dana Steele era libre como el viento, no había nada que la apartara de su objetivo: el premio.

Si era a ella a quien le tocaba jugar, sería mejor que Kane preparara sus cartas.

No es que estuviera en contra de un pequeño romance, pensó mientras cerraba el cuaderno y observaba los árboles a través de la ventanilla del coche: le gustaban los hombres. Bueno, la mayoría de ellos. Hasta había estado enamorada, hacía un millón de años. Por supuesto, se trataba del resultado de la estupidez juvenil. Ahora era mucho más sensata.

Jordan Hawke había vuelto temporalmente a Pleasant Valley hacía unas semanas y había podido engatusar a sus compañeros para formar parte de la búsqueda; pero ya no formaba parte del mundo de Dana.

En su mundo, Jordan no existía. Excepto si se retorciera de dolor o sufriera algún accidente anómalo y horrible o una enfermedad que lo discapacitara o lo desfigurara.

Lamentaba que su hermano Flynn tuviera el mal gusto de ser su amigo; pero se lo podía perdonar, incluso podía otorgar algún mérito a su amistad y lealtad, porque Flynn, Jordan y Bradley Vane eran compañeros desde la infancia.

De una u otra forma, tanto Jordan como Brad estaban relacionados con la búsqueda. Era algo que Dana tendría que tolerar mientras ésta durara.

Cuando Flynn torció para entrar por la verja abierta, ella giró la cabeza para contemplar uno de los dos guerreros de piedra que custodiaban la entrada de la mansión.

«Enorme, guapo y peligroso», pensó Dana. Siempre le habían gustado los hombres así, aunque fueran estatuas.

Se incorporó, pero dejando sus largas piernas apoyadas sobre el asiento, pues para ella era la única forma de viajar con comodidad en la parte de atrás de un coche.

Era una mujer alta, con la figura de una amazona: habría hecho buena pareja con el guerrero de piedra. Se peinó con los dedos su larga cabellera morena. Desde que Zoe, la estilista en paro que era su mejor amiga, le había cortado el pelo y le había puesto reflejos, éste caía con las puntas hacia dentro de forma natural y sin ningún esfuerzo. Le ahorraba tiempo por las mañanas, lo que era de agradecer, ya que esas horas del día no eran su mejor momento. El corte de pelo le quedaba muy bien y halagaba su vanidad.

Sus ojos, de un marrón oscuro profundo, se fijaron en la elegante mansión de piedra negra que era el Risco del Guerrero. En parte castillo, en parte fortaleza, en parte fantasía, se extendía sobre la elevación y se levantaba hasta el cielo, translúcido como un cristal.

En sus numerosas ventanas brillaban algunas luces, pero Dana adivinaba numerosos secretos ocultos por las sombras.

Había vivido en el valle que se encontraba a sus pies la totalidad de sus veintisiete años, y siempre le había fascinado el Risco. Por su forma y por estar construido sobre una colina que se elevaba por encima de su pequeña y bonita ciudad, siempre le había parecido como salido de un cuento de hadas, y no en una versión edulcorada.

A menudo se había preguntado cómo sería vivir allí, pasear por las habitaciones, caminar a lo largo del parapeto u observar el valle desde la torre. Vivir tan alto, en una soledad tan magnífica, con la majestad de las montañas y el encanto de los bosques a sólo unos pasos de la puerta.

En ese momento se dio la vuelta, de manera que su cabeza quedó entre la de Flynn y Malory.

¡Hacían tan buena pareja!, pensó. Flynn con su modo de ser aparentemente tan fácil de llevar; Malory con su necesidad de orden. Flynn con sus ojos verdes y perezosos; Malory con los suyos de color azul, brillantes y atrevidos. Por un lado Mal con sus trajes elegantes y conjuntados, y por otro Flynn, que alababa su suerte si podía encontrar un par de calcetines iguales.

Sí, decidió Dana, eran el uno para el otro.

Ahora consideraba a Malory como una hermana otorgada por las circunstancias y el destino. En realidad, ésa era también la forma en que Flynn se había convertido en su hermano cuando el padre de Dana y la madre de Flynn se habían casado, uniendo sus familias.

Cuando su padre enfermó, se había apoyado mucho en Flynn. Suponía que se habían apoyado mutuamente más de una vez: cuando los médicos recomendaron que su padre se mudara a un clima más cálido, cuando la madre de Flynn había dejado la responsabilidad de dirigir el *El Correo del Valle* en manos de su hijo, quien se encontró de repente al frente del periódico de un pequeño pueblo en lugar de realizar su sueño de desarrollar sus habilidades periodísticas en Nueva York.

Cuando el chico que amaba la dejó.

Cuando la mujer con la que quería casarse lo dejó a él.

Sí, se tenían el uno al otro, en las duras y en las maduras. Ahora, cada uno a su manera, tenían a Malory. Era una forma adecuada de equilibrar la balanza.

—Bueno —dijo Dana poniendo sus manos en los hombros de ambos—, allá vamos otra vez.

Malory se volvió y le dedicó una sonrisa fugaz.

—¿Nerviosa?

—No demasiado.

—Esta noche te toca a ti, o a Zoe. ¿Quieres que te elijan?

Ignorando las mariposas que revoloteaban en su estómago, Dana se encogió de hombros.

—Sólo deseo seguir con el juego. No sé por qué debemos soportar toda esta ceremonia. Ya sabemos cuál es el trato.

—Sí, una cena gratis —le recordó Flynn.

—Así es. Me pregunto si Zoe habrá llegado ya. Podremos averiguar lo que nuestros anfitriones, Rowena y Pitte, han conseguido en la tierra de la leche y la miel, y luego seguiremos con el espectáculo.

En cuanto el coche se detuvo, salió de él y, con las manos apoyadas en las caderas, se quedó mirando hacia la mansión mientras un anciano de pelo blanco se apresuraba a coger las llaves del coche.

—Quizá tú no estés nerviosa. —Malory se puso a su lado y la tomó del brazo—. Pero yo sí que lo estoy.

—¿Por qué? Ya mojaste tu bizcocho.

—Todavía estamos todos involucrados. —Miró la bandera blanca con el emblema de la llave que ondeaba sobre la torre.

—Intenta pensar en positivo. —Dana respiró hondo—. ¿Estás lista?

—Sí, si tú lo estás.

Malory cogió la mano de Flynn. Caminaron hacia las enormes puertas de entrada, que se abrieron en cuanto se acercaron.

Rowena se encontraba bajo las luces encendidas y su cabello parecía una tormenta de fuego cayendo sobre el vestido de terciopelo color zafiro. Sus labios se curvaban en una sonrisa de bienvenida; sus exóticos ojos verdes brillaban.